鲛人崛起

—— 最后的进化 ——

FINAL EVOLUTION

张嘉骏

——

著

SPM
南方出版传媒
广东人民出版社
·广州·

果然杰作　非同凡响

copyright@果然杰作

人在恐惧时，如何能勇敢？

人唯有在恐惧时，方能勇敢。

[目录]

Contents

缪家大宅平面示意图

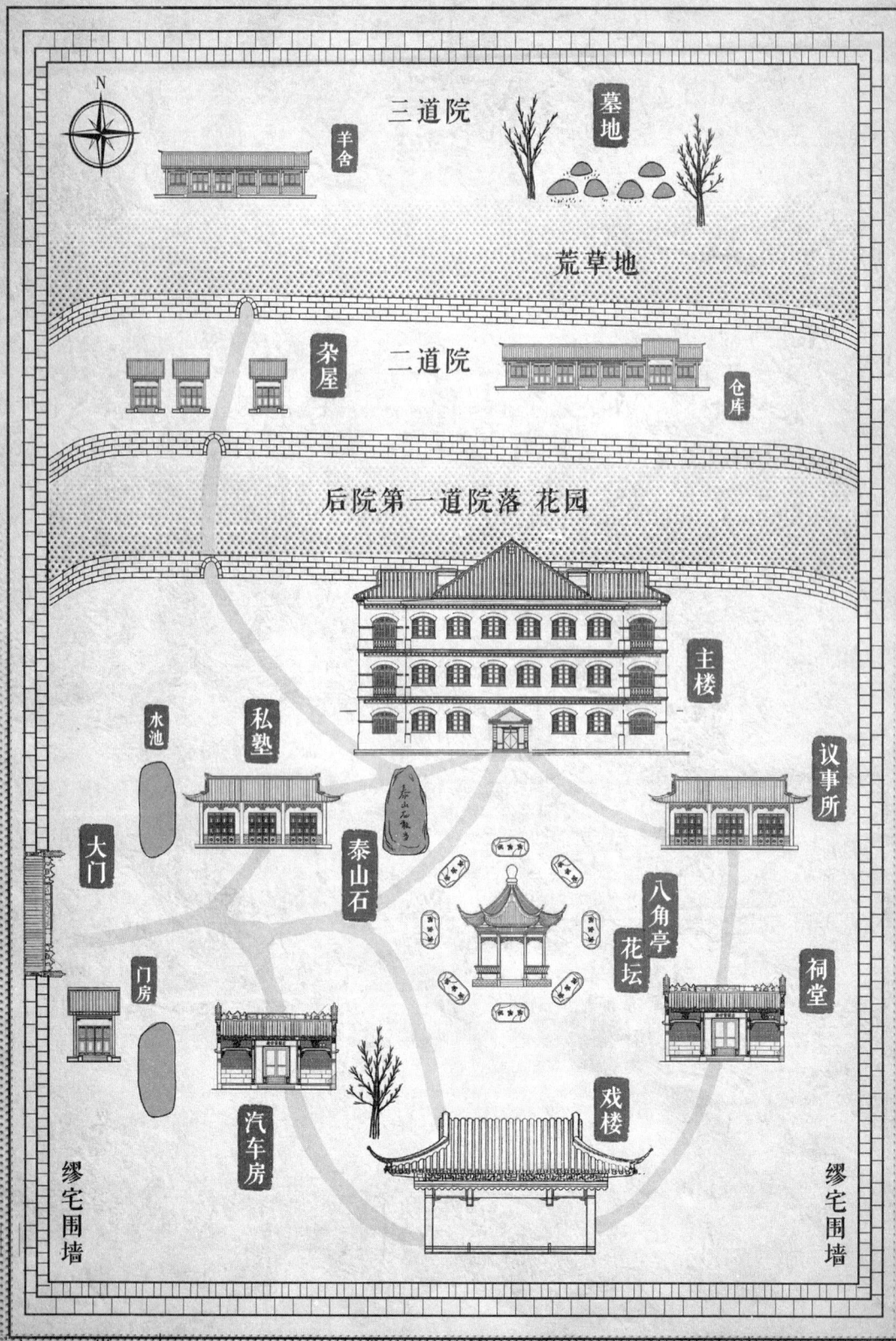

N

三道院　　　墓地

羊舍

荒草地

杂屋　二道院

仓库

后院第一道院落 花园

主楼

水池　私塾　　　　　　　　　议事所

大门　　　　泰山石

八角亭

花坛　　祠堂

门房

汽车房　　　　　戏楼

次元壁

缪宅围墙　　　　　　　　　　缪宅围墙

界崖

序章之一　源起

她出生那年，他十三岁，刚刚以质子的身份，从赵国释放回秦。

黄昏，第一声啼哭传来，外面在落雪。他穿着单薄的衣衫，伫立在廊檐下，狭长的双眼与高挺的鼻梁遮在暗影中。

屋内有人呼唤："政儿，进来。"

他跨过门槛，平静地走入内室。那婴儿仍在啼哭，声音响亮。她的母亲由于难产，奄奄一息，床榻上沾着血迹。

嬴政睨视这一切，目光冰冷。

"政儿，守护这个孩子。"老妪嘶声低语，齿颊在摇曳的灯烛下微微嚅动。

那婴儿倏地停止了啼哭。嬴政定定地望着她，冰冷的脸上忽然有了一丝温暖。

"她叫嬴燚雪。"老妪说，"用你的一生，守护你的妹妹吧。"

嬴政从老妪手中接过婴儿，久久地抱着这一团微弱幼小的生命。

那年，他即位为王。

燚雪八岁时，王上牵着她的手，登上城楼。

"王上……"

"叫我兄长。"

"兄长，那里在做什么？"燚雪指向远处忙碌的人群。

"为你造一座宫殿。"

从章玉宫开始，宫殿越来越多，嬴政踏灭六国的脚步越来越快。每当灭掉一个国家，嬴政就命人将其华丽的宫殿描画下来，在咸阳城照样仿造。

燚雪二十五岁时，嬴政扫清六合，一统天下，称"始皇帝"。此时咸阳已有宫殿二百七十座。

她依然称他"兄长"。

这一年，燚雪有了钟情的男人，秦始皇为他们举行大婚。

这一年，秦始皇躲过了十二次刺杀。

焱雪的孩子出生后，秦始皇视如己出，焱雪全家搬到阿房宫。一年又一年，阿房宫太大了，焱雪喜欢徜徉在重重叠叠的华丽景色中。

秦始皇三十六年那个雨夜，宫殿外面传来淅淅沥沥的雨声。焱雪在殿侧等候秦始皇。

那高大的身影出现在殿门外，在这凄冷的雨夜，穿过幽幽宫墙，踽踽独行。昏黄灯烛映照出他冷峻的脸庞，双眼收敛了刚猛暴烈，漆黑长发披在肩上，在细雨与微风中摇曳，让焱雪感到一丝战栗。

她感受到兄长的恐惧。只因帝国的疆土上，今年连续发生了两件极凶异事：

荧惑守心，天石坠落。

"荧惑"便是火星，又名罚星。荧惑守心，即是侵犯"心、宿"二象，帝王有死亡之灾。

随后又有一颗陨石坠落在东郡，石上刻有七个大字：始皇帝死而地分。

秦始皇本想建立万世帝业，却在登上皇位的第十一个年头，遭此异兆。

"我躲得过无数次凡夫的刺杀，却躲不过苍天。"秦始皇对焱雪说。

兄长，该我来守护你了。焱雪在心里默念。

她知道自己是嬴氏家族的天选之女。古老的神秘天语：这个女子身上的血脉，直接源自嬴氏的祖先女修，当年女修吞玄鸟之卵，孕育了这条血脉，一代代传递至今，她身上藏着神秘的生命之源，守护她，嬴氏就能永远得到上天眷顾。

方士进谏：带此女去海外仙山，她定能寻得天仙，大秦可有神灵扶携，吾皇千秋万代永为帝王！

"兄长，带我去海外巡游吧。"焱雪说道。

"路程遥远，你刚刚生了孩子……"秦始皇欲言又止。

焱雪的第三个孩子不幸夭折了，焱雪也因为难产而病弱。

"可我既然是天选之女，又怎么能什么都不做呢？"焱雪望着兄长。

秦始皇抬头望向宫殿外的夜幕。雨还在下，沙沙的雨声让他想起了那个落雪的黄昏。

秦始皇的唇角勾起一抹苦笑："雪妹，我几乎已经忘了，为什么要守护你。"他转脸注视她，狭长的双眼透出一丝温暖，"我可能，只是想对一个人好一些。"

"可你一旦遭遇不测，谁能守护嬴氏家族？天下有多少仇敌，想要屠我家园、焚我血肉？"

秦始皇沉默。

"兄长，请让我行使天命。"她牵住他冰凉的手。

于是他们出发了。

浩浩荡荡的巡游队伍，在芝罘岛遇到出海行商的鲛人族。人类与鲛人向来通好，鲛人定期上岸与人类做生意。此番幸遇秦始皇，黑鲛王便带着儿子彩虹，送来珍珠和鲛绡。始皇设宴还礼，并打听海上神灵的踪迹。

黑鲛王却告诉秦始皇，从来没见过腾云驾雾的神仙，那只是世人的虚妄传说。

始皇气恼，宴会有些混乱，燚雪退席时不慎被黑鲛王所伤。始皇怒而拔剑，亲手斩杀鲛王。

燚雪终究没有躲过一劫，死去的那天晚上，始皇久久伫立在苍天之下，遥望远方他再也无法抵达之处。

海外有仙山，山在缥缈间；仙山隔云海，霞岭玉带连。

那就在陵墓中造一座仙境吧！

燚雪死后葬于皇陵。秦始皇在陵墓燃起长明灯、放置鲛人茧，守护燚雪之魂。其所需大量鲛油，皆以屠杀鲛人所得，《史记》称"人鱼膏"。已在海洋中繁衍生息数百万年的鲛人，在大决裂年代遭到灭族，留下了仇恨之源。

秦始皇驾崩四年后，秦朝亡。嬴氏家族被六国子民追杀，为避祸，改为十四种姓氏：徐、赵、梁、黄、江、马、瞿、秦、葛、谷、缪、廉、钟、费。

其中的缪姓，便是天选之女的主脉，一代一代遗传下来。

序章之二　对抗

大唐贞观十八年，初夏。

空中响起一声惊雷，雨水倾泻在河岸上，四野一片白色水雾。

一支百人的护卫队在河岸边奔逃，簇拥着一辆车辇。车里坐着安康公主——唐太宗李世民的第十四女，也是太宗最宠爱的女儿。

此番护送公主回长安的路上，突然遭遇伏击，队伍被一股神秘恐怖的力量驱赶着，不得不朝着黄河与洛水的汇流处而来。对方的目的，显然是劫掠安康公主。

此时，李靖将军正率领三百骁骑，急速赶来救援。

那股神秘恐怖的力量，早在六年前便出现在黄河与洛水的汇流处。一群头顶刺青、背上有鳍的水怪，长年潜于水底，破坏过往船只。这些水怪还能以人的形貌，与平民百姓生活在一起，无法辨识。他们还定期把人类的童男童女制成人茧，抛入河中。

李世民接到奏折称：水怪，乃是鲛人族中最为邪恶的黑鲛人。

黑鲛人中的高智能者，能让船只和房屋莫名消失，还能控制平民，改造成仆人，就像被吸去了脑髓一般。在这些仆人中，有一些成为战斗力惊人的恶徒，另一些仆人，则因不同体质，鲛人在他们身上培育鳞片，称作"饲育器皿"。

河洛之地，乃是产生了《河图》《洛书》的中华文明发源地。鲛人意图将河洛作为中原基地，一旦形成繁衍推进之势，天下危矣！

李世民命令李靖将军遴选特殊人才，所领军士皆称骁骑。而他们的秘密身份，便是诛鲛士。但没过多久，诛鲛士大部被诱杀，数百名诛鲛士叛逃。黑鲛人愈发强大，几乎将洛河及黄河尽数掌控，并渗透到京城，与平民百姓混居，觊觎皇宫。

李世民震恐，命秦琼、尉迟恭把守宫门。世人以为，李世民因在玄武门事变中杀戮胞兄，夜夜受到噩梦滋扰，需要门神保护。其实他是恐惧鲛人之祸。

今天，黑鲛人竟要劫掠太宗最宠爱的女儿。世人不知道的是，安康公主的母亲姓缪，安康公主身上遗传着缪氏血脉。

李靖远远地看到河野之上、暴雨之中，一大群可怕的黑影拥向公主的车辇。那支百人护卫队只剩了十几人，仍在拼死抵抗。

李靖高举长槊，猛然冲向敌阵。三百骁骑紧紧跟随。

一个冲锋后，将敌阵撕开一道口子。黑鲛人与其手下的数千名恶徒迅速合拢，将三百诛鲛士包围起来。

雨水助长了黑鲛人的气焰，那一张张凶恶的脸庞露出狰狞笑意。

李靖手执长槊，护卫在车辇旁。他已经发现了敌方的弱点。

但他却陷入纠结。

此番的任务，是接应安康公主回到长安，如果他率队出战，势必分散大部分兵力，公主的车辇便成了狂风中的花瓣。

失去太宗最宠爱的女儿，李靖担不起后果。

他只有一个机会：利用敌方的弱点，赶快撤退。

"李将军，你还在等什么？"一个女子的声音突然传来。

李靖一怔，抬起脸。

安康公主不知何时出了车厢，站在车辇上，长发飞扬，一袭白裙在风中飘荡。

"李将军，你还在等什么？"安康公主二次发问。

"公主殿下，您……"

"去杀敌！"安康公主冷然道。

"您说什么？"李靖怀疑自己听错了。

"李将军，去杀敌！"安康公主厉声喝道。

李靖一时竟愣在那里。眼前这位娇弱的公主也许根本不知道什么叫战争。

安康公主突然伸出手，一把夺下旗手的大旗，逆风挥舞。

"你们是大唐的士兵！"

李靖感受到胸口的烈火在燃烧。

"大唐！"安康公主喊道。

"大唐！大唐！"

诛鲛士早就等不及了，被黑鲛人凌虐的感觉让他们痛苦不堪，想要怒放一次。

"可是，公主您……"李靖欲言又止。

"我就在这里等候你们。"安康公主奋力将大旗插在车辇旁，"你难道不相信天意吗？"

她返身回到车厢。

李靖的战马一跃而出，风驰电掣般冲向敌阵。

三百诛鲛士纵马驰骋。

天空突然放晴了。阳光破云而出，洒满河野。

天佑大唐！天佑苍生！

血色阳光映照着李靖掌中的长槊，槊锋泛起冷冽光芒。

三百匹狂奔的战马如烈火巨浪，迎着黑鲛人怒奔而去。

不断有骁骑倒下。其他人更勇猛地向前冲去。

广阔的河野上出现了一百多个急驰的光影，带着呼啸的风声。李靖一马当先，直向敌方的核心区域击去。

在距离数丈之外，李靖的战马突然腾空而起，蹄锋踏向黑鲛人首领的头颅。

敌阵乱了。

随后赶来的数千名诛鲛士一起释放了火弩。铺天盖地的弩箭击杀黑鲛人。

焚战于野，杀血落黄。

黑鲛人没有了雨水助阵，又被火焰攻击，开始溃败。

这场焚杀之战，诛鲛士虽伤了元气，但黑鲛人遭到更为猛烈的打击。

不久，黑鲛人退回万里之外的深海中。

一把刻有"诛"字的月牙刀，插在洛河与黄河交汇的河底。

血腥散尽，天下恢复平静。

此后，岁月在沉寂中走过七百八十九年……

序章之三　归来

明宣德八年，三月。

一支庞大的舰队从印度洋上返程归来，前方途经古里国。

六十二岁的郑和伫立在宝船之首，神情中透出一丝归家的喜悦。

世人不知郑和西洋之行的真正使命——寻找散落海外的嬴姓十四氏，这一行动前后持续近三十年，如今终于成功了。第七次下西洋归来，船上载有各国宝物，但真正目的是为了护送十四氏回国，其中最珍贵的，便是天选之女遗传下来的缪氏血脉。

郑和望着海面，神色忽然变得不安。那些传闻所描述的迹象，正在隐隐浮现：雾气、来自海底的震颤声、诡异的风向、海鸥突然销声匿迹……

轰！

前方的第一艘战船撞上了一个巨型金属物体。

"鲛人来了！"军士喊道。

大明水军的炮火喷薄而出，海面犹如沸腾一般。然而只是片刻工夫，一百多艘战船，竟然一艘接一艘立了起来，凶猛地倒扣在海面，被数千条金丝线割裂，无数碎块四处漂流。

但这艘护送十四氏的宝船却寂静无声，仿佛被遗忘了。它的炮火装置与操控设备全部失灵。

一群黑影从海水中跃起。二十三个黑鲛武士登上宝船，捕杀水军。

这是一群头顶刺青、背上有鳍的人形怪物，很少有人见过其真面目，他们的皮肤因为长年浸泡在海水中，被侵蚀得像珊瑚一样坚硬斑驳。甚至有传说，这是一群没有心的异类，他们的心被锁在黑暗渊面，每隔二百年释放一次。

一道闪电在海面亮起，如一条青白色的鞭子，狠狠抽出了几道裂痕。

巨型宝船变成了死亡猎场，血光在苍穹下绽放。

宝船第三层的舱室内，十四个男女围在桌前，静静等候着。

一个男子低声说："这次……逃不过去了。"

舱内异常平静，似乎人世间的所有劫难与苦厄都不存在。

"谷兄，该是我们了断的时候了。"梁氏说。

桌子上展开的绢帛画轴上有一只玄鸟图腾，身形庄严，额首沉思。

十四个人拿出了随身携带的短刀。玄鸟身上即将浸染鲜血，这是对家族最后的祭奠。

一阵低低的哭泣声响起。

"缪娃，不要哭，"梁氏温柔地抚着身旁少女的头发，"我们十四氏，以这种方式融合起来，不也是一种幸运吗？"

那少女抹掉腮边的泪痕，哑声说："我不是怕死……我是怕疼。"

其他人笑起来。

谷兄收起笑容，叹口气说："缪娃本该留下的。"

"是啊，她是天选之女的主脉，怎奈天意却要折断之。"梁氏落泪了。

"我愿意和你们共赴黄泉！"缪娃说。

"我可以带她走。"舱门外忽然传来一个声音。

众人愕然转过头。

"总管！"谷兄惊呼。

郑和伫立在门前，双眸漆黑如电，伤痕累累的身躯微微佝偻着。他的右臂已被砍断了，袍袖紧扎在腰带上，鲜血洇染胸襟。

缪娃急切地说："大家一起走吧。"

"我只能带走一个。"郑和神色冷静。

"不要迟疑了，缪娃快随总管大人走！"梁氏催促道，"我们在此吸引鲛人。"

"可是……"缪娃睁大悲伤的眼睛。

"你走的路更艰难。"梁氏抚去缪娃的泪水，"你要活下去，要隐藏天选之女的血脉，永远不要告诉任何人。"

"拿着这个。"谷兄把一只檀木盒交给缪娃，里面是一份族谱。

缪娃是天选之女血脉的第五十六代后人。

缪娃离开前，用短刀割破手指，把自己的血洒在玄鸟族徽上。她并不知道，这一祭奠行为，给她的后代家族带来了又一重灾难。

缪娃跟随郑和辗转穿行于宝船底层。在船底的隐蔽角落，郑和俯身打开一道隔板，领着缪娃钻进一个瓶形内舱。

宝船上的水军已被黑鲛武士剿杀殆尽。

黑鲛武士闯入十四氏的船舱时，那十三个人已经自刎。

谷兄临死前点燃了预备的火药引信。船体突然爆炸。

爆炸的冲击波达到宝船的底层时，郑和将一个机关打开，巨大的木轮扇叶发出震响，狭窄密封的瓶形物从底部猛然推出，以无与伦比的力道，在海水中冲出数百米，很快便浮上来，混杂在遍布海面的船体残骸中。

郑和再次触发机关，瓶形物悄然而迅速地滑向远方。

他们身后的海面恢复了平静。一个黑鲛人来到现场，仔细搜检。

他便是彩虹王子，有一头彩色长发，形貌与人类毫无区别，面容俊朗，眼神透出王族气质。

在海上一片血污混乱的残骸中，他捞起了破损的绢帛玄鸟图腾，耐心细致地从污染物中提取着什么。

终于，彩虹王子眼中露出猩红的冷光：有一个幸存者逃走了。

这时其他鲛人发现，郑和也不见了。

彩虹王子望向遥远的地平线。郑和掩护那幸存者逃离海战现场，留下了千古谜团。

史料记载：三月二十日，郑和死于海上古里国。但史书中一字未提郑和死因。郑和的遗骨下落不明，南京中华门外的牛首山下，只是他的衣冠冢。

照亮了一个时代的巨星，莫名消逝。

而在那颗巨星背后，无人知晓之处，隐藏着一条神秘的缪氏血脉……

楔　子

清朝末年的一个初春时节。

午夜街头，料峭寒风吹拂着残破不堪的酒幡，发出呼呼的声响。一只夜枭"嘎"的一声怪叫，落在一尊石狮上，瞪着惨厉的眼睛望向远方。

夜枭突然振翅疾飞。街上没有了声响，就连那风，也于瞬息之间止住了。

六个灰袍人抬着一只大铁桶，从夜幕尽处缓缓走来。桶底滴着血水。

铁桶里坐着一个东西。

那东西体形庞大，被一块黑布包裹着，外形看起来似人非人。一头彩色长发遮掩面容，露出一只猩红的眼睛，胸口隐约泛着晶莹光泽。

六个灰袍人停下脚步。街边有一座破败的房舍。

撞开门板，屋内坐着一位老者，手中拿着一根七尺长的旱烟杆。

"赫升……我来取回我的东西。"铁桶里的怪物发出难以忍受的声音，如同两只缺损的齿轮互相碾压着。

老者的眼窝幽深无光——为了捕到一生的强敌，他亲手挖掉了自己的双眼，将自己置于黑暗中。

这黑暗只是映射到人心中的恐惧而已。

"你想要什么？"赫升冷笑着问，故意刺激着怪物。

"鳞片。"怪物咆哮道，"你割掉的二十七个鳞片！"

"已经喂狗了。"赫升说。

"什么狗能吃得了……"怪物突然愣了一下，在夜幕中捕捉到一丝气息，"狡诈的人类，又是诱饵！"

"不错，我这个瞎老头就是诱饵。"

赫升猛一挥手。

黑暗中蹿出一道影子，直扑向铁桶。

烧尸狗——诛鲛士秘藏的最后武器。

传说烧尸狗有四只眼睛、两个喉咙，其牙齿小而尖利，形成上下交错的锯齿。

六个灰袍人急忙护住主人，与烧尸狗撕咬起来。

赫升突然听见一阵急速的脚步声，孙儿赫萧的声音传来："爷爷，我帮你！"

"你怎么来了！"赫升大惊。

十四岁的赫萧从怀里掏出一把药丸，狠狠砸向灰袍人。药丸里装着硫黄等物，爆开后撒到衣袍上，腾起火焰。灰袍人乱了阵脚。

烧尸狗撞到铁桶上的怪物，浑身如同烧沸的血水一片赤红。怪物伸出一只手，紧紧钳住烧尸狗的前爪，另一只手插进烧尸狗的腹部。烧尸狗低吠一声，猛地将怪物甩出去，又往空中纵身一扑，前爪猛拍怪物，将其狠狠按压在地。

怪物脸上漆黑一团，只看到两颗幽冥般的眼珠发出猩红血光。

赫升大喝一声："退！"

烧尸狗即刻后退。赫升一网打下，将怪物捆缚。

赫升急忙蹲下来抚摸烧尸狗。狗躺在地上，剧烈喘息着，两肋像风箱似的剧烈开合，吸到最紧处，条条肋骨尽现，皮毛薄如纸。赫升抚着狗的肋骨，一滴浊泪从幽深的眼窝里滑落。

赫升再转身试探网中的怪物。怪物猛地咬住他的手。但赫升早有预料，五根手指上的玉石戒指破裂，里面渗出药水。

怪物冷笑。毒药对他毫无作用。赫升最大的失算，是他根本不了解这种远超于人类的怪物，他们有两套血液循环系统。

怪物直接咬断了赫升的右手。赫升闷哼一声，却仍异常清醒，循着怪物的呼吸声，另一只手将铜质旱烟杆直戳进怪物的鼻孔。

赫萧冲过来救爷爷，趁怪物不备，竟把药丸塞到怪物耳朵里，可惜没有爆炸。

怪物猛然一挺身，将赫萧撞出数百米，脑袋磕在石狮上，失去知觉。

赫升趁着怪物一分神，将烟杆刺入怪物的鼻孔深处，摁动机关，烟杆里射出一支利箭，从怪物的后脑贯穿出去。怪物发出可怕的叫声。赫升正要实施最后一击，怪物竟将他抱住了。

赫升突然感觉到怪物的意念源源不断地输入他的大脑，令他瞬间跌入最深的黑暗中，从那里浮起的记忆碎片全是恐惧。

"杀了我！"赫升喊道。

倒卧在地的烧尸狗竟爬了起来，一口咬在怪物的手臂上。

"杀了我！"赫升吼道。

烧尸狗又一口咬在怪物的脖子上。怪物一巴掌将烧尸狗的脑袋拍碎了。

"为什么……不杀了我……"赫升哀号。

他抽出烟杆，刺透了自己的胸膛。

天快亮了，伤了元气的怪物给仆人下达指令。三个灰袍人拖着怪物离去。

寂寥长街，一老、一少、一狗躺在地上。

那只夜枭飞回来，站在石狮头顶，俯视着人间惨象。

已知在世的最可怕的黑鲛人，曾以人的形貌生活在世间，取名符珠哩，后来又以奴隶的身份，屈居在一位蒙古王爷家中，不知在寻找什么。

作为仅存的诛鲛士，骁骑赫升的表面工作，是大清国的行刑官，专事凌迟。他用了十八年时间捕到了符珠哩，可惜还是失败了。

去年四月十日，赫升对符珠哩施以凌迟刑，其实是割掉他身上的鳞片，使其丧失能力。然而那一天，赫升割了二十七个鳞片，还差三刀时，符珠哩被劫走了。

赫升并没有气馁。

符珠哩鳞片损失，虽然元气大伤，却仍有莫测的力量。赫升为了诱使符珠哩来到自己身边，不惜挖掉自己的双眼，让符珠哩把他当作一个废人，以便近战相搏，做出最后一击。

然而经过一夜对决，赫升奄奄一息，心如死灰。

一个损伤了鳞片的黑鲛人，都无法战胜，那究竟是什么样的生物？

赫升用完了全部的计谋和力量，只剩下孙儿赫萧。

赫升临终前将赫萧托孤给缪家。

说起来，赫升能捕获符珠哩，就来自缪济川的一次请求。缪济川请这位神秘的老剑子手，帮忙对付一个恐怖的影子。赫升发现，那个影子就是他苦苦追捕的黑鲛人符珠哩。长达十八年的使命追踪，终于遇到转机。赫升顺势在缪宅布下陷阱，当符珠哩向缪家动手时，被赫升擒获。虽然赫升最后还是失败了，却与缪家有了命运羁绊。

赫升临死时，把赫萧托孤给缪济川，继续守护缪家。

可惜赫升并不知道，赫萧被符珠哩撞到石狮后，脑部受到震荡，已经失去了十四岁之前的记忆。孙儿已经忘了诛鲛士，忘了人类世界已陷入绝境，孙儿已经是个普通人。赫升同样不知道，诛鲛士这个危险又崇高的身份，将随着自己的死去，在人世消亡。

缪济川收留了赫萧，认作义子，并让女儿——十一岁的缪璃教赫萧读书。

办完了这件事，弥留之际的赫升请来一位当剑子手的老朋友，提出最后一个要求：

"我死以后，你把这些东西塞到我肚子里。"

老朋友打开盒子，里面是二十七个黑乎乎泛着光泽的圆片，辨不出是什么东西，有一股诡异的血气，令人生厌。老朋友立即关上盒子。

赫升死后，老朋友遵照遗愿，割开了好友的肚子，把那些东西塞进去，随着赫升一同下葬。

这是最安全的地方了。赫升相信，无论那个生物如何高明，当他和人类斗争的时候，他总有算计不到的地方。

那个地方，就是人类最不可思议的自身。

赫萧的人生，在十四岁那年，重新开始了。

缪家大宅坐落在离坎路 13 号。缪家开办的电灯公司生意兴隆。到了赫萧十九岁时，缪璃的妈妈去世，十六岁的缪璃突然与父亲决裂，赌气去英国留学。缪济川派赫萧随行保护。

两年后，赫萧陪缪璃从英国回来，缪璃直接搬到学校去住了。更让赫萧惊讶的是，缪家突然败落，大量财富人间蒸发，宅中的仆佣全换，只剩四名。缪济川让二十一岁的赫萧当了管家。

但缪济川的举止变得越来越奇怪，整天把自己关在书房，嘴里念念有词。赫萧以为他在思念女儿。这两天忽然又变得神采奕奕，好像心里的一块石头落了地。

中午，赫萧在楼下大厅突然听见砰的一声枪响。

赫萧冲上三楼，撞开书房门，只见缪济川歪倒在藤椅上，手里握着一把左轮手枪。

缪济川脑袋上淌着鲜血，拉着赫萧的手，发出微弱的气息："萧儿……"

"义父，我在。"赫萧的手指颤抖着。

"七年前，你爷爷把你托孤给我……我要感谢他，现在，我把璃儿托付给你……"缪济川猛地攥紧了赫萧的手，脖子拼命抬起，想要凑近赫萧。

赫萧忙低下头，耳朵抵着缪济川的嘴唇。

缪济川用最后一丝力气说道："赫萧，别让缪璃……"

"您放心，我不会让缪璃流落人世。"

缪济川的眼里突然露出强烈的光芒。那一定是回光返照。一瞬间，寂灭。

佣人胡丙冲了进来。赫萧悄然拭掉眼角的泪，此生，这是最后一次流泪了。只是他没想到，自己的一生那么长。

赫萧记下缪济川的死亡时间：民国二十四年四月十日，中午十二点三刻。

胡丙扑到缪济川的尸体前，号啕大哭。

后边跟来三个佣人，赫萧吩咐道："老昆，准备后事。鲁丑，去大门盯着。郭保，开车去学校接小姐。"

郭保有些迟疑："小姐肯回来吗？"

赫萧说："老爷只有一个女儿，你说她回来不回来。"

郭保离去后，屋里只剩下胡丙的哭声："老爷这么好的人，怎么想不开呀……"

缪济川的尸体上布满鲜血。胡丙一边哭，一边把染血的长袍脱下，顺势把尸体翻过来，突然惊叫一声。

尸体的后脖颈往下布满了鱼鳞，泛着银色光泽。第一层到第四层各有五片，第五层有四片，第六层有三片。一共二十七个鳞片。

赫萧同样感到茫然惊愕。但他很快镇定下来，吩咐胡丙掩饰尸体。

胡丙颤声说："老爷这是……"

"别多话。"赫萧转脸望向窗外。

后院传来咩咩的叫声，那只绵羊似乎感觉到老主人死亡的气息。

终于，大门外传来车声，缪璃回家了。

然后一阵奇怪的吱嘎声隐隐传来，仿佛来自地底。整座宅屋轻轻一晃。

墙上的挂钟静止了一下。

一片雾气悄然弥漫，在围墙以外缓缓聚拢。有一束光芒在距离缪宅三百米的地方瞬间闪过。黑暗骤然降临，犹如一团乌云，压在了缪宅上空。

离坎路 13 号，倏地消失了。

第一章

FINAL EVOLUTION

毁不掉的请柬

✕

聂深从信封里拿出一份请柬，上面的受邀人竟是他的名字。

卡片上印着一句话：保护自己的天赋，就像在兵荒马乱的岁月中，保护珍宝。

（1）

九渊市的这个夏天来得有些早。

刚到三月下旬，一股气势汹汹的热浪席卷而来，市区仿佛有一台巨大的机器，将周边大海里的水汽吸进来，使得这座南方城市被潮湿闷热的空气包裹着，就连刚刚亮起的路灯，光线也散发出水雾，蒸腾在灯罩上方形成一圈朦胧的光环。一群蛾子便在光环中飞舞穿梭，投下一片斑驳的碎影。

一个中年男人绕过灯光，神情警觉，把自己的身影融入树荫。

他的脸上长着麻子，一边走，一边东张西望。不远处有个环卫工人缓慢地挥动扫帚，地上卷起一片灰尘。

麻子望向街对面的陈记海鲜大排档。有个戴鸭舌帽的年轻人坐在角落。

麻子正要穿过马路，忽然一皱眉头，立刻转身离去。那个环卫工人猛地冲过来，是个年近六旬的老妇，脸庞在路灯下扭曲着，双眼却亮得惊人。

麻子刚跑到十字路口，又有五个黑影冒出来，从三个方向围追堵截。他们都是五六十岁的老头老妇，身姿极为凶悍，将麻子逼到榕江沿岸。麻子一边狂奔，一边拿出手机，发出最后的短信：

离开！

然后他拆掉手机，破坏智能卡，一不留神，被身后赶来的老头一脚踹入江中。

其余的黑影跟着跳进去，扑通声连成一片。他们入水后身姿更为凶悍，如同五条剑鱼。

江堤上还剩一个黑影。环卫工老妇紧握扫帚，转过身去，她的脊背有些弯，竟然横着走路，干瘦的双腿弯成了O型，如一只螃蟹，移动速度飞快，灰白的头发在脑后飘舞，令人毛骨悚然。

夜空中隐约传来雷声，天气愈发闷热。

空落落的大排档里，那年轻人仍然坐在角落里。服务员斜靠在柜台旁，拿着遥控器胡乱摁动，电视机不断出现凌乱的声画："……爸，你要再婚我没意见……气象台提醒市民，最近天气反常，进入三月以来，气温不断攀升，但早晚温差异常……魏博士，您的科研小组最新……"

"服务员，麻烦添一点茶水。"客人的嗓音略带沙哑的磁性。

服务员走过来，瞥了一眼桌上没动过的桂圆白粥和红鹦哥鱼饭，视线飘到客人脸上。

这是个身材单薄的年轻人，有一张吸引人的面容，让人忍不住想多看两眼。他戴着一顶黑色鸭舌帽，显得心不在焉。服务员添过茶水，回到柜台前。

"……我们科研小组确认，地球上还有一种生命体，与人类的起源一样都在海洋，属于同宗同源。数百万年前，由于突发的地质灾难，生命体分作两支，一支踏上陆地，进化繁衍至今，成为人类；另一支进入海洋更深处，便是鲛人。踏上陆地的人类，因其生存环境相对舒适，导致基因组中缺少了四千万个额外的 DNA 碱基对，减弱了人类的进化程度。而鲛人用另一套生态系统进化了几百万年……爸，我跟你谈家产，你跟我谈爱情，你都七十多了……"

服务员来回拨弄着遥控器，不时瞥一眼年轻人。

年轻人忽然拿起手机看了看，随即起身，往桌上放了两张钞票，快步走向大排档后门，一闪身便不见了。

潮湿的小街上有一股臭汨水的味道。年轻人加快步伐朝巷子走去。

在他身后的通道口，一个黑影弯着腰，静静地站着，手上挂着一把扫帚。

老妇的眼白在黑暗中闪闪发光，望着前方，年轻人的身影消失在巷子里。

老妇朝另一个方向走去，在靠近十字口的路边停下脚步，面前有个消防栓。她把扫帚扔到旁边，跪下来，双臂抱住消防栓，脑袋贴在上面，闭起眼睛，似乎在接收什么信息。消防栓的金属底座深埋在地下，上半部随着老妇的呼吸，微微颤动着，发出难以察觉的音频声。

两分钟后，老妇起身离去。

此时，距离小巷十五公里以外，麻子浑身湿透，沿着铁轨奔跑。后边，五个黑影死咬不放。一列货运火车转过弯道，麻子一挺身，刚扒住火车，就被两个黑影扑倒在路基下。麻子拼命挣脱出来，继续在黑夜中狂奔……

（2）

聂深始终不知道自己在躲避什么。

从他记事开始，母亲就带着他东躲西藏，以至于很长一段时间，他以为人生就是这个样子：没有安全感，颠沛流离。

母亲经常冲他发脾气，但他并不怨恨，母亲是因为害怕保护不了他，才变得越来越疯癫惊恐，尤其是在夜里。

从十三岁以后，就是聂深在保护母亲了。母亲教会他一件事：迅速融入环境，要像一滴水融在海里。

但这个比喻不好，聂深非常害怕水，那源自童年的心理阴影。

母亲从来没告诉他，究竟在躲避谁，似乎一说出来，就会被噩梦吞噬。

聂深通过观察揣摩，结合母亲偶尔透露的只言片语，大致猜出，母亲曾经去过一个地方，出来后就变成了现在的样子。

那么父亲呢？聂深猜测，父亲从事着某个神秘而危险的工作。

一个月前，母亲因病去世，临终时已经失去了意念，留下的遗言破碎而诡异：时间到了……鱼皮娃娃的院子。

什么时间到了？母亲究竟遭遇过什么？父亲又是谁？家园究竟在哪里？

这些难解之谜，使得聂深在悲伤中感到更加空虚，仿佛心上破了一个洞。二十六年来彼此寄托的人，就这样将他独自留在人世。母亲去世后，聂深过了一段行尸走肉般的日子。

自己存在于这个冰冷世界的理由是什么？

聂深很想找到邮差——那个从来没有见过的人。聂深相信，只有邮差能破解自己的身世，因为那是母亲生前唯一信任的人。

关于"邮差"的称呼，聂深偶尔听见母亲打电话时说过一次。那时他还小，觉得挺好玩，就在家里念叨了几遍，母亲严厉制止了他。从那以后，那个人就从生活中消失了，但聂深知道，神秘人一直在暗中帮助他们。每次搬家，都是邮差先找好落脚点，有时一年中会挪动五到七次。

母亲病重期间，聂深试着用母亲的手机联络了邮差。但直到母亲去世，对方才回复短信，相约在陈记海鲜大排档见面，可惜昨天晚上又断了……

"哎——哎，魂儿没了？"伴随着清脆的呼唤声，一只饭盒放在聂深面前。

盒中两道菜，一是金黄卷曲的炒鹅肠，嫩生生的豆芽衬底，充满诱人的色泽。一是香煎马哈鱼，肉质细嫩，味道鲜美。平时聂深最爱这两道菜，尤其是炒鹅肠，用筷子夹一小卷放入口中，肠皮弹牙，劲道十足，越嚼越有味儿。

"还发愣？吃呗，都是我做的！"说话的少女有一张红扑扑的娇俏脸庞，她自己正忙着啃一块卤鹅肝。

"阿银呀，谢谢，我不饿。"聂深礼貌地点了一下头，把刚脱下的工装叠起来。

银子弥有些郁闷，把饭盒往旁边推了一下，身后两个工友起哄，要抢菜吃，阿银没搭理他们，顺势坐到桌子上。她穿着一双竹编拖鞋，脚趾上涂着鲜润的蔻丹，像一排漂亮的石榴籽，泛着莹莹光泽。她的双脚一晃一晃，把拖鞋晃掉了，一边注视着聂深的侧脸。聂深还是一副心不在焉的神态。

"哎，我听舅舅说，你要辞职了？"银子弥尽量用平静的语气问。

"嗯。"聂深扫视修车店。周围闹哄哄的，夹杂着人声和电机的嗡嗡声。

"我知道你心情不好，可也没道理扔了工作啊。"阿银赔着小心说，"我舅舅是有点讨人嫌，可他对你还不错，没扣过薪水吧。"

聂深在这间亚豪修车店上班四个多月，这也是他从去年以来换的第三份工作，但如今觉得这一切都没有了意义。

"阿深哥，你是不是遇到麻烦事了？"银子弥凑近了，神秘兮兮地问。

聂深摇摇头，苦笑一下："谢谢你的关心，我……"他忽然看到银子弥眼眶里有泪光，却不知该说什么。他来修车店上班不久，便遇到了店老板的外甥女，这位阿银小姐对他流露出明显的好感，但他很清楚，以自己的生活状态，很难与别人发展长期的感情，既然无法给出承诺，就不要玩弄感情，这是聂深的原则。

这时，店门外传来一阵吵闹声。

一个大腹便便的奥迪车主正在怒斥修理小工。小工浑身哆嗦着。车主一巴掌扇到小工的脑袋上，小工摔倒后又爬起来，哭着鞠躬。

奥迪车主嘶叫："瞎了你的狗眼了，你以为这是你老爸的骨灰盒啊，那么使劲擦！"

聂深大步走过去。阿银顾不得穿鞋，光着脚丫跑了出来。

聂深挡在车主和小工中间。车主的肚子高挺着，肥腰上勒着一条爱马仕皮带。

聂深说："我同事上班不到一个月……"

"别废话，早死仔，给老子赔钱！"车主指着驾驶室，口沫横飞。

聂深瞥了一眼，原来是小工帮客人擦洗中控面板时，把音量调节旋钮碰掉了。

聂深说："这个我们会处理，可你不该骂人。"

"我连你一起骂，死父仔，你妈个臭老几！"车主发出无耻的吼声。

"你这人臭嘴烂面……"银子弥指着车主。

车主猛往前冲，"你再指一下试试！"

说着一巴掌扇向银子弥，阿银抱头尖叫。聂深抬手挡住车主的巴掌。场面大乱。

"有话好好说，别动手，别动手……"聂深一手推搡车主，另一手做了个动作。

车主肚子上的皮带突然断开，肥大的裤子唰的一声滑落，露出白净性感的大胖腿，和一条变态的小短裤。

哗——围观者一阵哄笑。

车主向下一看，脸庞顿时变成了紫红色，如同刚出锅的酱猪头。他一撅屁股提起裤子，一只手抓住裤腰，扭身钻进了车里，透过车窗扔出一句狠话："晚上砸了店，干死你！"那凶恶的眼神表明，绝对不是吹牛。

修车店的老板回来后，听了事情经过，吓坏了。银子弥请求舅舅不要责怪聂深，舅舅一改往常的态度，冲着阿银大发雷霆。修车店的员工这才明白，他们招惹了九渊市的一个厉害角色，老板根本不敢报警。

聂深安慰老板，一人做事一人当。

晚上，聂深守在修车店。这里距离"一路一街一广场"的明珠广场不远，银子弥怕聂深待在店里危险，非要拉着他去广场买衣服，却被舅舅骂走了。聂深独自站在窗前眺望广场上的灯光，平静地等待着暴风雨的降临。

然而直到天亮，整条街上都十分平静。

第二天，仍是风平浪静。

此后一个星期都没人来砸店。

但越是这样，老板越是惊恐。聂深找人打听了一下，得到一个连他自己都难以相信的消息：那位奥迪车主变成了痴呆。

据说是脑子进了肥油，一夜之间彻底傻了。傻子当然顾不得寻仇。这场无妄之灾，就此消解。

修车店的老板仍不安心，缠着聂深不放行，要求他再坚守一个月，万一对方寻仇，也好给人家一个"冤有头"。

银子弥似乎很高兴，希望舅舅头上那把悬顶之剑永远别落下来，聂深就不好意思辞职了。

但没过几天，老板突然主动辞退了聂深。

更让人不解的是，银子弥竟然毫不辩驳，整个人发生了一百八十度转弯，对聂深的态度变得异常冷淡，就像一个受够了情伤的女孩，感觉累极了，再也不想爱了。

聂深离开那天，阿银甚至没有送行。

聂深对于周遭的气氛虽然有些疑惑，却也乐得清静，他早已习惯了随时离开一个地方。

按照原计划，辞职以后，聂深打算专心寻找邮差。他坚信邮差还在九渊市。

这座城市聂深自从一来就觉得有一种说不清、道不明的感觉。

此城有个别名：鲀城。有趣的是，"鲀"是个古字，没有简体字，一直这么写下来。鲀城从形成到定名，很长时间都只是一片荒僻的海滩。北宋之后，设立都府于三条江的出海口，北部是一片滨海冲积区域，到了宋朝中期才形成聚居地。直到元朝末年一群人躲避战乱，逃到此处，才有了像样的渔村，渐渐扩展，在明朝初年起名鲀城。

但有历史传闻，早在难民聚拢以前，就有人将沙脊积聚成片。有的说是远古先民，但是偶尔发现的遗迹，却不像普通人留下的；最古怪的，是他们塑造沙脊的能力——那些人分明是在徒手造一座城。

到了明朝中后期，沙脊向海域延伸，形成稳固的地势，有了建筑规模。整个过程中，朝廷似乎与建城者心照不宣，没有征调一名苦役，只管在建成的区域上设立县署、建造炮台。到了清朝中期，城市便在海滨冲击成的平原上巍峨耸立起来，周边四十个大小岛屿环绕，三条江的下游从城区流过。城市名称也从"鮀城"，改为"九渊市"。

据说这个名称是一位神秘客起的。传闻清朝中期的一个夏日黄昏，有一位客人乘坐一艘古怪的金属小船，来到四域海流交汇处停下。这条小船形似螺旋，可以沉行海底而水不浸。螺旋舟停靠的海面上，附近有一道大旋涡，以往经过的商船经常沉没，还有海盗、倭寇猖獗。此时却风平浪静。

客人戴着斗笠，露出一缕彩色头发。

放眼旋涡之下，有金色光柱透出海面，深不可测。

客人站在光中，遥望北方，说了一句话：洛河与黄河会聚之处，乃是中原之根；四域海流会聚之处，乃是四海之根。

他转而望向身后的鮀城，眼眸间充满异样光彩，那座城就是他建造的，是他看着那里从荒僻的海域，到沙脊积聚成片，再到都府建立、城市发展……

客人盘膝坐在船首，弹奏一曲古乐歌《九渊》。

九渊市，就此定名。

从那以后，神秘客再也没有现身。

然而有个茶商赌咒发誓说，他在两千公里以外的北京，见到了神秘客。那时茶商陪一位蒙古王爷饮工夫茶，得知王爷家中一个奴仆，因背叛主人，即将遭到凌迟。行刑那天，王爷邀茶商去瞧热闹，茶商婉拒。王爷告诉他，朝廷即将废除凌迟，这是最后一个受刑的犯人。茶商便去了。当场见刽子手割了犯人二十七刀，正准备继续行刑，犯人却被盗匪劫走，现场一片愁云惨雾。茶商回家后做了半个月的噩梦，梦中，他分明看到那个彩色头发的犯人，就是传闻中在海上弹奏古乐歌的神秘客。

但茶商的话太离谱，根本没人信。不久，茶商暴毙家中，此事不了了之。

这些传闻典故，平时都是银子弥讲给聂深的，聂深觉得挺有意思。银子弥有时候没话找话，就想跟他聊天，聂深有些无奈，架不住银子弥的缠术，还有一次愣把他拉进水族馆，那可真是一次糟糕的体验。

那天说好是陪银子弥散心，到了水族馆门口聂深就后悔了。可他平时做事从来不反悔，言出必行，何况是这么一件小事，于是咬牙进去。

迎面巨大的水箱里游动的海龟还没什么，转过弯看到一只美丽的海豚，聂深感觉自己的头发丝都竖了起来，仿佛有一阵冷风贴着头皮盘旋，把整个人提起，双脚似乎踩在棉花上。

"啊，你脸色这么差！"银子弥惊呼。

透过周围的欢声笑语，聂深觉得自己听到了海豚的哭泣。

在封闭的水箱里，海豚逃无可逃，驯养员还在指挥它表演。聂深看到海豚用鳍拍打水面，引起观众的欢笑，却不知，那是海豚在生气做出的示威反应。

——我怎么能感受到海豚的痛苦？

聂深不敢相信。

以往他对鱼类并没有这样的感觉，曾经租住在水产市场附近，附近的工人每天衣服上都沾着鱼的血污，聂深并没有感到不安。也许因为海豚是来自海洋的哺乳动物，带给他的触动便格外强烈。

海豚被迫和家人分开，关押在囚笼中，失去自由的同时，还要天天表演节目取悦人类。

聂深沉浸在海豚的屈辱中。

银子弥急忙拉着聂深离开水族馆。聂深往外走时，看到海豚在水箱里追着他，直至撞到箱壁。

那一阵嗵嗵的撞击声，折磨了聂深一个多星期，闭上眼睛就能听到。

说到听觉，这也是聂深感到纠结的地方。

他能在雨季来临前，听到一些奇怪的颤鸣声，似乎无数雨滴在万米高空摩擦，还没有落下时，先向人间传出了音讯。那些声音常常搅得聂深无法入睡。

这种种的异样，都与自己的身世有关吧。聂深更坚定了找到邮差的决心。

他从修车店一辞职，就开始整理母亲的遗物。房子里的家具和电器卖给了二手家具店，所得款项连同自己的薪水，都用于结清房租和还债了，眼前剩下的是一堆破碎的日常单据。

大约十年前，母亲把全部的照片都烧了。当时聂深以为，那又是母亲的一次惊恐症发作。但现在看来，母亲那样做或许是有道理的。

聂深把所有的购物单、收据等都翻出来，依次排列。必须从这些信息中找到邮差的线索。

有几张撕掉的纸，揉成团，扔在盒子里。聂深把纸打开，上面涂满了乱七八糟的笔画，辨不出文字，只在两片碎纸的边角，隐约看出都有个"纟"旁。

聂深把可能带有线索的纸片贴在墙上，从中心向外扩展的线条纠缠在一起，仔细盯着每条线的落点，脑子里闪回母亲过往的言行举止。他有很强的时空辨识能力，从很小的时候就这样。

此刻，纷乱的记忆从脑子滤过时，他尽量保持客观冷静，仅仅只处理数据。可是关于母亲的回忆让他痛苦，汹涌而出的记忆冲击着大脑，令他头痛欲裂。

——孩子，你不该来到这个世上……

母亲哭喊着，爱恨交织，却是那么虚弱。

——孩子，你会害死所有人……所有人！

聂深突然惊醒了。窗外马路上的车辆飞驰而过，屋里不断划过灯光。

他起身走到墙壁前，集中注意力盯着那些纸片。有六张纸片贴在不同的位置，却指向了同一个地址，且时间都在三个月以内。

聂深从屋里出去。天边的雷声越来越响。

两个小时后，聂深闯进了邮差的家。但房间已经空了，只有屋子中间放了一张桌子，上面有个信封。

聂深从信封里拿出一份请柬，上面的受邀人竟是他的名字。

卡片上印着一句话：保护自己的天赋，就像在兵荒马乱的岁月中，保护珍宝。

地址：离坎路 13 号。

（3）

这条路弯弯曲曲，仿佛没有尽头，头顶的乌云压得很低，却感觉不到风。聂深绕过一座超市，往南走了十几米，手机信号消失了。但此处距离市区黄金地带并不远，回头仍能看到林氏国际会展中心。

聂深收回目光，继续往前走。周围死一般寂静。他有些后悔，应该骑自行车来的。

聂深又拿出请柬看了看，上面还有八个字：千针万线，天衣无缝。

被这份请柬选中的人，应该是具有缝补才能，但是有什么用呢？

请柬上要求客人来到离坎路 13 号，只要在七天内发挥出自己的技能，完成悬赏任务，就能得到巨额奖金。

起初聂深以为这份请柬是个恶作剧，不过他发现卡片上覆了一层膜，把薄膜轻轻揭下来，仔细辨别，能看到上边布满了花纹。他把薄膜举起，盯着看了两三分钟，上面显现出参差不齐的线条，竟呈现立体形状，仿佛平地起了高楼，构成一幅地图。如此精妙的设计，绝不是恶作剧的行为。

现在聂深行走的方位，就是地图的指引。

但他对于巨额奖金不感兴趣，他要探访的，是自己的身世之谜。

前方有一座宅子突然出现在拐弯处。

聂深来到厚重的大门外。从下往上看，门板上油漆斑驳，顶端布满尖刺。

门上有根绳子，聂深抬手拽了一下，里边传出叮当一声。大门打开一道空隙，露出一个魁梧的身躯。

聂深递入请柬。一只粗糙的手接住了。

随后，大门打开更大的空间，聂深迈步进去。就在这一刻，他突然产生了瞬间的悬垂感，好像脑子里有个挂钟，当的一声，身体一个摆荡，持续时间不到1秒钟。

刹那便一切寂静。

身后，大门无声地关上。

聂深面前站着一个丑男人，如一头犀牛，却显得犹豫不决。

聂深说："你好，我去哪儿报到？"

守门人忽然望向身后，似乎在寻求援助。

这是清朝末年的一栋园林式宅院，占地约十八亩。最初草图由苏格兰传教士构思，后经德国设计师迪特－弗兰巴肯完成总体设计。整座宅院不仅具有英伦风格，还将中国传统元素融入其中。

院中各个建筑有序排列，一条石径远远地通往主楼。主楼有三层，楼顶尖角直插天宇。楼宇外墙采用褐白交错的线条，配以中式兽环装饰，既古典又神秘。

如果仔细鉴别，会发现宅院隐含八卦格局。主楼前方有一座八角亭，八条道路连接八座花坛。与八角亭对立的西北边，耸立一块圆柱形大石，上刻五个字"泰山石敢当"。石柱造型怪异，仿佛百年紫铜铸就，似有镇宅之意。

聂深发现，由于年代久远，以及宅院上空凝结的乌云，加之四周涌动的似雨似雾的潮湿气息，使得宅院的每个建筑物都覆了一层黯青底色，散发出幽幽寒意。

守门人把脸扭过来，没有直视聂深，抬手往主楼指了一下。

"谢谢。"聂深迈步向前。

一进大门，左右各有一座干涸的水池。聂深加快步伐，石径两旁的建筑从薄雾中浮现，经过八角亭和圆柱形石柱，聂深来到主楼前。

主楼每层约有六七扇窗户，大多黑洞洞的，隐在茂盛的藤蔓中间。还不到下午四点钟，一楼有两个窗户亮着灯。

聂深步入大厅时，里面已经坐了七个人，其中有个学生模样的男孩。大厅的地上铺着檀木板，顶棚的枝形吊灯亮着，光线发黄。

大厅里的声音止住，众人的目光投向聂深。

聂深扶了扶鸭舌帽，坐在靠窗的椅子上，往外瞥了一眼，看到那块泰山石。

一阵咯咯的笑声响起，是个胖男人，朝聂深挥挥手。

"我叫汪展，你呢？"

"聂深。"

"咯咯咯，你这名字好怪呀。"汪展笑个没完。

汪展邻座是个瘦高的男人，明显对汪展的笑声不满，嘴角绷着。

汪展拍了拍他的肩膀："张白桥——说茄子。"

汪展的举止逗乐了一个女人，她一边修着指甲，一边抬头瞟了汪展一眼。

始终看书的男孩显得少年老成，低头坐在墙边的单人沙发上。

男孩左侧的沙发上坐着两个女子，长发女孩十分安静，短发女孩则不停地说话。

聂深的视线移到最远的墙角，那里坐着的矮个子男人，模样斯文。

聂深看了一圈，有些失望。邮差的存在可以追溯到聂深的童年，如今少说也有四十来岁了，可是在座的七人都很年轻。

这时，一个举止老派的男人进了大厅，自称老昆。他有意无意地看了看聂深。

张白桥问道："老昆，你是主事的？"

老昆摇摇头，与随后进来的另一个男人窃窃私语。老昆叫他胡丙，长了个枣核脑袋，一副阴阳怪气的样子，扫了聂深一眼，上楼去了。

老昆站在原地，环顾大厅。

汪展问道："悬赏任务是从明天开始吧？"

张白桥哼了一声："四月十号嘛，知道还问。"

老昆懒洋洋地咕哝道："今天晚上，子正时分。"

"不就是午夜零点嘛。"那个短发女孩说。

"啊？"修指甲的女人抬起脸，充满攻击性的眼神扫过，对着长发女孩和短发女孩说，"今天就得熬夜呀，你们这些臭美的，不先补个美容觉？"

汪展还在和聂深聊天："哎兄弟，你有什么特殊天赋？"

"你呢？"聂深反问。

"我——咯咯咯，能吃、能睡、能泡妞。"汪展得意地说。

旁边的张白桥瞥了汪展一眼，露出不屑的表情。

汪展催促聂深："快说说你。"

"我也不知道他们想要什么。"聂深说。

"是挺奇怪啊，咱们到底为什么被选中了呢？"汪展揉着下颏咕哝，"如果只是缝个东西，那还值得悬赏吗？"

前方的老昆做个手势："各位安静，我宣布一件重要的事情。"

大家看着他。

老昆忽然用恐吓的口吻说："宅子里，严禁碰触金属物！"

"为什么？"那个男生抢着问。

老昆不耐烦地说："记住就行了。"

聂深早已发现，宅中所见之处，并没有金属物，就连门把手都是木质的。

大厅里充满了猜测和议论。

这时，楼上飘来一阵悠扬的钢琴声。

聂深注意到，始终安静的长发女孩，脸上露出了无限神往的表情。

那女孩似乎感受到聂深的目光，朝这边投来一瞥。二人目光相碰，女孩脸一红。聂深移开了视线。

（4）

楼顶平台上，赫萧静静地望着远方，缪宅以外的区域被浓雾和乌云遮掩。

天气有些冷，赫萧穿着一件紫色对襟长衫。在他身后不远处，是直插天宇的三棱形尖角。

胡丙来到赫萧身旁，诚惶诚恐地说："赫管家，还是没办法确认。"

赫萧微阖双目，瞳仁愈加幽暗深邃，"多了一个客人，真是怪事。"

"前两届没出过纰漏，这次……"

"可是前两届也没有成效。"

"说得也是……"

"邮差还是联系不上？"

胡丙摇了摇头。"赫管家，你看会不会是……"胡丙鼓起勇气，结结巴巴地问，"会不会是因、因为二十七年前的……"

"别多话。"赫萧投来凌厉一瞥。

胡丙赶忙转移话题："既然来了八个客人，说明有一份请柬是伪造的。可是外面知道这个任务的人，只有邮差，难道他疯了，敢破坏平衡数？"

"不要乱猜了。"赫萧的眼神变得难以捉摸，"午夜之前，找出多余者，不然都得死。"

胡丙一哆嗦，偷眼看了赫萧一下。赫萧曾经说过一句话：这个宅子里，谁都可以放弃，唯独小姐要安全。

这个男人为了保护缪家小姐，什么事都做得出来。

胡丙鞠躬："我这就去办。"

每隔二十七年，缪宅会通过邮差，从外面邀请七名客人，必须符合三个条件：首先是普通人，并不知道自己有超乎寻常的特殊缝补才能；第二，有耐心，极强的适应性；第三，心里有很大的阴影，能够用巨额赏金激发出潜能。

只要少了任何一个条件，就是那个多余者。

飘荡在空中的钢琴声已经消失。

老昆不知什么时候离开的。大厅里的八个人越来越熟络，尽管彼此不了解底细，但是面对一份未知的、神秘而刺激的礼物，谁都难免产生亢奋情绪。他们都觉得自己是幸运儿。

"其实呀，我当时一看到请柬，差点撕掉。"修指甲的女人叫姚秀凌。

"我撕了，撕不烂的。"短发女孩叫叶彩兰，有一双特别较真的眼睛。

张白桥明显对叶彩兰有好感，视线不断飞过去。

叶彩兰身旁的长发女孩忽然笑了笑，有些羞涩，她一笑起来眼睛弯成月牙，露出一对可爱的小虎牙。

汪展觍着脸问："林娴，你想到什么美事了？"

林娴的脸颊泛红，低垂着眼帘。她在客人中最柔弱，不时从口袋中掏出小零食，偷偷吃着，嗑松子时偶尔弄出响声，她便一缩脖子，舌尖轻轻一吐，往周围扫一眼，每次目光都不自觉地投向聂深。

那个学生模样的男孩来了兴趣，把书倒扣在沙发扶手上，说道："别说卡片撕不烂，火都烧不掉呢。"

"啊？你真烧过？"姚秀凌扭过脸，盯着男孩，"郑锐，你脑子有病吧。"

郑锐嘴唇紧抿，气恼地瞥了姚秀凌一眼。

"吸引我的，正是这一点。"坐在墙角的斯文男人发出声音。他叫柴兴，一边说话一边在口袋里掏摸着，掏出一把梳子，细心地梳理着中分发型。

姚秀凌做了个呕吐的动作。

张白桥问："柴先生，你说什么吸引了你？"

柴兴慢吞吞地说："那张卡片，火烧不掉，剪刀剪不断，水泡不烂。"

大厅又是一静。

"哎，聂深，你怎么不说话？"汪展盯住了新目标。

"我在听。"聂深淡然一笑

他一直在考虑着，老昆和胡丙也不像邮差，老昆虽然年龄接近，但气质不对——这家伙就是一副混吃等死的模样。

聂深觉察到一缕目光，是林娴。他没有迎向那道目光。

这时，老昆回到了大厅。胡丙随后跟进来，端着托盘，把茶杯依次放到众人面前。聂深端起杯子，又放下了，水质有些混浊。

"晚饭吃什么呀？"姚秀凌大声问。

"先讲故事吧。"老昆说。

"什么意思？"郑锐扭脸看着老昆。

老昆从怀里掏出一副圆圆的石头镜，拿在手里呵了口气，用手指蹭了蹭。这么个小动作，就让他显得精疲力竭。

"故事……就是你们遇到的糟心事，说出来吧。"老昆环顾大厅。

郑锐隔着几个人，对聂深说："聂哥，你这帽子不错，很个性。"

聂深没搭理他。

大厅里一片乱纷纷的声音，老昆压不住场面。

郑锐忽然直起脖子，冲老昆来了一嗓子："喂，这家的主人呢？"

一句话提醒了众人。

张白桥忽然起身走向老昆。老昆露出戒备的神色。

张白桥问："卫生间在哪？"

汪展嚷道："我也要拉屎！"

郑锐趁乱站起身，走到聂深面前，顺手拉了把椅子坐下。

"你觉得怎么样？"郑锐问。

聂深看着郑锐，反问："什么怎么样？"

"看他鬼鬼祟祟的。"郑锐扭过脸，扫了老昆一眼，"穿的衣服也怪，说话的腔调也怪，装得一板一眼的，好像挺有文化。"

"你读高三？"聂深问。

"大二了都。"

"请假出来的？"

"嗯。"

聂深打量着郑锐，这男生的脸上写满了叛逆。

聂深的眼角余光捕捉到什么，他仰起脸，二楼栏杆后边挂着帐幔，影子微微飘动，透过来一抹水蓝色——有人站在那里。

这时，老昆猛地提高嗓音，发出嘶哑的叫喊——

"别吵了，来看看你们的悲惨命运！"

大厅里的议论声戛然而止。

老昆转身离去。

忽然，大厅的灯光灭了。正是傍晚时分，被窗帘遮蔽的房间里一团漆黑。

与此同时，某处响起电话铃声。

（5）

众人四处张望，寻找铃声的来源。

大厅逐渐显露出淡淡的光线。

聂深听出铃声离自己最近，往前走了几步，绕过大厅中间的柱子，把一个鸟头兽身的漆器挪开，一部黑色的老式电话机呈现在眼前。

聂深扭脸看了看众人。林娴捂着嘴，睁大乌黑的眼睛。郑锐一副跃跃欲试的模样。其他人表情各异。

聂深抓起话筒，听了一下，回头说道："柴先生，找你的。"

大家的目光唰地集中到柴兴脸上。柴兴踉跄着，上前接过话筒。

"喂？谁啊？说话……"

柴兴愣了一下，仿佛接到了什么指令，用另一只手拨动电话机上的转盘，哗哗声响了七次。

接着，对面墙壁上出现一个诡异的光斑，好像从墙壁里渗了出来，慢慢拉长，像条虫子，蠕动着变大了，成了不规则的圆圈。

配合着墙上的图画，空中突然响起谈话声。起初聂深以为是几个人在聊天，却马上明白，那句话是由不同声音串联组合而成，有粗哑的男声，尖细的女声，还有婴儿啼哭似的颤音，夹杂着咳嗽声和挤压的呜咽声：

"排队者……取暖者……你们永远在队伍的最末端，永远挤不到炉子最近的位置上……怨恨命运不公……"

姚秀凌忽然笑了一声："嘻，说出了我的心里话，我就觉得我是投胎错误。"

那幅画上终于出现了四个字：命运图经。

聂深意识到，如果那东西真的靠谱，那应该是柴兴的生命地图了。从图经上看，柴兴的人生很简单，就是一个弧形，越来越低，落点在谷底。图经上分出了几种色块，绿色代表希望，只有狭长的一个角，大约占百分之六，其他则是橙色、白色、蓝色，中间有一个区域，是灰色的，显得模糊不清。

空中飘荡的声音，介绍着柴兴的成长经历：小学、中学平淡无奇，高三辍学，梦想是成为银行高管，却沦为小贩，摆过夜市，与家人不和……

柴兴突然把话筒甩出去，话筒反弹回来，电话机仍牢牢地固定着。

飘荡在大厅的声音未受影响，一个苍老衰弱的女声夹杂着婴儿的尖细嗓音，组合成令人难以忍受的腔调：本月底……高利贷……偿还期……

柴兴溃败了。他低头走回来，瘫坐到沙发上。

接下来是张白桥。他的命运图经稍微复杂一些，却比柴兴的更悲哀。图经上几乎没有绿色，大面积的橙与蓝，夹杂着一块灰色。

表面看起来像个调音师的张白桥，其实是个贼，在地铁上活动。他那双修长的手，倒是物尽其用，现在手腕上戴着的那块表，就是个赃物。

第三个人是汪展，一个失败的投机客。图经上代表希望的绿色，出现在上个月，但命运的辉煌顶点只有三天时光。目前他被一伙歹徒威胁，极需一大笔钱。

第四个人是林娴，极度痴迷于音乐。她刚从一座小城市来到九渊，举目无亲，生活困窘，有幸遇到一位有名的音乐教授。她的命运图经上，难得地出现了绿色，但紧接着，橙色覆盖了绿色——教授愿意给她提供安静舒适的房子，送给她最好的钢琴，并培养她五年，将她推向人生巅峰，但作为交换，她要毫无尊严地献出自己的身体。图经上显示，小虎牙妹妹正在承受无法承受的心理压力。

姚秀凌是被外婆怨恨的孩子。妈妈生她时难产而死，这深深刺激了外婆。姚秀凌从小受尽屈辱，十三岁以后从老家逃出来，混迹于社会底层，直到今天。

郑锐虽然只是大二学生，命运图经却很复杂。三岁到五岁生活在国外，之后被人带回来，这期间还发生过丢失事件，被找到时奄奄一息。

叶彩兰只有初中文化水平，但生存能力惊人，图经上的蓝色最多，分布在四个年龄段。她从事过不少职业，却没攒下钱。目前父亲患绝症，急需医疗费。

至此，接过电话的七个客人，都安静下来。

忽然响起嘤嘤的啜泣声，是叶彩兰在哭。林娴也是眼圈泛红，为了减轻压力，她不停地吃着零食，但眼泪还是止不住，如断线的珍珠般滑落。聂深被她的泪水触动了，心底微微一颤。

最后轮到聂深了。

聂深拿起话筒，里边有个声音，要求他报出生日。聂深拨动电话机的转盘数字，哗哗声响了八次。

墙上的图经展开，同样是个不规则的圆圈，但里面却是一片灰。

什么都没有，只是一个模糊的灰色圆圈。

（6）

幽深的长廊里，聂深走在中间，老昆和胡丙一左一右夹着他。

聂深不知道出了什么事，索性跟着走。他发现这座宅子真的很大，从主楼的长廊望出去，可以看到一座私塾学堂，更远的地方，有一座精美的戏楼，东边还有祠堂。

"这么大的宅院，连一朵花都没有。"聂深随口说道。

老昆和胡丙默不作声。

他们出了主楼，来到议事所。这里距离主楼并不远，却阴暗得多，青石垒砌的墙面上布满潮湿的污渍。

二人把聂深推入一间更小的石屋，把他按坐到椅子上。

胡丙说了声："等着。"

便与老昆离开了。

聂深枯坐了一会儿，听到外边传来脚步声。声音轻飘飘的，时断时续，显得行路者有些迟疑。

石屋的门"咿呀"一声被推开了。

聂深抬脸瞥了一眼，有些意外。门口站着个明眸皓齿的女孩，约莫十八九岁，穿一件水蓝色大襟上衣，黑色长裙，蓬松的秀发松松地绾在脑后。

聂深皱了皱眉头，那女孩突然出现在阴暗的环境中，显得格格不入。然而她又是那么契合。聂深的疑问更深了：她仿佛不是这个时代的人。

"你是谁？"

二人几乎同时问道。

女孩轻声笑了。她的笑容很有分寸，不忸怩，也不是喜悦，更多的是出于礼貌。

"我叫缪璃。"女孩说。

聂深淡漠地点点头，视线飘到窗户上。

"我听说，你就是那个多余的人。"缪璃一边说，一边走进石屋。

聂深的视线飘回来，心不在焉地摇摇头："我不明白。"

缪璃上下打量聂深。聂深的脸庞被帽檐投下的影子遮住了。

"我还听说……"

外面一阵脚步声打断了缪璃的话。

赫萧踏入石屋，说道："小姐，你不该来这里。"他的声音有些急促，流露出忧虑之情。

"赫管家，我无聊嘛。"缪璃说话时，皓腕从宽大的袖口伸出来，一只镯子晃动着，泛着柔和的光泽。

聂深的视线，在赫萧与缪璃之间飘了一下，又漠然转开了。

"小姐，你该吃饭了。"赫萧的嗓音依然冷静，却透出一丝温柔。

缪璃叹口气，手指揉弄着发梢。"天天吃一样的东西，你不腻吗？"缪璃抬脸注视着赫萧，她的语气是任性责备的，脸上的神情却显得楚楚可怜。

赫萧侧过脸，警觉地看了看聂深，示意缪璃跟他出去。

两人离开石屋。

赫萧带着缪璃出了议事所，这才说道："小姐，不要接触外人，危险。"

缪璃说："你总是担心我会有危险。这么久了，哪里有危险？"

赫萧没有辩驳。他在这座宅子的生存模式，就是尽全力消除可预见的危险。

赫萧忽然露出愧疚之意："那时候，我不该让郭保接你回家。"

"好了好了，我怕你了，这就吃饭。"缪璃赌气地往前走，"每次我不乖，你就说这句话。我早就告诉你了，不关你的事，如果不是爸爸自杀，我也不会回来的，这种事情，谁也意料不到。"缪璃的眼圈泛红。

赫萧垂下头。在这世上，他唯一亏欠的，只有缪璃了。当年，这风华绝代的女孩，只因他的一个匆匆决定，就陷入这空旷的老宅，虽没有弄丢青春，却遗失了欢颜。

"小姐，我会带你出去的。"赫萧说。

"你都说了很多年了。"缪璃停下步子，亦嗔亦悲。

"这次——"

"六成胜算？"

"里面那个人的身上，可能藏着答案。"

"他很可怕吗？"缪璃追问。

"也不是。"赫萧掩饰地笑了笑，"他只是一个破坏平衡的人。"

"你就是不肯把实情告诉我……"缪璃幽幽地叹口气，忽然一笑，"行啦，我去乖乖吃饭了。"

赫萧欠身："小姐慢走。"

"你又来？"缪璃露出痛苦无奈的表情。

赫萧默然后退。

缪璃忽然说："这次来的客人，都挺奇怪的。"

"哦？"赫萧停下脚步。

"身上的穿戴打扮稀奇古怪。那几位女士，嗯，还是挺漂亮的，比二十七年前的女士，时髦多了。与五十四年前相比，更是好得不得了。可是呢，她们似乎少一点什么，是因为不开心吗？"缪璃喃喃自语着，渐渐远去。

赫萧在议事所门前伫立片刻，脸上的线条恢复到冷硬，然后回到石屋。

（7）

"你家是哪里的？"赫萧站在聂深对面问道。

"四海为家。"聂深说。

"四海为家就是无家可归。"

聂深抬眼看了赫萧一下，笑了笑。

赫萧面无表情："说吧，你来缪宅有什么目的？"

聂深反问："你是缪宅的主人？"

"你不需要知道。"

聂深漠然一笑："我要见你们主事人。"

"你只有一次机会，告诉我，为什么到这里来？"

"你说呢？"聂深靠着椅背，"我拿到的请柬上写着我的名字。"

赫萧的目光冷冷扫过聂深，在心里掂量着：此人一副心不在焉的样子，能把自己放在人群中最普通的地方，可是他在目光闪烁之间，分明有一种洞彻力。

此人会是天选之才吗？

但无论怎样，这人不是那种容易控制的家伙。一个危险分子。

赫萧有意保持着静默，观察聂深的反应。然而聂深毫无反应。

赫萧有些受挫，再次开口夺回主动权："你知道为什么连夜讯问你？"

"这是讯问？我以为是宾主闲谈。"聂深说。

"你再怎么伪装都没用，你和其他人不同。"

"怎么不同？"

"知道命运图经上的灰色代表什么吗？"

聂深做出洗耳恭听的模样。

"灰色块，代表了内心深藏的，不为人知的秘密。"

"原来你们那个图经，也不是什么都能扫描出来。"聂深说。

赫萧咬了咬牙根，说："其他客人，都只有一小块灰色。可是你老兄，全是灰色。"

聂深自嘲一笑："那又怎么样？说明我浑身都是心理阴影。"

"很好笑吗？"

"或者你们那个软件出故障了。"

赫萧皱起眉头："软件？"

"是哪家公司开发的？还有那些资料，从童年到青年，一大堆东西，从哪儿买来的数据？医院？国家档案库？"聂深认真地问。

赫萧清了清嗓子，以沉默应对。

"哦，是商业机密。"聂深仰脸望着天花板，视线转了一圈，回到赫萧脸上，"这座宅院应该是个办事处，你们属于某个机构，有专业的黑客高手，从政府部门、医学部门，包括交警、学校、银行那些系统搞来信息，绘制成什么命运图经，高价贩卖。"聂深一边说一边点头，"我明白了，请我们这些客人过来，是帮你测试软件的。"

胡言乱语的表情，却伪装得很认真，偶尔露出一种懒懒的狡黠。赫萧继续衡量着：虽然身材单薄瘦削，但身上那种遗世孤立的洞彻，与如此年轻的身份不相符，竟像是饱受人世间的各种磨难，在长期的危机中练就的内敛。

社会丛林中的优异求生者。

赫萧掏出怀表看了看。距离午夜零点，不到三个钟头了。

聂深说："你不用这么为难，我退出。"

"什么？"

"你们的游戏我不玩了。"

赫萧冷笑："这个地方，不是你能随便进来又随便出去的。"

说着，他拍了一下手。老昆和胡丙从外面进来，二话不说，用绳索把聂深捆在椅子上，又急忙出去了。

赫萧拿出一盒火柴，平静地说："抱歉，没工夫陪你聊天。"

聂深注视着火柴盒。

赫萧弯腰凑近聂深："人身上有七十七处弱点，正好是一盒火柴的数量……"

"一盒火柴有七十根的，有五十根的，还有九十根和一百根的。"

赫萧被激怒了，"刺啦"一声划着火柴，另一只手把聂深的下嘴唇拉长，向下翻，露出内侧的红肉。

"这儿的肉很嫩，两根火柴就能烤熟。"他一边说，一边用火苗燎动着聂深嘴唇内侧的黏膜。

随着咝咝的灼烤声，一股烟冒起来，细嫩的黏膜霎时肿胀了。

聂深的身体猛地一挺，从鼻子里呼出一股气。

赫萧松开手，拉起的嘴唇弹回原位。他把燃尽的火柴扔到地上。

"告诉我，你来这里的目的。"赫萧逼视着聂深。

"我也是活该，撞到一个变态手上。"聂深嘲弄道。

赫萧眼里的寒意更浓，划着第二根火柴，继续灼伤聂深的嘴唇内侧。

聂深闭上眼睛，努力将自己的注意力转到别处。

让自己陷入最深的记忆里……

产生一种类似于昏昏欲睡的境界……

沉浸……

——孩子，你会害死所有人……所有人！

——你让我怎么办……我承担不起啊……

撕心裂肺的哭声变成了绝望的呜咽。

四岁的孩童突然被一双手扔进浴缸。水面咕嘟咕嘟冒出气泡。

——天哪，我干了什么……你是我生下的骨肉啊……

在记忆最深处，聂深还能感受到那种强烈的心理恐惧，那是一个四岁孩子突然被母亲扔进浴缸时，能够得到的唯一体验。

母亲该是多么绝望啊，又是多么痛苦……

——你是我生下的骨肉……

伴着哭声，母亲将四岁的聂深抱进怀里。聂深却哭不出来。

其实更让他惊愕的，并不仅仅是母亲险些溺毙他，而是他发觉自己在水下能呼吸！

虽然整个过程持续了很短的时间，但一般的孩子，在心理恐惧和气管呛水的内外双重压力下，必然会产生极端反应，而他的反应，竟是被激发出了某种潜在的能力。

他无法理解这一切，只能当作错觉。后来他也没敢再试。

对于水的心理恐惧，仍然根深蒂固。

此时此刻，聂深陷入最深的记忆中，身体僵硬如一块石头。

赫萧忽然皱起眉头，抬手在聂深脸上拍了几下，"醒醒，别装死。"

聂深睁开眼睛，平静地看了看赫萧手上的火柴盒："你还没玩够吗？"

赫萧暗暗吸了口凉气：这家伙真是非同凡响。

聂深的眼神忽然飘忽一下。这一丝异样，被赫萧捕捉到，他以为自己抓住了聂深的某个弱点。

"你怎么了？"赫萧俯身盯着聂深的眼睛。

聂深的神色表明，他似乎被空中的什么东西吸引了。赫萧扭脸看了看，又把目光投向聂深。

聂深眨了眨眼睛，咕哝道："要下雨了。"

赫萧冷笑一下："这里从来不下雨。"

聂深听到空中飘来一丝音频声，但那声音其实和下雨前听到的频率不一样，是一种低赫兹的声波，带着某种金属的颤音，低徊流转，似乎有引导力。赫萧显然没有听见。

赫萧说："别装神弄鬼的，告诉我，你来缪宅的……"

就在这时，石屋的门忽然被推开了，胡丙探头，紧张地看着赫萧，欲言又止。

赫萧扔下聂深出去了。很快，外面凌乱的脚步声远去。周围变得死一般寂静。

聂深调整呼吸，以减轻嘴唇带来的疼痛。

脚下的地面突然晃动了一下，石屋内响起怪异的嗡嗡声。震动的感觉波及整座议事所，一阵风从窗口吹进来，屋里更暗了，愈发显得阴森。

聂深意识到自己来错了地方。这里根本没有邮差，至于邮差的房子里为什么有一份请柬，以及为什么让他来这里，他不愿去猜测，只想弄清楚自己的身世，而不是妄图赢取什么奖金。

聂深在椅子上扭动起来，缚在身后的双手，一点一点挣脱绳索的捆绑。等他能站起来时，才想起自己一整天没吃东西了。还是先离开这里吧，这古怪的宅子被一个变态掌控着。

石屋又晃动一下，幅度比刚才还大，嗡嗡声久久不散。

聂深从议事所逃出来，偌大的宅院凄冷沉寂，怪影交错着。不能直接从大门出去，他跑到墙边，墙上长满了藤蔓，他抓住枝条，爬到墙头往外看。

奇怪，在这个高度，应该看到外面市区的灯光，即便被高楼大厦挡住，广告灯箱和街上流动的车灯总该显现出来，可是现在什么都看不到。也许角度不对。聂深攀着墙头翻过去，抓着藤蔓滑到地上，撒腿跑了起来。

到处是浓雾和黑暗，环境变了，根本找不到来时的路。无论跑到哪个方向，远处都没有市区的灯光。在连绵无尽的黑暗中奔跑，冷雾粘在身上，似乎有一双眼睛正在盯着聂深。他喘息着停下来，看到前方有一块紫黑色巨石。他跑向巨石，突然间强行停下步子，身体由于惯性往前滑行，连忙用一只手抓住巨石棱角，停在夜幕与浓雾的交织之处。

聂深小心地伸出一只脚试探，脚底一空，下方竟是深渊！

他急忙撤回来，身子一趔趄，险些摔下去。

身后突然传来脚步声。

尽管多年来习惯了惊悸的逃亡生活，聂深仍感到后背一阵发冷。他屏住气息，后背贴着巨石，伏低身子。

踢踏踢踏的脚步声越来越近。一个粗蛮的身影从浓雾里浮现。

影子走到聂深面前，大大的眼眶里晃荡着两颗眼珠。是那个犀牛似的丑男人。

"你出不去的……外面……已经关了。"守门人瓮声瓮气地说。

聂深慢慢站直身，神色更加戒备。

"你好，我叫鲁丑。"守门人抓了抓后脑勺，"这句话我练了很久，可是每隔二十七年才能……噢不对，我又忍不住多话了。见一个生人太难了，赫管家教育我们，要对客人有礼貌。你好，我叫鲁丑，请问阁下尊姓大名？"

"我叫聂深。"

"幸会幸会。我是守门人，但我更会埋人。"

鲁丑跟在聂深的后面，很有礼貌地驱赶着聂深，一直把他赶回了缪家老宅。

（8）

刚才胡丙从议事所叫出赫萧后，二人便直奔主楼。

进入走廊时，老昆正在焦急地等候着。在场的六位客人围在走廊入口，探头探脑地往里看。

赫萧首次出现在众人面前，一套黑色中山装，颀长的身形更显得挺拔。

"喊，这就是房主吧？"姚秀凌不屑地说，"非得死个人，他才肯露脸。"

赫萧的目光从姚秀凌脸上飘过，环视众人："鄙人是管家，赫萧。"

汪展嚷道："嗬！这么年轻，大学没毕业就当管家了？"一边说一边上前握手，被老昆挡住了。

这时，脚下的地面突然晃动一下，四周的墙壁响起一阵嗡嗡声。围观的众人发出惊呼。头顶的灯光在明暗之间闪烁着，渐渐平息。

赫萧面无表情地步入走廊。张白桥以怪诞的姿势横卧在地，脑门明显瘪了一块，露出白骨，像是遭到重物暴击，但身体倒卧的形状，又像是自己猛撞棱角而死。张白桥倒卧的地方，有男、女两个卫生间，张白桥趴在门外的中间位置。

胡丙蹲在尸体旁，抬脸看了看赫萧："自杀？"

赫萧扳过张白桥的脸，那扭曲的表情仿佛在诉说着什么。

走廊里的光线越来越暗。

赫萧问："谁是目击者？"

胡丙说："是郑锐，他来卫生间时，发现张白桥趴在这儿。"

赫萧转脸往客人中间扫了一眼。郑锐正挤在人群中，一脸好奇。

赫萧又问："老昆警告他们了吗？"

"说了，严禁触碰金属物件。赫管家的意思……"

"他原来是戴着手表的。"赫萧指了指张白桥的腕部，上面有浅浅的印痕。

胡丙急忙进了男卫生间，一眼看到金属管道一角，挂着那块手表。可是管道早就被赫萧缠上了厚厚的麻绳，宅中凡是露出金属的区域都做了细致处理，赫萧对这一点极为重视。即便做过了处理，他也反复警告众人，以防有人出于好奇或者别的原因，去碰金属物。

眼下已经死去的张白桥，难道在挂手表的时候，自己抠开了麻绳，故意去碰金属物？那根本说不通。胡丙检查了那根管道，麻绳并没有被破坏的痕迹。

这只能说明，张白桥是在小便的时候，把手表摘下来，顺手挂在了管道上，却与金属无关。

尽管如此，胡丙还是用一根竹筷，把那块手表挑了下来。

表上的时间显示，晚上十一点二十八分。再过三十二分钟，四月十日零点开启。

赫萧看了尸体一眼，吩咐道："埋了吧。"

胡丙匆忙去叫老昆。老昆过来时，赫萧仍在沉思。

老昆轻声问："赫管家，还有什么麻烦？"

"事情出奇的顺利。"赫萧说。

"啊？"老昆愣了。

"张白桥一死，人数意外地达到了平衡。"

"对呀，七个人正好。"老昆虽然惊奇，表情仍是疲倦的，扫了一眼地上的尸体，问，"赫管家怀疑有人捣鬼？"

"本来最可疑的人，却最没有嫌疑。张白桥死的时候，聂深和我在议事所。"赫萧露出冷笑，"我没有选择了。"

围观的六个客人回到大厅，惊魂未定。

赫萧正在安抚众人。胡丙进来，对赫萧耳语一句。赫萧点点头。

聂深远远地被鲁丑推进大厅。随即鲁丑跟着老昆走了。

汪展嚷道："聂深，你刚才去哪了？"

聂深说："在外面散步。"

"喂，你的嘴唇怎么了，被狗亲过了？"姚秀凌问。

一阵笑声，暂时冲淡了张白桥带来的死亡恐惧。

"准备进入任务吧。"赫萧说。

众人迫切了解的悬赏任务，听起来相当神奇：缝制一件华丽的长裙。这种衣料是一种特殊皮质，柔韧度极高，却又很薄，显然是用一种特殊的工艺手法，反复叠压、锻造千遍，才能制成的薄而不脆、柔而不轻的质料。聂深感觉，此物与请柬卡片上的覆膜应是同一种材质，但不知取自哪里，肯定不是常见的兽皮。

除了质料的奇怪诡异，缝制的过程更是匪夷所思。

长裙分作七个部分，分属于七个重要部位。先由七名赏金客制作不同区域，最后把七块缝合起来。不仅要求每个人缝制的部位达到完美无缺，最终缝合时，更要求天衣无缝。

而每个人得到的工具，只是一根长长的竹针、一条细细的金丝线。

聂深看到图纸后，马上推断出，这很可能是一件嫁衣，是在婚礼上使用的。

整个过程，要求赏金客的内心完全静下来。

任务从每天午夜零点开始，到早晨八点钟暂停，吃东西，九点继续工作。到了正午时分，再集中吃东西，然后工作。直至傍晚六点钟，全天工作结束，自由安排。

整个任务只要持续七天，众人就可以离开缪宅。

悬赏金额极具诱惑力：只要坚持度过七天，每个人都可以拿到保底奖金——等值于三百万元。

如果完成了自己的缝制部位，再追加三百万。

如果中途有人放弃任务，其所拥有的赏金由其他人均分。

换言之：假设七人中，只有一人最终胜出，他便独得所有客人的巨额奖金。

除了任务的规则，赫萧再次警告：严禁触碰宅中的金属物。

第二条禁令，不得靠近地下室！

众人对赫管家的禁令，有了更深刻的理解。

（9）

零点钟声敲响时，悬赏任务正式开始。

七名客人就在主楼工作，为了避免互相干扰，各人带着图纸和材料，分住在七间厢房内。

聂深的房间靠近中间，透过窗户隐约可看到远处的戏楼轮廓。

刚才从议事所的出逃失败，让聂深决定暂时安顿下来，来到这里毕竟与邮差有关，也许答案就藏在某个隐蔽的角落里。

他一手拿着长长的竹针，一手拿起金丝线。这个工作，对他构不成压力。

少年时代跟随母亲逃亡期间，走投无路时，在邮差的安排下，他们曾被一伙秘密匠人收留，九个月时光，在匠师的严格调教下，聂深习得了相应的技能，并涉猎了易经八卦之术。

蠹匠，也称帜匠，是从周朝宫廷延伸到市井民间的，原本是为宫廷操办葬礼事务、招募天下奇人异士。传到民间后，分化成不同流派。遵循祖制的帜匠，会在门上插牦牛尾或雉鸡尾做成的饰物，表明他们专事于奇异物件的缝制。

聂深曾经听过匠师提到，世上有一种衣服，缝制难度极高，若是没有特殊天赋的奇才，根本无法完成。那就是"天衣无缝"的典故——不是神话传说，而是确有其物，只不过普通人在民间无缘见到罢了。

一投入到工作中，聂深才理解到这个任务的复杂与高深。

首先，这根竹针又细又长，没有钢针那样的硬度，稍有不慎，竹针断裂，则任务失败。

还有每个人配有的一条金丝线，它的长度应该是刚刚够缝制这一部位，针脚之间的密度，以及两针之间的宽度都需要精心测算，真可谓"差之毫厘、失之千里"。

对针脚进行数列排序时，聂深忽然想到大厅里展示的命运图经。尽管他自己的图经只是一个灰色圆圈，不过在其他人颜色各异的图经上，暗含着某种特殊的数列。聂深明白了，那是一种提示和导向。他们六个人应该能够领悟。

聂深收回思绪，全身心展开工作。

竹针刺入衣料中，金丝线在灯光下闪动着细细的光泽，此情此景，使得窗外的风都停歇了。

聂深做完了今夜的工作，把衣料折叠整齐，轻轻地放入紫色的大锦盒中。

他忽然想到了一个问题：

这个任务仿佛就是为他量身定制的。

他随即摇头，是自己多虑了。刚才在外面听鲁丑无意中透露的意思，这座宅子每隔二十七年进来一批客人，那么在自己之前，一定组织过悬赏任务，自己只是在这个时间，因缘巧合卷进这个游戏而已。

——时间到了……

聂深突然怔住，想起了母亲的临终遗言……

此时，在窗外的树荫深处，有个黑影一动不动，盯着屋内朦胧光线中的聂深。

赫萧在树荫里站了一刻钟后，悄然离去。

阴冷开阔的后院，两棵枯树中间，鲁丑卖力地挖开坟坑。

这里是后院的第三道院落，远处的羊舍不时传来咩咩的叫声。

老昆双手抄在袖口里，怀里挂着一把铁锹，打个呵欠，往夜空瞥了一眼，乌云下面不知飘荡着什么东西。

那具尸体横卧在老昆脚边。

鲁丑挖完了坑，把尸体拽进坑里。

"昆哥，我总是记不住客人的名字，这个尸体的尊姓大名——"

"张白桥。"

"噢，谢谢昆哥。"鲁丑从地上捡了一枚领针。

老昆用疲倦的眼神瞥了鲁丑一眼，走过来帮忙。

他一边挥动铁锹，一边说道："宅子要出大事了，你个死狗下的脏驴货。"

"噢。"鲁丑专心地填土。

张白桥的尸体很快便看不见了。

此时，主院中的赫萧正往戏楼走去。

戏楼坐落在宅院南边，高挑的飞檐上挂的雀铃，在夜风中微微摇晃，发出轻渺的声音。戏楼内装潢精美的纹饰已经剥落成青灰色，前方戏台上搭起的幔条，投下一片深暗的影子，加重了阴郁感。围绕戏台两沿耸起的木廊是观戏台，曾经，缪济川坐在首座，沉浸在悠扬凄婉的戏韵中。十七岁的赫萧就站在缪济川身边，眼角余光寻找缪璃的身影……

想到这里，赫萧又萌发出淡淡的哀愁。

戏台后面有一条过道，紧临的杂物室里挂着戏装，墙角堆放着戏品道具。

杂物室后面通向一座更大的房间，原先是戏角们喝茶、休息的地方。此刻屋门紧闭。

屋内光线幽暗，屋子中间挂着一条帐幔，将外间隔出一个小小的空间，摆了一桌、一椅。

一个人戴着白森森的羊面具，手上正在摆弄一只灯泡。

羊面具下面传出轻轻的叹息声："唉，五百一十一条……还不行吗？"

纤纤玉手又拿起一根细细的羊毛圈，勒在灯泡上——灯泡上已经勒满了羊毛圈，再勒上这一根便格外费力。

"五百一十二条……"

突然间嘭的一声爆响。

碎玻璃飞溅而起，有一些打在面具上。

椅子周围早已落满了碎片，泛着亮晶晶的光泽。

外面传来赫萧的咳声。

羊面具立刻摘掉了，露出缪璃那张明媚的脸庞。她小心翼翼地把桌上的碎片扫到抽屉里，然后合起抽屉。

赫萧在敲门。

"进来。"缪璃从椅子上站起身。

赫萧走进来，苦笑："小姐，又在玩。"

"无聊嘛。"缪璃瞥了眼地上的碎片。

"玩了这么多年，该腻了吧。"赫萧说。

"你还能找到更好玩的吗？"

赫萧充满歉意地一笑："我担心，当年电灯公司剩下的存货，不够小姐玩的。"

"嗯，仓库里没有多少了。"缪璃揉了揉发梢，"幸好当年电灯公司突然关闭，爸爸留下来那么多灯泡没有处理。"

赫萧忽然注视着缪璃，似乎察觉到缪璃目光闪烁间，有什么疑虑。赫萧问："小姐，你有没有瞒着我……嗯，你没有自己做什么事吧？"

"我能做什么事？"缪璃反问道，有些不高兴。

赫萧立刻欠身说："抱歉，我不该多问。"

"好了，我乖乖的，还不行吗？"缪璃无意地扫了帐幔一眼。

赫萧的目光飘过去。但没有缪璃的允许，他不会胡乱查看。帐幔后面可能是缪璃的私人休息室。尽管缪璃的居室在主楼三层一个舒适的房间里，但她可以随心所欲地选择任何一个地方，只要那个地方没有危险。

戏楼这个地方，是安全的，所以赫萧才放心缪璃独自在这里解闷。

缪璃打个呵欠说："我困了，回去睡觉了。"一边往外走，一边说，"刚才用了五百一十二条。赫萧，下次咱俩打赌，我赌五百一十三条才能勒爆灯泡。"

"我没有什么可以输给小姐的。"赫萧说。

缪璃停下步子，扭脸看着赫萧，笑嘻嘻地说："你这个人，就是最好的赌注。"

赫萧一怔。缪璃已经走远了。赫萧帮缪璃锁了门，快步跟上。

缪璃远远地问："那个多余者怎么样了？"

赫萧迟疑了一下，说："没有问题了。"

"啊？"

"一切如常，小姐不必忧虑。"赫萧语气平淡。

（10）

从午夜零点开始的工作，到次日早晨八点钟暂停。七个客人出了房间，会集到饭厅，准备吃早餐。

聂深昨天没吃东西，一直饿到现在，脸色更显得苍白。

林娴放慢了脚步，小声问："你生病了？"

聂深摇摇头。

汪展冲过来，一把搂住聂深的肩膀。"你干活怎么样？"

"还行。你呢？"聂深随口应道。

"哈，你猜不到的，别看我胖手胖脚，缝缝补补的活儿，我可是一把好手。不过，真的又累又饿，比滚了一夜床单都费劲。"

聂深淡淡一笑。

"你怎么一点都不累？"汪展上下打量聂深，"看不出来，小身板挺硬朗。"

"我倒是想胖一点。"聂深随口应付着。

饭厅中间的长桌上摆好了简单的餐具。众人落座后，故意扯些不着边际的话题，都在回避张白桥的死亡带来的阴影。

话题转到美食上，汪展更来劲了："我从小就爱吃，嘴馋得很。"他一边说一边吞着口水，"看这家人的阵势，绝对好吃的满坑满谷！"

胡丙端着锅进来，揭开盖子，一股热气腾腾的香味飘出来。然而盛到碗里，却只是菜汤。汪展的脸顿时就绿了。

"就给吃这个？"作为吃货竟气得再也说不出话。

"干了一夜活儿，这算什么？"姚秀凌把碗一推，"喂猫还有干粮呢！"

胡丙阴阳怪气地赔着笑脸："抱歉啊各位贵宾，宅子里……啊，就是这样，这是规矩……"

"什么规矩？"郑锐质问，"羊奶也行啊，为什么不让我们喝？"

大家都听见过后院传来的羊叫声。

"就是嘛。"姚秀凌原本和郑锐互相瞧不顺眼，现在站到了一起。

聂深或许是饿坏了，执着地盯着菜汤看了一会儿，试着尝一口，味道还不错，有一股淡淡的药味儿。聂深把瓷碗斜过来，又借着光线观察汤底，看到一些细碎的残渣，不像是普通菜叶，应该是某种特有的野菜或花草。

聂深喝了一大口。

胡丙立即狗血上头，欢天喜地叫道："看看，看看聂贵宾喝得多香！"

本来想争取更大的利益，结果被聂深破坏了，姚秀凌气得不行，郑锐也埋怨地看着聂深。

林娴跟着喝了一口。

接着是叶彩兰。

汪展觍着脸看一看姚秀凌，他一直想勾搭姚秀凌，但姚秀凌给他一个冷脸。汪展有些赌气地灌了一口菜汤，呛得直咳嗽。

胡丙摇头晃脑地说："你们喝了就知道了，鄙人的做菜功夫那可是一流的。"

聂深问："这是什么菜？"

胡丙愣了一下，清了清嗓子说："好吃就行。"他一转话题，得意地说，"不瞒各位，我家四代厨师，我爷爷还在道光帝的御膳房做过掌勺大师傅。"

聂深一皱眉头，抬脸看着胡丙："你说的是真的？"

胡丙拍着菜板似的胸膛："我还哄你不成？我拿我祖上的名声发誓……"

饭厅门口，忽然传来老昆重重的咳嗽声："哼！"

胡丙一下子愣住，意识到什么，身子不由得往后一缩。

老昆走进来，厌倦的眼中透出一道冷光，扫了胡丙一下。

胡丙一边往外退，一边咕哝道："好喝就行，好喝就行。"

老昆跟出来，厉声低语："乱说话就是找死，赫管家要知道了，你……"

"我没怎样。"胡丙勉强辩解。

"你爷爷做过御厨——若有哪位认真的客人稍微算一下，时间就不对。别忘了，现在不是民国二十四年，莫非你是坟里的老鬼？"

胡丙立刻垮了："是我没忍住，好不容易有客人品尝我的厨艺……"

老昆一把掐住胡丙的脖子："别说了。咱们不能犯一丁点儿错误。"

胡丙直翻白眼。老昆松了手。

饭厅里，聂深告诉姚秀凌等人，这种汤喝过后，确实很有效，胸腹间有一股暖流。

剩下的几个人都喝了汤。

气氛一松，话题忽然转到了张白桥的死。

汪展冷不防来了句："没想到他第一个死。"

姚秀凌马上质问："什么意思，你也想死？"

汪展嘴角一抽搐："死一个，其他人就可以多分钱。从古至今，不都是这么玩的吗？"

聂深说道："你们注意没有，刚才胡丙盛菜汤的时候，露出了手腕上的表，是张白桥的。"

叶彩兰点点头："嗯，确实是张白桥的表。"

郑锐一捶桌子："这什么鬼地方，死人的东西也敢偷。"

姚秀凌冷哼一声："张白桥本来就是个贼，别忘了命运图经上说的，那块表是他在地铁上偷的。"

叶彩兰说道："这地方越来越吓人了，我真不该接请柬的。"

柴兴插了一句："不就是混七天嘛，为了发大财，忍了。"

汪展咂了咂嘴："我觉得麻子那个人还是不错的，起码很有牌品。"

"麻子？"姚秀凌瞪着汪展。

汪展哈哈一笑："噢，是我一个牌友，我和他打牌的时候输了钱，他知道我急缺资金，不但没要账，还给了我一份请柬，让我来……"

"等一下，你说的麻子是不是四十来岁……"姚秀凌站起身。

"你等等，"郑锐又打断了姚秀凌，抢先问道，"麻子是不是小眼睛、葱头鼻子，鼻梁上还有颗黑痣……"

"麻子叫欧阳红葵，对吗？"林娴不安地问。

"欧阳红葵是你的牌友——"柴兴跳起身，指着汪展，"但他是我的房东。"

"是我的代课老师，教过半年多！"郑锐嚷道。

"是我的老乡。"林娴低声说。

"他是我的病人。"叶彩兰嗓音颤抖，"我曾经在黑诊所混过两年。"

姚秀凌跌坐到椅子上，说："他和我谈过恋爱。我靠。"

"我们的请柬……都是他给的？"汪展再也笑不出来了，"为什么？"

"给我们送一笔横财。"柴兴露出一脸哭相。

"那……死了的张白桥和欧阳红葵是什么关系？"郑锐冷不丁问道。

"难道他偷的那块手表……在地铁上……"汪展的嘴唇哆嗦起来。

"如果是真的，那就说明张白桥以前不认识麻子。张白桥和我们不一样，他是一个随机选择的客人，原本并不在请柬名单上。"柴兴哑着嗓子说。

"所以他是第一个死。"汪展说。

"那么——"

突然间，众人的目光唰地集中到一个人身上。

始终沉默不语的聂深，静静坐在桌子一角。

"你是最后一个进入宅子的，胡丙说宅子里不该来八个客人。然后，悬赏任务开始前，张白桥刚巧死了，他是欧阳红葵随便挑选的，是一个替身客。"柴兴盯着聂深问，"那他是替换谁的？"

聂深淡然地说："你们怎么证明张白桥是麻子随机挑选的，也许他俩以前认识呢？"

"不认识。"沉默已久的叶彩兰幽幽地说，"昨天和张白桥闲聊时，他得意地告诉我，是个陌生人给了他一份请柬。"

这句话变成了最后一击，打在聂深头上。

饭厅的气氛顿时炸了。

"你到底是谁？"姚秀凌嚷道。

"你是怎么进来的？"柴兴的表情变得异常阴冷。

汪展和郑锐离开椅子，用充满敌意的目光看着聂深。

"我也不知道。"聂深诚恳地伸开双手。

"如果你不进来，张白桥就不会死！"姚秀凌尖叫道。

林娴突然说道："聂深进来以前，他又不知道会出事。我们也不知道呀。"

"你还替他说话——"姚秀凌怒指林娴，"你们这对狗男女！"

聂深说："有什么事冲我来，别伤及无辜。"

"别嚷了，"郑锐挥手打断争吵声，瞪着聂深问，"聂哥，你还没告诉我们，欧阳红葵——也就是麻子，和你是什么关系？"

聂深苦笑一下："我没有见过他。"

聂深说出这句话时，记忆瞬间拉回到少年时代。

麻子。原来他们说的麻子，就是那个二十多年隐身在人群背后的邮差！

但聂深想起，十五岁那年，他和母亲从一个叫作南港渡的地方，乘船过江。

由于对水的恐惧，聂深本想远离船舷，然而渡轮十分拥挤，瘦弱的聂深与母亲被挤散了，独自到了船的后部，扒住船舷，侧脸不敢往水面看。

他感觉有个人挤了过来，站在自己身后。

脚下的影子显示，那人做了个奇怪的动作，想要推他一把。他猛地扭过脸，一瞥之下，那人却又消失在人群里。聂深清楚地记得，那张脸上布满了麻子，还有鼻梁上有颗黑痣。

逃亡期间磨炼的动物般的本能，能够感受到死亡气息，虽然只有十几秒时间，聂深确信那个人想把他推到江水里。

　　但最终没有下手……

　　此刻，那个早已淡化的场景，忽然从脑海中浮现出来。

　　随即更大的疑问冲击着聂深——

　　邮差是要杀掉他吗？然而为什么多年来却又不遗余力地帮助他和母亲，并在不久前约定见面时，又因为遇到危险，而让他逃走？

　　究竟为什么？

第二章

F I N A L   E V O L U T I O N

火柴盒男人

✕

聂深打开玻璃门，把那枚吊坠儿拿出来。这是个廉价的玉石饰物，周边镶着一圈金属颗粒，
款式和颜色都很陈旧。聂深怔怔地看着吊坠儿，感到自己全身在忽冷忽热的气流中颤抖。

（1）

正午时分，胡丙一步三晃地走进卫生间，轻声哼唱着歌谣。这是一首民国二十四年的流行艳曲，胡丙百唱不厌。

他站到便池前，刚解开裤带，身后卫生间的门就被推开，随即又被关上了。

聂深站在胡丙身旁。胡丙感到膀胱一紧，愣是把尿憋了回去。

"你……你干啥？"胡丙扭脸问。

"为什么不让触碰金属物？"聂深盯着胡丙的眼睛。

不知是问题太难，还是聂深的眼神让胡丙害怕，他提上裤子便往外走。聂深抓住他的胳臂。

"撒手！"胡丙用压抑的嗓音叫道，"不让碰金属物，是为了保护你们，张白桥就是下场。"

"张白桥的死，你们根本就无所谓，到底怎么回事？"

"你哪儿那么多问题，你是翰林院的？"

"你还说你爷爷是道光帝的御厨……"

"啧啧，那话你也信？没见过吹牛啊？"胡丙翻着白眼，却不敢直视聂深。

"你们这里究竟是什么机构？"聂深追问。

胡丙虚张声势地挥了挥拳头："缪宅容不得你撒野，当心赫管家把你身上的小嫩肉都烤熟。"

聂深忽然一皱眉头，视线移到卫生间里面。阴暗的角落，排水孔散发出一股怪异的鱼腥味，夹杂着难以形容的腐臭气。

胡丙往那边瞟了一眼，仿佛被烫了似的，身子一哆嗦，趁聂深不注意，撒腿便跑。

聂深抢先两步，一把揪住胡丙的后脖领，顺势一扭，把胡丙的左臂拉过来。胡丙还没反应过来，腕上的手表已经被聂深撸了下来。

聂深翻过表盖，背面刻着一个"葵"字。

看来确实是欧阳红葵的手表。

胡丙一把抢回手表，骂骂咧咧地出了门。聂深由他去了。

张白桥在地铁上偷了欧阳红葵的手表，欧阳红葵不仅没追究，还给了他请柬。

虽然是随机行为，不过种种迹象表明，欧阳红葵必须与某个人发生联系，才能把请柬递出去。也就是说，他不能像是发广告传单一样，在街头随便塞给某个人。

既然欧阳红葵和其他客人都曾有紧密联系，唯独张白桥，他们的联系就是一次偷窃行为——或许是欧阳红葵故意诱使张白桥偷的。

如果张白桥没上钩，欧阳红葵就会另选他人。从事后的结果来看，欧阳红葵必须要找到一个替身客，凑够七人之数，送入缪宅，完成自己的使命。

而那第七个人，本应该是聂深。

甚至，他本来应该是第一人选。

因为欧阳红葵与他的联系，持续了二十多年。

却在"时间到了"的最后一刻，放弃了他。

由此反推：聂深在邮差家里拿到的请柬，并不是邮差的本意，否则邮差根本不必如此大费周章。

如今可以确定，空无一人的邮差住所，是另外一股力量给聂深设置的陷阱。

邮差不仅没有阻止聂深入宅，还给自己招来了杀身之祸，目前生死不明。

聂深忽然联想到修车店发生的事，那个奥迪车主扬言报复，却一夜间变成了痴呆……还有银子弥和她舅舅的态度，莫名其妙地大转折……聂深当时便怀疑，现在回想起来，那一股神秘力量应该是不愿他被杂事纠缠，那股力量知道他会寻找邮差，就在邮差家里布好了局，然后为他扫清绊脚石，让他可以在关键时刻，顺利进入缪宅。

想到这里，聂深有一种受到玩弄的愤怒。

是谁想方设法要让他进入缪宅呢？目的又是什么？

这个答案，就藏在自己的身世之谜后面，藏在这座凶险重重的宅院里。

（2）

二楼一间干净整洁的房间内，赫萧正在饶有兴味地把玩着火柴盒。

这是一间小会客室，低矮的天花板，墙裙辨不出颜色，屋里摆了两张沙发，长方形几案上放着简单茶具。

林娴坐在赫萧对面，显得局促不安。

"林小姐，不必紧张。"赫萧沏了一杯茶，"只是闲谈而已。"

"赫管家，我都是按规则做事的。"林娴轻声说。她一紧张就靠吃零食来减压，此刻手心里就攥了一把杏仁，却要拼命忍着。

赫萧淡淡一笑，说："我想和你谈谈命运图经。"

林娴愈发紧张。

"你愿意把自己卖给那个流氓教授吗？"赫萧把茶杯推到林娴面前，嗓音温和，"你当然不愿意，可又不舍得放弃音乐，所以来这里参加悬赏任务，盼望能改变命运。"

林娴低下头，更紧地攥着杏仁。

"一个人有主导自己命运的权利，"赫萧低喃，"就看你如何选择了。"

"到底有什么事啊？"林娴抬起脸。

"现在，我给你一个机会，可以得到更多赏金，然后去世界上最好的音乐学堂。"赫萧平静地说，"英国怎么样？我去过那里。"

"我不懂。"林娴怔怔地看着赫萧。

"你觉得聂深如何？"赫萧问。

"聂深？"林娴茫然地复诵着。

赫萧仰靠在沙发上，一只手还在把玩着火柴盒。"客人们在饭厅的争吵，我都知道，聂深这个人，来历不明，自然会成为众矢之的。虽然你支持他，但你心里应该明白，就是这个人搅得大家不安宁。"

林娴咬了咬嘴唇："他不像其他客人，那些人都有贪心，包括我……"

"既然来了这里，贪心就是正常的。"赫萧坐直身子，"聂深的心思却不在悬赏任务上，说明他有更大的企图。"

"你跟我说这些……"

"现在聂深需要朋友，而你最合适。"赫萧注视着林娴，语气冷静而客观，"你这个柔弱又可爱的小虎牙妹妹，很容易触动他，你只需要把关心变成爱恋……"

"不不，赫管家，我告辞了。"林娴摇晃着站起身。

"坐下。"赫萧冷冷地说，"你必须，像蚂蟥一样地叮住聂深。"

林娴忽然提高了音调："你害怕他，因为你看不透他！"

赫萧眉峰一紧，嗓音变得迟缓阴郁："一个人可以控制自己的头脑，可以像变色龙一样伪装自己。"赫萧语气一转，"但即使包裹了层层盔甲，一丝感情却可以瓦解他，变成利刃，把内心切割得鲜血淋漓。"

林娴愕然地看着赫萧。他的眼神和语气，似乎在说他自己。

赫萧的语气又恢复了平淡："到了必要的时候，我会给你最后的指令。"

林娴猛地一哆嗦，手里的杏仁撒了，有几颗掉在茶几上。赫萧看也没看，慢慢站起身，手掌按在林娴的肩膀上，平复她的恐慌。

林娴沉默良久，显然内心在挣扎。她终于问道："我有什么好处？"

赫萧露出温和的笑容："在缪宅中的每一天，我可以安排让你弹奏小姐的钢琴。等你离开缪宅时，无论你拥有多少赏金，我都会另外再给你两倍的数额。"

林娴把茶几上的一颗杏仁捏在手里："如果我不答应呢？"

聂深的嘴角仍然噙着笑容，眼中的笑意却已荡然无存。刺啦一声，他划着一根火柴，双眸映着火光，说道："眼皮内侧的肉很嫩，一根火柴就能烤熟。"

（3）

傍晚六点钟，一天的工作结束。众人出了房间，集中到饭厅。

这次的格局完全变了，聂深坐在桌子左侧，林娴与他隔着两张椅子并排坐下。桌子对面是其他五个客人，形成了明显的对峙之势。

姚秀凌恶狠狠地盯着林娴，那眼神恨不得剜下林娴的一块肉。

叶彩兰则低着头。柴兴不时瞟一眼聂深。汪展和郑锐窃窃私语。

郑锐压抑着火气，突然冲胡丙发作起来："又是烂菜汤，羊奶呢？"

汪展帮腔："是啊，早餐时就提过意见了，把贵宾的话当放屁可不行啊。"

胡丙应付不了这种局面，扭捏着身子往外瞅。

老昆从门口进来。

"喂，羊奶！"郑锐叫道。

老昆目不斜视，漠然应道："你没资格喝。"

"哎，你……"郑锐仿佛被啐了一脸，作势欲起身。

"算了，大家心情都不好，让一让就过去了。"汪展拉住郑锐。

柴兴也劝，腔调却是阴阳怪气："小郑，比起张白桥，咱们可太幸运啦。"一边说一边冷眼扫视聂深。

郑锐把碗一推，起身走了。汪展跟出去劝。柴兴觉得无聊，喝了几口汤就赶紧走了。姚秀凌狠狠一摔碗，扬长而去。叶彩兰急忙追了出去。

饭厅没有旁人，林娴关切地问："聂深，你不要紧吧？"

"我很好。"聂深完全没受影响，自顾自地喝了汤，便起身回房间。

林娴本想跟着走，一时却没了勇气，独自在饭厅坐了许久。

一个钟头后，聂深正在房间梳理这两天遇到的情况时，房门忽然被敲响了，声音很急。聂深打开门，外面是林娴。林娴往走廊里扫视了两眼，心惊胆战地进了门。

"他们刚才抢了胡丙。"林娴喘息着说，"就在院子里，郑锐、汪展，还有柴兴，把胡丙打翻在地，夺了手表。"

"嗯，他们要证明那是欧阳红葵的东西，进一步确定我有问题。"

"你一点儿也不怕？"林娴脸色苍白，"他们……他们好像在预谋什么。"

"是吗？"聂深看了看林娴，坐到凳子上。

"他们可能……"林娴把一颗话梅放到嘴里，使劲嚼着说，"他们认为在这座宅子里杀了人，是不会受到惩罚的。"

聂深勾了勾嘴角："在哪里杀人都会受到惩罚，只是方式不同而已。"

"聂深你真的和他们不一样。"林娴喃喃地说，"其实他们和你吵的时候，你应该编个瞎话混过去的。"

"瞎话？"聂深愣了一下。

"你就说……欧阳红葵是你家邻居，或者同事什么的，他们肯定信的。"

"哦，我当时没反应过来。"聂深笑了笑。

林娴注视着聂深，又吃了一颗话梅，问："你真的不认识欧阳红葵？"

"那你是怎么遇到他的？"聂深反问。

"有一次我在超市买完零食，去收银台，有个人在我前面插队，我提醒他，他就骂我。然后欧阳红葵过来，说了几句话那人就没脾气了。我谢了欧阳红葵，他听出我的口音，我们就用家乡话聊了起来。后来他每隔两三个星期就来一趟我们公司。"

"他做什么的？"

"说是果蔬店的，能搞来各地的时令货，公司同事见了他，比见到我还亲。"林娴叹了口气，看了聂深一眼，"那时候我在公司下属的小工厂打杂。"

聂深的眼睛亮了一下，这让林娴感到奇怪。

"为了生存下去，我们都在努力奋斗。"聂深淡淡地说，"咱们算是工友了。"

"啊？"

聂深眼神恍惚，思绪飘回到十一岁那年，他和母亲逃到一座小镇上，那里只有一家小工厂，生产风扇的滚轴。聂深白天去学校，晚上和母亲去厂里加夜班，磨掉滚轴上的毛刺，拼命打磨一个晚上，能磨掉一百个滚轴，赚十元钱。

"聂深？"林娴轻唤。

"哦。"聂深的目光投向林娴，"你该回去休息了。"

"我想……我想请你陪我去园子里散步。"林娴鼓足勇气说。

聂深怔了一下，苦笑道："园子里除了杂草就是藤叶。"

"我就想散散心，在房间里闷了一天了。"林娴带着撒娇的口吻，眼睛弯成了月牙。

聂深陪她从主楼出来，沿着石板铺就的小路走进后院第一道院落，这里本是花园，入眼却是满地幽深的荒草。

林娴说："真可惜，这么大的园子却没有花儿。"

聂深默不作声。

林娴说："其实我喜欢多肉，白牡丹啊，冬美人啊，还有玉蝶、蓝石莲。不费事，也不贵，可爱又便宜，我的出租屋里可多了。"

聂深听着林娴念叨。

林娴忽然靠近，身子几乎贴住了聂深。聂深不由得退让一步，脚下让石子一绊，身子晃了晃。

林娴有些伤心地问："我就那么让你讨厌吗？"

"啊……不是，是我……"

"你该不是Gay吧？"林娴睁着大眼睛，生怕聂深承认似的。

"是Gay不是Gay，反正没人追。"聂深露出笑容。

林娴被聂深的笑容迷住了，虽然只是一瞬间，但那笑容透出一种孩子气。

"你会没人追吗？"林娴红着脸小声问。

"啊？我是为了押韵方便，随口一说的。"

"那就是有人追了？"林娴抬眼看他一下。

"啊……"聂深摸了摸自己的额头，冒汗了。

"聂深，你仔细听我说，"林娴忽然又靠近聂深，紧张地扫视了一下园子外面的动静，一边压低嗓音说："你得赶快逃出去，这里很危险。"

"他们杀不了我。"聂深说。

"是赫管家要对付你。"林娴紧张得声音都变形了，最后一颗话梅已经吃完了，有些语无伦次，"赫管家威胁了我，让我和你……反正他要收拾你，很可能会杀了你。"

聂深眯缝着眼睛，虚光投向远处的围墙。

"快逃出去吧。"林娴催促着，顺手揪了一片草叶咬在嘴里，又马上"呸呸"地吐掉了。

"那你呢？"

"我——我舍不得那笔赏金，它能让我得到音乐。"林娴低下头，用手背轻轻抹掉嘴角的草屑。

"可如果我跑了，你怎么向赫管家交差？"

"就说你讨厌我。"林娴深吸一口气，"估计他也不会拿我怎么样，只要你离开，他不担心了，自然也就放过我了。"

聂深看着这个天真的女孩，说道："这事情可不像脱掉一双脏鞋那么简单。"

"那你……"

"我不会走的。我也不会让任何人伤害你。"

林娴深深地看了聂深一眼。

两人不知不觉走出很远，来到第三道院落。林娴不由得抓紧了聂深的胳膊。聂深看见了，在两棵枯树之间，有一个微微隆起的新坟，那下面埋着张白桥。

聂深眼风一转，正要带林娴离开，忽然看到不远处有一头奇怪的兽类。

夜幕中看不清楚，只知道那东西站在一座破旧的棚屋前，冷不丁发出"咩咩"

的叫声，原来是一只羊。

绵羊肥硕的体形超乎人的想象，肚子几乎贴到了地面，全身覆盖着长长的羊毛，还打着结、搓成了卷，随风拂动。

羊的舌尖在嘴角闪烁，蛇一般地吐着信子。

羊退回到栅栏里，嘴里不知嚼着什么。

一阵叮叮当当的声音从远处传来。聂深忙把林娴拽到墙后。只见胡丙提着两个瓦罐，迈着小碎步，径自走进羊舍。

"人家地主喝奶，咱们客人吃草。"聂深自嘲一笑，"这样我们就不会得糖尿病了。"

（4）

胡丙在羊舍里挤羊奶时，绵羊发出一阵怪异的声音，像是一个衰老的人在叫唤。林娴嘴唇发青，躲到聂深背后。

虽然被吓得不轻，但胡丙离开后，林娴还是忍不住要去羊圈，她想知道绵羊平时吃什么，导致体型如此怪异肥硕。

透过窗洞往里扫一眼，绵羊被拴在木桩上。聂深摸一摸窗框，手指上沾了些羊毛，他把手指按在墙上蹭干净，这才发现墙壁外缘长满了苔藓，毛茸茸的，触手温热。

聂深俯身凑近苔藓闻了闻，一股淡淡的奇异香味。他突然明白了。

"菜汤就是这东西做的。"聂深低声说。

"什么？"林娴愕然。

"咱们一天三顿饭，顿顿一碗菜汤——喏，就是这东西。"聂深从墙上揪下一撮苔藓，在林娴眼前晃了晃。

林娴来了兴趣，凑到墙边嗅了嗅，点头称是。

聂深又抠了些苔藓，在手心搓弄几下，放到嘴里嚼了起来。

"新鲜的味道还不错。"聂深说。

"他们倒省心，用这玩意款待客人。"林娴哼了声，但也很痛快地嚼起了苔藓，一边嚼着一边说，"不错不错，生着吃更鲜。"

"哎，你仔细看——"聂深有了新发现。

这种苔藓是进化后的高级种类，有了假根和茎叶的分化。聂深手上捏起的一撮苔藓，根部纠缠在一起，凝结着一滴露珠，却不是晶莹透明状的，而是红、白二色相间。

"白色——是羊奶。"聂深有些惊诧。

"红色……是血？"林娴打了个寒战。

用羊奶和血喂养的苔藓，真是闻所未闻。

二人互视一眼，目光在黑暗中闪烁。

聂深说："就当是荤菜吧。"

林娴说："我再尝一下。"

聂深若有所思地说："这栋宅子里有各种奇怪的现象，可是吃苔藓，反而不奇怪。"

"呃，为啥？"林娴呆呆地问。

"你看啊，这宅子雾气森森的，从大门的锈迹和屋顶的颜色来看，很难照到阳光，院子里也听不到虫鸣，更没有鸟叫，就连风向也不定，说明这里没有传播花粉的途径，所以宅院里见不到鲜花，更没有庄稼、果树等等，只有苔藓才可能在这样的环境下长期生存。"

"哇，你的知识好丰富。"林娴赞道。

"这是常识。"聂深一笑，正要说下去，忽听远处传来一个声音：

"知道'藓'字怎么写吗？"

二人完全被苔藓吸引着，冷不防听到问话，都吃了一惊。

聂深向前一步，将林娴挡在身后："谁？"

"嘻嘻，明知故问。"缪璃的身影从黑暗中浮现。她换了一身古典式学生装，在夜幕中显得亭亭玉立。

聂深注意到缪璃的手上也提着一个瓦罐，很小，大约够一人的分量。

难道缪家小姐的食物，是自己取用吗？

仿佛看穿了聂深的疑问，缪璃微微一笑："我是来散心的，你们不是也无聊吗？"

林娴有些尴尬，她是第一次见到缪璃，不知该说什么。

"二位很罗曼蒂克，真让人羡慕。"缪璃说。

"你就是那个弹钢琴的人？"林娴转变话题。

"哦？你也懂琴？"缪璃马上有了兴趣，"这么多年……嗯，真是难得啊。"

聂深不愿在这里纠缠。以赫萧的变态作风，如果看见缪璃在黑暗的羊舍前与两个客人谈话，其中还有一个是危险分子，那家伙不发疯才怪。

"我们该回去了。"聂深说。

"这就走了啊？"缪璃神情落寞，对林娴说，"我在三楼弹琴，有空来啊。"

林娴没有多说什么，跟着聂深走了。

"那个苔藓的'藓'字——"缪璃在他们身后高声说。

"'草'字头，左边一个'鱼'字，右边一个'羊'字。"聂深回应道，"这种草，就是要用鱼血和羊奶浇灌。"

"此人颇有趣呢。"缪璃望着远处消失的人影，喃喃道，"真想看一看，在那帽子下面的脑袋瓜里，都有些什么。"

缪璃转身走进羊舍时，神色变得惶惑不安。

（5）

"你跟小姐说了什么？她竟然不停地提起你。"赫萧冷冷地注视着林娴。

"偶然遇见一次……我随口说到了琴声。"林娴低着头，使劲捏着一只核桃。

"我不希望有事情超出我的控制范围，你最好记住了。"

"我和聂深有了进展。"林娴急切地说，"按你的吩咐，一有空闲，我就缠着他。"

赫萧的神色略微松弛了一下："你发现什么了？"

林娴退了一步，手上的核桃险些掉了："噢，聂深他，做任务是高手。"

"你怎么知道？"

"他每次从房间出来，都是一身轻松。可我们其他人都累得半死。我真没想到，缝制一件东西要付出这么大的心力，做一上午就像蒸了一天的桑拿。"

"意思是有种虚脱感？"

"对对，明显的无力。"

赫萧微阖双目。那个聂深确实有料。

"那我可以弹琴吗？"林娴问。

赫萧从思绪中摆脱出来，瞥了林娴一眼："你很会做交易。"

"现在可以上楼吗？"林娴只关心这个问题。

赫萧朝楼上走去。林娴忙把核桃装进口袋里，快步跟上，身体由于激动而颤抖着。

饭厅里，聂深独自坐在桌角喝汤。其他人还不知道这是一碗苔藓汤，他们也不愿和聂深共餐，偌大的饭厅显得有点凄凉。

一阵噔噔的脚步声传来，郑锐的身影出现在门口，迟疑一下，进来坐在聂深对面。

聂深抬头看他一眼，若无其事地点点头。

郑锐忽然从椅子上抬起屁股，往聂深这边探过身子，说道："聂哥，对不起，我已经想通了，事情不该赖你，是汪展和柴兴他们不讲理。"

聂深淡淡一笑："做任务要紧。"

这时，一阵悠扬的钢琴声飘来，听曲调不像是缪家小姐弹奏的。看来林娴已经如愿了。

郑锐没管什么琴声，绕过桌子，坐到聂深旁边的椅子上，从口袋里掏出那块手表，在聂深眼前抖了抖。

聂深问："怎么落到你手里了？"

"我们从胡丙身上抢来的。"

"嗯，那就还给人家吧。"

"扭打的时候，一下子摔到地上，坏了。"郑锐把手表放到桌上。

聂深仔细看了两眼。这一看，发现了端倪："秒针还在走啊。"

郑锐压低嗓音说："秒针一圈一圈照样走，但分针一走到十二点的位置，就转回来了。"

聂深拿起手表，晃一晃，放到耳边听了听："时针呢？"

"不走。"

"秒针照样走，分针只走半圈，时针不动。"

"是这样啊？"

"就是这样。"

"坏得蹊跷啊。"聂深扶了扶帽檐。

"我觉得你能弄明白。"郑锐说。

"为什么？"聂深咧嘴一笑。

"你很特别。"郑锐意味深长地说。

"不是我特别。"聂深将手表放到桌上，用指尖轻叩表面，"也不是这块表特别。而是这座宅子很特别。"

"什么意思？"

"一块普通的手表，被你们一摔，零件不受内部驱力控制，就被外在力量控制了。但这不是巧合。手表在这里都会出毛病，你们只是无意中加速了它的进程。"

"啊？"郑锐的眼睛瞪大了。

"表上的分针已经受控。"

"是什么控制了它？"

"有一股力量吸引着金属表针。"

郑锐愣了片刻，脱口而出："手表成了罗盘？"

"有类似的功能。"

"宅子里有特殊磁场？"郑锐皱起眉头思忖着，咕哝道，"难怪我有时感觉不舒服，原来你早就感觉到了。"

聂深看他一眼，视线转向楼梯口。

"聂哥，你说怎么办？"郑锐盯着手表问。

"这东西太危险，不适合你。"聂深拿起手表，装进自己口袋。

"哎，你……"

聂深离座而去。

（6）

三楼琴房内，林娴如痴如醉地弹着钢琴。

缪璃伫立在一旁聆听，满心欢喜。

琴室在内间，没有其他家具。正面的墙上挂着一幅画：黑色崖壁直插云霄，画面下方三分之一是海，海水包围着峭壁，峭壁上布满了圆形石块。

整幅画是西洋风格的，糅合了中国画技法，画面既深厚优雅，又具飘逸空灵的意蕴。如果仔细欣赏这幅画，还会发现底色上隐约有一道道线条，似乎有什么力量在拉扯着画布。

聂深循着琴声上了三楼。他的计划是逐步了解整座宅子，现在正好有个借口去三楼一探究竟。

就在聂深的背影消失在楼梯拐角时，郑锐从廊柱后面悄悄溜走了。

外面长廊下，汪展和柴兴正在等他。

汪展问："怎么样？"

郑锐低声说："手表给他了。"

"聪明。"汪展竖起大拇指，"他人呢？"

"上楼去了。"郑锐说。

"小虎牙妹妹在上面弹琴呢。"柴兴阴笑着说，"那丫头半个钟头前跟赫管家上去的。"

姚秀凌从远处过来，凑到三人身边。郑锐欲言又止。

姚秀凌白了他一眼："小屁孩还防着我？告诉你，我最恨那对狗男女。"

汪展马上说："秀凌是自己人。"一边说一边在姚秀凌腿上摸了一把。

姚秀凌打掉他的手，问："弄死聂深没问题吧？"

柴兴嘿嘿一笑："赫管家的态度很重要。你们注意没有，赫管家对聂深很有戒心。我怀疑赫管家跟林娴谈了什么，然后那丫头就忽然缠着聂深。"

"闹了半天，那贱货成了赫管家的奸细，换来的好处就是弹琴。"姚秀凌往地上啐了一口，"活该聂深那个王八蛋，不得好死。"

"哎，我要批评你了，秀凌。"汪展一脸正义地说道，"对付聂深不是为了解气，是因为聂深是个祸害，咱们要为民除害。"

郑锐不耐烦地说："别扯那么远了，反正张白桥的死，肯定和手表有关，现在手表在聂深手上，咱们就等着瞧吧。"

"看来咱们还得推一把力。"柴兴从牙缝里挤出一句话，"弄死他，赫管家指定给咱们送锦旗。"

"锦旗算个屁，要奖金！"姚秀凌嚷道。

"嘘，叶彩兰来了，散会。"汪展扭过身，趁姚秀凌不备，在她屁股上捏了一把。

"找死啊汪展！"姚秀凌破口大骂。

聂深登上三楼后，没有循着音乐声去琴房，而是从楼梯口左转，前往另一侧走廊，打算各处察看一番。

走廊尽头的房子上镶着一块木牌，从模糊的字迹判断，这里曾是一间书房，显然很久没有打开了，紧闭的房门下布满了灰尘。聂深把那块手表拿出来。分针指向房门，不断地颤动着，似乎有什么力量在吸引着它。聂深盯着门板，有些好奇。

"你干什么？"

身后突然传来喝问声。

聂深顺势把手表戴到腕上，衣袖一松，遮住了。

转过脸一看，老昆走过来，原本那张慵懒颓丧的脸庞变得铁青。

聂深客气地说："我来见缪小姐。"

"瞎了眼啦……"老昆扭动着稀疏的眉毛。

"是找我吗？"走廊另一端传来缪璃的声音。她探出半个身子，朝这边张望。

"哦，小姐好。"老昆的气焰马上弱了。

"叫他过来吧。"缪璃说。

"是，小姐。"老昆盯着聂深，眼里仍充满烦躁，压低嗓音说，"不准在这里瞎转悠。"

聂深走向琴房。

"来找你女朋友？"缪璃微笑着问。

聂深有些局促："谢谢缪小姐。"

"谢我什么？"缪璃打量着聂深，笑得更明媚了，"来找林小姐，却走错了门，下次注意哦，不然会让人怀疑你长着牛耳朵，听不见琴声。"

林娴仍在内间弹琴。缪璃刚才在外间的柜子里搜寻着什么，又忙碌起来。

聂深有些无聊，走到内间的门口，视线飘到墙上，那幅画吸引了他。

走近些，他瞥了眼腕上的手表，分针颤动的频率越来越快。这个三楼，一整层都很奇怪。

从整栋主楼的布局看，如果竖着画一条线，主楼位于整个大宅院的中心，而这个房间，则位于主楼的中心——轴线位置。

再往下的二楼、一楼……聂深在脑子里分解着图示，他做任务的工作间，也在这条轴线上。

继续往下，还会有地下室——赫萧明令禁止的区域。

林娴的声音打断了聂深的思绪："我弹琴好听吗？"

"哦，不错。"聂深转过身，目光正对上林娴那张泛红的脸庞。

"我还想弹一曲。"林娴抑制着内心的兴奋，用眼神示意聂深。

聂深明白了，林娴担心缪璃会赶她走，希望聂深"拖住"缪璃，自己再过一把瘾。

聂深苦笑，来到外间。"缪小姐在找什么，我来帮你。"

"好啊，帮我把上面的箱子拿下来。"缪璃指着高高的柜顶。

聂深搬了张凳子，踩在上面，伸手去抓箱子。

他的目光突然定住了。

在柜子顶层的玻璃门后面，放了一尊唐三彩和几个工艺摆件，围着摆件的是一些小饰物，聂深盯住了一枚吊坠儿。

他听到自己的心脏怦怦狂跳。

"聂先生，你怎么不动了？"缪璃问。

聂深打开玻璃门，把那枚吊坠儿拿出来。这是个廉价的玉石饰物，周边镶着一圈金属颗粒，款式和颜色都很陈旧。聂深怔怔地看着吊坠儿，感觉自己全身在忽冷忽热的气流中颤抖。

"呀，你的脸色……"缪璃惊呼。

林娴从内间跑出来，抓着聂深的胳膊问："出了什么事？"

"只是胸口有点闷。"聂深恢复了镇定，"现在好了。"

"是心脏病？"林娴焦急地问。

"呵，过了保修期，偶尔漏跳一拍。"聂深自嘲地笑了笑。

"你还笑得出来。"

"你去弹琴吧，很好听。"

林娴犹豫片刻，返身回到内间。

聂深展开手心的吊坠儿，问缪璃："你的？"

"这个呀，以前有位朋友留下的。"缪璃凝视着吊坠儿，"你怎么……"

"哦，那位朋友是什么样子的？"聂深又问。

"可爱的女孩，朴素，温柔。要说气质嘛，有点像林娴小姐那一类……"

根据缪璃描述的样子，那个女孩就是年轻时的母亲，但她和聂深眼中的母亲却判若两人。这枚吊坠儿，聂深肯定它就是母亲的。

母亲还没有烧掉照片前，家里有本影集。多年前，聂深为了搜寻父亲的痕迹，拼命想从照片中发现什么，虽然一无所获，但照片给他留下了深刻印象。

那时的母亲，可能刚出校门不久，梳着马尾辫，戴着一条项链。她有好几张照片都出现了这枚吊坠，那是母亲为数不多的几件饰物之一。母亲喜欢这枚吊坠，可能因为它寄托着某种情意，尽管吊坠右侧缺损了一块，留下了瑕疵，母亲也没有丢弃它。

但聂深从记事以后，并没有见过母亲戴那条项链，唯一的影像，只留在了照片上，可惜后来付之一炬。

以时间线索来推断，母亲毕业后，过了一段平静的生活，然后她遭遇了某件事，导致她的人生发生了逆转，从此变得惊恐疯癫。

从平静，到惊恐，之间的转折期在哪里度过？

答案似乎不言而喻。

那生命中缺损的、一直被母亲极力逃避的时光，就像这枚吊坠，落到了缪宅。

"聂先生，你怎么对这件饰物有兴趣？"缪璃注视着聂深，神情有些不安。

"哦……"聂深沉吟着，如果直接说出自己的意图，显然不合时宜。这座老宅，还有这些人，以及悬赏任务，都让人感到迷离莫测。这是被死亡气息笼罩的神秘所在，在没有探明之前，关于母亲的记忆，和其他深埋在重重黑暗中的事物一样，如果轻易扰动，则会变成噬血的影子。

聂深平静地说："这枚吊坠很有特点，不知道什么样的女子会佩戴它。"

缪璃的眼神变得狐疑，说道："请把它还给我。"

聂深在心里叹息一声，只得伸手递过去："你的那位朋友，为什么要送给你这枚吊坠？"

"与你无关。"缪璃接过吊坠放在掌心，低头看着，嘴角微微颤抖。

"她后来怎么样了？"聂深追问。

缪璃突然攥紧了手掌，仿佛关闭了可怕的回忆。"你出去！"

聂深一怔。缪璃神色惊慌，脸上凝结着泪痕。

林娴从里间出来，愕然地扫视了一下聂深和缪璃。

"你们都走！"缪璃浑身哆嗦着。

"缪小姐……"聂深试图修复。

房门猛地被推开了，赫萧大步进来，脸色沉郁。在缪璃面前，他放缓了脚步，声调相当克制："小姐请你们离开。"

林娴慌忙拉住聂深的手，一边往外走一边道歉："对不起，对不起。"

赫萧目不斜视，只是望着缪璃。

那二人离开后，缪璃走到窗前，望着灰蒙蒙的院子，喃喃地说："虽然很久没有看到过鲜花，却越来越觉得，院里处处是风景。这些枯树，凄凉美丽。"

她从窗前转过身，凝视着赫萧，眼里忽然涌出泪水。

赫萧微微一惊："小姐……"

缪璃的身子摇晃了一下。赫萧想要扶住缪璃，缪璃先一步伸出手，轻轻按在赫萧的胳膊上。她的双肩颤动着，似乎觉得冷。

"赫萧……"

"我在。"

"让你看到我哭了。"

赫萧从自己口袋掏手帕，等他快要拿出手帕时，缪璃已经去了里间。

钢琴声响起，只弹了一下，缪璃的声音便从虚掩的门内飘出来，凄哀无奈："过去的事，终于追过来了。"

"小姐怀疑是……"

但钢琴声再度响起，遮掩了缪璃的啜泣。

聂深和林娴出了琴房后，差点撞上老昆。老昆一脸倦怠慵懒地站在楼梯拐角处，翻着眼皮扫了一下，很是厌烦。

下楼穿过大厅，林娴忽然竖起耳朵听了听，咕哝道："缪小姐的琴声变得这么奇怪。"

"能听出什么？"聂深问。

"是不是你刺激她了？"林娴反问。

"没事。"聂深说。

"你什么都不肯告诉我，我是想帮你的。"林娴焦急地说。

"用心做任务吧。"聂深说着，迟疑一下，又说，"不过还是谢谢你。"

"不用客气，我觉得……"林娴有些兴奋。

"但我的事，你不要参与。"聂深语气冷淡。

"啊？"林娴泛起的笑容僵住了。

"安全地拿到你的奖金——这是你的心愿。"聂深说，"心愿没有对错，只要你别忘了它。"

"你的心愿呢？"林娴注视着聂深。

聂深微微一怔，马上露出孩子气的狡黠笑容："我的心愿很简单，拯救人类万万年。"

聂深突然没个正形，把林娴凝重的心理氛围冲得乱七八糟的，气得她一跺脚，拂袖而去。

没过多长时间，赫萧就把林娴叫去了。

"聂深为什么去了小姐的琴房？"赫萧问。

"不知道，我只顾弹琴，其他事不管。"林娴低头说。

"你们下楼后，他有什么情况？"赫萧盯着林娴。

"他……提到了心愿。"林娴慌乱地说。

"哦，什么心愿？"赫萧倾了倾上身，脸上露出专注的表情。

"他的心愿很简单，拯救人类万万年。"

"什么？"赫萧怔住。

林娴不敢看赫萧的眼睛，咕哝道："他是为了押韵方便，随口一说。"

"他是诗人？"赫萧皱起眉头。

"不是吧。"林娴扭着双手。

"那他就是在耍弄我们！"赫萧咬着牙根。

林娴快被吓哭了。赫萧摆摆手，林娴赶忙离去，到了门外把手里的瓜子仁全部塞进嘴里。

赫萧背着手站在窗边，想起二十七年前，还真的有个客人在走廊念诵诗歌：

一生中／我曾多次撒谎／却始终诚实地遵守着／一个儿时的诺言……

那是第二届悬赏任务期间，是他们所说的八十年代。赫萧听到那首诗，很喜欢。假如那个书生还在，赫萧愿意和他交个朋友，当然只是一闪念而已。

那个怪脾气书生还对他说过，世间有一种"洞"，就在我们周围，像泡沫一样，可是眼睛看不见，存在于空间和时间的隐密裂隙中。书生扬言得到奖金后就专门去寻找那个裂隙。

赫萧认定，那个书生疯了。

（7）

午夜零点又开始了新的工作日，但聂深却难以集中注意力。

他拿着竹针，好几次都觉得视线模糊，似乎看不到金丝线了。他不得不停下来，双手揉搓面颊，坐在工作台边让自己冷静下来。工作台上的抽屉全部是空的，每个把手都是木质。目光扫过时，聂深总是把这一切和母亲联系起来。

时间到了……鱼皮娃娃的院子。

母亲来这座老宅，也是为了做任务吧，而且她应该是失败了。但从母亲的人生发展来看，肯定不是一次失败就给她的命运造成了毁灭性的打击。

难道失败的后果就是死亡，而母亲是因为逃出去了，才侥幸活下来——这个推测比较合理。但赫萧在安排悬赏任务时，并没有提到"失败"的概念，他说一个人只要坚持度过七天，就可以拿到保底奖金，等值于三百万元；如果完成了自己的缝制部位，再追加三百万。

也就是说，只要每天按规定做任务，即使没完成自己的份额，也算成功——合格的标准，就是做足七天。

所以现在的问题不是任务的成败，而是——是什么打断了母亲的进程？

或许，是因为她没有按约定待够七天，提前逃了出去，才遭到某种神秘力量的追杀，而陷入死亡威胁……这个解释似乎也说得通。

聂深让自己的思绪冷静下来。

不管怎样，母亲一定是因为在宅子里遭遇了恐怖事件，才逃了出去。那么这座宅子所掩藏的秘密，就是打开迷雾之门的钥匙。

聂深看看窗外，乌云密布的天空上有些凌乱闪烁的微光。

他返身走到工作台前，调整呼吸，测算针脚之间的密度，将金丝线环绕衣料的精准数列，在脑子里安排妥当，然后拿起竹针，开始今晚的工作。

胡丙和老昆走进赫萧的居室。

这是二楼南端的房间，外间是客厅，没有什么装饰。桌上的台灯亮着，电力来自地下某个隐秘的角落，只在悬赏任务展开的七天内，才能享受到持续的照明。台灯是个独立的装置，没有与其他金属物连接，但为了保险起见，底座换成了木质的。

赫萧背对房门坐在藤椅上，背影一半隐没在黑暗中，一半被灯光笼罩。

胡丙感觉气氛不妙，偷偷扫视了一圈。

里间的卧室门虚掩着，能看到那张奇特的床。赫萧的床很高，超乎想象，上床要用力高攀，那不是为了看到窗外的远景，而是一种苦修。床板上只有薄薄的被褥，躺在上面就像置身于医院的停尸柜。赫萧即使在睡梦中，也让自己时刻保持警醒。

一个连最基本的快乐——睡眠的快乐——都拒绝的人，实在是太可怕了。

他唯一没有放弃的，只有他对缪璃小姐的守护。

胡丙瞥了老昆一眼。老昆每次来到这间屋子，原本颓丧的心绪，都会变得昂扬一些——赫管家能做到这一步，我们还有什么理由不坚持下去呢？

更令胡丙和老昆敬畏的是，他们在赫萧身边生活得越久，反而越觉得此人神秘莫测。当年他们听说，赫萧的爷爷是大清国的最后一个刽子手，赫萧十四岁进入缪宅时，以前的事情都不记得了。

胡丙忽然听到赫管家的椅子响了响，赶忙扭过脸。

"这盏灯，多少年了？"赫萧背对着二人，望着桌上的台灯。青瓷灯罩上，镂空的花纹里透出昏暗的光线。

"怎么着也有八十多年了。"胡丙掐着手指头，装模作样算起来，"那是老爷生前最喜爱的物件，老昆，对不对？"

"也是电灯公司变卖后，老爷临死前定做的纪念品。"老昆擅长破坏气氛。

胡丙斜睨了老昆一眼，表情似乎在骂街。

"如果给缪家画一幅命运图经——"赫萧起身走到桌子前拉开抽屉，里边放着一把左轮手枪。赫萧从手枪旁边拿起一盒火柴，在手上把玩起来。

胡丙一见火柴盒，眉毛都哆嗦起来。老昆也暗暗吸了口凉气。

"你们说说，图经上什么颜色最多？"赫萧语气平淡。

胡丙与老昆互视一眼。胡丙急中生智："不管怎样，缪家唯一的血脉还在，这个家就没有破。"

赫萧的目光投向胡丙，一边把玩着火柴盒，一边踱近几步："你提到了小姐，非常好。"

胡丙双腿发软。

赫萧的脸上倏地掠过一丝痛苦的神色，手上把玩的动作停顿了一下。

胡丙忙问："赫管家，你的头又痛了？"

"不碍事。"赫萧深吸一口气。

老昆注意到，藤椅旁边的地上有一小块污渍，是铜钱大的一片血迹，已经变成了深褐色。

"老昆。"赫萧唤道。

"噢……是，赫管家。"老昆急忙收回视线。

"二十七年前，宅子里发生的那件事，你们还记得吧？"赫萧问。

老昆和胡丙脸色灰暗。

"为了不让小姐忧虑，我对她隐瞒了那件事。"赫萧的目光在两个佣人脸上移动，"可是我今天才发现，小姐竟然早就知道了。"

胡丙的眼角抽搐起来。老昆吞咽着口水，面颊发硬。

"是谁泄露了消息？"赫萧的声调并不高，但每个字都像锥子似的戳过来。

"我没乱讲！"胡丙抢先说道。

老昆冷眼瞥了他一下。

胡丙语无伦次地说："知道那件事的……邮差……不对，邮差从来没跟小姐见过面……噢，鲁丑！那个守门的蠢货也知道，是他说漏了嘴！"

老昆一脸鄙弃地说："鲁丑平常活动的区域，跟小姐照不上面，更不可能跑到小姐身边乱讲！还有，鲁丑不是蠢货。"

胡丙阴阳怪气地说："敢替他出头，你找死。"

"鲁丑最懂规矩。"赫萧说，"不该他去的地方，他不去，不该他说的话，他一个字都不说。"

"是啊，"老昆说："你在地上给他画个圈，别让他出来，他能在里面蹲一年。"老昆说着，忽然意识到什么，不安地看看赫萧。赫萧大概也属于这种类型。

"老昆，你别扯那么远。现在赫管家问，是谁泄露了二十七年前的事？"胡丙急于夺回主动权。

"嘴巴不严的人，当然会泄密。"老昆冷冷地说。

"你……你说谁嘴巴不严？"胡丙喘着粗气。

"谁在客人的饭桌上说什么道光帝的御膳房……"

胡丙像是被踩了尾巴的猫，发出尖叫："血口喷人！"

赫萧漠然地看着他。

胡丙嘶叫道："老昆——你有不可告人的秘密！"

老昆冷笑："把话说清楚。"

胡丙指着老昆，口沫横飞："你去过地下室！"

"我没有！"老昆居然也发出喊叫。

"那是因为你没钥匙，进不了大门……"

"我没有……"

"不止一次！"胡丙兴奋得浑身抽搐，竖起两根手指，"起码两次——至少有两次！"

"那是三十多年前……"

"哈，你承认啦！"

"我听到那底下有猫叫声……实在忍不住……我就想……"

赫萧抬起手，做了个疲倦的手势，慢慢坐回到藤椅里。

老昆平复了情绪，跌跌撞撞地走到赫萧身后，弯腰正要开口，胡丙一把推开他，自己扑通一声跪下，委屈地哭号道：

"赫管家，我们没想违逆家法，我们就是太……太……"

"偶尔有些乏味。"老昆补充道。

"对，是是是，老昆说得太对了。"胡丙拼命点头。

赫萧靠着椅背，闭目养神："那个泄密的人，不管是无心还是故意，我只想知道，他究竟给小姐讲了什么？"

房间陷入死一般的寂静。

胡丙说："我拿我祖上十八代的名声发誓，我没有说过。"

老昆说："如果是我走漏了消息，让我现在就万箭穿心！"

胡丙用钦佩的眼神看着老昆。

现在轮到赫萧沉默了。

良久，他说："你们出去吧。"

胡丙赶忙从地上爬起来，与老昆匆匆走向房门。

外面走廊突然传来了脚步声，不一会儿，响起郑锐的声音，他似乎有什么急事要来报告……

聂深正在房间缝制衣料，忽然又听到了那种神秘的音频声。这是第二次听到了，上次是在石屋被赫萧审讯时，空中飘来低赫兹的声波；这次听来更明显，也许发声的地方就在附近。仔细辨别，仿佛是某种力量振动金属发出的颤音，依然有着引导力，但对他无效。

音频声消失了。

聂深继续缝制衣料。

突然一阵"咣咣"声响起，房门急促地敲响了。

聂深连忙打开门。林娴正满脸恐慌地站在门外，双眼发直，胸脯剧烈起伏着，额头淌着汗水："出事了……卫生间……柴兴……"

聂深一皱眉头："别慌，慢点说。"

"怎么办……我不知道怎么办……"林娴呜咽着，"我只相信你，聂深，怎么办啊？"

聂深随手带上自己的房门，与林娴赶到走廊另一头的卫生间。

聂深正要往男卫生间走，林娴却拉着他冲进隔壁。

女卫生间比男卫生间精致得多，显然早年缪家女眷的地位高过男人。设计师在构建卫生间时，以欧式风格体现对女性的贴心关怀，内间还专门隔出一片区域，修造了淋浴室，安置了漂亮的莲蓬喷头和浴缸。

此刻，浴缸里盛着半池水，已经溺毙的柴兴，身子蜷缩成一团，手臂和双腿扭缠在一起，背部呈弧形，脑袋被自己的双膝挤压在水中。透过水面能看到微微睁着的黑色眼珠。

聂深一进浴室，就本能地退缩了一下。林娴没注意到聂深对水的恐惧。聂深的目光一触及水中的柴兴，立刻坠入童年的阴影中。

"聂深，你看怎么办？"林娴几乎崩溃。

聂深吸了口气，视线飘过浴缸，望向莲蓬头。难道柴兴是溜到这里洗澡，不慎触碰到金属喷头，而导致毙命？但仔细一看，金属喷头上同样裹缠着麻绳，赫萧做事的细致入微不容怀疑。

聂深的目光投向浴缸。柴兴还穿着衣服，看样子应该是挣扎过，却不知是为了抵抗外力，还是溺水者的本能反应。形似自杀的现场，充满了不可思议之处。

聂深忽然注意到墙角的黑暗之处，有个极隐秘的区域，隐约闪现金属光泽。他有些好奇地想看清楚，但隔着浴缸，加之光线幽暗，始终无法如愿。

也许是灯光照在浴缸上形成的反射。聂深正在迟疑，淋浴室响起嗡嗡的颤抖声，浴缸晃动起来，柴兴的躯体在水里浮动。头顶猛地传来咔吧一声，一根横梁脱落，聂深急忙侧身，断裂的横梁擦着耳朵砸在肩膀上。聂深趔趄倒地，双臂向前撑，整个人跌进浴缸中，池水四溅，他的脑袋碰到柴兴的脸颊。

林娴尖叫着。

聂深的手臂埋在水里，一时抽不出来，身体被强烈的恐惧困住了。

似乎有一双手把他摁进了水中……

窒息……

黑暗……

林娴用力推了聂深一下，聂深才反应过来，摆脱了噩梦般的感觉。

"谢谢你。"他喘息着，甩掉袖子上的水。

柴兴的躯体仍在浴缸里晃动。

"你没事吧？"林娴脸色苍白。

"还好。"

二人退到浴室外边。窗户下面的排水孔散发出浓烈的腥味。

"我刚才进来的时候，味道更浓。"林娴说，"一股腐烂鱼肉的腥臭味，就像夏天穿过臭烘烘的鱼市后街。"

"当时是什么情况？"聂深问。

"我来上厕所，听到隔档里有声音……"

"什么声音？"

"就像……"林娴拼命梳理着纷乱的思绪，"像是雨鞋踩在烂泥地里的声音。"

聂深注意到林娴目光闪烁，忙问："还有什么？"

"嗯，我不敢乱说，"林娴迟疑着，"我来卫生间的时候，好像看到郑锐的身影。"

"他当时在哪儿？"

"走廊拐角的地方，有个影子晃了一下，体型和身高挺像他的，但光线不好，我不敢乱猜。"

聂深敛眉沉思。林娴应该不会看错——在男客中，汪展是个胖子，柴兴已经死了，除了郑锐，只剩下聂深自己。如果是女客要害死柴兴，似乎没有制服柴兴的力气，如果是偷袭，那也应该采取更阴险的手段，但像这样，把一个成年男子按压在浴缸里，至少也会弄出很大的声响，把现场搞得乱七八糟。

但假如不是客人，而是佣人干的，甚至更进一步，是赫萧呢？聂深马上放弃了这个念头。赫萧要除掉谁，有许多办法，如果他是为了威慑大家，那么这种方式又不够力度。

"聂深，怎么办啊？"林娴不停地问，脸上的泪痕惨不忍睹。

"告诉赫管家吧。"聂深说着，拍了拍林娴的胳臂，让她放松下来，"我先送你回房间休息。"

这时，一阵凌乱的脚步声在走廊响起。胡丙、老昆来到门口。

紧跟着是郑锐。郑锐一边朝卫生间指指点点，一边报告着什么。

随后赫萧出现在门前。

四个人把聂深和林娴堵个正着。

见此阵势，林娴的本能反应是逃跑，这一举动引发了小混乱。

胡丙急于立功似的，抢前一步抓住林娴的肩膀。但他的手被聂深拨开了。

胡丙慌乱中瞥了赫萧一眼，遂一梗脖子，冲聂深嚷道："造反呐？"

"有事慢慢说，你上手算什么？"

老昆上来挡在胡丙和聂深中间，但没有开口。

林娴完全乱了方寸，朝赫萧哭叫："我什么都没干。"接着一指郑锐，"你恶人先告状！"

郑锐原本缩着脖子待在后面，一听这话，正要反击，赫萧开腔了。他的眼睛一直望向前方，谁都没看："聂先生、林小姐，二位深夜跑到这里做什么？"

"柴兴死了。"聂深说。

"是我发现的。"

林娴的话一出口，引来了走廊里另一个声音："是你干的吧！"姚秀凌哼笑着说。

被惊动的汪展和叶彩兰也到了卫生间外面，伸长脖子往里瞅。

林娴哭道："姚秀凌，你血口喷人！"

"少装圣女了，你和聂深跑到女厕所能干什么好事？"姚秀凌双臂抱胸，撇着嘴说，"情况明摆着，狗男女在这儿乱搞，让柴兴听见了，那个傻帽儿跑来偷看，结果让人弄死了。"

"秀凌分析得有理。"汪展说，"弄死柴兴，不光是因为他坏了这俩的好事，更为了多得一份奖金。"

老昆到浴室看过了，出来对赫萧耳语几句。赫萧点了一下头。

汪展嚷："快找凶手啊！"

赫萧仿佛没听见。

聂深一直关注着郑锐的表情。郑锐一脸平静。

姚秀凌嚷道："我就怀疑是聂深和林娴干的！"

林娴已经没有力气辩驳了。

赫萧却掏出怀表瞥了一眼："耽误得太久了。现在回去工作，明天没有早餐，把今天晚上的进度赶出来。"

郑锐问："柴兴死了，他的任务怎么办？"

赫萧忽然露出了笑容："这正是我接下来要宣布的消息——"

众人安静下来，眼巴巴瞅着赫萧。

"柴兴的工作任务，由聂深先生完成。"赫萧说。

"啊？他一人做两份儿？"郑锐嚷道。

"去死吧！"姚秀凌怒道，"不仅多分了死人的奖金，还把死人的任务做了，再多拿一份。"

汪展瞪着聂深，往地上啐了一口。

叶彩兰终于无法忍受，叫道："赫管家，凭什么呀？"

"除了他，谁还能接下这个活？"赫萧环视众人。

正因为没人接茬儿，大家才更加愤怒。

"聂先生，能者多劳啊。"赫萧微微一笑，目光从林娴脸上飘过。

林娴不自然地低下了头。

赫萧的目光转向郑锐："你跟我来一下。"说完便迈着轻快的步伐走了。

（8）

柴兴的尸体直到凌晨才掩埋。在那之前，老昆和鲁丑忙活了很久，想把尸体弄平展，那僵硬的四肢和拱起的背部，着实费了不少力气。

后院的两棵枯树之间，鲁丑挖开了一个大坑。

"小玩意儿，当心点儿，别挖塌了。"老昆站在旁边指挥。

一米开外有个微微隆起的土包，那是张白桥的墓。

鲁丑停下动作，掏出一条毛巾，用力擦着脖子上的汗。他抬头看看天空，打了个响亮的喷嚏。

老昆拿起地上的铁镐，懒洋洋地走过来，脚尖在柴兴的尸体上绊了一下，险些摔倒。老昆拄着铁镐，站稳了，踢了鲁丑一脚。

"你看什么？"

"昆哥，天上有光。"

"干活儿吧。"老昆催促。

鲁丑蹲在柴兴尸体旁，从柴兴的口袋里掏出一把梳子，梳着自己的光头。

老昆气乐了。

鲁丑说："昆哥，胡丙说赫管家压根就不在乎谁死。"

"嗯？"老昆愣愣地看着鲁丑。

"就算咱们死了，他也……"

"闭上嘴，别听胡丙那个杂种胡咧咧。"老昆抬脚踢到鲁丑的屁股上，"赫管家一定能把咱们带出去。只有赫管家能把咱们带出去。"

鲁丑把梳子塞进怀里，翻身跳到墓坑里。老昆把柴兴的尸体推下去，鲁丑一脸肃穆，将尸体平放在坑底，然后双手抱拳，闭眼咕哝了一句，从坑里爬了上来。

二人开始填土。

干完后，老昆把铁锨靠在树上，抹着额头的汗。

鲁丑忽然跪在坟前，身子一扑，整个人趴在坟包上。

老昆慢慢走过来。

鲁丑的脸颊紧贴着坟包，眼珠子晃荡着。

"有声音……"鲁丑说。

老昆的脸上露出警觉不安的神色。

鲁丑的手用力探进土里，"我抓到了。"

"什么东西？"

"死人头。"鲁丑说着，脸色忽然一变。

"怎么了？"老昆退缩。

"咬我……"鲁丑嘴角扭曲。

老昆瞪大眼睛，伸手去抓旁边的铁镐。

鲁丑的表情顿时变成了笑脸，发出一阵嘎嘎的怪笑声。

老昆怔了一下，一巴掌甩到鲁丑的脑袋上，气哼哼地走了。

鲁丑乐够了，手从土里拔出来，从怀里掏出梳子，在脑袋上梳起来。他望着黑沉沉的天空，那里有一丝青白色的星光，与二十七年前的那一幕很像。

（9）

由于早餐取消了，剩下的六名赏金客便待在各自的房间，既要补完昨夜的工作，还要继续完成上午的进度。

聂深的工作量增加了一倍，不过好在柴兴的技艺不错，不需要返工。他观察柴兴完成的衣料时，不禁感叹，更为柴兴的突然死去而遗憾。柴兴确有天赋，不仅做工精致，而且悟出了命运图经的提示，将暗含的特殊数列用于衣料的缝制，金丝线的布局完美。

由此类推，其他客人也不是等闲之辈。宅子邀请的人，果然都有强大的潜能。

聂深将两份任务的进度完成后，时间就到了上午十一点四十分。十二点开始吃午饭，他算了算，下午的工作开始前，他没有足够的时间继续自己的计划。要对宅子内部做充分探察，只能等到傍晚六点钟。全天工作结束后，有六个钟头的自由时间。

聂深又将思路转回到柴兴的死。

嫌疑最大的郑锐，赫萧并不在乎，却只是盯紧聂深，总想把屎盆子往他脑袋上扣，但又不把他一棍子打趴下。

赫萧似乎在一次一次地考验聂深。

"聂深，真的对不起，是我告诉赫管家，你干活儿轻松，他才把柴兴的任务转交给你，惹得其他人不满。"林娴一见聂深的面就马上道歉。

"这事和你没关系。"聂深安慰道，"我就算很累，赫萧也会让我做的。"

"我受够了，不想给他提供什么烂情报。"林娴一脸绝望。

"你要学会和他周旋。他为了想出更多的办法对付我，还会找你探听消息，到时我告诉你怎么玩他。"聂深一笑。

"我一闭上眼睛就做噩梦，你还能笑得出来。"林娴一本正经地说，"我的休闲小食品就快要败光了，老命撑不到任务结束。"

"哈，这算是自黑吗？"聂深笑道。

两人走进饭厅时，其他人还没到。聂深示意林娴坐到桌子对面，保持距离。

桌上放着简单的餐具，碗碟是空的，胡丙还没来。

此时，在外面的廊檐下，郑锐和汪展正在密谋什么。姚秀凌、叶彩兰也赶来了。

"真不公平，我这么好的脾气都没法忍了。"叶彩兰的发言更像是表忠心。

"嗯，大家都是受害者。"汪展一边说，一边拍着叶彩兰的肩膀。

"我把话撂在这儿了，"姚秀凌怒冲冲地说，"哪怕把这个任务搅黄了，也不能让聂深吃独食。"

"任务还是要做，不然咱们白忙活了。"郑锐摆出了冷静的姿态。

"小郑说得对。"汪展把另一只手放到姚秀凌的背上耐心抚慰着。

"那就累死那个王八蛋。"姚秀凌说。

"等他累死太慢了，咱帮他痛快点。"汪展的手逐步下滑。

"你们想怎么办？"叶彩兰有些不安。

汪展瞄了郑锐一眼，点点头。

郑锐清了清嗓子说："刚才我和汪哥商量……"

叶彩兰忽然摆手说："我不想听，我去饭厅了。"转身时迟疑一下，又说，"但我支持你们。"然后匆匆离开。

姚秀凌狠狠呸了一下："又是个装圣女的，想吃屎，还不想把手弄臭。"

"秀凌，聂深的事交给我就行了。"汪展觍着脸往前凑。

"我越来越喜欢你了，有点男人样，敢说敢干。"姚秀凌没有推拒汪展。

郑锐扫了他俩一眼，说："事情还悬着呢，你俩能不能别发骚？"

"毛还没长全的小家伙，懂个屁。"姚秀凌放声大笑。

汪展趁机往上一拱，咬住了姚秀凌的嘴唇，两人就亲了起来。

郑锐一脸菜青色，扭身走了。

（10）

全天的工作结束后，聂深把两套衣料分装在紫色大锦盒内，起身在房间踱步。他把今晚的行动考虑清楚，然后戴上那块手表，出了房间。

很快，郑锐也从房间出来，匆匆跟了过去。接着汪展、姚秀凌、叶彩兰也出来了，留在走廊等候。林娴的房门紧闭着，看样子在休息。

不一会儿，郑锐气喘吁吁地跑回来说："聂深不见了。"

汪展拽住郑锐的胳膊问："没去吃饭？"

郑锐摇头说："我找了一圈，大厅里也没有。"

"院子里？"汪展低头说，"可是没道理啊。"

郑锐说："分头找吧。我和叶彩兰去前院，你和姚秀凌去后院。"

叶彩兰说："可是没人去吃晚饭，赫管家肯定起疑心。"

"只要能对付聂深，赫管家会睁一只眼闭一只眼。"郑锐说。

"没错。这么大的宅子，赫管家手下能动弹的，只有胡丙和老昆两个佣人，他根本盯不过来，所以要利用我们。"汪展露出了看穿一切的表情，"这就叫发动群众积极性。"

"喊，姓赫的不是盯不过来，而是把主要心思用在缪小姐身上了。"姚秀凌不屑地说。

"甭管怎样，咱们去干就对了。"汪展忙着煽动道。

四人匆匆离开走廊，在出口分开，两两相伴，开始搜寻聂深。

聂深从主楼出来后，直接去了议事所。上次被赫萧关在那里审讯，聂深注意到议事所的位置很有利，能够看到三个方位。而且那座阴森冷寂的建筑，由于早已失去了用途，平时没人去那边。

议事所距离主楼不远，聂深绕到后边，扒着墙缝爬到屋顶。放眼望去，整座宅院一片昏冥，那种黯青的底色愈加深暗，似乎覆了一层油画颜料。聂深选择的观察点既不影响视线，又能隐蔽。伸手可触的砖瓦上布满了污渍。

没有风声，也没有鸟鸣。死一般的寂静。

聂深盯着主楼的出口。二十分钟左右，有四个黑影出来了，稍加辨别，便能看出是汪展他们。四人分作两组，一组往前院，一组往后院，很快消失在夜幕中。聂深对此毫无兴趣，仍盯住出口。

胡丙的身影出现在廊檐下，蹲在那里望着天空，不知在琢磨什么。过了一会儿，老昆来到胡丙身后，就那样悄悄地站着，场景有些吓人。一个蹲着、一个站着、一个望着天、一个看着地。胡丙忽然扭过脸，老昆似乎吓了一跳。两人起了冲突，但听不到声音，像两个鬼影似的默默争执了一会儿就离去了。

聂深耐心等待着。虽然并不确定自己能看见什么，但他知道自己需要的，是一个异常的现象，哪怕一个细微的小动作。

一个美丽的倩影出现了，是缪璃。穿着右开襟蓝色上衣，黑色裙子，活脱脱一个民国少女形象。聂深以为缪璃是在门口散散步，等到缪璃转到石径路上，才看到她手上挽着一个小包，里面不知装着什么东西。

聂深从议事所的屋顶下来，借助黑暗阴影的掩护，一路尾随缪璃。

缪璃逐渐加快步伐，走向后院的第二道院落，那里有一些荒弃的杂屋，围着一座很大的仓库。

聂深不紧不慢地跟着，等缪璃进了仓库，他快步来到门外。透过虚掩的门缝，眼睛适应了昏暗光线，聂深看见缪璃正在里面翻找着什么。她从一堆杂物里挪过来一只木箱，从木箱的尺寸和形状来看，应该分量不轻，但缪璃看起来并不显得吃力，看来经常搬运这些箱子。

缪璃打开箱盖，低头看着，似乎叹了口气，大概是东西不够了。

聂深发现缪璃拿出一个亮亮的东西，通过反光的角度辨别，是一只灯泡。缪璃随手拂去灯泡上的灰尘，然后把它揣进口袋，转身出来了。

聂深藏在仓库侧面的阴影中，等缪璃的身影转过前边的拐角，他才跟了上去。

缪璃从第二道院落出来，穿过花园，回到主院，径直往北边走去；聂深跟在她后面保持着十几米的距离。看方向，缪璃是去往戏楼。

聂深稍微加快脚步，听见楼檐上的雀铃发出轻微的当啷声。他尾随缪璃进了戏楼，被眼前的景象震撼了一下。

戏楼内虽然已经失去了光彩，但曾经的精美装潢，仍能透过岁月显现出来。

缪璃出现在前方的戏台上，顶棚悬垂的幔条投下片片影子，与她的身影融为一体。缪璃伫立在那里，使得原本浓重的阴郁感，变得像一幅旷世深厚的油画。

忽然，一阵幽怨低徊的清唱声响起：

"你看一轮皓月挂天心，照遍庭外寂寂园林。明月呀，若是晓人意，定羡你我恩爱深……"腔调一转，"……恩恩爱爱，踏穿铁鞋无处寻……"

缪璃绕着影子，嗓音低徊婉转。影子随身而动、随戏而舞。

此情此景触动了聂深。

缪璃唱的是潮音戏《春香传》，一人模仿两个戏中人：李梦龙，春香。

聂深侧身站在观戏台上，倾听缪璃的唱腔。

"……你我变作双宿双飞比翼鸟，振翅翱翔在碧霄。飞过青山共绿水，自由自在乐逍遥……"

缪璃反反复复唱着这两句，听来令人心酸无比。

良久，缪璃叹息着停下身形，退到柱子旁，静静地靠在那里。

聂深想，她可能在哭泣吧。

缪璃的情绪平复后，并没有离开戏楼，反而朝戏台后面的过道走去。

聂深不由得有些紧张，感觉自己即将发现什么。

他以更轻的动作进入过道，从紧挨的杂物室穿过，被一件戏装挡了一下，身子一歪，碰到了旁边的锣鼓。聂深急忙伸手按住，避免发出惊心动魄的撞击声。

再往前不能贸然闯入了。聂深看到后面有个大房间，缪璃进去把门关了。聂深扒在门缝前，屏气凝神往里看。

屋内光线幽暗，屋子中间有一条帐幔，将外间隔出了个小空间。缪璃背对着桌子，坐在椅子上。

她把手上挽着的小包拿下来，从里面掏出一大把羊毛圈，放在桌角。

然后她拉开抽屉，拿出一个东西戴在脸上。等她侧身挪动椅子时，聂深着实被吓了一跳，缪璃此时正戴着一个白森森的羊面具。

缪璃开始摆弄那只灯泡，并且把羊毛圈一根一根勒了上去。

羊面具下面传出咕哝声："五、六、七、八……"

聂深耐心等待着。

此时，汪展和姚秀凌为追踪聂深，已经跑到了后院。在第二道院落前，两人发生了争执。汪展对前方的陌生领域感到不安，打算放弃。姚秀凌却不依不饶，逼着汪展往前走。姚秀凌从少女时代就混迹于社会底层，什么风浪没见过？在她的威逼利诱下，汪展只好和她一起穿过月亮门。

两人又跑到了第三道院落，仍没有发现聂深，却看到了那只怪异的羊。汪展扑过去挤羊奶，被羊踢了一脚，差点把命根子废了。姚秀凌哈哈大笑。汪展猛地将姚秀凌扑倒在地。姚秀凌也被刺激得春情荡漾，身子一挣，反压住汪展。汪展迫不及待地撕开姚秀凌的衣襟。姚秀凌咬住汪展的嘴巴。

伴随着喘息声，二人就在羊舍门口，行起了苟且之事。

汪展的生命力高涨，将姚秀凌压住。胡丙偏在这时出现了，见此污景，气得直叫唤，上前便踹。姚秀凌一边提着裤子回骂，一边和狼狈的汪展遁去。

另一边的郑锐和叶彩兰在前院搜寻，白雾一起，叶彩兰怕极了。郑锐拖着个累赘，自己也很疲乏，于是一边埋怨叶彩兰不配合，一边找个背风的地方，打算躲一阵子再回去。

而在戏楼的房间外面，聂深继续等待着。

屋内，缪璃费力地勒着羊毛圈："五百一十一、五百一十二……"

嘭！

尽管聂深作了心理准备，听到这一声爆响，还是被吓了一跳。

"唉，又是五百一十二条，"缪璃叹息着，把桌上的玻璃碎片收成一堆，"还说要跟赫萧打赌呢，结果还是输。"

缪璃拉开抽屉，里面有个大盘子，装了不少玻璃碎片。缪璃把盘子端出来，将桌上的碎片扫进去。然后她端着盘子来到帐幔前，撩起一个角，走了进去。

聂深努力想看清楚，但帐幔撩起的角度和幅度都不够，他感觉自己看到一片光泽闪过。

缪璃在里间停留了很长的时间。聂深抬起手腕观察那块手表，晃动的分针表明这一带也有磁场，但频率明显弱于其他地方。

帐幔上终于又有了动静，聂深集中目力望去。缪璃的身影一闪，聂深只看见缪璃的胸部晃了晃，心神一分，帐幔便又被重新合上了。

聂深在心里狠狠地指责了自己。

这时，房门从里面打开了。

聂深一惊，这才意识到自己愣神的时间有点长，情急中连忙下蹲。

缪璃拉开门，外面很暗，趁着缪璃的眼睛适应阶段，聂深从缪璃的腿边悄然后移。刚刚挪到墙壁一侧，缪璃便迈步向前，险些没碰到。

缪璃走过去后，聂深才发现，缪璃竟然换了一身黑色衣服。这是明确的夜行服。

聂深不由得吞了吞口水，一股兴奋与疑惑的情绪，促使他一探究竟。

聂深继续跟踪着缪璃。现在回到了主楼，但这次是从侧门进来，然后从一楼的走廊尽头右转，绕过廊柱，穿行在曲折的回廊中。

缪璃如幽灵般潜行，戴着那副羊面具。无论谁突然撞见这一幕，应该都会被一个白面黑身的怪影吓个半死。

聂深与缪璃保持着距离。眼前出现各种古木雕刻的家具，或竖、或卧。除此之外，聂深看到最多的便是灯笼，有的硕大无朋，有的华丽妖娆，有的造型怪诞。但都没有点灯，偶尔摆动几下，发出吱吱咛咛的声音。

走在前边的缪璃忽然停下脚步。前方出现一座花架，上面摆着一盆紫红色的花，显得神秘幽静，暗淡的光线中，深紫色的花蕊莹莹闪烁。

整个缪宅没有见过第二朵绽放的花朵。聂深可以确信，一个重要的地方到了。

前方的缪璃停顿片刻，似乎在调整呼吸。

然后她的身影忽然一矮，消失了。

聂深急忙跟过去，原来下面有个螺旋状的台阶。台阶上雕刻着鱼形花纹。

聂深很清楚，自己往下迈出这一步，就触犯了第二条禁令：不准去地下室。

他深吸一口气走了下去。周围有什么东西泛着光泽，他起初以为是昆虫，然而光泽凝固，仿佛镶嵌在墙上。越往下，四周的味道越令人难以忍受，聂深想起林娴在卫生间说过：就像在夏天穿过臭烘烘的鱼市后街，而这里的味道比卫生间更加强烈。

缪璃显然早已熟悉了这股味道，身影没有停顿。

聂深尾随向前。周围很黑，但每隔一段距离，都有一片幽幽寒光从墙缝里渗出来。聂深保持着高度戒备。在地下穿行，有个问题要特别注意，就是别碰到金属物。而在黑暗中，人会因为紧张而忽略手脚的控制，稍有不慎，后果难以设想。聂深为了避免自己出现闪失，尽量保持直线前行，并使身体平衡，坚持走在两旁的石壁中间。

借着微弱的亮光往前看，远处黑洞洞的，只能看见一个更黑的影子，还有白色面具闪过。

聂深来到下一个微光处，抬起手腕瞥一眼，手表上的分针纹丝不动。聂深愣了一下，随即恍然大悟：分针已经指向了磁场最强的区域！

他估算了一下位置，意识到自己正处在中轴线上。

前边的缪璃忽然停下脚步。接着，响起一阵敲打声。然后传来某物开启的转动声，接着缪璃的身影就消失了。

聂深快步赶上，借着微光看到一块微微凸起的石棱，上面有纹络，纹络中间刻着几个字，其中有"育""赦"等字，这些字围着中间的字，是由三个"龙"字组合成的，极复杂的字形。

聂深并不相信这些东西有什么神力，那可能是宅子的主人为了某种象征意义而在修造地下室时留下的标记。

石棱旁边有一块青砖，上面刻了一大一小两个三角，外围的三角是正立的，中间的三角倒立。

刚才的敲打声，应该就是缪璃敲击了这个三角而发出的，然后墙上出现了椭圆形的凹陷区域。

从这个区域过去，聂深又愣住了。

前方居然是个岔口，有三条路。缪璃的身影已经不见了。

地下室修造得这么复杂，大大出乎聂深的意料。聂深对眼前的这个"三破口"有些迷茫。他马上抬起手腕看手表，分针指向的方位，必然是目的地。

于是聂深走向右侧那条路。

突然一阵怪风吹来，四周尘雾弥漫，脚下的路似乎变得颠簸起来。

聂深有些紧张，一是对即将发生的事没有把握，二来也有点担心缪璃。

他迎头走向那团雾。雾从远处涌来，像是从地底突然冒出的湿气。

聂深听见一阵声音。这种闷雷般的隆隆声，与在地面上听到的节奏一样，但此处要强烈得多。聂深出现了耳鸣的感觉。他深吸一口气，忍受着不断加强的震颤声。

大约三四分钟后，声音渐渐平息了。

死一般的寂静中，前方突然传来咣当一声。

聂深的头皮发麻，莫名有一种无法解释的陷入感——声音传来的地方，有什么力量吸引着他。

聂深稳定心神，先看了一眼腕上的手表——秒针、分针、时针竟然重叠了，指向声源地。

前方幽深的通道尽头，缪璃打开了一道厚重的石门。

石门后面是更深的黑暗，衬托着缪璃的身影，让她显得那样弱小。

缪璃仿佛在犹豫，然后身影一晃，进入了黑暗中。

聂深的全部注意力都在前方，眼中只有那道门，不顾一切地往前走去。

石门下的角落里堆着一些死鱼残渣，还有细碎的鳞片。

石门里面有几层台阶，继续往下，聂深一脚踩到底，听到啪嗒一声，是水。他一惊，俯身细看，地上有一层薄薄的积水，泛着幽暗光泽。聂深等候片刻，周围没有异样，他以更轻微的动作移步向前。

隆隆的震颤声再次传来，脚下的晃动感愈发明显。人在这里的触觉、听觉、嗅觉、视觉会发生扭曲，所有的想象都在脑海中涌动，仿佛无数只蝙蝠飞舞冲撞。最后他听到的是一阵诡异的呼吸声，如同压抑的风声。

前方终于亮了一些。

聂深看到更远的地方是个很大的渊洞，隐约泛着一片水光。

聂深不敢往前走了，心中对水的恐惧强烈袭来。

这时他忽然意识到，缪璃又不见了。急忙往周围扫视，发现右侧不远处有个缺口，难道后面还有一条路？

聂深松了口气，最后瞥了一眼远处的渊洞，扭身走向缺口。转弯时猛地怔住了，缺口后面并不是路，而是一个死角。

聂深伏低身子，被眼前的一幕惊呆了。

十几米开外，靠墙处放着个囚笼，笼子里躺着一个人。

那人居然在动，从囚笼左侧翻滚到右侧，又从右侧翻滚到左侧。

缪璃蹲在囚笼前，传来低低的啜泣声。

"郭保，你吃点东西吧……"

那被称作郭保的人，兀自翻滚着，动作不紧不慢。

缪璃哽咽着说："我知道你喝不惯羊奶，可是家里早就没有盐了。"

聂深这才醒悟，那次遇到缪璃独自提着小瓦罐去羊舍，原来是给郭保弄吃的。

囚笼一侧果然放着那个瓦罐，还有一只汤碗。

郭保忽然起身，盘腿坐了一会儿，身子左右摆动起来，幅度越来越大。

他猛地发出叫声，异常恐怖的叫声，就像一只猫被撕裂时发出的惨叫。

　　郭保的叫声越来越高亢。聂深感到阵阵发冷，竟忘了自己身处何地。

　　缪璃仍然蹲在原处。片刻后，郭保安静了。

　　缪璃叹息一声说："你别生气，老昆他们不知道你还活着，以为你已经解脱了。他们若看到你这副样子，不知道该多伤心……郭保，对不起，这个家让你受苦了。"

　　说完后踉跄起身，提着瓦罐准备离开。

　　郭保却突然开口说话了，发出一连串古怪的音节。

　　缪璃俯身靠近郭保，侧耳倾听。

　　郭保的语句十分混乱，掺杂着各种声音。

　　聂深立刻想起，抵达缪宅的那天，在大厅展示命运图经时，飘荡在空中的背景声音，与此刻郭保口中发出的一样，都是由各种声音串联重合而成的，有嘶哑的男声、苍老的女声，还有婴儿啼哭等，组成令人难以忍受的腔调。

　　此刻聂深听不清郭保说的是什么。郭保仿佛是个传声筒，说了几句后便闭上嘴巴。

　　但缪璃突然喊道："不——"

　　啪的一声，瓦罐掉在地上，碎了。

　　缪璃尖叫着："你乱说什么？"

　　瞬间的变故，使聂深十分惊愕，准备上前查看。就在这时，他的后脑猛地遭到重击，头部嗡的一声，栽倒在地。

　　黑暗中，赫萧的脸庞浮现出来，冷冷地看着聂深。

第三章

悬停于时空之中

✕

"赫萧，有时候我真是有点恨你，你为什么……"镜中的女子，眼神中依恋与怨恨交织。

恍惚间，赫萧的身影淡淡浮现于镜中，却低头不语。

（1）

赫萧一只手拖着聂深的胳膊，如同拖着一具尸体，一路拖回到主楼的侧门。他看也不看聂深，抬起手，从柱子旁边的黑暗中拉出一根绳子，拽了两下。

不一会儿，胡丙和老昆匆匆赶来。二人看到地上昏迷的聂深，一句话没有问，马上抬起聂深。

赫萧兀自向前走去。胡丙抬着聂深的胳膊，老昆托住双腿，一起出了主楼，沿着石径往院子西南角走去。

一直躲在背风处的郑锐和叶彩兰，突然看见雾中的人影，吓了一跳。

叶彩兰瞪眼仔细望着："好像是……抬着聂深。"

雾中的人影渐行渐远。

郑锐准备去探个究竟，叶彩兰却害怕，二人一纠缠，浓雾已将视野完全遮蔽，那几个人消失得无影无踪。

赫萧径直走到汽车房外面，停下脚步。旁边有一棵高大的榕树，如今早已枯萎。曾几何时，郭保总是将汽车刷洗得洁净明亮，停在榕树旁，随时听候缪济川的差遣。

赫萧打开汽车房。那辆黑色福特老爷车，是缪济川在民国十九年购买的，四缸机器，纯机械手动开棚，经典的双边备胎，车头大雁翱翔的立标仍洁净如新，车内的沙发座椅也没有一丝褶皱。

赫萧绕过汽车，打开后面的司机房，示意他们将聂深抬进去。

把聂深扔到地板上，胡丙和老昆便默默地离开了。

赫萧伫立在聂深身旁，冷眼扫视着，踢了两脚。

聂深悠悠醒来，睁开迷蒙的双眼，艰难地观察着四周的情况，逐渐适应这个新环境。

赫萧双臂抱胸，俯视着聂深。

赫萧说："仅凭你踏入禁区这一条罪状，我就能处决你。"

聂深挣扎着坐起身，靠着墙壁，问："为什么还不动手？"

"为了让你完成缝制任务。"赫萧冷笑着说。

"任务这么重要，"聂深启唇一笑，"如果我不做了呢？"

"你当然会做下去，因为你想要答案。"赫萧说。

"你知道我想要什么答案？"聂深反问。

"在这座宅子里，你无论想要什么，都得先把长裙缝制完成。"

聂深默然。

"把全部七块衣料拼合之时，你就能得到一切。"赫萧说，"这不就像是命运图经一样吗？"

聂深注视着赫萧："看来你知道谜底，为什么不直接告诉我？"

赫萧沉默了。

聂深研究着赫萧的表情，说："你根本不信任我，却又在一次次试探我。"

"你还不知道自己的价值。"赫萧冷笑。

"为什么把我单独安置在这里？"聂深意味深长地说，"你开始调整策略了，决定让我远离其他客人，以防我被他们弄死。"

赫萧静默片刻，说："我这么做是因为你得罪了缪璃小姐。她恨你。"赫萧慢慢蹲低身子，直视着聂深的眼睛，"在我的地盘，谁得罪了小姐，谁就知道什么叫求生不能、求死不得。"

聂深漠然一笑。

赫萧起身离去。外面传来沉重的关门声。

又过了一会儿，胡丙进来，把聂深做任务的两个紫色大锦盒放到桌上，轻蔑地扫了聂深一眼，转身走了。

这间屋子将成为聂深新的工作室。

聂深从地上爬起来，摇晃着坐到床板上，习惯性地抬起手腕，但那块手表已经不见了。聂深摇摇头，集中意念，闭目沉思。

今晚跟踪缪璃得到的收获看似很多，但实际上却让他感到更迷惑。但有一点得到了确认。

地下室的石门附近发现的死鱼残渣，还有细碎的鳞片，联想到母亲临终遗言提到的"鱼皮娃娃的院子"，以及母亲生前对鱼的惊恐，聂深相信地下室最深处那个黑暗的渊洞里，必然遗落着关于母亲的秘密，很可能也包括父亲的信息。

还有那个郭保，似乎知道很多事，但表现出的样态，却又是那么怪异。说他完全疯癫，又不像。聂深记得母亲在最疯癫时，仍然有一丝理智的，即便在发作狂躁最严重的时期，即聂深四岁到六岁那两三年间，母亲竟有一次把聂深扔到浴缸里，但很快又被复苏的理性和强大的母爱拉回现实。

而郭保的种种表现，仿佛是大脑里有个开关，触发开关即切换到启动模式，并且各个模式之间的表现不同。有的模式是像烙饼一样在地上翻滚，有的模式则是盘腿静坐，似在接收信息，然后，又把各种人声组合，形成传声筒模式，与缪璃展开对话。

缪璃受到的惊吓，究竟是因为郭保的行为，还是因为郭保说出的话？

聂深努力回忆在地下室听到的凌乱的话语，然而脑海中除了一片嗡嗡声以外，无法分辨出完整的字句。

想到这里，聂深的脑袋又痛了起来。赫萧给予的重击，如果再凶狠几分，聂深就完了。那个死神般的管家为什么会如此对待自己？

聂深躺在床板上，昏昏欲睡。

他忽然坐起身。缪璃在地下室对郭保说过一句话：老昆他们不知道你还活着……

由此可见，地下室藏着郭保，除了缪璃知道以外，赫萧是瞒着佣人的。以掌控一切自居的赫管家，容不得任何人触犯他，这就是他的第一个漏洞：由于某种不可告人的目的，赫萧欺骗了手下。聂深将抓住这个破绽。

第三个工作日从午夜零点开始。这次很平静，直到清晨也没有任何事故发生。

赫萧一大早前往祠堂。

薄雾缭绕，天地间的黯青色略显明亮。祠堂位于宅院东边，雕梁画栋，内部装饰肃穆沉厚。祭橱内摆放着牌位，抬头可见最上面的开基始祖牌位，那便是女修之位。以下各位先祖依序排开，总共放满了三排，气势壮观。两旁对联书写：宝鼎呈祥香结彩银台报喜烛生花，千年香火乾坤久万代明烟日月长。

赫萧曾听义父讲过，缪氏家族出自嬴姓，始祖便是女修。《史记》记载，女修吞了玄鸟之卵而受孕，这条血脉在秦达到辉煌顶端。随着秦朝灭亡，嬴姓为躲避仇杀，改为十四种姓氏，散落藏匿在民间；其中的缪姓，便是主脉，直接源自女修——缪璃身上连接着祖先的血脉。

赫萧还得知，义父其实是上门女婿。因为缪氏家族是母系为主，生了女孩便旺，生了男孩总不长久，到了义母这一代，根据家族传统，入赘者必须改姓"缪"，才能进入祠堂奉祀先祖，义父欣然接受，婚后一直深爱义母，并将家族事业经营得风生水起。

缪济川当年对宗族之重视，凭这座祠堂足见其心，每年的祭奠日堪称盛事。然而缪济川突然与亲属断绝往来，并卖掉了电灯公司。那一切都发生在赫萧去英国陪读期间，他与缪璃回国后，缪济川只字未提宅中发生了什么。赫萧唯一知道的是，缪济川对宅屋做了重建，但装潢修缮所需的费用，还不至于使缪家败落，本该留下的巨额财富，却踪影全无。缪济川做的一切，似乎都在为自杀做准备……

祠堂里传出的哭声打断了赫萧的思绪。

缪璃正站在父亲的牌位前，低声啜泣。缪济川的名字刻在黑色描金木牌上。

　　每年，到了缪济川的寿诞日，赫萧都会组织人家来祠堂祭拜。此举唯一的目的，就是凝聚人心。尽管缪家早已凋零，但血脉尚存，就不会灰飞烟灭。

　　此时，缪璃望着父亲的牌位，为这个家、为自己，也为这叵测的命运伤心。

　　赫萧走过来，给牌位鞠了躬，退到一旁。

　　缪济川有一张遗像，一直挂在书房，并没有拿出来用。由于缪济川死得太惨，赫萧不希望每一次祭拜，都让缪璃体会一次痛楚。那张遗像也选得不好，缪济川的表情沉郁，眼睛不知望向哪里，空洞无神。

　　缪璃停止了哭泣。

　　牌位前放着一碟羊奶，那景象确实凄凉。

　　"这不像是祭拜我爸爸，倒像是祭拜一只猫。"缪璃艰难地笑了一下。

　　赫萧牵了牵嘴角，笑容没有展开。

　　赫萧看到缪璃的眼角晶莹闪烁，还有一滴泪。他在自己口袋掏手帕，手帕拿出一半，雪白的一角在手指间捏了捏，又塞回去。

　　"这么多年了，我居然还能哭出来。"缪璃用手背抹掉了那滴泪，"爸爸已经过世……嗯，八十一年了。"

　　"是啊，八十一年前的四月十号。"赫萧说。

　　"可我觉得爸爸他，好像三天前才死的。"缪璃仰起脸，望着祠堂的顶棚，把眼睛里即将涌出的泪，倒灌回去。

　　"小姐……请以后……不要再去地下室了。"赫萧说。

　　"可是这么多年一直都很安全。"缪璃侧过脸，看了看赫萧。

　　"现在情况变了。"赫萧望着眼前的牌位，"以后我去地下室谈话，你不要再去了。"

　　缪璃的脸上终于流露出绝望的神色，仿佛那份绝望在心底积压了太久，想用自己的血液把那绝望融化，但此刻，却喷薄而出。

　　"我们在这里到底干什么啊？"缪璃发出嘶哑的呼喊声，喊声却小得令人心碎，"时间一直走一直走，可我们留在这里毫无变化。这样的日子太可怕了！太可怕了！为什么要这样惩罚我们？"

　　赫萧紧抿着双唇，无法回答这些问题。说是飞来横祸，但说出来也没有意义，这是一场灾难，强加到他们的头上，而他，必须接受。

　　这么多年，除了看到宅子里的物品缓慢发生一些变化，看到后院那只绵羊的体型越来越怪异，其他几乎没有任何变化。这是一个连死亡都被冻住的空间，他们就被困在这里。

　　但还有一份希望！

　　"我一定会把小姐带出去。"赫萧活着的唯一心愿便是这个。

"我还不如死了算了。"缪璃呜咽着，"真的，死了都比这样好受。"

"一定能出去的。"赫萧说，"我和他谈过了，我遵守诺言，他给我的回报，也是一个诺言。"

"可是那个怪物真的能……"缪璃抬起泪眼。

"不要说了。"赫萧轻声提醒，神色有些紧张。

缪璃深深地叹口气，抹掉腮边的泪珠，嗓音沙哑："赫萧，我一直很想了解你十四岁以前的经历。"

"义父当年告诉我，我是爷爷抚养长大的。我也只知道这些。"

"你还记得吧，当年你陪我去英国时，我想帮你唤起十四岁以前的记忆，请了牛津最有名的医生……"

"哦，那个洋大夫啊，我不信任洋人。"赫萧苦笑一下。

"这么多年了，你还在怀念过去的家人吗？"缪璃轻声问。

"为什么这样问？"赫萧有些困惑。

缪璃低下头："我忽然很思念父亲，从昨晚到现在，总在想，如果父亲面对这样的处境……"

"小姐，忧思太多对身体不好。"

"昨天晚上郭保给我传递的消息，是真的吗？"缪璃抬脸注视着赫萧。

赫萧沉吟片刻："郭保说的事情需要确认，但至少表明，经过这些年的等候，这次终于找对人了。"

"谁？"缪璃迫切地问着，随即脸色一沉，"聂深？天选之才？"

赫萧微微提高语调："今天是悬赏任务的第三个工作日。按照我和怪物约定的，再过四个工作日，任务结束之时，他就放我们离开宅子，自由自在地生活。"赫萧的眼里闪过一丝亮光。

"但郭保说的是……"

赫萧做了个手势，往周围扫了一眼。"小姐放心，我自有安排。"赫萧的神色稍显凝重，从齿缝挤出一句话，"我也会让聂深明白我的意思。"

"太危险了，如果他发现真相呢？"缪璃不安地问。

赫萧嘴角一勾，露出一丝冷冷的笑容："他能发现什么，取决于我。"

"可是……我们不应该这样对待他。"缪璃说。

"没什么应该不应该的。"赫萧很少在缪璃面前显露出强硬的姿态，但在紧要关头，一定要确保缪璃不要因为犹豫而铸成不可挽回的错误，"小姐，缪家遭过一次劫难，我们用了这么多年来承受恶果。这次遇到了唯一的机会，如果失败，那将是绵绵不尽的劫难，而且很可能……"赫萧欲言又止。

"可能怎样？"缪璃追问。

赫萧摇摇头："我不知道。"

"那聂深呢？他没有选择吗？"

"没有。"赫萧斩钉截铁地说，"从他踏入这个宅子，他就接受了自己的命运。"

缪璃的神色有些不安，她忘不掉聂深看着那枚吊坠儿的痛苦表情，并把自己的所见告诉了赫萧，使得赫萧更了解聂深。

缪璃低喃："聂深不像坏人，坏人没有那样清澈的眼神。这些年他身上一定发生过无法想象的事情。"

"那只能说——"赫萧牵了牵嘴角，"这是他的宿命。"

（2）

正午时分，聂深结束了两份工作的进度，停下来休息。

他在司机房里搜索了一番，期望能找出一点东西，然而房间收拾得很干净，没有任何线索。

聂深的脑海中浮现出整座宅院的图景。

从进宅以后的观察与推演来看，汽车房所在的位置，应该是南北方向的中间点，因为宅院所处离坎路，"离"在八卦中代表南方，"坎"则代表北方，街道应该是南北走向，但聂深目前还无法确认。因为离坎路13号是座孤宅，内部方位发生了错移，他不知道这是磁场干扰了大脑判断，还是自己原本就弄错了。进入宅子以后的方位感是独立的，加之始终见不到太阳、月亮，围墙外边也没有其他建筑物作为参照，在一片白雾和湿气中，只能确定一点：缪家老宅绝不是一座普通的住宅，甚至可以大胆地设想：整座宅子就像一个完整的机械装置。

聂深忽然想：赫萧为什么把我安置在汽车房？

赫萧的每一个步骤都经过计算，不是一拍脑袋就随便定下的。如此年轻就能掌控整座大宅，必有过人手段，这从胡丙和老昆对待赫萧的态度就能看出来，用八个字概括就是：畏之如虎，敬若神明。

聂深一边思考，一边从司机房出来，走进旁边的停车库。

那辆福特老爷车显得很寂寞，好像迷失了自我，配以周围冷飕飕的环境，汽车就像一具金属尸体。这大概是宅院中唯一没有包裹起来的金属物，不过它却是一个安全岛，孤零零停在车库中央，周围没有与任何东西连接，车身远离墙壁，橡胶轮胎隔绝了地面，无法构成传导效应，因此进入车厢不会发生张白桥和柴兴那样的危险。

聂深围着汽车走了一圈。

车牌上是一串数字和字母的组合：221 fuzhuli 36。

前面两组数字和字母，不知代表了什么意思，而末尾的"36"吸引了聂深的注意。稍加思索，他明白了，这个数字进一步证实了刚才的推测。

在八卦中，"离"代表数字3，"坎"代表数字6。

假如说缪宅是一个完整的大型机械装置，那么这辆汽车，则可以说是缪宅内部一个小型机械装置——汽车房恰好位于离坎路的南北中点，这辆汽车则位于中心之中。

也就是说：这块独立的金属物，是中心之中的中点。

主楼有一条中轴线，是整座宅子的中点。

而这里，则是离坎路上的中点。

如果将宅子的中点与道路的中点横向连接，会形成一条什么样的切割线？

聂深的思绪开始乱了。

他放松下来，坐进驾驶室。感觉很奇妙，这确实是老古董，产自1930年。这种汽车平时是见不到的。仪表盘很新，座椅舒适，每一处细节都很精致。坐了一会儿，聂深不由得对这车产生了一种依赖的感觉，汽车透露显示出来的寂寞和迷失，与聂深的心境相融。

依赖感之后，却隐约萌发了一种被囚禁的感觉。

聂深扭脸审视后排座，暗红色的皮质座椅，上面细小的暗色纹饰具有鲜明的古典风格。哪里不对劲呢？

聂深转回脸看着方向盘。车钥匙还插在那儿，看样子最后一次开过后，就保持原样，一直放在这里没再动，仿佛随时都能再出去一趟。但聂深知道，民国初期的私家车大多烧酒精，从这辆车的状态来看，油箱里的酒精肯定是没有的，这座宅子里也未必会储存有大量酒精。

但这辆车一定有特别的用途。

聂深忽然想到自己每天都在做的任务——那件神秘美丽的长裙，样式和款型十有八九是用来做嫁衣的。

婚礼需要礼服，那么也需要汽车。

这样看来，这辆漂亮的老爷车很可能是用来接送最美的新娘的。

接下来只是一些无凭无据的猜测了。聂深一向对捕风捉影的事情不感兴趣，混乱的思维只会变成臆想，除了影响正确思路以外，就是白白消耗精力。聂深暂时放下关于汽车的疑问，等下一次被某件事触发，自然会在脑中形成回路，将所有信息连接，形成完整观念。

聂深刚从福特车里出来，胡丙便推门而入，愣了一下。

"你在干什么？"胡丙没好气地问。

"无聊嘛，玩玩车。"聂深说。

"玩？"胡丙瞟了聂深一眼，"这车是你玩的？

"我在修车店遇到一个客人，把自己的爱车称作'漂亮姐姐'。"聂深嘴角带笑，"你看这辆车，就叫他'漂亮老爷'怎么样？"

"呸，放肆！"胡丙明显受到了羞辱，脸庞涨红，"这是我家老爷的座驾，那可是花了一千美金的。一千美金！吓死你个扑街仔。"

胡丙的语气不是吹的，按照民国初期来说，一千美元确实是大数目。

聂深故意说："汽车房再好也不是人待的，太冷了，我要换房间。"

"别得了便宜还卖乖。这地方不是随便哪只鸟儿都能住的。"胡丙的唾沫星子横飞，"老爷的司机，当年跟着老爷出入大洋行、大豪司，那是咱伙计，你刚才说的话，要是让郭……"

"哼！"老昆的咳声突然从门外传来。

胡丙嘴角一哆嗦，有些丢面子，遂指着聂深，梗起脖子继续说道："哼，你就老实待着吧。"

"住在司机房的人，真是个大人物？"聂深顺着话头问。

"胡丙，你出去吧。"老昆迈步进来，扫了胡丙一眼。

胡丙把午餐放到桌上，缩着肩膀走了。

聂深问老昆："我是不是会一直被关在这里？"

"不知道，别瞎问。"老昆说着，把手里的东西放到床板上。

"给我的？"聂深问。

"嗯，一件礼物。"老昆语气倦怠。

"什么东西？"聂深来了兴趣。

"自己看去。"老昆不耐烦地说。

聂深打开纸盒，怔住了："喂，拿错了吧？"

老昆探头一看，也愣了一下。纸盒里放着一只女式软底绣花鞋，但鞋面明显是用墨汁涂黑的。

聂深转脸看着老昆："这是谁跟我开玩笑？"

"是小姐送的。"老昆说。

"哦，你们小姐很有幽默感。"聂深说。

"哼，你这个蠢货。"老昆瞥了聂深一眼，"这是一种仪式，表明了小姐的态度。"

"什么态度？"

"辱骂你。"老昆难得地笑了笑，笑容变成了对聂深的鄙弃，"这是小姐发出的最高级别的辱骂了。"

聂深苦笑。

"我不晓得你怎么得罪了小姐，"老昆的语气变得很冷，"但你麻烦大了。"

聂深望着那只鞋："如果把这个仪式翻译成骂人的话，是什么内容？"

"去你的王八蛋，你个死狗下的脏驴货……"

"行了行了，你在这儿过什么嘴瘾呢？"聂深打断他。

老昆的兴奋劲儿有些收不住，又鼓着腮帮子嘟囔了一会儿，才算完。然后便如耗尽了力气一般，拖着脚后跟往外挪去。聂深从来没见过哪个人像老昆这么颓丧，整个人就是一副乌云盖顶、爹死娘嫁人的晦气样。

聂深再次开腔："听你的口音是北方人，你是什么时候来缪宅的？"

"关你什么事。"老昆头也不回，脚步已经挪到了门口。

聂深忽然语气一转："我听说，你们同事里面，有个叫郭保的。"

老昆原本按在门把上的手，一下子停住了。聂深注意到老昆的腰杆略微挺直了，身子也没再动。

聂深说："郭保就是司机，对吧。"

"是不是又怎样？"老昆咕哝道。

聂深掂量着措辞："他一定很喜欢这辆车，保养得很好。"

老昆的肩膀晃了晃。当年那意气风发的小伙子，总是穿着红色衬衫，外套一件黑色马甲，腿上是一条马裤，足蹬皮靴，好像每天都要骑着马出去驰骋一番。

"是啊。"老昆叹口气，转过脸看着汽车，"他答应带着我兜风的，可也就是说说罢了，他很老实，也讲义气，但不会私下拿老爷的汽车卖人情。"老昆的目光下移，手在自己的衣襟上掸了掸，"赫管家很器重郭保，常在老爷面前夸赞他。"

聂深用一种轻松随意的语气说："要是他还活着就好了。"

"世上哪有那么多'要是'。"老昆哼了一声，出门而去。

聂深坐在桌前，打开餐具的盖子，破天荒的，居然是羊奶。他喝了口羊奶，视线飘到旁边的纸盒里。那只鞋就是一个大大的嘲讽表情。

聂深明白了，缪璃送这个礼物的含义是：祝愿你被阉割，成为不男不女的家伙。这个辱骂，真是既含蓄又狠辣。可是缪璃为什么突然这么恨他？

（3）

聂深正在喝羊奶，忽然听到外面有人轻声呼唤他的名字。是林娴。

"你怎么来了？"聂深蹲到后窗下。

"我悄悄跟着老昆来的。"林娴不停地朝四周张望，手上攥着一包薯片。

"工作进展顺利吗？"聂深问。

"勉强吧。幸亏任务只有七天，不然得累死在这儿。"林娴一说到"死"字，脸色顿时一暗。

"你回去休息吧。"聂深从窗前转过身。

"哎哎，还没说完呢。"林娴往嘴里放了个薯片，小心翼翼地嚼着。

"你有事？"聂深站在原地，扭脸看着林娴。

"昨晚郑锐和叶彩兰在院子里看到你了，你是不是受伤了？说你是被抬出来的。"林娴的舌尖轻轻舔掉嘴角的残渣，眼神充满关切。

"哦，不要紧。"

"你去哪儿了？昨天我去找你……"林娴欲言又止。

"我说过了，你跟着我太危险。"

"姚秀凌他们本来就讨厌我，不跟他们站在一起的，就是敌人。"林娴叹口气，"郑锐和叶彩兰也成恋人了，发展得真快。他们四个抱成了团。"

"噢，如果没什么事……"

"我就想找人说说话，太孤单了。"林娴迫切地望着聂深，"你不觉得吗，在这个地方，人跟人好像特别容易靠近……其实郑锐那个人也很可怜，你还记得他的命运图经吧，小时候丢过，还差点把命丢了，长大后没一个朋友，在这儿遇见叶彩兰是幸运。我也希望能有一个……啊，我没别的意思。"林娴又变得语无伦次，只能把剩下的薯片全塞进嘴里。

聂深透过窗户望着林娴，不忍心伤害这个可爱的小虎牙妹妹。

的确，在这个诡异神秘的宅子里，人会愈发脆弱不安，渴望挤在一起取暖，寻求慰藉。

聂深莫名地想到了缪璃对赫萧的情愫。

缪璃的忧伤触手可及，但在赫萧面前，仍难掩天真烂漫的一面，犹如站在桃花树下，等着心爱的人轻轻一抱。然而赫萧太过克制，或许是怕自己的力量被感情削弱。聂深甚至有些佩服赫萧，那样纯粹的守护，不是一般人做得到的。只是可惜了缪璃的一往情深，终究成了痛苦无奈。不过在赫萧全然冷酷的外表下，眼神的细微波动，反而更令人同情。

念及此，聂深暗自苦笑。这种感情旋涡，他一向避而远之。二十几年的动荡生活，看透了离愁，任何情感羁绊都注定短暂，带来的只有伤害。

眼下聂深对于林娴，也只是一份关心吧。

聂深转变话题："你就让胡丙送饭，自己待在房间里，减少和他们的相遇。"

林娴无奈地摇摇头。

"汪展他们的目标是我，这两天会集中力量对付我，你就好好做任务。"

"你这里安全吧？"林娴踮起脚尖往里看。

"不好说。"

"我在那边看见一个私塾学堂，"林娴犹豫着说，"你能不能向赫管家申请，大家都搬到学堂里，那里光线好，宽敞，还有教工房间。咱俩可以当邻居。"

聂深一时无语。

林娴又往四周扫了一眼，焦急地说："我得走了。搬家的事拜托你了。"

在下午的缝制工作中，聂深感觉有些累。两份任务带来的压力开始显现。不过更主要的原因，是昨天夜里被赫萧重击，后脑的淤血还没有消除，一直隐隐作痛。

停下来休息，聂深在床上躺了一会儿，担心自己会睡着，起来走到汽车前，目光扫来扫去，却没有更多的东西可以琢磨，只好返回桌前，继续干活。

傍晚六点钟，全天工作结束了。

汪展和姚秀凌先到饭厅吃了晚饭，然后假装出去散步，手挽手来到后院。

早前汪展已经和郑锐约好，晚上七点半，郑锐带叶彩兰去第二道院落，四人会合，然后去汽车房找聂深。具体干什么，汪展没细谈，只说到时候他有妙计。自从汪展和姚秀凌恋爱以后，伴随着荷尔蒙的涌动，汪展的智力得到激发，胆量也逐渐变大。

"你打算怎么对付那个混蛋？"姚秀凌问。

二人漫步在微风习习的后花园，这里原本是有花的，如今却全是枯枝败叶。不过对于恋爱中的男女来说，入眼皆美景，就连今晚格外加重的乌云，和异乎寻常的冷风，他们都能尝出一股甜甜的味道。

风吹败絮，卷到空中，旋转着消失在雾里。

"喂，我问你呢，对付聂深，怎么弄？"姚秀凌催问。

汪展撅着屁股，正从烂草堆里扒出一根霉朽的蒲公英，献给姚秀凌，被姚秀凌一把打掉了。"狗屁！"

"咯咯咯，对付聂深，简单，"汪展觍着脸凑过来，"先让老公亲一下。"

姚秀凌勉为其难地抬起嘴巴，让汪展对着嗫了几口。汪展得到赏赐，顺势抱住姚秀凌，一下子放倒在草丛里。

"这里不行。"姚秀凌推开汪展。

"还有半个钟头，郑锐他们来了也不要紧，正好四人打野战……"

"滚！"姚秀凌怒道，"是不是想着叶彩兰那个贱货？"

"我随便说说，提提兴。"汪展抱住姚秀凌的腿。

"别扯我裤带，说正事吧。"

"今天晚上一定弄死聂深。"

"办法呢？"

"我中午溜到厨房，看到胡丙给聂深准备了羊奶……"

"那混蛋竟然喝上了羊奶？"姚秀凌咬牙切齿地说。

汪展却露出阴森森的笑容："所以他活该倒霉。"说着，从口袋掏出几片草，炫耀般地展现给姚秀凌看。

姚秀凌凑近了看。是一种毛茸茸的小草，看起来平淡无奇。

"这叫猫屎叶，"汪展得意地说，"其实能闻到一点点香味。"

汪展说着捏起两片草，搓了搓，放到姚秀凌的鼻子前。姚秀凌吸了口气。

"哪来的？"姚秀凌问。

"荒草堆里找的。"汪展说。

"这跟聂深有什么关系？"

汪展告诉姚秀凌，这种草的草子儿磨成粉，和羊奶掺和起来有奇效。羊奶中所含的异白氨酸，本来是调整血糖的有益物质，但和猫屎叶的草子粉融合，能迅速产生血糖毒素，粘着血管壁，破坏糖链，形成堵塞，进一步会使血流循环坏死。

"中毒以后呢？"姚秀凌有些兴奋了。

"胳膊上会有大块青紫色，还发硬。"汪展笑着说，"具体情况我也不清楚，但起码他双手废了。"

"能不能要了命？"姚秀凌追问。

"喝过羊奶两个小时后，他就得昏睡。然后嘛……"汪展挤挤眼睛，"就该是本人的妙计喽。"说着，汪展从裤兜里掏出一盒火柴。

"要烧死他？"姚秀凌急切地问。

"不不，那不算妙计。再说汽车房关着门，咱又没有燃料。"汪展乐不可支，"我要烧的是猫屎叶。"

"用烟熏？"姚秀凌突然开悟。

"正解！"汪展迫不及待地抱住了姚秀凌。

"猫屎叶的烟气，加上草子产生的毒素，正所谓内服外用，可以大面积破坏细胞，形成严重的血管栓，随时可令其暴毙。"

"哎？这些事情你怎么知道的？"姚秀凌问。

"叶彩兰告诉我的。"汪展拍着姚秀凌的屁股，笑道，"你忘了，她在黑诊所混过。听她的意思，那不是一般的黑诊所骗钱的，而是专门弄怪药，有特别的方子，经常熬制一些邪门东西。"

"火柴哪来的？你不抽烟啊。"

"咯咯咯，这是郑锐给我的。"汪展随手擦着一根火柴，"估计是赫萧丢的，在主楼侧门，昨天晚上拖走聂深时掉下的。"

"我去，瞌睡送枕头，老天爷帮忙啊。"

"来，烧一下玩玩。"汪展蹲下来，点燃一小堆猫屎叶。

草叶刚开始燃烧时，嗅不到什么气味，过了二三分钟，一股诡异的气息弥漫起来，笼罩在二人头顶。

姚秀凌避开了，往四周扫了一眼："郑锐和叶彩兰该到了。"

"肯定在哪个地方腻歪呢。"汪展起身，把地上的草灰踩灭，"秀凌，你的眼睛好漂亮，咱也腻歪一把，别浪费了良辰美景。"

"滚一边去，老娘没兴致。"

"来嘛，快让哥哥疼一下……"

姚秀凌十分张狂地笑起来。

（4）

白森森的羊面具出现在镜子里，静了片刻，缪璃才意识到，自己忘了摘掉面具了。

缪璃把羊面具放进抽屉。第一次失神到这种程度，离开戏楼时，居然把羊面具戴进了主楼，回到三楼的居室，才发觉很冷，手指一直在颤抖。

自从见了郭保之后，人就变得神思恍惚起来，不知道自己做了什么，心里说不上是痛苦，那个词无法描述缪璃的心境，只是胸口堵得慌，哭又哭不出来，难受异常。

缪璃在房间徘徊，良久，她坐在镜前。

想一点美好的事情吧。可是有吗？

太早之前的事，少女时代，或者……对，是赫萧进入缪宅那一天。十四岁的少年，衣服很破，脸却极干净，手也不像一般的无家少年那样脏污干瘪。尤其是那双眼睛，像两潭池水似的，澄澈透明。他怎么能在这乱世中活下去？

十一岁的少女缪璃，便产生了这样的迷惑。

被那双眼睛迷惑了。

然后她教赫萧读书认字。问起赫萧十四岁以前的事，他一概不知，只知道从此就是缪璃的义兄，称缪璃的父亲为"义父"。再往后，就总能见到他跟在父亲身旁，缪济川去哪里，都会带着他，也填补了缪济川没有儿子的缺憾。

缪璃最喜欢去戏楼，每逢家族中有什么事，父亲都会招来戏班演出，少则三五日，多则半个月。但缪璃不喜欢父亲的商人气息，母亲去世后，父女关系突然变得糟糕，十六岁的缪璃负气去英国读书，赫萧不久也跟来了。

要说美好的记忆，就是还在英伦三岛的时光了。

缪璃不知想到了什么，忽然羞涩一笑，用手中的扇子遮住半边脸，眼睛弯成月牙，望着镜中的自己，纤纤手指轻动。

忽然叹了口气，放下扇子，单手托腮，双目凝视着镜中，目光变得迷离而悠远，缓缓低喃："玫瑰快开了，等到它谢了，你也走了。"

那时缪璃告诉赫萧，玫瑰是英国的国花，赫萧好像听不懂。他的话也越来越少。

"赫萧，有时候我真是有点恨你，你为什么……"镜中的女子，眼神中依恋与怨恨交织。

恍惚间，赫萧的身影淡淡浮现于镜中，却低头不语。

笃、笃、笃。

房门冷不防敲响了，声音有些急促。

缪璃惊醒过来，起身问："谁？"

"小姐，是我。"赫萧说。

缪璃打开门，赫萧面色凝重："跟我下楼。"

"去哪儿？"缪璃一边问，一边拢了拢头发，脚下没有停，随赫萧出了门。

"汽车房。"赫萧在前面引路。

缪璃脚步一顿："聂深不是住在汽车房吗？"

"嗯。"赫萧与缪璃隔了两级台阶，转脸仰视，"聂深出事了。"

老昆发现聂深出事，是在二十分钟前，他心事重重地去找聂深，正撞见汪展和姚秀凌在窗外鬼鬼祟祟，窗台上还有一撮燃烧的东西，烟气顺着窗缝飘了进去。老昆上前喝问，那二人扭头便跑。老昆顾不得追赶，打开门冲进房间，只见聂深倒卧在床上，昏迷不醒。

"是要我去救治他？"缪璃问。

"……是。"赫萧说。

"不！"缪璃断然摇头。

"小姐……"

"你为什么要救他？"缪璃转身往自己的居室走去。

赫萧忙上前阻拦："他活着比死了更有价值。"赫萧沉声说，"我救他不是发善心。宅子里谁死我都不介意，包括我自己。"

"那我呢？"

"小姐，你知道我的意思。"

"你觉得我无理取闹，可我有选择权。我可以不让你杀聂深，但他自己要完，我只能说老天开眼。"

　　"这里发生的一切，老天是看不到的，只有我们自己承担。"赫萧注视着缪璃的眼睛，"现在救聂深，是为了让他死得更有价值。"

　　缪璃怔怔地看着赫萧，赫萧在她面前，从来没有流露出如此凌厉又沉郁的眼神，让她有些害怕。"你的意思是……"

　　"聂深非常重要，所以他的死，必须是在掌控中，而不是一次意外。"

　　"我懂了。"

　　缪璃低下头，显得更加不安。

　　聂深以后会死得更痛苦、更绝望——赫萧的眼神透露给缪璃这样的感觉。

　　"小姐，不要再耽误了。"赫萧恢复了平静。

　　他的眼睛，有一瞬间又变得澄澈透明，如清晨阳光下的池水，但那一抹阳光消逝得太快。

（5）

　　缪璃看着床板上的聂深。昏暗灯光下，聂深的脸色苍白如纸，眉头紧锁，原本瘦削的身躯更显得单薄。

　　赫萧注视着缪璃的侧影。她秀发已经绾起，脖颈修长，脸颊泛着洁白的光泽。

　　"但你要相信我。"缪璃转过脸，看着赫萧。

　　赫萧点点头。缪璃一定会出手相救的，之前的气愤是情绪上的反应，心灵纯真如她，一旦面对垂死的人，怎么可能置之不理？

　　"无论我做什么，不要打断，我会一直做完。"缪璃说。

　　赫萧退到门边的椅子上，坐下来等待。

　　病床上那张苍白的脸，开始转变为青色，面颊僵硬，没有一丝复苏的迹象。

　　缪璃走近床前。老昆忙将一只布包双手奉上，然后离去。

　　缪璃打开包里的小木盒，散发着幽幽清香。

　　缪璃取出一支银针，手指轻轻捻了捻，刺进聂深的头顶；再将第二支银针，刺入聂深的肚脐；第三支和第四支银针，分别刺入聂深的左右脚心。

　　"百会、神阙、涌泉，这些穴位连接了全身经脉。"缪璃说。

　　灯光下，四支银针几乎看不到，只有几丝亮银色在闪烁，像星光的触须。

　　赫萧默默地看着。

　　缪璃的针灸原是跟母亲学的，后来有了大把的时间研习此术。幸运的是，缪济川生前没有毁掉藏书，而是将大量书籍封存在祠堂后面的石室里，那里便成了藏书馆。早年，缪济川仗着有钱，搜罗的书籍可谓天上地下、五花八门：某流派已经失传的孤本、皇家御书阁的秘藏，甚至有《珍珠秘本工谱》《郑和大宝船通图》这种纯技术类的古籍，且两本书都已在世间失传。还有著名的上古奇书《山海经》，此书是先有了图才有的文字，因此叫作《山海图经》，但魏晋以后，图画失传，书上的插图，则是后人根据书中描述的内容进行想象增补，如果没有见过真版，不知道相差有多大。

藏书馆里关于针灸术的古籍秘本，自然不在话下。

缪璃又捻起两支银针，闭起眼睛。赫萧这才发现，缪璃针灸的时候根本不看聂深。

一针刺在太阳穴上，另一针刺在腰椎。两支银针看起来令人触目惊心。

缪璃睁开眼睛，轻声说："太阳穴和命门穴，都是危险的穴位。尤其是太阳穴，稍有不慎，会冲击脊椎。"

即便赫萧心如铁石，见此情景，也不由得吸了口凉气。

当缪璃闭起眼睛的时候，全世界就只有她的触觉，通过银针传遍聂深的全身。她与他血脉相连，能感知到他的痛苦。

缪璃坐在椅子上，静静地等待下一个时间的到来。赫萧发现，缪璃的眼角和嘴角都在微微抖动，额头浸满了细密的汗珠。

"小姐，你没事吧？"赫萧不安地问。

缪璃喃喃地说："我方才让你相信我，原因就在这里。我针刺的这些穴位，全部连接起来，就是一个大大的死穴。"

赫萧暗暗一惊。缪璃表现出不可思议的胆气，这在以往极少显露。

缪璃再次闭起眼睛，在聂深的"哑门穴"和"风间穴"，各刺入一支银针。

这次她停留的时间略久一些，手指捻动银针，额头渗出的汗水更多了。

她舒了口气，重新坐回椅子。

"休息一会儿吧。"赫萧说。

"不能停。时间的流转，与人体中的气脉流转是相应的。"

缪璃起身，捻动银针，又在"人中穴""曲池穴""人迎穴"刺入三支银针。

良久，她坐下来，长舒一口气。

然后她对赫萧说："你回避一下。"

"啊……"赫萧一对上缪璃的目光，便不再说什么。

赫萧在门外等了一会儿，听见缪璃说可以进来了。

赫萧推开门，心头一震。过了几分钟而已，缪璃却像换了一个人，脸色惨白，在灯光的映衬下，仿佛一座汉白玉石像。而聂深的皮肤，依然泛着青色光泽。

他身上密布着银针。

"一共三十六支银针，"缪璃虚弱地说，"三十六个死穴。就是这样。"

银针微微战栗，在灯光下化作一片星光。

聂深的四肢仍然僵硬，皮肤上的光泽反而在加深。银针颤动。如果事先没有准备，突然看到这副场景，肯定以为他正在遭受残忍的酷刑。

"还需要多久？"赫萧问。

"他虽然瘦削，但体质很好。"缪璃说。

赫萧又问："最坏的结果是什么？"

缪璃笑了笑："还有比现在更糟的结果吗？"

"他会不会变成……嗯，一堆烂泥？"赫萧问。

一堆青色的烂泥？赫萧居然想得出来。

"不知道。"缪璃回答。

汽车房外面忽然传来吵闹声。

"老昆，赫管家在不在？"胡丙问。

"现在不能……"老昆欲阻拦。

"闪开，有大麻烦！"

"小姐说了，施救期间谁也……"

屋里的赫萧来到门前，淡然问道："胡丙，怎么了？"

胡丙慌忙上前禀告："叶彩兰出事了！"

"又死一个？"赫萧语气平静。

"是两个。"胡丙说。

"什么？"赫萧注视着胡丙。

"还有郑锐，他俩本来在……"胡丙指手画脚，语无伦次，"然后叶彩兰突然死了。"

"郑锐呢？"赫萧问。

"不见了！"胡丙嗞嗞地吸着气。

赫萧脸色严峻。

老昆显得更紧张。宅子里从来没有发生过两个人同时出事，更令人意外的是，其中一个居然跑了。

赫萧下达指令："胡丙、老昆，你俩结伴去各院搜寻，不得单独行动。"

老昆忙问："汪展和姚秀凌怎么办？"一边说一边扫视黑漆漆的院落。

"他们午夜前一定会回房间做任务的。"赫萧说。

胡丙问："那叶彩兰怎么处置？"

"尸体在哪？"

"戏楼。"胡丙说，"是林娴发现的。"

赫萧微皱眉头，宅中人手不够，他一摆手："不要管尸体，先找到郑锐。"

胡丙和老昆立刻冲进黑沉沉的夜幕中。

一边跑，胡丙一边低声问："他们到底在哪里碰了金属物？宅子里凡是手能挨到的地方，都处理过了。"

"这么蠢笨的问题还用问吗？你是第一天住在这里？"老昆不屑地说。

"啥意思？"

"这座宅子就像一个复杂的大机关，总有咱们看不到的地方。"

"对呀，就咱们两三个人，赫管家也不是三头六臂。"

"能活到今天，只能尽力而为。"老昆居然叹了口气。

"那碰了金属物，却没有死的人，有多可怕？"

老昆阴沉地说："想想当初郭保的样子。"

胡丙脚下一绊，险些来个狗啃屎。

老昆随手拽住胡丙的胳膊，把他拉起来，一脸嫌弃的表情。

胡丙哆嗦着说："当年郭保死了可能对他是好事，解脱了。"

老昆默不作声。

"哎，你怎么不说话？"胡丙转脸扫了老昆一眼，"当年你差点儿把你妹子嫁给郭保，你和郭保那是忘年交。"

"忘什么交？我有那么老吗？我只比小保年长十五岁而已。"

"郭保死的时候，你哭得最惨，可惜他死不见尸。"胡丙说，"当年听赫管家的意思，是郭保自己翻出围墙，跌到雾崖里粉身碎骨了，就和第一届悬赏任务的客人们一样，还有第二届的那个女客人……"

"你个死驴下的黑皮猪，能不能闭上你的乌鸦嘴！"

两人越跑越远，身影融入雾中。

胡丙的声音隐约传来："但愿郑锐也翻墙出去，跌进雾崖……对了，老昆，当年郭保死了以后你说要随郭保而去的……"

"闭嘴……"

在他俩经过的一棵枯树上，高大粗壮的树杆伸出无数枝条，鬼爪一般伸向夜空。树枝间有个人影缓慢地爬入茂密的枝条中，他的脑门明显瘪了一块，头发上粘着土渣，指甲里也塞满了泥，当他的手掌翻动时，手腕上闪过一道银白色光泽，正是那块丢失的手表。

黑影伏藏在树枝间，眨动着眼睛，露出两点模糊的红色。

（6）

送走胡丙和老昆，赫萧返身回到司机房，脸色平静如初。

"外面怎么了？"缪璃问。

"一点小事故，胡丙和老昆去处理了。"

缪璃没再追问，她很累，坐在椅子里看着聂深。聂深的皮肤正在褪色，青色光泽比刚才浅多了。

缪璃微微吁了口气，忽然说道："其实他死不掉的。"

"哦？"

"虽然中了毒，不过没有扩散，血液里的毒素不至于致命。"缪璃抬脸望着窗外的夜色，"聂深的恢复机能很特别，不是一般人。即便放置不管他，大约三五日，他自己的复苏机制就能发挥作用。不过我们等不了那么久，是吧？"

赫萧缄默不语。

缪璃又将目光投向窗外，喃喃道："如果我不出手，你打算怎么治疗他？"

赫萧沉默了很长时间，说道："那我只好让他碰触金属物了。"

缪璃似乎并不感到意外。

"反正到了最后，人总是要赌一下的。"赫萧说。

"你总能赌赢。"缪璃苦笑。

一时无话。

缪璃瞥了聂深一眼，从椅子上站起身："等他自己醒吧。我该回去休息了。"

赫萧迟疑了一下，说："咱们一起守着聂深。"

"为什么？"缪璃微微睁大眼睛。

"院子里雾太大，不好走。"

缪璃艰难地一笑："晚上独自穿行在宅子里，这么多年……"

"今晚不行。"赫萧坚持道。

"算了，我不问，问了你也不肯说。"缪璃不再抵抗，坐回椅子里。

她太累了，靠着椅背闭上眼睛，忽然又睁开眼睛说："我去汽车里躺着吧。"

"就在这里吧，安全。"赫萧这时表现得像个执拗的孩子。

缪璃无奈，重新闭上了眼睛。

她忽然睁开眼睛，神情恍惚，似乎在聆听什么。

赫萧忙问："怎么了？"

缪璃走到窗前，侧耳细听："是钢琴声。"

"林娴在你的琴房？"赫萧也听到了隐约的钢琴声。

　　"不。"缪璃断然摇头，"很奇怪，不是她的风格。"

　　赫萧眉头紧锁："难道琴声是为了吸引你？"

　　"那……林娴危险了。"缪璃不安地说，"这个时间，她很可能去楼上找我了。"

　　"但她应该能听出风格不对。"

　　"所以才麻烦，她会去一探究竟。"缪璃紧张地说，"热爱音乐的人不能拿常理推测。"

　　赫萧迅速考虑了一下，必须回主楼一趟，弄清楚谁在那里。但不能带着缪璃一起走，雾气缭绕的深宅大院处处充满了危机，尽管有赫萧随行左右，也难保万无一失。

　　"小姐，你留在这里。"赫萧说。

　　"你呢？"缪璃急切地问。

　　赫萧走到汽车房门前，从口袋掏出一支两寸长的哨笛，对着院子吹响了：啾——啾啾。

　　三声悠长的鸣叫声。

　　大约三四分钟后，腾腾腾的脚步声传来，鲁丑大步流星，身影从雾中浮现，一改平日里笨拙粗蛮的姿态，迅速来到赫萧面前。

　　"鲁丑，守住门口。"赫萧说完便走了。

　　鲁丑当即转过身，背对着紧闭的房门，眼睛一眨不眨地望着前方。

　　赫萧很快消失在夜雾中。

　　缪璃在房间徘徊，心里牵挂着外面，十分焦急，但保持着镇定。

　　她很清楚，歇斯底里或者任性妄为，不仅显露一个人的懦弱自私，还会给别人带来灾难。在这座宅子里，赫萧他们四个用漫长的一生守护她，依存与信赖，是这冰冷空间里的一抹微光。她也在守护他们。

　　缪璃忽然想到了郭保，不禁叹口气。假如郭保没有去碰金属物……不过，正是那一次意外，使赫萧明白了金属物绝不能碰触，然后就对宅子露出金属的地方做了全面处理，并制定禁令，反复警告。

　　想到郭保，缪璃又想到了前两天发生在地下室的一幕，于是将目光转向聂深。

　　这个人如此意外地闯入自己的生活，给宅子带来了灾祸，更给她带来了绝望。

　　现在就可以杀死他，或者让他变成废人。只需一根银针。

　　由三十六个穴位组成的死穴，如同环绕身体的黑暗渊面，在其中的一个点上施以妙手，生命瞬即塌陷。

　　缪璃缓步走到床边，俯身，第一次这么仔细地观察。自己曾经好奇，想看看他的脑袋里面有什么，现在想来，真是可笑又可悲，这个人能有什么？一旦觉醒，黑暗意志从脑中唤起，他拥有的神秘危险的身份，只会给他带来一个使命：杀戮。

尽管赫萧一直试图考验他，可是对付这个人，赫萧真的有把握吗？

聂深的眼皮忽然动了动，难道他感受到了什么？

缪璃继续注视着他。

脑海中却浮现出二十七年前的那名女子。那个温柔的女孩，朴素、安静，在楼梯转角处微笑，笑容如月光般柔和。

那枚吊坠儿，是女孩入宅后第三天，她们互换的礼物。缪璃已经忘记给了那女孩什么东西，而那枚吊坠儿，如果不是那天聂深发现，她也埋藏到记忆深处了。她能记得的，是那女孩毫不犹豫地摘掉项链，取下吊坠儿，送给了她。

缪璃摆脱思绪，从聂深脸上收回目光，命令自己走开。

她从司机房出来，经过车库，打开紧闭的门。鲁丑的背影一动不动。

"鲁丑，外面冷，进来吧。"缪璃说。

"小姐，我就在这儿。"鲁丑没有回头。

"屋里一样可以守着。"

"不一样。"

鲁丑突然拱起肩背，盯住前方，握紧了双拳。

缪璃隐约看到雾中掠过一道黑影，仔细去看，却什么都没有。

鲁丑仍然目视前方，后退两步，把缪璃往屋里挤。为了不扰乱鲁丑的心神，缪璃忙退回汽车房。鲁丑在外面关了门。

返回房间，缪璃愕然地发现，聂深已经坐了起来。

缪璃一惊。聂深在呕血，消瘦的身躯绷得紧紧的，脊背弯如一张弓。他身上遍布的银针，在昏暗的灯光下颤动着，波浪般起伏。

地上有一摊血，沿着床脚缓缓流动。聂深的脸色煞白，双眼却亮得惊人。

缪璃恢复了平静，但没有上前帮忙，只是站在旁边看着聂深。

聂深抹掉嘴角的血，靠着床头闭上眼睛。他的胸口也沾着血迹，胸膛的喘动忽快忽慢。

聂深睁开眼睛，似乎才发现缪璃。他的嘴角一动，绽出一丝笑容："看我的反应这么大，估计是龙凤胎。"

"我看是鬼胎吧。"缪璃哼了一声，扭过脸不看聂深。

聂深张了张嘴，竟然无言以对。

赫萧回到主楼后，琴声已经消失了。幽静的氛围使灯光显得更加昏暗。赫萧径直上楼，但在二楼拐弯处，琴声忽然又响起来。

赫萧虽然不懂音韵，但与缪璃朝夕相处多年，不管有心还是无意，就算是一头牛，也能熏出带韵味的牛肉干。

现在的声音与刚才不同。

赫萧提着一口气，脚步极轻，敏捷地踏入三楼走廊。

琴房的门虚掩着，从里间飘出清新流畅的钢琴曲。

赫萧推开门，快步穿过外间，在里间入口停顿了一下，看到一个女子的背影。

"林娴？"赫萧唤道。

林娴沉浸在琴声中，然后才猛醒般转过头："噢，赫管家。"

"你在这里做什么？"赫萧问。

林娴从琴凳上起身，不安地走近赫萧："我在楼下听到琴声，觉得不对劲，就上来看看。"

"你看到什么了？"

"什么都没有，可是我确实听到琴声了。噢，还有——"林娴战战兢兢地看了一眼窗户，"我进来的时候，窗户是开着的，我刚关上。"

赫萧走到窗前，往外看了看。院子里浓雾涌动着，隐约看到不远处有一棵高大粗壮的枯树，鬼爪似的枝条伸向夜空。

赫萧扭脸注视着林娴问："你怎么不好奇，为什么小姐没在琴房？"

林娴怔了一下，低头说："我正想问呢，这个时间，她总是要弹琴的。"

"你知道小姐在哪里？"赫萧追问。

"不不，我怎么知道？"林娴惊惶地看一眼赫萧。

赫萧趋近几步，俯视着林娴那双乌黑的眼睛。林娴眼里弥漫的惶恐，几乎能溢出水来。赫萧嗓音低沉："你怕什么？"

"没……没有啊，就是今天晚上……好像什么事都不对了。"林娴说。

赫萧突然问道："叶彩兰的尸体，你是怎么发现的？"

林娴扭着手指，嗓音既无奈又痛苦："我去戏楼那边散步，不小心撞见的。"

"散步？"

"嗯，吃过晚饭，外面雾不大，我一直想到戏楼看看……"

"告诉我实情。"赫萧冷冷打断林娴的话，"你为什么去戏楼？"

"真的，就是散步。"林娴咬紧牙根，脸庞涨得通红，一只手拼命从口袋掏零食，却什么都没掏出来。

赫萧静默片刻。"你回房间吧，今晚别再出来了。"他拿出怀表看了看，现在是十一点二十三分，距离午夜零点只剩三十七分钟。今晚注定是混乱的一夜，但任务还要继续，"好好做你的事，完成本分。"赫萧说。

林娴往琴房外面走了几步，转头问赫萧："聂深还好吧？"

"他很好。"

"我有个建议……"

"任何事情等明天早晨再说。先去完成你今晚的工作进度。"

林娴下了楼，走廊里静悄悄的，林娴跌跌撞撞地往前走，经过郑锐和叶彩兰的房间时，尽量躲得远远的，并加快步伐。那两个房间的门缝都黑着。走过汪展和姚秀凌的房门时，底下透出微弱灯光，看来他们都在准备做任务了。

林娴经过聂深的房间时，不由得停了一下，然后匆匆跑进自己房间，嘭地关了门。

走廊又变得一片死寂。

（7）

黎明过后，胡丙和老昆返回汽车房，在车库向赫萧汇报情况：没有发现郑锐，其他三个客人也都问了，说没有见到郑锐。

赫萧面无表情，吩咐道："胡丙，你送小姐回房间。老昆，你和鲁丑埋了叶彩兰。"

赫萧转身走进司机房。缪璃靠着椅子休息。聂深神色平静，半睡半醒。他身上的银针已经全部拿掉。

缪璃没有多说什么，起身跟胡丙走了。

赫萧语气冰冷，对聂深说："你恢复得不错啊。"

聂深睁开眼睛："谢谢。"

"你不用感谢我，"赫萧把椅子挪到床边，坐下来，"昨天晚上发生了许多事。"

聂深点点头："我大致听到了。"

"从现在开始，你就不是一个客人了。"赫萧漠然说道，"我会随时吩咐你做任何事，明白？"

"你这是在招聘面试吗？"聂深淡然一笑。

"叶彩兰死了，郑锐逃脱。"赫萧微微倾了倾身，手上不知什么时候拿了一盒火柴，"郑锐很危险，你必须马上找到他。"

"为什么是我？"

"把你放到院子里，一是因为宅中缺人手——"

聂深很不喜欢赫萧的措辞，什么叫"把你放到院子里"？是狗吗？但他忍住了。

"二是因为，郑锐和你走得近，你了解他。"

"郑锐和汪展、姚秀凌走得更近。"聂深说。

"郑锐和他们一起只是为了耍弄阴谋诡计，但你跟他们不同。郑锐最初和你接触，是想和你交朋友的。"赫萧漠然一笑，"郑锐很孤单，活到现在一个朋友都没有。"

"活得这么省心的人，挺让人羡慕。"

"你不是羡慕，而是同情他。"赫萧勾起嘴角，"因为你也没有朋友。"

"跟你商量个事：你说话的时候，能不能少用几个'因为'？因为这个世界毫无逻辑可言。"

赫萧没理会聂深的话，继续说道："你因为同情郑锐，才会关心他，甚至在他想害你的时候，也并不怨恨。最缺朋友的人，表面看起来冷酷，其实——"

"在说你自己吗？"聂深冷冷地回击。

赫萧的嘴角扭动了几下，移开了视线，从椅子上起身走到窗前。他背着手，仍在玩弄那盒火柴，火柴盒在手指间灵巧翻动。

赫萧望着窗外，语气低沉："在这个深宅大院里追捕郑锐，并不容易，他可能藏在任何一个地方。"

这种语气似乎表明，他第一次意识到，自己所置身的，是一个这么大、这么荒凉的地方。

聂深迟疑一下，决定开诚布公："我昨天晚上中毒昏迷的时候，似乎又听到了那种音频声，而且断断续续，有两三段。"

"你说的是钢琴声？"赫萧从窗前转过脸。

"不，完全不一样。"聂深说。

赫萧的神色有些茫然。

"这已经是第三次了，音频每次响过后，就有人出事——先是张白桥，然后是柴兴，昨天晚上是叶彩兰和郑锐。"聂深抬眼注视着赫萧。

赫萧皱着眉头，手指抚着下颏。

聂深接着说："我现在最奇怪的是，昨晚至少听到三段音频，一段是在中毒昏迷不久，第二段是缪璃给我做针灸的时候，还有一段记不清了，断断续续的。"

"什么意思？"赫萧愈发困惑。

"如果叶彩兰和郑锐是在音频响过以后出事的，那剩下的两段音频声，又是谁出事了？"

赫萧说："方才老昆和胡丙向我报告，姚秀凌、汪展、林娴都安全。"

聂深陷入沉思。

赫萧说："除了你，我们都听不见那古怪的音频声，可能是你搞错了。"

聂深静默良久，抬起脸说："昨天晚上肯定发生了不少事，但我们能看到的，只有表面的一小部分。"

　　赫萧转身向外走。"我再去查一下。"他走到门口，停下脚步问，"如果音频预示着有人死，那死的人，事先能听见吗？"

　　聂深摇摇头："不清楚。但感觉不是用音频直接杀人，否则死的就不仅是那几个人了。"

　　"你的意思——"

　　"我觉得有一股力量振动金属发出神秘颤音，是为了诱导客人做出某个行为。"聂深低喃道，"音频不是凶器，而是香饵。"

　　赫萧不再说话，大步走出了汽车房。

　　虽然已经过了黎明，天色仍然很暗。树枝上挂着一盏灯笼。昏蒙的灯光下，鲁丑奋力挥动着铁镐。土地似乎冻住了，每挖一下，从铁镐上反弹的力量都震得鲁丑牙根发痒。

　　一阵风吹来，枝丫上的灯笼哗哗摇摆，光芒散乱。

　　老昆不在身边，鲁丑有些担心。刚才老昆说看到一道影子，追过去探个究竟，鲁丑怕老昆一个人应付不了。

　　墓坑挖得差不多了，鲁丑跳到坑里，不时抬头扫一眼坑边的床头柜。

　　在戏楼发现叶彩兰的尸体时，她就被塞在那个床头柜里。谁也不知道柜子是什么时候被搬到戏楼入口处的，更不知道叶彩兰怎么就钻到了里面。

　　如果不是赫萧下令，要求连柜子一起埋，鲁丑真想把叶彩兰抠出来，尸体也该透透气。不过他现在已经理解了赫萧的意思，装在柜子里更好埋。

　　"赫管家不愧是赫管家，永远比我聪明一百倍。"鲁丑咕哝着。

　　啪的一声响，鲁丑一愣，大声问："昆哥，是你？"

　　又是啪的一声响。

　　鲁丑紧握着铁镐，从坑里爬上来，看到床头柜的柜门打开了，在风中扇动着。尸体的一条手臂滑落出来。

　　鲁丑蹲下来，嘟哝着："男女授受不亲，我没法子。"然后把垂落的手臂塞回到柜子里。

　　这时他看清了叶彩兰的脸，被挤压在手臂和腿脚之间，说不出的诡异。

　　鲁丑跌坐在湿土上，手臂往后一杵，一巴掌按在铁镐上，铁镐反弹回来，打在他的后脑勺，"嘣"的一声响，鲁丑倒在地上。倒下去的瞬间，鲁丑在天旋地转中，突然看到一个影子站在不远处。影子在鲁丑的视野里颠倒过来。鲁丑的脸颊一挨到湿土，立刻跳起身，揉了揉眼睛。影子已经消失了，四周仍是一片昏暗。

　　又一阵风吹来，灯笼倏地灭了。

鲁丑撒腿跑向羊舍。

"昆哥！昆哥！"鲁丑大喊。

喊到第三声，老昆出现了。

"昆哥，我看见了！"鲁丑叫道。

"是不是郑锐？"老昆忙问。

"不知道。"

"你放什么屁！"

"好像……不像……"

"废话。"老昆一跺脚，"先去埋人吧。"

回到坟坑前，鲁丑将床头柜推进坑里。老昆帮忙填土。

鲁丑忽然停下动作，从地上捡起一小片亮晶晶的东西，是一枚纽扣。

鲁丑用手掌托着纽扣，皱眉噘嘴："啥时候掉的？"

随即呵呵一笑，把纽扣装进口袋。

叶彩兰的墓已经埋好了，微微隆起的坟包，与旁边两座坟包连成一条线。

老昆兀自离去。

鲁丑喷着响鼻，急忙跟上了老昆。

汪展和姚秀凌躲在树后，远远地看着鲁丑和老昆干完活儿。

他俩的视角，并没有看到刚才乍然闪现的人影。

此时汪展的身上冒着虚汗，心中不断动摇着——他想逃走！

但姚秀凌提醒他："前两天你和郑锐趴在围墙上往外看过，就算出了院子也没用，外面根本没有路。"

"先出去，哪怕藏在一个角落，等天气放晴，一定能想到办法。"汪展说。

"就凭你？"姚秀凌撇着嘴，"你要真有本事，就陪我留在这儿，最多三四天就能拿到奖金。"

"死人你看不见啊？"汪展哭丧着脸，指着远处的坟包。

姚秀凌一巴掌抽到汪展脸上："就算你有命出去，你也没命活着。外面你欠了多大一笔钱，嗯？被人砍成八段去喂狗，还不是更惨！"

汪展抱着脑袋蹲下来。

姚秀凌俯身搂住他的脖子："横竖是个死，在这里起码还有机会，咱俩搏一把，再赚一条命。"

汪展扭脸看着姚秀凌。

姚秀凌张开大嘴，在汪展嘴上咬了一下，"你往好处想——他们死得越多，咱俩就能拿更多奖金。"

"咱也不安全呀。"

"就待在房间，除了拉屎撒尿，哪都不去。"

汪展一咬牙，站起身，"行，我听你的。"

姚秀凌仍趴在汪展身上，让汪展驮着走，一边给汪展耳朵眼里吹着热气，哑着嗓子说："到时咱俩天天在床上滚，滚他个天昏地暗！"

"咯咯咯，刺激啊！人生好爽啊！老天爷，我就跟你拼了！"汪展一边哭一边狂叫。

（8）

天已大亮，尽管窗外的天空仍是一片灰暗，但随着沉重湿雾的减少，笼罩在缪宅上方的阴郁之气也消散了许多。

聂深刚才独自去戏楼转了一圈，回到司机房后，大概嫌闷，脱了鞋，光脚站在地板中间。

与客人相谈时，这是很不礼貌的行为，在胡丙和老昆的观念中，完全是野蛮人才会做出的举动。

但追捕郑锐情况紧急，二人只得垂手站在旁边。

胡丙向聂深介绍他们昨天晚上去了什么地方搜寻，说得口沫横飞。老昆间或插一句，做补充说明。

但聂深根本就是心不在焉的状态，眼睛瞄来瞄去，盯着两人脚上的鞋子。

"后来我俩又去了……"胡丙正说着话，忽然看到聂深指着他的脚。

"款型不错，脱下来我试试。"聂深说。

胡丙瞪大眼睛，不敢置信地看着聂深。

"快点，你们不是赶时间嘛。"聂深催促。

胡丙鼓着腮帮子。他生气有个特征：鼻头发红，面颊上各有两酡红晕，非常对称。他尖声说："我的鞋，凭啥给你？"

老昆用胳膊肘杵了他一下，那眼神仿佛在说：目前靠他办事，暂时低头无妨。

胡丙就把鞋脱了。聂深一边试一边让胡丙继续说。

胡丙说着说着，聂深忽然摇摇头，把鞋踢掉，指着老昆的脚。

"脱你的。"

胡丙有些幸灾乐祸地看着老昆，眨巴着小眼睛。

老昆扭了扭眉毛，一声不吭，把鞋脱掉。

胡丙忽然没声了。

"说完了？"聂深踮着脚尖试穿老昆的鞋，头也没抬。

"嗯！"胡丙没好气地应道，"总而言之，从议事所到祠堂、从私塾学堂到戏楼、从前院到三道后院，我俩搜了个遍。"

"少了个地方呀。"聂深把老昆的鞋踢掉，"不合适。"

"少了？"胡丙一愣，拿眼去瞅老昆。

老昆慢吞吞地说："主楼的厕所也检查了，楼上楼下、男厕女厕都看过了。"

"对！"胡丙一挥手，"宅子里的老鼠洞，我俩都瞧过。"

"来，你俩把鞋换了，互相穿对方的。"聂深指画着二人的脚。

胡丙脸上又透出三片红。

老昆又用胳膊肘杵了胡丙一下。

"不是我故意拿你俩寻开心。"聂深抱着胳膊，笑眯眯地看着他俩换鞋穿，然后语重心长地说道，"这是为了教育你俩，前几天仗势欺人是不对的。人在路上走，难免有穿鞋硌脚的时候。"

那两人换过了鞋，愣怔着。

"还有你，胡丙，我的手表呢？"聂深晃了晃自己空空的手腕。

"问我干什么？"胡丙一翻白眼。

"是你俩抬着我来汽车房的，路上，你一惯毛病多，喜欢随手撸。"

"诬蔑人就算了，你咋还讹表呢？"胡丙都被快气哭了。

聂深看胡丙是真委屈，遂一皱眉头，低喃："就这么丢了？"

老昆不耐烦地说："事情急，别管什么破手表。"

胡丙帮腔："刚才说我们少去一个地方，你摆个道道出来！"

"郑锐的房间检查了吗？"聂深轻描淡写地问。

胡丙登时愣住了，扭脸看看老昆。老昆也有些茫然。

"那小子……他不可能返回房间吧。"胡丙咕哝着。

"从外面经过的时候，我望了几眼，屋里是黑的，没开灯。"老昆说。

"因为没开灯，所以就认为郑锐没在房间——这就是赫管家教你们的逻辑学。"聂深不屑地说。

胡丙和老昆面面相觑。

"走吧。"聂深伸个懒腰，把自己的鞋勾到脚上，迈步出了汽车房。

胡丙和老昆来不及把鞋换回来，各自穿着对方的鞋跑了出去。

有时候最简单的地方，反而会成为盲点，这便是熟视无睹的道理。

三人闯进郑锐的房间时，不禁愣住了。床板上并排摆放的大锦盒，是郑锐和叶彩兰没有完成的衣料。但这并不稀奇，真正令人震惊的，是这间屋子竟然变成了婚房。

胡丙奇道："这怎么回事？"

聂深说道："昨天晚上，你俩在院子里东跑西撞的时候，郑锐却在这里布置了婚房。"

胡丙猛一拍大腿，"哎呀"一声叫唤："真应该多看一眼！"

房间的天花板上挂着四盏灯笼，前边的桌子上竖着两支红色蜡烛，都还没有点亮。墙壁上装饰一新，用二十八根红木拼起了一个"囍"字。最古怪的是对面的墙上，挂着一个巨大的相框，空的，显然是要等到婚礼时，把新郎新娘的影像填充在里面。不过此刻看来，出现在婚房墙上的空相框，显得格外诡异，像是死人的婚礼。

胡丙和老昆瞅着空相框发呆。

聂深淡然道："去请赫管家吧。"

赫萧步入婚房，环视一圈后，眼神变得深暗，有着难以掩饰的忧虑之色。聂深注意到，赫萧在隐忧之中透出一丝愤怒。然而他一句话也没说，转身出了房间。

是什么事使得一手遮天的赫萧，变得既忧且怒？

胡丙跟在赫萧身后匆匆离去。老昆却在原地磨蹭，好像丢了什么东西似的，目光扫来扫去。

"你的肾掉了？"聂深问。

老昆抬起脸，表情木然。

"有什么事，说吧，别装模作样了。"聂深牵了牵嘴角，顺手把门关上了。

老昆从鼻孔里喷出两股气，直起脖子说："你上次突然提到郭保，究竟是什么原因？"看来他一直在纠结。

聂深静默良久，眼看老昆失去了耐心，变得烦躁不堪，这才说道："我可以告诉你郭保的消息。"

老昆眼皮一跳，盯着聂深说："可他已经死了！"

"就算是个死人，也有消息留下来。"聂深语气平淡，"但你要先告诉我，二十七年前宅子里到底发生了什么事？"

老昆从聂深脸上收回目光，抬脸看了看天花板，疲倦地叹口气："二十七年前……太久了……可能发生了许多事，我不记得了。"

"那我提醒你，"聂深走近老昆，"有个性格柔弱的女孩，来参加悬赏任务。"

"女孩……有好几个年轻女的，你问的是哪个？"老昆神色中微显不安，"其中一个是扫马路的清洁工，还有一个是幼儿园老师……"

"那个女孩戴着一条项链，后来她把吊坠儿送给了缪璃小姐。"

老昆露出艰难思索的表情："这个嘛……"

"以你的观察力，肯定会注意到。"聂深趋前一步，逼视老昆的眼睛，"你最好说实话。因为我跟你交换的消息，也很重要。"

老昆用手指掐着自己的眉心。

这时，聂深忽然移步到门前，猛地拉开了房门。

胡丙正撅着屁股趴在门上偷听，冷不防往前一倒，被聂深抓住肩膀。胡丙反应快，当即往下一蹲，挣脱聂深的手，随之一挺身，脸色不变，并没有因为偷听而产生心理负担。

老昆却很焦急，上前一步，厉声问："胡丙，你干什么？"

"你说我干什么？"胡丙一翻眼皮，反问道。

"刚才偷听的话……"

"别瞎扯，谁偷听了？"

老昆一把揪住胡丙的脖领子，把他拖进屋里。"郭保的消息……"

"我不听！"胡丙猛地一挣，摆脱老昆的手，扭身蹿到门外，"郭保已经死了！赫管家说的……赫管家还说，现在马上去开会！"

老昆一愣，转脸看着聂深。聂深的目光移到胡丙脸上。胡丙一副气势汹汹的模样。

老昆咕哝道："胡丙说得对，郭保已经死了。"遂出了房间，快步跟上胡丙。

（9）

赫萧在大厅召集会议。

聂深穿过走廊，在拐弯处遇到了一直等候的林娴。

小虎牙妹妹又是局促不安的神情："聂深，我都忘了，咱们进来几天了？"

"到傍晚六点钟，第四个工作日结束。"

"啊，再熬三个工作日，"林娴稍微放松一些，脸上露出了憧憬的表情，"拿到奖金后，我就租一个大大的房间，什么家具都不摆，先买一架钢琴。"

"别忘了休闲小食品。"

"嘻嘻，谢谢提醒。你拿到钱呢？"林娴话一出口，马上苦笑了一下，"对了，你一向淡泊世事。"

"钱怎么能不在乎呢？"聂深笑了笑，低头时，视线从林娴的脚上飘过，随口问道，"你的鞋码多大？"

"37。"林娴一愣，"怎么？"

聂深沉吟片刻，考虑到目前情势复杂，决定不要隐瞒："早晨我到戏楼去了，发现了一个鞋印。"

"啊？"林娴停下脚步。

"鞋印很奇怪，是两个印记重叠的，第一个印记是踮着脚尖踩的，第二个印记是鞋底直接踩上去，但又没有完全覆盖第一个印记。"

"等于说有两个鞋尖？"林娴想象着。

聂深点点头，"这么奇怪的痕迹，看起来像是一个人在前边踮着脚尖，身后紧跟着另一个人，后者踩着前者的脚印往前走。不过，只留下一个印子，实在很难判断。"

"叶彩兰的尸体是我发现的，可我当时吓坏了，没注意地上有鞋印——"林娴猛地抬起脸，露出既委屈又生气的表情，"聂深，你怀疑我？"

聂深笑一笑："别紧张，只是排除嫌疑。赫管家也会追查，我只是占个先机。"

"赫管家从不关心谁死。"林娴从口袋掏出一包兰花豆，轻轻剥开包装，往嘴里放了一颗，然后迟疑着，小声说，"叶彩兰肯定不是自杀，难道不是郑锐做的吗？那家伙躲起来，更像是畏罪潜逃啊。"

"不好说。"聂深陷入沉思，"对了，你能听见一种音频声吗？"

"什么音频？"林娴嚼着兰花豆，好奇地问。

"就是一种颤音，非常轻微。"

"嘻嘻，是蚊子振动翅膀的声音？"林娴又把一颗兰花豆放进嘴里。

"原理差不多，但我说的是金属的颤音。"

林娴摇摇头："除了钢琴声，我没有听见别的音频。很严重吗？"

聂深的目光投向走廊尽头，"局势失控了，我们要加倍小心。"

前方大厅快到了，能够听见姚秀凌正在吵吵嚷嚷。

林娴越走越慢，一脸纠结痛苦，将手上的兰花豆揉来揉去，看着聂深，却欲言又止。

聂深停下脚步："有什么事说吧，现在这种状况，越坦诚越好。"

"你一点儿都不奇怪，我昨天晚上为什么突然跑到戏楼去？"

"你应该对赫萧解释过了。"

"他根本不相信我。"

聂深注视着林娴，"那你把实话告诉我吧。"

"我是因为……看到了缪璃小姐。"

"哦。"聂深不置可否。

"昨天晚上在院子散步，本来想去汽车房和你聊天，却看见缪璃进了戏楼。我一直想去那里玩，就过去找她。可是进门的时候有点害怕，戏楼里面颜色诡异，那些装饰啊什么的，很吓人，我犹豫着没敢进。过了一会儿，就见缪璃出来了，还戴着一个……"林娴说到这里，嘴唇哆嗦，眼里充满恐惧。

"戴着羊面具。"聂深说。

"对对，你怎么知道？"林娴不由得抓住聂深的手。

"我也是偶然见到的。"聂深感觉到林娴的手指冰冷似雪。

"后来我就发现了叶彩兰的尸体。"

"等你发现的时候，缪璃出了戏楼多长时间？"聂深问。

"嗯……她走了大概十来分钟吧，我虽然很害怕，又架不住好奇心。"林娴露出一丝无奈的笑容，"从小就这毛病，一听鬼故事就吓得要死，可是钻进被子里又想听，还要把灯关了。"

这种自虐般的特点，在跟随聂深去后院的羊舍时，就曾经显露出来了。这样的女孩，因其柔弱，会让人觉得好欺负，可是一旦触动了爆发点，激发出潜能，会变得让人不敢直视，是容易走向两个极端的性格。

"除了忍不住的好奇以外，还因为……"林娴忽然羞红了脸，低着头嗫嚅了半天，"更忍不住的……想上卫生间。"

"人在紧张的时候，是会膀胱发紧的。"聂深用医学家的口吻说道。

林娴这时才注意到，自己还抓着聂深的手，有些不情愿地松开了。"然后我就去戏楼找卫生间，幸好在包厢后面找到了。"林娴说着，抹掉额头的冷汗。

"戏楼的卫生间什么样？"

林娴打个寒战，颤声说："蹲在里面很吓人，周围静悄悄的，阴暗极了。"

"有没有那种经常闻到的气味？"

"噢，鱼腥味——"林娴回忆着，摇摇头，"当时吓得不行，只怕身后突然伸来一只手。不过，应该没有那种气味，不然我会更害怕的。"

聂深陷入沉思。从林娴的描述来看，叶彩兰的死，似乎很容易扯上缪璃。但别的先不说，缪璃能把叶彩兰硬生生塞进床头柜？有这种力量吗？

聂深越来越明白，自己身边发生的一切，绝不是简单的无人生还游戏，客人一个接一个地死去，宅子里显然有一股神秘力量在控制着。还有那诡异的音频声，唯独聂深能捕捉到。他的预感越来越强烈：那股神秘力量与自己的身世之谜有关。

大厅那边突然传来姚秀凌的咆哮："要么现在给一半预付金，要么我们罢工！"

（10）

聂深步入大厅时，微微一怔，没想到缪璃也在。

赫萧正与姚秀凌说着什么，姚秀凌一副得理不饶人的架势。

汪展从旁边跑过来，一把揽住聂深的肩膀，俨然老友重逢一般："好兄弟，你怎么才来！"

林娴跟在聂深后边，眼前的场面让她感到惊惶无措，本想去和缪璃一起坐着，但走了几步，又慌忙转移方向，自己坐到墙边的沙发上，悄悄吃着兰花豆。

汪展一边拉扯聂深，一边招呼林娴："小虎牙妹妹，这边坐嘛。"

汪展急着拉拢聂深和林娴，用意很明显：姚秀凌已经撕破脸皮，公然挑战赫萧的权威，汪展只能和姚秀凌站在一起，但心有余而力不足，急需帮手。

汪展对聂深说："咱俩以前有一点点误会，都是郑锐和叶彩兰在挑拨离间。"汪展恨不得把心掏出来。

聂深看着汪展表演，心底暗笑。遇到汪展这种鼠辈，聂深通常一笑而过，加之内敛的性格，向来不与这种货色一般见识。但汪展和姚秀凌险些毒死他，破了底线。

"……只剩四个客人了，咱们拧成一股绳，跟他们斗。"汪展还在煽呼。

"你忘了我已经被你毒死了。"聂深冷冷一笑。

"啊……"汪展怔了怔，马上挤出干笑，"那是跟你闹着玩，无聊嘛。"

"你知道苍蝇和蜜蜂的区别吗？"聂深认真地问。

汪展呆呆看着聂深。

"蜜蜂会为自己的将来考虑，苍蝇却只顾眼前的一口屎。"聂深说完后，便将脸转开了。

那边姚秀凌忽然一拍椅子："不行——"

"你没有资格说不行。"赫萧冷冷道，"奖金现在没有，任务完成后给你。你来到这里，就得按我的规矩办。"

"满嘴跑火车，鬼才信你！"姚秀凌叫嚣着，"奖金没有，可是有黄金啊！"

此言一出，大厅里顿时变得沉寂。

远远坐在一旁的缪璃也不由得转过脸。

林娴只顾着吃兰花豆，用以掩饰自己的紧张。

汪展跑过去拉住姚秀凌，"秀凌，别乱说。"

"什么乱说，你——"

汪展捂住姚秀凌的嘴巴。姚秀凌胡乱踢打，踹到汪展的小腹，汪展"啊哟"一声怪叫。

胡丙和老昆从门口探头察看，正对上赫萧那张冷脸，慌忙把头缩了回去。

赫萧冷厉的目光从姚秀凌脸上掠过："你说什么黄金？"

"没有，她乱讲的。"汪展一手按着自己的腹部，一手推搡着姚秀凌，脸庞都扭歪了。

不知是被赫萧的眼神镇住了，还是被汪展的表情吓住了，姚秀凌没再嚣张。

缪璃移步到赫萧身旁，轻声说："别吵了，对大家都不好。"

赫萧明白缪璃的苦心，遂走到大厅中间，环顾四周说道："目前郑锐在宅中各处游窜，随时可能伤害各位。从现在开始，悬赏任务挪到私塾学堂，便于守护。"

老昆从外面进来，朝赫萧点点头。

赫萧带着众人出了大厅，经过一条长廊，来到私塾学堂。

四个锦盒已经放在了各自的位置。接下来，赏金客将继续完成自己的进度。

下午的工作中，私塾学堂里鸦雀无声，连日惊变把大家搞得精疲力竭，必须拿出全部注意力投入缝制工作，已经无暇顾及其他。

这是一间约四百平方米的学堂，顶棚挂着几盏灯泡，散发出微弱的光芒，更显得桌椅古朴陈旧。墙上贴着字画，最醒目的一幅写着：天生我材必有用。另有几幅是教诲缪家子弟的警世良言。

学堂内部已经临时改造成工作坊，四个角相对各拉出一条绳子，挂两块幔布，隔开的区域类似于医院的急诊观察室，互不干扰，又能随时照应。

聂深面前是由三张方桌拼合的案台，他要加紧完成两份衣料的最后工作。

与聂深一布之隔的林娴不时发出叹息声，听起来心神不宁的。

汪展和姚秀凌在另一个方位，同样隔着一块布各自忙碌着。

胡丙、老昆守着门口。与学堂一墙之隔的教工房间，成为缪璃的临时住所。赫萧正在窗前踱步。

缪璃靠在椅子上休息。她感觉自己病了，浑身无力，额头发热，但为了不使赫萧分心，她没有说出来。

赫萧站在窗前，定定地望着主楼方向，脑海中不断闪现郑锐布置的那间婚房。

缪璃不知赫萧在忧虑什么，她很久没有见到赫萧流露出这样的神态。很多年以前，缪璃从英国回来后，直接住到了学校，赫萧因此焦虑过。那一时期缪家混乱不堪。

"赫萧，你从来没问过我，为什么要和父亲决裂。"缪璃轻声说。

赫萧从失神中回转，"哦，一定有缘故的。"

"自从母亲去世后，我和父亲的感情很糟糕，你是看到的。不过，"缪璃低叹一声，"你心里也在埋怨我，不该这么冷酷决然吧？你还会认为，父亲因为我的决裂，而备受打击，无心经营家族事业，才致使缪家沦落。"

"我想……"

"女儿与父亲再怎么合不来，也不该走到那一步。"缪璃垂下头。

赫萧忽然眼神一动，愕然说："难道是——"

"你醒悟过来了，"缪璃悲情一笑，"是的，父亲要求我决裂的。"

赫萧后退两步，"我居然没想到。"

"不怨你想不到，是答案太诡异，又太简单。"

赫萧震惊不已："当年怎么没有告诉我？"

"父亲求我，不能讲出来。"缪璃叹息一声。

"可是他为什么提出父女决裂？"

缪璃抬眼看了赫萧一下，又垂下头，"抱歉，我也不知道原因。"

"啊……"

"父亲当时流露的痛苦，我无法承受。他让我断绝与缪家的关系，不是出于对我的怨恨，他的痛苦超出我的理解和想象。"

"他一点解释都没有吗？"

"没有。他非常非常害怕什么，就连最信任的你，都不让我告诉。"

赫萧皱起眉头。他十四岁时，爷爷赫升把他托孤给缪济川，缪济川临终之际又把唯一的女儿托付给他，有了这条纽带，他在缪济川心目中的地位，早已超越一切血缘。

缪璃接着说："我想，父亲是太恐惧了，好像有什么东西盘踞在他心里。"

赫萧茫然若失。

缪璃接着说："事后我反复想过，父亲要跟我决裂，肯定是因为他已经抱定了自杀信念，才决定让我离开的。"缪璃抬起脸，泪眼朦胧，"我只知道，那时的父亲好像不是他自己，他好像在与另一个自己搏斗。"

赫萧突然觉得胸口传来一阵难以形容的疼痛，犹如一把尖刀狠狠地戳在心上。

当年缪济川临死时，最后说的是：赫萧，别让缪璃……

赫萧错误理解了缪济川的意思，他回答：我不会让缪璃流落人世。

当他说完后，缪济川的眼里露出强烈的光芒，其实那是最后的绝望。缪济川真正要说的是：别让缪璃回家来。

缪济川所做的一切，都是为了让女儿永远离开缪宅！

可是竟因赫萧的一个错误判断……

赫萧攥着自己的胸口，转过身，不让缪璃看到自己的痛苦与后悔。八十一年的愧疚，与此刻的痛苦和后悔交织起来，犹如漫无边际的黑夜，重重魇压。

那间婚房犹如压垮骆驼的最后一根稻草，赫萧做出决定，该了断这一切了——了断自己当年犯下的错误。

第四章

命运交响曲

细微的金属颤鸣，在大脑中枢神经系统振动着，与聂深的听觉神经产生共振，在神经纤维末梢颤动，低徊流转，如一阵微风在叶丛间扰动、缠绕。

（1）

傍晚六点钟，全天工作结束了。赫萧留下胡丙和老昆守住学堂，自己则去院子里巡察。

聂深听见旁边的林娴发出轻微的咔嚓声，虽然隔着一块布看不见，但能想象到她又在悄悄吃什么零食了，声音显得既小心又慌张，仿佛一只松鼠躲在壁橱里嗑毛豆儿。聂深不禁一笑。

学堂另一角的汪展和姚秀凌出奇的安静，偶尔窃窃私语。之前姚秀凌突然提到"黄金"，聂深估计是她在某个房间发现了古董什么的，借机敲诈赫萧。

此刻真正令聂深感到不安的，是今天下午实在太安静了，总觉得外面少了什么，却又想不明白。

他从座位上起身，踱到墙边欣赏字画，在一张书法横幅前停下了脚步。横幅的内容是弟子规一类的训诫之语，落款"缪济川，书于民国十九年"。

聂深的目光移到另一侧的条幅上，正楷柳体字，娟秀挺拔，笔锋柔中带刚，这是一篇习字帖，诗句出自《凉州词》：

葡萄美酒夜光杯，欲饮琵琶马上催。

聂深一看落款，居然是缪璃十三岁时写的，不禁暗暗称奇。

他又把视线移回到缪济川的横幅上，盯着那个名字看了一会儿，又看了看书写时间，算起来是 1930 年。缪家的这位长辈，估计是缪璃四代以上的祖父。聂深好像在别处见过"缪济川"的名字，仔细回忆，应该是在缪璃的琴房外间，那个柜子里。

聂深信步出了学堂，来到隔壁门前，往里看了看，缪璃静静坐在窗前。聂深往里走，被胡丙挡住了。

聂深说："我来向缪小姐表示感谢。"

缪璃听到动静，扭脸说："让他进来吧。"

聂深进去时，缪璃又把目光转向窗外。聂深挪了把椅子放在缪璃旁边，并识趣地与她保持着一段距离。

聂深瞥了一眼缪璃的脚。缪璃穿着一双软底绣鞋，尺寸大小，聂深已经见识过了——前两天缪璃把鞋涂黑，用来辱骂聂深，聂深印象深刻。

聂深说："缪小姐针灸术一流，没想到书法也写得那么好。"

缪璃没有搭理他。

"敢问缪济川是小姐什么人？"

缪璃目视前方，面无表情："怎么了？"

"他的书法自成一派，很有收藏价值。"聂深说。

"你也懂书法？"缪璃露出不屑的表情，而眸子深处的疑虑和戒备丝毫没有减弱。

"稍微懂一点。"聂深兀自笑了笑，"说到文字——我会测字的。"

"是吗？"缪璃的不屑已经转变为嘲讽，"你本事真大呀。"

"谢谢，我……"

聂深正要说下去，突然感觉身后的墙壁晃了一下，还没反应过来，墙壁以更大的力量震动着，天花板发出嗡嗡的回响。胡丙和老昆跑进来，却听隔壁的学堂里传来一声尖叫，夹杂着嘭嘭的碎裂声。

聂深侧耳一听，正要说什么，忽然一把抓住缪璃的胳膊，把她带离了窗户。紧接着，窗玻璃哗啦一下震碎了，碎片打在地板上发出一阵凌乱的声响。

赫萧从外面跑进来："小姐，怎么样？"

"我没事。"缪璃并没有失掉分寸，只是神色稍显不安而已。

屋子里嗡嗡的颤声仍在持续，但墙壁的震动逐渐平复了。

赫萧盯住聂深看着。聂深这才意识到，自己还抓着缪璃的胳膊，连忙放开了。

这个突如其来的地震太诡异，不过有惊无险。恢复平静后，赫萧示意聂深回到学堂去。缪璃却留下了他：

"聂先生想知道缪济川是什么人，那就测个字，我看看。"

赫萧欲阻拦。缪璃已经用手指蘸着杯子里的水，在桌上写了个"殺"字。

聂深有点奇怪，并不是这个字怎么样，而是缪璃用了繁体的"杀"字。缪璃只有十八九岁的模样，这个年龄的女孩习惯写繁体的很少，也许缪璃觉得测字需要古体字吧。

"嗯，这是个吉利的字。"聂深说。

"怎么解？"缪璃歪着脑袋看了看聂深。

"左半边，'木'上'开花'；右半边，'又'上'戴帽'，但这不是帽子，而是个罩子。"聂深抬眼注视着缪璃，"缪小姐的生活被什么东西笼罩着，而且是一次又一次，你唯一依靠的只是木上一朵花，可惜这却是一朵折枝花……"

赫萧冷然道："一派胡言！"

缪璃笑了笑："蛮有趣的，虽然解释得牵强附会。"

"我测字，是直接看字形，第一感觉像什么就是什么。"

“妖言惑众！”赫萧又道。

“好吧，说点喜庆的。”聂深一笑，“有个字，是我自己研究的，发现它很有意思。”

缪璃勾起了好奇心："什么字？"

“葡萄美酒的‘美’字。”

缪璃略一沉吟，在桌上写了出来，歪头看一看，问聂深："这个字怎么了？"

“《说文解字》对‘美’的解释——”

“这个字是‘羊’和‘大’的组合，古人认为肥壮的羊吃起来味道很美，以此得字。”缪璃说。

“对，古人认为‘大羊’就是生活中最好的追求。可我进一步研究，发现古人创造这个字太厉害了，具有强大的预言能力，直接预言了我们现在的生活。”

“怎么回事？”缪璃被聂深吊着胃口，迫不及待地问。

赫萧也有些好奇地看着聂深。

聂深说："我把这个字拆开写——"

聂深在桌子上画了个‘丫’，又在下面写个‘天’字。

“注意看，我把‘美’字上下拆开了，但不是‘羊’和‘大’，而是拆成了一个符号，和一个‘天’字。”聂深指着那个符号，对缪璃说，“缪小姐，像你这么冰清玉洁、不食人间烟火的女孩，也会喜欢这个符号吧？”

缪璃愣了一下，问："这是什么符号啊？"

这次轮到聂深愣住了："你真不知道？"

缪璃有些迟疑，看了看赫萧。

赫萧当然更不认识，咕哝道："是个咒语？"

聂深扶了扶帽檐，视线在二人脸上扫来扫去。

缪璃催促："你就快说吧。"

“这个——是钱的符号。”聂深观察着二人的表情，“具体地说，就是人民币的符号。”

“人民币？”缪璃与赫萧同时发出疑问。

“噢，我想起来了，那一年有几个客人拿着……”缪璃脱口而出，却立刻顿住，“嗯，是一种纸钱。”

“纸钱？”聂深又愣了。

赫萧一把将桌上的字抹去了，冷冷瞥一眼聂深，意思是没工夫陪你瞎胡闹。

“好吧，我来解释这个字，”聂深坚持道，“美——就是天天顶着人民币生活。”

缪璃恍然大悟："噢，你把‘美’字这样一拆，原来是天上掉钱的意思。"

“对呀，古人觉得肥壮的羊肉就是好，而现在的人们认为，天天落下人民币才是美好。"聂深一总结完，马上问道，"那缪济川是你什么人？"

旁边的赫萧眉头一皱，警觉地看着聂深。

缪璃幽幽地说："缪济川是我父亲。"

"啊！"聂深愕然。

但就在这一瞬间，他却被另一件事突然触发，唤起了心中的疑惑。

今天下午如此安静，是因为，没有听到后院传来的羊叫声。一声都没有。

聂深二话没说，冲出了学堂，直奔第三道院落。

（2）

这可能是世界上最大的绵羊。按照古人的观点，如此肥壮的羊，堪称极美。

它的肚子贴到了地面，全身覆盖着长长的羊毛，舌尖在嘴角闪烁，蛇一般吐着信子。

然而此刻，这只绵羊倒悬于羊舍，挂在一根横梁下，来回摆荡着。舌尖耷拉在嘴边。原本覆盖全身的羊毛荡然无存，肥大的肚子干瘪了。

绵羊的血已经被放得干干净净，羊奶也被挤得干干净净。

它是一大块死肉。惨白惨白的死肉。

唯有两颗羊眼乌黑发亮。

聂深突然听到一阵吱吱嘎嘎的声音，急忙退出了羊舍。

在他身后，羊舍轰然倒塌，只剩一根横梁搭着两根木柱。那块惨白的死肉就挂在废墟上，在乌青色的天空下，微微摆荡着。

赫萧他们赶了过来，站在四周，都被眼前的一幕震惊了。

林娴跌跌撞撞地走到聂深旁边，带着哭音问："是郑锐做的？"

聂深默然不语。如此疯癫变态的手法，除了郑锐还有谁？

放干净的羊奶和血不知在哪里，地上一滴液体都没有。

郑锐的这个工程并不小，推算起来，他最后做完的时间，正是学堂突然震动的时刻——或许，那股力量帮助郑锐转移了什么东西。

围观的众人身躯僵硬，默然无语。头顶的乌云缓缓涌动着。

姚秀凌忽然尖着嗓子问了句："是不是能吃涮羊肉了？"

没有人回答她。

赫萧走向那只羊。羊与猫狗的不同之处在于，它与人的情感不那么强烈，不通人性就缺少了羁绊。然而，无情如赫萧，在面对这只绵羊时，却露出了悲伤的神色。

喂养了八十一年。究竟是谁在喂养谁？

赫萧在废墟上停下脚步，从怀中拿出一把竹刀，迅即剖下了羊的两只眼睛。

聂深惊讶于赫萧的手法，敏锐而果决。赫萧自己早就遗忘了，这个手法正是得自赫升的真传。

但他这一举动是什么意思？以眼还眼？

胡丙最有眼色，一见赫管家剖下羊眼，立马窜上前，伸出双手小心地捧住了。圆溜溜鼓胀的眼球，表面盘绕的血丝已经变成青灰色，错综交缠的血丝早已全部爆裂，显示放血时的痛苦。

"屋里还剩一点羊奶，回去就泡到里面。"胡丙嘟哝着，"小姐一定很难过，怎么办，要不要告诉她？"

赫萧猛然警醒："小姐呢？"

胡丙抬起脸，慌忙扫视周围，"啊——我以为小姐跟着一起跑来了！"

赫萧疾风一般朝学堂奔去。聂深拉住林娴的胳膊往回跑，老昆紧跟着，后面是汪展和姚秀凌。胡丙被吓瘫在地，怎么也爬不起来。

能够看到学堂的檐顶了，远远的一声惊叫传来，是缪璃。

赫萧疯了似的奔跑。聂深一手拉着林娴，都快把她拽飞了。

老昆拼命赶上来，嚷道："我看着林小姐，你快与赫管家——"

话没说完，一个跟头绊倒在地。林娴忙去扶他。汪展和姚秀凌也停下来。聂深与赫萧跑远了。

二人冲进学堂，一眼看到了瑟缩成一团的缪璃。

聂深微微松口气，缪璃没有受伤。他大声问："是不是郑锐来过？"

缪璃木然点头。

赫萧四处扫视，并没有看到郑锐。

聂深问："他去哪里了？"

缪璃浑身颤抖，指向窗户。

破裂的窗口有一团雾气，渐渐散开，郑锐的脸庞露出来。他站在窗户外面，身子前倾，下巴作为支点，顶在窗框上。聂深走近几步，发现郑锐还没死，正把最后一条羊毛圈套到自己脖子上。那副面容惨不忍睹，脸庞肿胀，眼珠几乎从眼窝里挤出来，鼓凸的眼球表面与羊眼类似，都有爆裂的血管。

他的脖子上勒满了羊毛圈，快被勒死了。

聂深试图解救，刚挨到郑锐的脸颊，郑锐突然伸来双手，十指如钩抓向聂深，脸上是诡异恶毒的笑容，似乎要同归于尽。聂深连忙躲避，被冰冷的指甲划到了脖子，犹如冰刃掠过，彻骨寒意中带着尖锐的疼痛。

与此同时，郑锐仿佛遭到强烈的撞击，猛然往后倒去，身子扭曲几下，不动了。

聂深摸了摸自己的脖子，所幸只是一道划痕。他探身往窗下看，郑锐脖子上的羊毛圈累加起来足有数百条，从脖子根部的锁骨位置一直顶到下颌，仿佛一条古怪的围巾。

聂深记得缪璃用羊毛圈勒爆灯泡的情景。这大概就是缪璃如此惊恐的原因——郑锐的死，竟然采用了她做游戏的方式。

赫萧更清楚这一幕对缪璃的冲击。

"小姐，没事了。"赫萧上前挡住了缪璃的目光。

缪璃脸色苍白，身体仍在瑟瑟发抖。

聂深从旁边的窗户翻出去，把郑锐的躯体放平。曾经一脸叛逆的大二男生，就这样结束了生命。聂深心中泛起一丝空虚感，这时他注意到，郑锐的嘴角有一抹僵硬的微笑。

晚上九点半，埋葬郑锐的场面极静，偶尔响起鲁丑喷鼻子的声音，就连那声音也是压抑的。老昆破天荒地沉默着，更没有骂鲁丑来解闷。胡丙也出现在坟坑边，哆里哆嗦地提着个灯笼。下午从羊舍跑回去时，他不小心摔了个大马趴，脸上青一块紫一块，整个人就是一个大写的丧门星。

鲁丑跳进墓穴。老昆把郑锐的尸体推下去。鲁丑趴在坑底，努力掩上郑锐的眼睛，却怎么也合不上。那对鼓凸的眼珠，与肿胀发紫的脸庞，使那具尸体如同一条死去的大金鱼。郑锐的额头也有细小的裂纹，青灰色的血管蔓延到头皮上。

鲁丑突然感觉，死去的郑锐，血管仍在悄然爬行！

他想起了之前死掉的张白桥、柴兴和叶彩兰……

"你愣着干啥？"胡丙不耐烦地问。

"噢，没……没……"鲁丑用拳头砸了砸自己的脑壳，刚才看到的肯定是错觉。

"那就快埋啊！"胡丙急道。

墓坑填满后，一溜排开四座坟包，围绕着两棵枯树。鲁丑跟在老昆和胡丙身后往回走。他的手指上缠着一条羊毛圈，刚才埋葬郑锐时弄断了一条。他回头看了一眼，把羊毛圈塞进口袋，与张白桥的领针、柴兴的梳子、叶彩兰的纽扣，放到一起。

（3）

距离午夜零点还有一个多小时。

重新收拾整齐的私塾学堂恢复了平静。

　　然而谁将是下一个？以及为什么死去的每个人都是如此怪异而残忍的方式？这些疑问化作一股潜流，在阴暗处涌动。那阴暗的影子便是死亡阴影，并在明显加速，人力无法控制！

　　赫萧与缪璃商量着什么。缪璃仍忘不掉郑锐的死状，眼神中透出一丝惶惑；赫萧正在小心地提出建议。

　　缪璃低头轻声说："就按你的意思办吧。"

　　"这是万般无奈，希望小姐不要因为我重新打开义父的书房，而受到触动。"赫萧低声说。

　　缪璃抬眼看了看赫萧，"毕竟过去很久了，不用顾虑我。"

　　"书房能容纳所有人，且利于守护。"赫萧掏出怀表瞥了一眼，"第五个工作日快要开始了。"

　　"时间紧迫。"缪璃转脸往墙边扫了一眼，聂深正在不远处安慰林娴。缪璃收回目光，接着说道，"我理解你的苦心，想要尽快完成嫁衣，只有那样，才能接近……"

　　赫萧忽然做了个静默的手势。缪璃扭脸一看，聂深走了过来。

　　聂深开门见山道："目前来看，院子里反而更安全。"

　　"什么？"赫萧皱了皱眉头。

　　"前边死掉的四个客人，都是在建筑里面出事的，郑锐虽然在外面游窜过，但事发地也在楼内。"

　　"你的意思呢？"赫萧问。

　　"离开封闭的建筑物，外面更安全。"聂深说，"主楼前边有座八角亭，那里当作临时工作坊，很合适。"

　　赫萧不屑地说："亭子八面漏风，夜里怎么工作？"

　　"院子里没什么风，要考虑的只有雾。在亭角各挂一盏灯笼，点上蜡烛，亮光足够了。如果不满意，挡几块布就成了帐篷。"

　　"你说得简单，小姐怎么可能待在那种地方？"

　　"赫萧，不要顾及我。"缪璃说。

　　"通盘考虑，我认为书房合适。"赫萧瞥了聂深一眼，"你不是对书房感兴趣吗？"

　　聂深一怔。

　　"曾经鬼鬼祟祟跑到书房外窥探，被老昆抓个正着，手里还拿着一块破表。"赫萧冷冷地说，"你进了宅子处处犯禁，如果不是……"

　　"赫萧，没时间争论了。"缪璃转脸对聂深说，"八角亭或许不错，可是我爸爸的书房更利于工作。"

　　聂深不好再说什么。

聂深转身走开时，听到缪璃对赫萧说："我也有个要求——"顿了一下，接着说，"今天夜里我要待在戏楼里。"

"哦？"赫萧有些紧张。

"那里很安全的。"缪璃加重语气。

"可你一个人……"

"我要把事情做完。"

"还要爆灯泡？"赫萧的口气愈加紧张，但保持着克制，"那只羊已经……"

"我听胡丙说了，"缪璃显得很难过，"不过我留了一些羊毛圈，够用了。"

"小姐，到了这种时刻，还要去玩吗？"赫萧露出困惑的表情。

"你不要多问了，我有自己的考虑。"缪璃眼神坚定，"这次你要相信我。"

缪璃注视着赫萧。一直以来，在他的守护下活好自己，既是让他安心，也是为了在他遭遇艰困时，可以帮他，这大约是最深刻最智慧的依恋吧，尽管彼此并没有爱的承诺。

现在，就到了艰困时刻。

缪济川坐着自杀的那把藤椅还在书房中间摆放着。这套藤椅一共两把，另一把在赫萧的居室内。

自从缪济川死后，这间书房就一直锁着。

尘封了八十一年的门，被缓缓推开了，赫萧站在门前竟忘了迈步。

往事扑面而来，潮水般涌动着，撞击着赫萧的心。他其实抗拒着自己的这个决定，进入书房，无异于再次提醒他，当年由于他错误理解了缪济川的遗言，导致缪璃被困。刺在心头的尖刀再次扭动起来，越戳越深。他喘了一口气。

"赫管家，你流血了。"聂深在旁边说道。

地板上落了一片铜钱大的血迹。

赫萧仿佛没听到，兀自走进书房。随后跟入的老昆低头看了看，疲倦的神色更增添一抹忧虑。

聂深在门口多停了一会儿。姚秀凌、汪展进去后，林娴催促他："还等什么？"

聂深回头朝走廊扫视了一下，感觉某处似乎有响动。

聂深问林娴："除了你会弹琴，客人中间还有谁懂音乐？"

林娴仔细想了想，说："好像张白桥也学过音乐。"

"那个小偷？"

"嗯，我听叶彩兰说过，但也可能是张白桥吹牛。这个重要吗？"

聂深沉吟片刻，说："没事，进去吧。"

二人步入书房。

"我有点害怕，你说建筑里面不安全。"林娴一边说一边张望着。

"跟紧我就行了。"聂深说。

"那……去卫生间怎么办？"林娴羞怯地问。

"四个一起去，你和姚秀凌进去，我和汪展在外面守着。等姚秀凌去的时候，你陪着她，一样。"

"不行不行，姚秀凌不会和我一起的。"林娴直摆手。

"我和汪展商量一下，这种时候，保命要紧。"聂深笑了笑。

那边汪展正在和姚秀凌推搡着，姚秀凌不知因何事不满，汪展忙着劝导。

聂深环顾书房，目测有五六十平方米，里面还有个套间。书房光线幽暗，与宅院的整体氛围一致，黯青色更浓一些。或许是封闭时间太长，屋里飘浮着一种絮状白色物体，伸手去触，却像雪花似的融化了。

出于习惯，聂深的视线搜寻着照片。书柜上横放着一个小相框，里面镶着一张黑白照片，一大一小两个人的合影，画面模糊，辨不清相貌，只能看出是一个男子和一个小女孩。聂深猜测小女孩是缪璃，那个男子应该是她父亲——也就是这间书房以至整个宅子的主人。

缪璃说缪济川是她父亲——能在 1930 年书写横幅的人，这太奇怪了。

汽车房里的那辆福特老爷车，同样是产自 1930 年。

"——别跟着我，我去厕所！"姚秀凌的喊声打断聂深的思绪。

"秀凌呀，别闹了。"汪展低声下气地说。

"我就想过自己的生活，自由自在，这样有错吗？"姚秀凌往外走着，冲聂深一瞪眼，"你看什么看？"

聂深摇摇头，用同情的目光望着汪展。

汪展撅着肥屁股跟出去，走廊里传来他的声音："慢点儿，我陪你去尿尿……"

聂深转脸看见林娴坐在角落，正要过去，胡丙和老昆从里间出来，对聂深说："你的东西准备好了。"

聂深扭脸往套间瞥了一眼，桌子上居然放着七个锦盒。

聂深一皱眉："林娴在哪工作？"

胡丙忽然有些紧张地看了看窗前的赫萧。赫萧背对着众人，望着外面雾气渐浓、乌云翻涌的夜空。

赫萧说："其他人休息。"

聂深怀疑自己听错了，上前两步问："什么意思？"

"你不必管。"赫萧转回身，朝胡丙示意。

胡丙冷不防推了聂深一下，"聂先生，进去干活儿吧。"

老昆赶上几步，顺势夹住聂深，别看老昆总是疲惫不堪的样子，却手劲奇大，扭住聂深的胳膊，往里间一送。胡丙及时用肩膀一撞。聂深没防备二人突然使力，脚下一滑，竟被推入了套间。随即嗵的一声，门关了。

门外传来赫萧的声音："其他五件衣料，都交给你完成。"

转眼间，自己竟被关了起来，聂深十分不解。不过他明白了赫萧选择书房的原因：这里是三楼，套间的门是加固型，窗户也早就用木板钉死了——这里就是给他预设的牢房。

聂深估计，以赫萧一手遮天的风格，肯定向缪璃隐瞒了实情。

桌上有七个锦盒，包括了聂深自己和柴兴的。以聂深的能力和潜质，加之其他人的工作进度也都接近尾声，剩下的三个工作日可以全部完成。但任务到了这个节骨眼上，需要集中精力加快缝制，赫萧却采取如此不合理的措施，竟让另外三个客人闲着！

目前能够想到的唯一解释：赫萧让那三人养精蓄锐，等待最后的拼合工作。毕竟，把属于七个部位的衣料拼合，还要做到天衣无缝，更是一项艰巨的任务。

可是赫萧如果有这样的打算，根本不必采取突然袭击的做法，只要把自己的意图告诉聂深就行了。

这时，外间传来姚秀凌的声音："真的呀？还有这种好事？"

汪展咯咯地笑着："有福之人不用忙，没福的人累断肠。"

"活该累死那个混蛋，我们坐享其成。"

聂深嘴角一牵，露出无奈的笑容。

（4）

黎明前，聂深把自己和柴兴的缝制任务做完了，两份衣料放进锦盒。他看了看其余的五个锦盒，忽然发觉外间变得安静了，姚秀凌原本和汪展嬉笑打闹，故意刺激林娴，现在突然没声了。

聂深集中注意力，随手拿起一个锦盒，正要投入缝制工作，冷不防又听到了那种神秘的音频声。

聂深感到头皮一阵发麻，手指抖了抖。

嗞嗞……嘟嘟嘟……嗞嗞嗞……嘟嘟嘟嘟……

细微的金属颤鸣，在大脑中枢神经系统振动着，与聂深的听觉神经产生共振，在神经纤维末梢颤动，低徊流转，如一阵微风在叶丛间扰动、缠绕。

这次听来很明显，聂深突然意识到，其实每次听到的音频声都有细微的差别，显然是针对不同的人，根据他们各自的大脑中枢神经系统设置的频率，目的是让指定的客人听见。比如张白桥死之前听到了，其他人听不到；轮到柴兴时，同样只有柴兴能听到——以此类推。

聂深不明白自己为什么每次都能听到，但这个问题现在并不重要，重要的是，此时此刻突然响起的音频声，是给谁设置的？

嗞嗞……嘟嘟嘟……嗞嗞嗞……嘟嘟嘟嘟……

死亡的引导力，对聂深并不构成驱动，然而外间某个听到的客人，却无法抗拒大脑中枢神经系统在振动中受到的牵引，这种神秘又可怕的低赫兹声波，专为人类的听觉神经而设，浑然天成。

聂深使劲捶打房门，外间毫无反应。

"林娴！汪展！姚秀凌！"聂深大声呼唤。

外间死一般寂静。

聂深如困兽般寻找出路。他心念一动，踩着椅子站到窗户前。窗户早已被木板钉死了，但不出所料，是用木楔钉的——赫萧做事的谨慎可见一斑。聂深跳下椅子，从桌斗里拉出空抽屉，踩烂，掰下一块木片。木片前端形成锋刃状，用来撬动窗户上的木楔。

十分钟后，聂深撬掉了四个木楔，用力一扳，将第一块木板拆掉。

然而这时候，空中的音频声结束了。

聂深却感到一阵绝望——有人已经中招！

聂深的动作越来越快，不到半个钟头，打开了封闭的窗户，一股微风挟着薄雾飘进来。聂深往楼下看了看，钻出窗口，以墙壁上的藤蔓为抓手，从三楼爬下去。

经过二楼南端时，聂深透过窗户看见赫萧的身影。现在通知赫萧已经迟了，还会费口舌耽误时间，赫萧最恨人家破坏他的规矩。聂深屏住呼吸往下滑。赫萧背对着窗口，从抽屉里拿出一件东西。聂深没有看到，那是一把左轮手枪。

赫萧察看弹巢，只有五颗子弹了，当年缪济川自杀时用了一颗。赫萧正在检查手枪，似乎听到什么动静，转头往窗外看去。

聂深忙伏低身子，脚下一空，险些坠落，一只手死死攥住藤蔓。

赫萧没有发现异样，转回身，掏出怀表瞥了一眼，然后将手枪装进口袋，坐在藤椅上开始等待。

聂深悄悄爬到楼下，立刻绕到主楼入口，重回三楼。楼梯静悄悄的，只有聂深的轻微脚步声，一路回到书房。外间空空荡荡，一盏小灯低低地压着，昏暗的光影充满四壁。

聂深定睛一看，发现书桌后面的阴影里蜷坐着一个人。

"林娴？"聂深走过去。

林娴眼神木然，定定地看着地板。

"林娴，是我，聂深。"

林娴的身子动了动，抬起脸，双眼空洞无神。聂深把她扶起来，坐到椅子上。

聂深问："他们人呢？"

林娴呆呆地说："赫管家让胡丙和老昆去戏楼守着，不要进去干扰缪小姐……对对……不要干扰……我不想死……对，我不想死。"

"姚秀凌和汪展呢？"聂深追问。

"不……不知道呀。"林娴眨了眨眼睛，"噢，出去了，姚秀凌要做那种事。"

头顶突然传来嘭的一声震响。聂深仰起脸。天花板上面就是楼顶。

接着又是嘭的一声，好像有人在跺脚。接着嘭嘭声连成一串，很整齐，有人在奔跑——两个人在奔跑。

奔跑声从头顶一直响过去，然后停了。

聂深低叫一声："糟糕。"

话音未落，窗户外面掠过两个人影，在清晨的亮光里飞速落下。

林娴发出一声尖叫："啊——"

聂深紧赶几步，一把推开窗户，探身往下看。眼前的一幕令他瞠目结舌。

姚秀凌和汪展同时以头部坠地，地上流了一摊血，必死无疑。但二人竟然身体缠绕着，快速往前爬行一段，如同两只首尾交缠的蝎子。

爬行了五六米，两人转换方向，又快速爬行了五六米。然后再次转换方向。

蝎子般的两具躯体，来回往复，以血为墨，在地上留下两个大字：

家人。

他俩爬到一旁，终于不动了，四肢仍然扭结交缠着，仿佛一个巨大的符号。

身后林娴的哭叫声唤醒了聂深。

林娴已经逃出了书房。聂深追上去。林娴在楼梯口失去平衡，滚下了楼梯。聂深急忙冲下去救她，所幸只是皮外伤。林娴拼命挣脱聂深的手，连滚带爬往楼下逃去。聂深飞奔上前，一把抱住她，把她控制在墙边。

"现在只有我和你活着，林娴，睁大眼睛。"聂深注视着林娴，"刚才发生了什么？"

"与我无关……我也不想啊……"林娴已经崩溃。

"告诉我实情！"

"天哪——"林娴哭喊，"我已经碰过金属了！"

"什么？"聂深愕然。

"我也不知道怎么回事，刚才看到了就想碰一下。"林娴呜咽着，"我以为马上就会死，可是还活着，我害怕……不想死……不想死得那么惨！"

聂深从震惊中平复下来。眼前的林娴，是被死亡阴影紧紧跟随的女孩。

聂深抓着林娴的手，握着，给她一些温暖。林娴的手指彻骨冰凉。

林娴颤抖的身躯稍微放松了一些，"姚秀凌和汪展也碰过了，比我更早，我能看出来。"

"怎么看出来的？有症状？"

林娴惨笑："你以为这是传染病？不，不是的。根本不是像病毒那么简单。"

聂深忽然一皱眉头，想起什么，说道："姚秀凌曾经在赫萧面前提到黄金，难道——"

"唉，瞒不过你。"林娴失去了所有抵抗，"是黄金，没错，是我不要脸，太贪了，我没办法，就是想用手摸一摸。"林娴耷拉着脑袋，无力地抬起右手，手指哆嗦着，好像被烫过，但手上没有伤痕。"我只是不明白，为什么没有马上死。我本来还侥幸，以为能活下去，可是，姚秀凌和汪展一死……"

死亡顺序是设定过的，时间、方式、位置。只要碰了黄金，就像在命运上盖了个戳记、套上了枷锁，有的人套的时间长一些，而有的人速亡，仿佛有个开关似的。

宅子里有一股力量在操控一切。

聂深中毒昏迷时听到的另外两段音频，其实是设置给姚秀凌和汪展的，他俩的延续时间比较长，直到现在才死。张白桥和柴兴都是速死，张白桥死在卫生间门口，柴兴死在淋浴室的浴缸里。叶彩兰的时间稍长，郑锐则比叶彩兰更长，在宅中游窜一夜，布置了婚房、处理了那只羊，然后当着众人的面，用羊毛圈勒死自己。

眼下轮到林娴了。她会在什么时候、什么方式死去？

聂深又想到了赫萧。赫萧把他单独关在套间，是在保护他吗？聂深的脑子很乱，他集中注意力，望着林娴。

"所以你刚才听到了那种音频声？"聂深问。

林娴点点头。

"然后就忍不住跟着走过去了？"

"嗯……越往前走，感觉越舒服，就好像要去天堂了，每往前走一步，就扔掉一个烦恼，身体越来越轻松自在，脑子里面暖融融的。"

"你在哪里碰的黄金？"聂深追问。

"咱俩去过的。"

林娴把聂深带到了一楼的女卫生间。

（5）

林娴径直把聂深领到隔档后面的淋浴室。

柴兴就是溺毙在浴缸里。聂深目光扫过，浴缸当然是空的，但后面的墙角又引起了聂深的警觉。上次寻找柴兴死因时，曾注意到那里，角落有墙皮脱落的地方，隐约闪现光泽。本以为是灯光反射，或者管道从剥蚀的墙壁里露出来，当时因为现场幽暗，以及浴缸里蓄积的水引起心灵不安，无法仔细辨别。

此时，林娴指向角落，脸上的表情异常复杂，既惊恐，又有着莫名期待。

聂深从外面找了一根木棍，开始戳墙皮。木棍撞到了附近的管道，突然传来嗡的一声震颤，余音久久不散。浴缸内的排水孔泛起浓烈的鱼腥味，隐约夹杂着呼吸声。

嗡——嗡嗡——声音逐渐减弱。

林娴被惊出了一身冷汗。

聂深抬头看看天花板，等怪声消失后，他继续戳弄墙皮。

随着扑通一声，一大块腐坏的墙皮落入浴缸。聂深怔怔地看着墙面，黄灿灿、亮晶晶，金光闪闪。

林娴吞了吞口水，眼神炽热又不安，那是面对奇异力量的震慑感。

聂深用木棍戳打墙皮，更多的灰土落了下来。同时，砌得整整齐齐的黄金、铂金、白银更多地显露出来，在昏暗的灯光下充满异样的诱惑力。

林娴瘫坐在地板上，双手颤抖。

质地精纯的金子，墙上显露出的，只是一小部分。

赫萧禁止别人碰触宅中的金属物，难道只是为了保护这些财宝？

这座大宅，难道是所谓的巨型宝库，而赫萧他们是守护人？但如果是以守护为使命，又为什么每隔二十七年从外面邀请客人进来，进来以后竟连续死亡？

难道，还有比这一切更惊人的秘密藏在宅子里？

聂深进一步感觉到这座宅子的神秘巨测，也理解了林娴受到的诱惑。

从接到请柬的那一刻起，林娴他们就是为了一个目的：钱。他们都是极度需要钱财的人，有的需要钱来续命，有的需要钱来完成一生的梦想。

悬赏任务开始以后，他们每一分钟心心念念的都是赏金。而在缝制衣料的时候，在那耗费心力的过程中，实际上是对意念更深层的透入——随着客人的每一个缝制动作，"赚取金钱"的意念，便如同金丝线一般，细细密密织入了他们的心灵。

犹如被包裹了一层金衣一般，心灵在每天循环的工作时间内，被紧紧地束缚住，身体疲弱虚脱，正是因为意念受到了极端的诱惑。

于是，当他们受到引诱，在这里突然发现黄金，就像饥渴的沙漠困兽骤然看到了绿洲，什么危险都忘了。

"我只想……摸一下金子的感觉……金子……"林娴发出低低的啜泣。

聂深抬起木棍，小心翼翼地戳了戳黄金砌的内墙，没有什么动静。不过待在这里感到窒闷，狭窄的淋浴室似乎在倾斜挤压。他扶起林娴退出来。

林娴的身体摇晃着，显得更加纤弱，嗓子里发出呜咽般的细碎声音："我该怎么办？"

"一定能找到办法的。"聂深说。

"不用安慰我了。姚秀凌和汪展死了，我也……"林娴身子一软，瘫在聂深肩膀上。

"哪怕有一线希望，也不放弃！"

聂深拥着林娴离开卫生间，一边走一边想起一件事：张白桥是死在任务开始之前的，他原本不在请柬名单上，他的死是为聂深腾路。但诡异的是，作为任务的重要参与者，聂深始终没有看到黄金。按理说，聂深作为请柬名单上排在第一的客人，诱惑他不就是操控者的首要目的吗？

可能操控者知道，金子无法引诱聂深。也可能，操控者不能用黄金控制聂深。

那么赫萧隔离聂深，究竟是一种保护措施，还是有更大的谋算？

"林娴，我问过你，除了你以外，还有谁懂音乐，你说是张白桥。"

"嗯……怎么了？"林娴被聂深扶着坐在廊檐下。

"听缪璃对赫萧说，我中毒昏迷那天晚上，除了你以外，还有第三个人在弹钢琴。"

"聂深，你别吓我！"林娴发出虚弱的哀叫声。

"别紧张，我确定一下——那天晚上赫萧回去查明真相了。"

"对，他上楼的时候，是我在弹钢琴。"

"在你之前弹琴的人，没留下痕迹？"

林娴想了想，说："琴房的窗户开着，其他没什么。赫管家问了我半天，好像在怀疑我什么似的。"

聂深眯缝着眼睛，沉浸在思绪中。

几乎可以肯定，叶彩兰死的那天晚上，宅院中除了郑锐以外，还有一个人在游窜。叶彩兰的死亡现场留了一个诡异的重叠脚印。聂深在戏楼发现脚印后，暗中察看了每个人，包括赫萧和缪璃，都没有类似的鞋。那么，脚印会不会是另一个游窜者留下的？

"林娴，你坐在这里等我一会儿，我马上回来。"聂深说。

"你去哪里我就去哪里，你说过让我跟紧你的。"林娴一脸绝望。

"……我担心你受不了。"聂深说。

林娴挣扎着站起身，"别丢下我。"

聂深不忍心把她孤独地留在这里，便带着她一起走。这次的方向是后院的第三道院落。

现在是上午九点多钟，薄薄的雾气萦绕在院子上空，建筑物上的黯青色光泽明亮了一些。

远远地看见倒塌的羊舍，聂深在心底叹口气。废墟上的死羊已经掩埋在原地，也算魂系家园，只是羊死得太过悲惨。

聂深的目光投向两棵枯树中间，鲁丑正忙着埋葬姚秀凌和汪展。为避免刺激到林娴，聂深让她坐在一块石头上，不要靠近。

鲁丑正需要有人帮忙。胡丙和老昆守在戏楼门口，缪璃不出来，他们就不能动。赫管家也不知在忙什么，迟迟不见人影。宅子里的活人越来越少了，鲁丑看到鲜活的聂深，马上露出了丑陋而亲切的笑容。

"你好，我是鲁丑，请问阁下……抱歉，我总是记不住客人的名字，尊姓大名？"

"聂深。"

"噢噢，你还活着，真好。"鲁丑抢着铁镐，卖力地挖着坑，"见一个生人太难了，不留神就变成死人了。"

"以前也是这样吗？"聂深试探地问，"比方说，二十七年前？"

鲁丑愣了一下，抓了抓后脑勺，忽然嘿嘿一笑，"噢，你在套我的话，你认为我很傻。"

聂深张了张嘴，无言以对。

"你帮忙——那个那个——"鲁丑一边挖坑，一边努嘴，示意聂深处理地上的两具尸体。

"你想把他俩解开？"聂深蹲下来。

"你真聪明，赫管家比你聪明十倍，你比我聪明九十倍。"鲁丑认真地说，"我的数学是跟昆哥学的，不赖吧？"

"名师与高徒。"

"哈，我听出来了，你在笑话我。哼。"鲁丑手上没停，坟坑越挖越深。

聂深拉扯着姚秀凌和汪展的身体，但四肢缠得太紧，很难分开。聂深尽量不看二人的脸，并不是害怕，而是曾在身边活跃的人，一转眼，竟以这种方式死去，实在可悲。二人的脑袋上沾满血迹，聂深小心地擦了擦。

鲁丑走过来，弯腰仔细看，明白了分开尸体的难度。

"埋。"鲁丑做出决定，然后跳进坑里。

聂深用力将两具尸体推下去。鲁丑双手抱拳，闭眼念叨了几句，从坑里爬出来，顺手从二人身旁捡了两件东西：姚秀凌的指甲刀，汪展的戒指。

鲁丑往坑里填土时，聂深问明了张白桥的坟。鲁丑呆呆地看着聂深走到第一个坑包前，一点一点刨开了。土层下面露出了尸体的形状，聂深不知道自己该是什么心情，也许庆幸多一些。还剩薄薄的一层土时，他停止刨动，把手探进去。

"嘿，你也爱摸死人头？"鲁丑笑了，有一种百年遇到一知音的欣慰。

聂深摸索到尸体的脚上，但脚上没穿鞋。

他的手猛地颤抖了一下，很少有什么事情能令他如此措手不及。

他摸到了张白桥脚上的掌蹼。一瞬间他怀疑是不是尸体在土里变得肿胀了，然而脚腕却是干巴巴的。他正要扒开土层，鲁丑走过来，居高临下地看着他。

"不准乱扒，这是宅子里的规矩。"鲁丑语气凝重。

"为什么？"

"死人就该在土里，不许出来。"鲁丑紧张地说。

聂深知道辩论无益，便说："我再摸一下。"

"有完没了？"鲁丑有些生气。

聂深开始摸索张白桥的胳膊，然后顺着胳膊往下摸，触到了手腕。

张白桥戴着那块手表。

那本来就是张白桥的表，他死后，胡丙拿走了，然后汪展他们又从胡丙手上抢过来，由郑锐交给聂深。之后聂深在地下室被赫萧砸晕，搬运途中手表丢了。

现在，这块表竟然又回到了张白桥手上。

聂深毫不犹豫地把手表卸下来。

"哎，我咋没发现？"鲁丑懊丧地说。

"你那天埋他的时候，根本就没有。"

聂深趁鲁丑没注意，又把手探进土里，掐着尸体的脖子，无论怎么用力，张白桥毫无动静。

聂深站起身，一边走一边审视手表，又有了一个惊人的发现：手表改装过了。

表盘上轻微的裂痕还在，但里边的秒针和时针没有了，只剩一根分针。

翻过来看看后盖，原本刻的"葵"字已经被磨平了，取而代之的，是一个类似钥匙孔的细小缺口。

随手拆掉后盖，赫然看到内部有齿轮状的部件镶嵌在木头和银器中，外边雕刻着七十六个字符，另有两个刻度盘。位于装置前端的刻度盘，与低一级的刻度盘交叉运行，似乎对应着某种轨道。

刻度盘中间有一支曲柄，用手拨一拨分针，曲柄上的八个数字忽然开始变动，向右拨动，数字变大，向左则变小，然而数字变动并没有产生什么奇怪的现象，仿佛只是个失效的玩具。

聂深颇为好奇，一时又捉摸不透，便把手表戴在左腕上，方便随时检查。

他有个强烈的感觉：这块手表似乎就是为他准备的。

这座大宅里所有呈现在表面的，都只是真相的一小部分。

甚至是被扭曲的一部分。

（6）

聂深和林娴离开后院，返回主楼。聂深决定找到赫萧，向他摊牌，无论用什么办法，都要让赫萧坦白宅子里的秘密。同时，聂深也要把自己的发现告诉赫萧，并将二十七年前母亲来到宅中的事情联系起来。

只有解决了宅子里的谜，才能彻底解开自己的身世之谜，这是聂深始终不忘的目标！

林娴虽然很害怕，但已做好破釜沉舟的准备，与赫萧正面相对，拼死一搏，或许能挽回一线生机。她毕竟还活着，说不定自己本身就能演变成一个奇迹。

"到时我跟他谈，你不要说话，"聂深叮嘱道，"赫萧那个人很善于抓住人的弱点，你一旦露怯，他就像豺狼一样，紧紧咬住，把弱点撕开。"

"嗯，我不说话，就摆出一副大不了同归于尽的样子。"林娴捏紧小拳头。

聂深笑了笑："别那么紧张，放松是最好的策略。让赫萧觉得你什么都不在乎，他就没招了。"

"你们两个……唉，怎么说呢，真的能懂对方，是那种很透彻的懂。如果换一个地方，肯定能成为好朋友。"林娴很久没有这样微笑了。

她手上拿着一袋椰香玉米，这是最后一袋零食了。

"跟赫萧做朋友很累的，智商随时要充满，否则一不小心就死机了。"聂深说。

"嘻嘻，他肯定欢迎你住在这里，整天不吃饭，吸天地之精华，你俩都天人合一。"林娴吃着椰香玉米，看了聂深一眼，用轻微的声音喃喃道，"真不知道什么样的女人，能嫁给你们这样的男人。"

聂深没听见林娴最后一句话，目光被远处的动静吸引了。忽然抬手往前方指了指，"那不是赫萧吗？"

"啊，还真是的。"林娴捂住嘴巴。

聂深一拽林娴，躲到花坛后面。

前方的赫萧刚从戏楼过来，应该是巡察了胡丙和老昆的守卫情况，现在脚步匆匆，很少见他这么急，似乎在赶时间。他绕到主楼侧门，从那里进去了。

聂深示意林娴跟上。

赫萧在一楼的走廊尽头右转，绕过廊柱，穿行在曲折的回廊中。聂深几乎可以肯定，赫萧的目的地是地下室——行走方位与缪璃上次的完全一致。

聂深相信这次跟踪的收获会比上次更大。先掌握足够多的信息，然后再与赫萧谈判，胜算率更大。

林娴则很紧张。经过各种古木雕刻的家具，还有头顶悬挂的各式灯笼，林娴已开始呼吸紊乱。每当她喘不上气时，便悄悄看一看聂深，目光一碰到那挺直的鼻梁和微抿的嘴唇，心就安静下来。

林娴把最后一点椰香玉米放进嘴里。

前方出现了花架，那朵神秘幽静的紫红色花朵，在暗淡的光线中盈盈闪烁。

跟踪赫萧与跟踪缪璃不同，更要谨慎小心。好在这次熟悉道路，可以与赫萧保持较远的距离。沿着螺旋状的台阶下去，踩过一个个鱼形花纹。聂深挽着林娴的手，很快便被地下室的入口吞噬。

聂深俯身在林娴耳边，用极低的声音说："别怕，路上没危险。"

林娴点点头，腰肢挺了一下，汗湿的内衣紧贴在身上。

越往前走，周围的味道越令人难以忍受。赫萧的身影在前方隐约晃动。

聂深抬起手腕看了看表，表盘没有变化。他意识到，这只表的功能改变了，却不知变成了什么。

二人从椭圆形的凹陷区域过去，来到"三破口"，虽然已经看不见赫萧了，但聂深果断踏上右侧那条路。

地底闷雷般的隆隆声再次响起。林娴几乎钻到了聂深怀中。

接着又是死一般的寂静，前方猛地传来咣当一声。林娴差点惊叫出声，及时捂住自己的嘴巴。

聂深知道，石门再次开启了。

石门后面是更深的黑暗，衬托着赫萧的身影，他毫不犹豫地进入了黑暗。

聂深稍微加快步伐，牵着林娴的手跟上去。

再次站到台阶前，往下是薄薄的积水，聂深停下脚步。地上仍然堆着死鱼残渣。隆隆的震颤声传来，晃动感十分强烈，超过了上一次，渊洞里传出的诡异呼吸声更大了，风一般卷过耳畔。渊洞深处涌动的水光更为明显。

林娴闭上眼睛，背对黑暗渊洞，身体整个伏在聂深肩头。

"你怎么样？"聂深贴在林娴耳侧，用极低的声音问道。

"我想吃……辣条。"林娴发出小鸟般的轻啼。

前方的赫萧已经下了台阶，在靠近渊洞的地方停下了。他没去管郭保所在的缺口，似乎根本不记得那个人，看来他有更重要的事情要做。而且聂深还有个感觉：赫萧的情绪不对劲，不像一贯保持的冷静姿态，而是有种难以掩饰的愤怒。这种愤怒使他专注于自己的方向，而没有发觉聂深的跟踪。

他似乎要动手解决一个大麻烦。

聂深松开林娴的手，让她待在原地别乱走。聂深预感到有危险袭来，但已经没有退路了。他朝台阶下走去，想尽可能往前靠近，弄清楚赫萧要干什么。

林娴惶恐地站着，目送聂深下了六层台阶，身影停在第二层。

林娴一动也动不了，双腿像面条一样软，心脏扑通扑通狂跳，感觉自己的身体薄得像一张纸。她使劲揩着胸口，以为这样就能让心跳平稳下来。

她慢慢蹲下，细密的汗珠一股一股渗出来，散乱的发丝粘在额头。

——我真的……想吃辣条。林娴在心底呻吟着。

（7）

聂深一直盯着前方的黑暗，赫萧就在那个方向上。

聂深突然看到，黑暗深处隐约有个庞大的活物被铁链缠绕，九条铁链延伸开来，通向四面八方——那便是缪宅藏在地下的终极秘密。

前方就是渊洞，要把那个活物看得更仔细，就必须再往前走。

聂深抵抗着内心对水的强烈恐惧。

耳边突然传来尖锐的叫声。恍惚间，聂深以为是林娴发出的惊叫；凝神一听，竟然又是郭保发出的惨叫声，犹如猫被撕裂一般。聂深急忙扭头看，六层台阶上，林娴的身影瘫倒在黑暗中，显然是被吓晕了。

聂深又转回脸往渊洞里扫了一眼，那个庞大的活物更模糊了，身上水光闪烁，隐隐约约有一团彩色的东西晃动着，像是水草。在那团水草之中，透出两点猩红光泽。

就在这时，前方的赫萧忽然抬起胳膊，手上举着一把枪。

聂深大感意外，接着便看到一簇火光从枪口喷出。然后是一声可怕的射击声。

砰！

第一声枪响震耳欲聋，在幽深的空间内回响如剧烈的雷鸣。

嗡嗡——轰轰——隆——

砰！

紧接着第二声枪响在第一声的回响中加入了新的雷鸣鼓荡，重叠轰响。

在这鼓荡的雷鸣间隙，聂深听到了赫萧的声音。

"……答应过，放过缪璃小姐！"赫萧发出了无与伦比的吼声。

他的愤怒质问被自己的第三声枪响盖住了。

砰！

轰轰轰——嗡嗡——隆隆隆——

聂深只觉得天旋地转，这感觉不仅仅是枪声带来的，而是一种异样的情绪充斥着黑暗空间。那种情绪竟像雨水一样落满了聂深的全身，渗透入毛孔，直达心底最深处，并在那里不断旋转撞击。

那愤怒在黑暗中传递、沸腾，超过了赫萧用枪声所表达的。

隆——隆——

连接着四周的铁链突然摆动起来，九条铁链如九条巨蟒，从深不可测的渊洞尽头延伸出来，在聂深头顶一阵荡动。

渊洞深处蓦地卷来一阵狂风。

九条铁链仿佛从冬眠中惊醒的蟒蛇，以诡异的身姿扭曲撞动着，发出隆隆的震颤声。

渊洞深处，那双冰冷的眼睛闪现出猩红光芒。

砰！

赫萧打出第四发子弹的同时，身体被风卷着斜飞起来。空中摆动的铁链向他抽去，但他冷静地保持着身姿，避免铁链打到自己，但也因此失去了平衡，狠狠撞到上方的石壁，跌下来，以迅猛的速度摔在积水中。

飞溅而起的水珠打在聂深脸上，使他猛地打个激灵。

聂深忘掉了一切，踩着积水冲上前，一把抓住赫萧，拖拽着往台阶上逃去。

赫萧痛苦挣扎，随着聂深的拖动，发出断断续续的低沉喘息声。

聂深弯腰将赫萧带起，背在身上，喊道："别死，我还有许多问题！"

跑了几步，聂深突然想起什么，急忙喊道："林娴！林娴！"

原本瘫倒在台阶上的女孩消失得无影无踪。

"林娴——"远处传来回声："林娴——林娴——林娴……"

"林娴！"聂深嘶声高呼，"你在哪儿？"

四周突然变得极静，静得邪异。

林娴正与郭保拥抱在一起。

就在刚才，郭保第二次发出猫被撕裂的惨叫时，林娴从昏迷中苏醒，慢慢爬起身，一步一步，平稳地走到囚笼前。郭保停止了怪叫，突然抬起身，撞开了木笼，展开双臂迎接着林娴。林娴丝毫没有迟疑，投入了郭保的怀抱。

林娴搂着郭保，脑袋贴在郭保的额头上，闭起眼睛。郭保的身体微微颤抖着，发出难以察觉的音频声。

约莫两分钟，林娴睁开眼睛，伏在郭保耳边说了一句什么。

郭保突然抓起林娴，把她狠狠地甩了出去。林娴的身体如同断了线的风筝，在空中一掠而过，撞到远处的石壁上，反弹下来，又撞到地面上，骨碌碌滚到了黑暗角落，看不见了。

远处，不断传来聂深的呼唤声："林娴，你在哪儿？"

郭保迈着沉重的步子，从囚笼里出来，突然加快速度，朝聂深呼唤的地方大步走去。

郭保越走越快，转眼间便到了聂深的视野中。聂深只觉得黑暗中有一个更黑的影子迎面冲来，速度快得惊人。

"低头。"赫萧在聂深背上嘶声说道。

聂深忙将脖子往下一探。耳边即刻响起枪声。

砰！

枪管里喷出的火光灼伤了聂深的耳朵，在他脸颊一侧留下一股浓浓的火药味。

郭保猛冲过来的身躯，骤然顿住，双脚还循着惯性往前奔，脑袋猛地往后一仰，由于距离太近，子弹几乎把他的眉心到额角炸裂。

赫萧面无表情，毫不动容，最后一颗子弹射杀郭保，仿佛打掉的是一块砖头。

聂深继续呼唤："林娴——林娴！"

"没用了。"赫萧气若游丝地说道，"郭保能够出来，林娴肯定是死了。"说完后，脑袋一歪，不动了。

聂深咬紧牙关，单薄的身躯背负着赫萧，向着出口疾奔。

漫无边际的黑暗重重叠压。身后，渊洞里的两点猩红光泽若隐若现，石壁上摆动的铁链发出哗啦哗啦的巨大声响。随着聂深向外猛冲的脚步，嗡嗡声逐渐后退、远去。

聂深冲出石门，奔向三破口，踏上螺旋状台阶。终于看到了出口处的紫红色花朵。地下室最深处的诡异声音缓缓平息，铁链仍发出哗哗的摩擦声。

（8）

聂深骤然从黑暗中跑出来，眼睛不适应外面的亮光，脚步不由得放慢了。片刻后视线恢复，院子里仍是和往常一样的色调，薄雾萦绕的远处，正有三个身影越跑越近。

"赫萧——"缪璃的呼唤。

"哎哟小姐，慢点儿。"胡丙在后面喊。

老昆跟着跑过来。

聂深疲惫不堪，在地下室受了太多刺激，让他心神不宁。背上的赫萧一动不动，愈发显得沉重。老昆紧赶几步，上前扶住赫萧，胡丙帮忙用力，二人将赫萧抬起来。

聂深感到浑身一松，长长地喘了几口气。

缪璃焦急地问："你们去了哪里？出了什么事？"

聂深哑声说："先救人。"

大家这才发现，赫萧手上仍握着那把左轮手枪。缪璃忙将手枪取下，交给聂深，示意胡丙和老昆抬着赫萧速去议事所，那里有一扇后门，便于进退。

十几分钟后，众人跑进议事所，将赫萧安顿下来。这是个白色房间，墙上没有任何装饰，地板中间摆着一张竹床，布局像一间病房。隔壁就是那间石屋——聂深曾在那里接受赫萧的"火柴审讯"。

赫萧躺在竹床上。缪璃从床下拉开一个抽屉，拿出体温计、听诊器迅速检查一番。赫萧身上有撞击的伤口，但这些伤痕不构成严重损伤，赫萧的昏厥病因一时无法测明，缪璃心焦不已。

"我去后院找些草药。"缪璃说。

"一起去。"聂深说，"我顺便挖点苔藓，赫萧需要吃东西。"

缪璃点点头。那种苔藓是进化后的种类，又是用羊奶和鱼血培育的，必有奇效。

缪璃对老昆说："请你和胡丙守住赫萧。"

老昆的脸上虽然仍是倦慵之色，但眼神中多了几分凝重："小姐放心。"

"小姐当心。"胡丙追到门口说道。

聂深和缪璃匆匆走向后院。

外面，雾气再起，渐渐浓烈。

赶到第三道院落时，白雾浮动在半空，遮蔽了乌云。原本附着一切的黯青色，被调和成青色与白色分明的异样色调，二人仿佛在云雾的山中行走。

聂深径直来到羊舍废墟前，在倒塌的残垣断壁间搜寻苔藓。缪璃则去草丛中寻找草药。聂深一边在废墟中挪动，一边不时地看一看缪璃，以免她离开视线范围。

裸露在外的苔藓大部分枯萎了，聂深用手挖开砖石，从里面找出新鲜的苔藓。他往右侧前方看一眼，缪璃的身影在草丛间起伏。

聂深的视线转向远处的两棵枯树。死去的六名客人在树下留了五个坟包，其中的姚秀凌和汪展合葬一处。

聂深又瞥了缪璃一眼。缪璃弯着腰，正在全神贯注地择取草药。

聂深估计缪璃还需要一点时间，便把挖好的苔藓放进口袋，转身走向枯树。

他在第一个坟包前停下脚步，里面埋着张白桥，土层已经被鲁丑恢复了原貌，微微隆起的土包看起来并无异样。然而聂深却发觉不对劲。坟包上的蹊跷之处，显然不是鲁丑能够觉察出来的，鲁丑只是忠于自己的职责，而此时土层上面出现的螺旋状划痕，却绝非鲁丑刻意所为。

聂深蹲下来，右手钻入土层，直至将手臂深深地埋进去。

里面是空的！

聂深顾不得多想，马上收回手，迅速到第二个坟包前，里边埋着柴兴。土层表面同样有螺旋状的划痕。聂深捡起一根树枝，用力戳进去，空的。他的心跳开始加速。接下来是叶彩兰、郑锐以及姚、汪的合墓，都已空了。

聂深即刻奔向缪璃，"缪小姐！"

雾中没有回应。

"缪璃！"聂深冲向草丛。

缪璃的身影浮现出来，"怎么了？"

"快走！"聂深一把抓住缪璃的手，全力狂奔。

雾气萦绕的前院，有六道黑影拉长线奔跑着，迅速集聚，飞奔至一棵高大的樟树下。

树上，一个女孩斜倚在枝杈间，优雅地抬起手指，在空中做出弹奏的动作，同时嘴里发出吟唱声："啦啦啦啦——啦啦啦啦——啦——啦啦啦……"

林娴吟唱的曲调，出自贝多芬的《命运交响曲》。

她停止歌唱，望着树下的六个人。

他们触摸了黄金后，意念通过脑电波被控制，并且以不同的方式、不同的时间，先后呈现出"自杀状态"——这一过程，仿佛旧有肉体的消亡，蜕化了人类原有的皮囊。每个人的转化过程，类似于基因的重新编码，都是通过高效率的智能力量得以实现，没有拖沓的延缓期。

要实现这种高效率转化，对客人的体质要求至关重要。这就是他们得到请柬入宅的原因。他们不仅有缝制的天赋，更因不同的身体机能，激发不同的潜力。即便如张白桥，看似一个例外的随机选择，其实却是必然——每个人身体上都有一个强于他人的东西，或是手、脚，或是视力、听力，这个东西来自遗传，是一代一代祖先的血脉凝聚而成，只不过在庸常的社会生活中，长期被掩盖、埋藏，如今只需引入一个突变力量，因材转化，便是一种高智能措施。

此刻，张白桥的头发已经变成了白色，脑壳上泛着光泽，显示出颅骨的硬度。

柴兴在浴缸里"淹死"，他的身体机能便是对水的适应性，具有游泳和潜水的一流体质。

叶彩兰曾经蜷卧在床头柜里，那柔软的身体能够藏在任何意想不到的地方。

郑锐，被数百条羊毛圈勒着脖子，而使大量血液集中到眼球部位，爆裂的血管恰恰是一种能量冲击，如今一流的视力令他双目生辉。

姚秀凌、汪展，坠楼后四肢交缠，身体具有了蝎子般的凶悍机敏，并在生前多次身体交融，使他们互为攻守，配合严密。

树下的六个客人都光着脚，露出掌蹼。其中的郑锐和柴兴各执一根羊骨棒。

雾气渐散，树杈上的林娴慢慢坐直身体，神色专注，在风中捕捉什么信息。

那是低赫兹的音频声，从空气中振动而来，只为她一人传送。

然后她再次俯视树下的六人，以优雅的口吻，逐次叫出他们的名号："白头，兴浪，兰蛇，锐目，凌展双蝎。还有我——"

六人俯首低呼："贤者。"

林娴突然从高高的树杈上一头栽下，狠狠地摔在地上，脖子扭歪。

其他六人一动不动，俯身注视着地上的林娴。片刻后，林娴站直身，双手按了按自己的脖子，发出咔嚓一声轻响。

她傲然扫视众人，一马当先冲了出去。

那六人紧紧跟随，在猛然乍起的风中，化作七道凌厉的恶影。

第五章

不能承受的契约

✕

聂深站在屋子中间，久久说不出话。从天花板到墙底，凹凸状的玻璃碎片仿佛在流动，
置身其中，竟有了飞翔的感觉。

（1）

七恶徒奔跑时卷起的尘烟与雾气交叠，仿佛在身后拖出七道浅褐色的光晕，显示其速度之快。

林娴已经处在队列中位，身旁有叶彩兰护卫。郑锐和柴兴断后，手执羊骨棒，形成双尾。队列中的先锋是姚秀凌和汪展，姚秀凌比汪展还快了一步，汪展呈防守之姿，紧随姚秀凌，两人弯腰飞奔的姿态如凶猛的蝎子。紧跟着的是张白桥。

此时聂深和缪璃还在后院的第三道院落，对于前院发生的变故毫不知情。

七恶徒飞奔至议事所门外，速度骤然减缓。林娴留在原处，其余六人散开，有的藏在树后，有的躲在墙边或者花坛后面。

林娴来到紧闭的门前，抬手敲了几下。

胡丙的声音从门内传来："谁呀？"

"是我，林娴。"

门内静默了一下，胡丙问："你和谁来的？"

"我和聂深走散了，他让我先回来。"林娴说。

门开了一道缝，胡丙探出头，疑惑地打量林娴，眼角余光突然发现花坛后面露出一张脸，吓得一哆嗦。

"姚……"

话未出口，姚秀凌便猛冲了过来，双眸陡然亮起，嘴角痉挛，随之发出一声狞叫。胡丙呆呆地看着姚秀凌，竟忘了闪躲。姚秀凌弓着背，移动速度飞快，头发在脑后飞舞，令人毛骨悚然。

姚秀凌一巴掌拍向胡丙的脸颊，最后一瞬间，胡丙本能地侧转脑袋。姚秀凌的指甲从他脸颊划过，留下三道血印。混乱中胡丙踢出一脚，但胸口却被姚秀凌击中，他拼尽全力关门，同时大喊："老昆！"

老昆正守在赫萧的病房外，听到动静，连忙赶过来。

胡丙的身体堵着门缝，勉强抵挡着外面的攻击。门板上不断响起嗵嗵的声音，是张白桥正在用头撞门。

老昆脸上的慵懒之色荡然无存，扑过来堵门。

胡丙的脸上淌着血，衣服上也是血迹斑斑。

老昆嘶声问："外面是谁？"

"全都是！"胡丙带着凄厉的哭腔。

"什么？"

"七个客人，七个！"胡丙尖叫道。

老昆拼命顶住门。胡丙跳起身，用尽全力把门闩挂上。外面嗵嗵声不绝于耳，门板不断地摇晃着，激起一片灰尘。

老昆瞪着门板，低喃："出大事了。"

"赫管家怎么样？"胡丙问。

"还没醒。"

"怎么办？"

"守住！"老昆吼道，"死也要守住！"

胡丙冷不丁地一拍自己的脑袋："鲁丑呢？"

"院门离得远，听不见这边的动静。"老昆脸色灰暗。

胡丙突然掉头往病房跑，跌跌撞撞的，血洒了一路。进了病房，他直奔病床上的赫萧，伸手在赫萧的口袋翻找起来，火柴盒……竹刀……哨笛。

胡丙紧紧攥着那两寸长的哨笛，发出一阵似哭似笑的怪声。

老昆跟进来一看，苦笑道："认识你这么久，头一回办了件人事。"

胡丙忽然腿一软，跌坐在地，高举着哨笛对老昆说："我走不动了……不骗你……我怕是不行了。"胡丙的衣服里渗出更多的血，在这个纯白的房间里显得更加触目惊心。

老昆一把抓过哨笛，沿着议事所长长的走廊跑向后门。

后门将近一百年没有打开过了，门锁早已锈蚀，门板下面被尘土封死。这也算是一件好事，正在后门进攻的郑锐和叶彩兰很难闯进来。

老昆在接近后门的走廊停下脚步，顺着廊柱爬到顶端，这里有个天窗，不熟悉情况的人根本不知道。老昆使劲推开天窗，爬到屋顶，却没有马上行动，而是绕到另一侧，拼命吹响了哨笛：

啾——啾啾！

三声悠长的鸣笛声响过后，老昆立即转身，绕回到天窗前，钻了进去。

他知道那三声笛声不仅能召唤鲁丑，同时也会引来敌人，所以他故意绕行，希望干扰敌人，使他们无法轻易发现天窗。

不到五分钟，犀牛般的高大身影出现了。

鲁丑迈开大步跑向议事所。他听出这次的哨笛声很不同，等他跑近了，才明白那鸣叫声为何如此凄厉。

鲁丑从来不操心一切为什么会发生，他只知道一件事——

鲁丑挥舞着巨拳横扫过去。

他只知道，谁敢捣乱，谁就是坏蛋。

"挡我者死！"鲁丑突然喊出这么一句。

他曾在缪家的戏楼听过评书，戏楼不仅唱戏，也演评书。他怕自己的丑脸吓着男女宾客，所以常常蹲在角落里，听得如痴如醉。他记住了这句话：

挡——我——者——死！

——什么时候我也能这样喊一声就好了。这是鲁丑的心愿。

今天就是鲁丑怒放的时刻。

鲁丑一拳砸在柴兴的肚子上，把柴兴打得飞起，后背撞到墙上，羊骨棒脱手而出。

鲁丑一脚踢中了汪展的腰，把肥胖的汪展踢得栽了个跟头。

鲁丑打到林娴面前时，迟疑了一下，他不打女人。就这么一愣神，张白桥一头撞到鲁丑身上，把鲁丑撞了个趔趄。

"好硬的脑袋。"鲁丑挥拳迎击，打在张白桥头上，遂一咧嘴，"啊呀，你在坟地里吃了啥？"鲁丑差点把指头给撞裂了。

姚秀凌大叫一声，猛扑过来，双手抓向鲁丑的脸。汪展也加入进来，两人围攻鲁丑，使鲁丑无法脱身。

张白桥又开始以头撞门。门板发出破裂声。

议事所内，胡丙艰难地从病房爬出来，回到大门前，用肩膀顶着门。老昆正把所有能挡的东西都挡在门后。门框处的砖块开始掉落，碎屑横飞，门上的缝隙越来越大。

"老昆，守不住了。"胡丙哭道。

"你去病房守着！"老昆踢了胡丙一脚，"保护赫管家！"

"守不住了……"

"只有赫管家能带咱们出宅子！"老昆又踢了胡丙一脚，"记住，只有赫管家能带咱们出宅子！"

胡丙连滚带爬地回到病房，躺卧在门口。

床上的赫萧仍在昏睡。

议事所的大门猛然被撞裂了，破坏掉的门闩勉强挂着，灰尘弥漫，遮住了老昆的眼睛。老昆决然扑了上去，身体却随着飞裂的门板摔倒在地。

姚秀凌第一个冲进来，她尖叫着，脸上充满疯狂的笑意。但她飞腾的身躯却突然停顿了，鲁丑一把揪住姚秀凌的头发，直接把她扔了出去，远远地抛到花坛里。

"挡我者死！"

鲁丑浑身染血，一步跨入议事所。

老昆竟已将门板扶了起来。鲁丑顺势一推，将门板顶回门框，然后将自己的脊背牢牢地靠上去。

一直在后门进攻的郑锐和叶彩兰回到前门增援。七恶徒猛攻大门。

老昆咳着血，对鲁丑说："咱俩一定得守住！"

"守住！"鲁丑的脊背紧贴门板，仿佛把自己的肉身焊在了门上。

外面忽然静了一下。

老昆感觉不妙，突然抬头向上看。屋顶上似乎有声音。

"糟了！"老昆低叫一声，跟跄着奔向走廊。

头顶响起咣啷一声，天窗打开了。叶彩兰如蛇一般钻了进来，一跃而下，拦住老昆。

老昆迎头而上，刚刚摆开架势，就见叶彩兰身后紧跟着郑锐和柴兴，各执羊骨棒，虎视眈眈。老昆心中慨叹：大势已去。

"昆哥，闪开！"

鲁丑大步冲来，因为双手反背着门板，无法拉开老昆，直接就是一脚，硬生生把老昆踢开了。老昆直接翻滚在地，来了个猪啃泥。

老昆倒地之后，将对面的郑锐三人完全暴露出来。鲁丑没等他们反应过来，"嗨"一声喊，甩手将门板砸向三人。趁这个空当，鲁丑从地上拽起老昆，往病房跑去。

刚到中途，林娴和姚秀凌、汪展、张白桥便堵住了他们。

前后夹攻，已无退路。

"鲁丑，你快跑！"老昆喊。

鲁丑怒喝一声，将老昆背了起来，以肉身为盾，向前猛冲。

"你他妈傻啊——"老昆凄厉地叫。

鲁丑在奔跑中，脸庞、胸口、双腿被撕烂，有的地方竟露出了白骨，脑袋也被羊骨棒砸得鲜血淋漓，

意识即将溃散，他仍用最后一丝气力，扭脸往后看了一下，对老昆说：

"……我们是兄弟。"

鲁丑倒在地上，浑身痉挛，最后猛推一下，把老昆推进病房。然后在地上滚动，似乎想让自己变成一根巨木，碾压七恶徒。

他的身体发出吱吱嘎嘎的声音，这响声连成一片，变成急雨般的回响。

"鲁丑——"老昆在病房里发出悲嘶。

"老昆……"身边的胡丙趴在地上，用仅存的气力说，"我们……保护不了赫管家……我们完了。"

"只有赫管家能带咱们出宅子。"老昆说，"赫管家……带咱们出去。"

病房的门上响起撞击声——嗵！

然后是第二声、第三声……

门板上很快出现了细小的裂纹，裂口在扩大。整个门板发出咔咔的声音。

老昆抓住胡丙的胳臂，把他拖了起来，两人用后背顶住房门。

"从来没想过，能跟你这个破落户死在一起。"老昆凄然一笑。

咔嚓一声，门框断裂，门板压了下来，把两人压在门下。

七恶徒踏上门板。门板微微颤动了几下，传来一阵骨与肉的破碎声，鲜血从门下流淌出来，四处蔓延。

七恶徒踩着门板走过。郑锐放慢脚步，把门板踢开，俯视着两具尸体。然后他笑着抢起羊骨棒，把老昆和胡丙的脑袋砸得稀烂。汪展凑过来，朝尸体狠狠踢了几脚，然后啐一口，与郑锐哈哈大笑。

七恶徒踏着鲜血往前走。洁白的地板上留下一个个形似鹅掌的暗红色脚印。

病床上的赫萧仍昏迷不醒。

（2）

七恶徒包围了病床，低头看着赫萧。

这个人居然胆敢向尊主开枪。这么多年，他不是没受过教训，早就应该明白，这座宅子里没有任何东西能伤害尊主，包括子弹。看来他真是失狂了，居然想用可笑又可悲的一点力量，阻挠尊主的计划。所以他要付出代价。

众恶徒从赫萧脸上移开目光，一起望着林娴。这个荣耀之举，要交给贤者。

林娴将纤长的手指抚在赫萧的喉结上，像弹奏钢琴那样，三根手指优雅地按下，只需稍用力便可将喉结挖出，连同喉管扯断……

赫萧的袖子里却忽然露出一把竹刀。

林娴怔了一下。就在这一瞬，赫萧昂然坐起，一刀戳在林娴的脖子上。刀尖刺透了脖颈，一股血喷溅而出。赫萧毫不迟疑，随即抽出刀，再戳第二下——这一刀直戳向旁边的张白桥。

但张白桥已经反应过来，脑袋一低，竹刀撞到颅骨上，啪地折断了。

赫萧一击未中，立即翻身下床，跌在地上。六个恶徒猛扑向赫萧，狭窄的空间内响起凌乱的撕打声。

林娴一声未吭，捂着自己的脖子，脸上呈现怨毒之色。但赫萧那一刀略微刺偏了。

林娴没再管眼前的混乱，转身离开了病房，跑出议事所，直奔主楼。她的手掌始终紧紧按压着脖颈，径直冲入主楼侧门，身影消失在黑暗中——径直朝地下室奔去。

病房内，柴兴的脸上是扭曲的阴郁笑容，抬起羊骨棒砸向赫萧的脑袋。赫萧勉强避过，羊骨棒打在了肩膀上。接着郑锐的羊骨棒到了，打在赫萧的胸口，赫萧吐出一口血。他拼命一挣，将众恶徒甩开，但又被姚秀凌扑住了。姚秀凌脸上充满了释放之后的极致快感，双手撕扯着赫萧的嘴。

刺啦。

赫萧突然划着一根火柴，火光直逼姚秀凌的眼睛。姚秀凌怪叫一声，身子后仰。

赫萧手上的火柴灭了。

众恶徒再次扑上……

聂深和缪璃从后院的月亮门一出来，就被突如其来的雾气挡住了。大雾犹如海潮般涌动。

"怎么回事？"缪璃低呼。

"先往主楼方向跑，那里距离议事所不远。"聂深说。

二人直奔主楼而去，应该很快就到的，却迟迟不见主楼的尖顶。周围的雾气越来越浓，视野一片白茫茫。

"迷路了！"缪璃说。

二人停下脚步，居然跑到了八角亭前。看来感觉上的方位是有偏差的，这样乱跑下去，很容易陷入怪圈。

这座宅院隐含着八卦格局，八角亭具有地标性质。聂深习惯地抬起手腕看了看表，但手表早已失去时间功能。他估算现在是午后，风向是巽位，即东南方向。

聂深侧过身，顺着风向倾听，雾中传来微弱的铃声。

"是戏楼上的雀铃。"聂深说。

"戏楼是在整个宅院的南边。"缪璃说。

"好，咱们就先从八角亭去戏楼。"

戏楼有声音指引，聂深选准路线，与缪璃跑了起来。以这种方式前行，当然会绕路，但在不利的情况下，这却是最佳的选择。

到了戏楼，二人马上朝邻近的祠堂跑去。缪璃无比焦急。路上聂深告诉她，死去的客人发生了惊变，还提到了光脚上出现的掌蹼——坟包上的螺旋状划痕，很可能就是掌蹼划出来的。

缪璃的脑子纷乱如麻，无法集中精力思考，只是惦念着议事所里的赫萧。

聂深则对整体的状况有着隐忧。坟墓里突然消失的客人是逃出去了，还是另有变故？眼前这莫名涌起的浓雾，是天气的异常转变，还是来阻挡他的？

"那不是林娴吗？"缪璃忽然说道。

"哦？"聂深暗暗一惊，顺着缪璃的指向望去。

北边的雾气淡了，能够看到一个奔跑的身影，正朝主楼侧门而去，确实是林娴。聂深定睛细看，林娴的一只手似乎捂着脖子，她受伤了？难道她在地下室没死，逃了出来？可她现在又是要去干什么？

聂深说："情况不明，咱们先救赫萧。"

二人从祠堂前跑到了议事所。聂深一眼望见已经遭到破坏的大门，门内门外是一片混乱景象，地上堆着阻挡物，到处都是血迹。聂深的神色愈发严峻，缪璃已经颤抖起来。

此时雾气终于散了。

聂深对缪璃说："你先不要进去。"

"我想……"

"无论赫萧现在情况怎么样，你进去了只会让他分心。"聂深按住缪璃的肩膀，"别忘了，你是他活着的唯一寄托。"

缪璃望着聂深那深不见底的眼眸，那里涌动的是坚毅和睿智，原本那个心不在焉的男子不见了，取而代之的是一个即将冲入险风恶浪的勇士。

"我相信你。"缪璃说，"我去戏楼等候。"

聂深踩过一地狼藉，越往前，地上呈现的景象越是触目惊心。

他跑过走廊，地上全是一片一片的血迹，没有人。

聂深担心的事情发生了。尽管他还不知道那些客人已经成了恶徒，但呈现的景象却说明了一切。

聂深突然听见一个房间传出混乱的声音，吼声夹杂着撕打声。

聂深冲进病房时，被眼前的一幕惊了一下。

浑身染血的鲁丑，正与几个客人撕打着。鲁丑的脑袋上冒着血，双眼瞪圆了，如一头发狂的犀牛左冲右突。

赫萧歪倒在墙边，闭着眼睛，身上也是伤痕累累。

聂深立即投入到战斗中。

郑锐和柴兴抡着羊骨棒冲向赫萧，被横向扑入的聂深踢开。聂深踹倒柴兴的同时，掏出了手枪，对着那些人厉声喝道："都别动！"

房间里静了一下。

赫萧趁机挪动身体，勉强靠在墙上。

姚秀凌尖叫道："咱们一起冲，看他能打中几个！"

聂深这才知道自己遇到了不怕死的疯货，而他本来就是虚张声势，枪里已没有子弹，都被赫萧在地下室打光了。

房间里又开始混战。

"鲁丑，保护赫萧！"聂深喊道。

鲁丑且战且退，与聂深一同守在墙边，将赫萧护在身后。六个恶徒暂时讨不到便宜。

聂深把赫萧背起来，示意鲁丑往外冲。

鲁丑拼出最后一股力气，撞开这群恶人，冲到门口时，自己又跑到聂深后面，阻止前来追杀的恶徒。聂深背起赫萧向外冲去，刚出了病房，迎面却突然看到了缪璃。

"你怎么……"聂深大惊。

"别管我！"缪璃喊道。

聂深心焦不已，但自己身上背着赫萧，无能为力，只能嘶喊："一起走！"

鲁丑也冲到病房外面，一见缪璃，愣了一下。

"保护赫管家！"缪璃大喊。

这一声让鲁丑振奋起来，他大步赶上聂深，一把将赫萧接过来，背在自己身上。

聂深回头救缪璃，却见缪璃从口袋掏出一把东西，扔进病房。恶徒们还没从房子里冲出来，却忽然乱了，有的坐倒在地，有的扶着墙，还有跳跃着躲避的。

聂深仔细一看，原来竟是玻璃碎片，是缪璃以前勒爆灯泡积攒的碎片！

光着脚的恶徒们没料到自己会遭遇如此简单的武器。只见缪璃戴着手套，小手一把一把地抓着玻璃碎片，不顾一切地往病房里扔着。狭窄的空间，六个恶徒堵在里面，无处下脚，哇哇怪叫着。

聂深看着差不多了，再玩下去就玩过头了。

"别过瘾了，快走！"聂深拉住缪璃跑进走廊。

缪璃一边跑，一边还没忘了又往后扔出一把玻璃碴。

鲁丑在前头已经出了议事所，聂深带着缪璃赶上来。聂深正要夸赞鲁丑一句，却惊见鲁丑脸上有泪。泪水把鲜血冲开，竟哭得像个孩子。

"昆哥……死了……胡丙……死了……"鲁丑呜呜地哭着。

聂深在心底叹了口气，见缪璃也在流泪，便说："打起精神，现在不是难过的时候！"

可是这样乱跑只是盲目耗费气力，偌大的宅院，竟不知去哪里栖身。聂深带大家藏在花坛后面，一边抓紧时间休息，一边迅速考虑到哪里避难。

"去戏楼。"缪璃往前一指。

"能守住吗？"聂深问。

"我爸爸盖的戏楼可不是含糊的。"

缪璃小时候，曾有兵痞来家里闹事，因为城里的戏院没有名角，正好那天都被缪济川请到家里办堂会，一群乱兵带着枪闯进来……

"结果呢？"

"爸爸让人把戏楼的门一关，里面照样唱戏。乱兵们气极了，却砸不开门。爸爸一个电话打到警备司令部，乱兵就跑了。"

"缪家的水很深啊。"聂深叹道。

这时，恶徒们又追了上来。

聂深对缪璃说："你和鲁丑去戏楼。"

缪璃急问："你呢？"

"我挡一阵子，再去戏楼会合。"聂深说着，一推缪璃，"赶紧去给赫萧治伤。"

缪璃一迟疑，聂深已经迎着恶徒们冲了过去。

就在这里拼死一搏吧。

聂深从来没遭遇过这么古怪的事件，这些本来死得很难看的客人们，居然一个个又活着回来了，而且还变得凶恶无比。

难怪死的时候疑点多多，怎么看都不像是一般人该死的样子。

那一张张熟悉的脸庞，姚秀凌、汪展、张白桥、柴兴、叶彩兰、郑锐。

如此看来，林娴恐怕也难逃这诡异命运的安排了。

姚秀凌尖叫道："忍了好久了，终于可以撕碎这个混蛋了！"

汪展咯咯笑着，他的笑声变得空旷。

"一帮诈尸的家伙。"聂深又露出了一贯的嘲弄笑容。

郑锐和柴兴挥动羊骨棒，一左一右打了过来。

姚秀凌中路扑入，汪展紧紧跟随，直取聂深的心脏。张白桥绕到聂深的背后，随时准备以头相撞。叶彩兰在外围逡巡，封住聂深的退路。

聂深避过郑锐的羊骨棒，却险些被柴兴打中脑袋。聂深胳膊肘捣向柴兴的脸，同时以左膝撞向郑锐。姚秀凌突然一跃而起，汪展则取下三路。柴兴再次挥棒砸向聂深的太阳穴，张白桥俯身低头，朝聂深后背撞来……前后左右上下，无一处逃生空间。

突然，远处传来一声断喝："伏！"

六恶徒全部停止动作，竟然跪倒在地。

"退！"又一声断喝。

恶徒们风卷残云般退去。

聂深十分惊愕，呆立在原地。

远远地，林娴的裙角在风中摆动，悠远的目光朝这边扫了一下。然后，她与其他六个恶徒一起奔向主楼。很快，七道身影消失了。

（3）

聂深一脸困惑地来到戏楼，缪璃正在门前等他。

见到聂深的一刹那，缪璃并没有显露出喜悦或者庆幸，相反，她的眉眼间有着隐隐的疑虑，似乎聂深不是刚刚逃过一劫，而是带着一身叵测。

聂深同样为刚才七客人的行为感到不解，他们的架势，本来是要把自己当场撕碎的，却被林娴突然制止，这太奇怪了。首先，林娴的地位变得这么崇高了吗？居然吐出两个字就是两道指令，就连平时嚣张的姚秀凌，还有叛逆少年郑锐，都服服帖帖的。其次，聂深想不通的是，林娴为什么要救他？

因为林娴对他有情感牵绊？可是聂深对待林娴，只是照顾妹妹一般的关心而已，林娴不可能感觉不到。但除了这个解释，又实在找不出更合适的理由。

同时聂深心中还有一丝痛苦：是他把林娴带入地下室，才使得林娴变成现在的样子的。

处于内心纠结的聂深，忽然注意到缪璃的冷漠和疑虑，却不知怎样开口。他猜得到，缪璃肯定是看到了那帮人莫名退去，无论是谁，见到那一幕都会怀疑什么吧。

聂深忽然打了个激灵：难道林娴的目的，就是故意制造嫌隙，让我们互相猜忌？不过这个解释一时很难说得通。

聂深暗自摇摇头，一面是林娴的莫名举动，一面又是缪璃的突然冷淡，女孩们心里究竟在想什么，像他这种笨蛋永远猜不透。幸好他一直避免陷入情感旋涡，否则天天过这样的生活，那才是煎熬啊。

聂深走进戏楼，轻声问："赫萧和鲁丑怎么样了？"

"还好。"缪璃淡淡地说着，把大门关上。

聂深帮忙顶上四道门闩，确定牢靠。缪璃已经转身走了。

聂深快步跟上来。二人从中间的通道经过，两旁包间投下的阴影笼罩在他们身上。聂深先一步登上戏台，伸手拉住缪璃的胳膊。

缪璃不轻不重地说："你对这里很熟啊。"

聂深一怔，自己曾跟踪缪璃来过这里，无意中流露出来了，便说："散步的时候进来参观过。"

缪璃哼了一声，没再搭腔。

戏台上的幔条纹丝不动，聂深想起那次缪璃在这里清唱《春香传》：你我变作双宿双飞比翼鸟，振翅翱翔在碧霄。飞过青山共绿水，自由自在乐逍遥……

她的心声只给赫萧倾听，可惜，赫萧却听不见。

聂深一愣神的工夫，缪璃已经走到戏台后面去了。聂深跟过去，沿着过道穿过杂物室，来到缪璃的秘密住所。

屋内的光线一成不变，幽暗深沉，屋子中间的帐幔将内外隔断。外间那个小小的空间，聂深趴在门缝见识过，进来以后发现确实狭窄，刚够容下一桌一椅。

缪璃经常在这里勒爆灯泡，她是多么寂寞啊！这个游戏做久了难道还有趣味吗？以至于昨天夜里，在赫萧都已经表现出紧张情绪时，缪璃仍坚持独自来戏楼。

聂深不禁脱口而出："玩这个很上瘾？"

"你见过？"缪璃直视着聂深反问道。

"哦……"聂深面对缪璃突然变得锐利的眼神，尴尬地摸了摸鼻子，转变话题，"刚才你用玻璃碴子帮了大忙，不然我和鲁丑很难带着赫萧逃出来。"

"是你说到他们光着脚，我也是一下子……"缪璃本来顺着聂深的话头往下说，顿住，又把话题拉了回来，"我不喜欢有人偷看！"

"不是故意的。"聂深自嘲地笑一笑，"那天晚上偶然撞见你在这里玩灯泡，戴着那个——"

"羊面具。"

"嗯，换了谁都会好奇吧。"

"你是好奇心很重的人吗？"缪璃说，"你是有别的意图吧。"

"那个羊面具有什么讲究？"聂深无法应付缪璃的直视。

"没什么，我喜欢那只羊，就做了个面具，目的是为了防止灯泡爆裂的时候，碎碴子进到脸上。"

"啊，就因为这个？"聂深瞪大眼睛。

"你以为呢？"缪璃没好气地问。

"哎……就是这么简单的理由。"聂深抓了抓帽檐。

"是你自己把事情想得太复杂。"缪璃不屑地说，"换角度一想，就很清楚了。不过我常常戴习惯了，就忘了摘掉，反正宅子里就我们几个，赫萧他们看见，也跟没看见一样，就好像你天天戴着个帽子。"

"有道理。"聂深点头。

羊面具这种东西，因为在外边见得少，才觉得稀奇甚至恐怖。缪璃戴着羊面具，却是用另一种眼光，重新观看自己所处的这个荒凉寂寞的大宅院。

也许她觉得自己就是一只羊，一只被命运摆布的羔羊。

这时，缪璃转过身去，把里间的门推开了。

聂深抬头一看，一大片晶莹的闪光，不禁瞠目结舌。

这里才是缪璃隐藏已久的秘密啊！

内间约有六十平方米，赫萧和鲁丑并排躺在屋子中间，但那不是引起聂深惊讶的原因。

只见墙壁和天花板上铺满了帐幔，像是一种装饰，但在幔布表层，竟然全都贴满了玻璃碎片。

因为是灯泡爆裂之后的碎片，每一片都呈现凹凸状。缪璃居然是把每一片碎玻璃，按照"凹、凸、凹、凸、凹、凸……"的顺序贴在了幔布上。一眼望去，一大片波浪状的闪光，呈现出奇异的视感。那一片光泽并不刺目，在暗淡的烛光映射下，光泽的深浅不同，逐次排开，仿佛延伸到无尽的远方。

聂深站在屋子中间，久久说不出话来。从天花板到墙底，凹凸状的玻璃碎片仿佛在流动，置身其中，竟有了飞翔的感觉。

聂深走近帐幔，仔细看了看，问："用什么粘的？"

"羊毛熬成胶糊，与花园里的一种草揉在一起，汁液就可以有黏性。"缪璃说着，仔细观察聂深的反应。聂深面对这样一间屋子，如果流露出异样表情，比如不安、紧张，甚至是敌意和怨怼，缪璃会马上采取措施。

"试验了很久吧？"聂深问，语气隐含惊讶，这是受到震撼的正常反应。

"十年。"缪璃轻声说，"反正我有的是闲时间。"

"可你为什么要这样？"聂深抬头望着天花板，"只是为了玩，打发时光？"

缪璃迟疑了一下，反问："你有没有觉得，在这里感受不到那股力量？"

聂深一愣："什么力量？"他的迷惑也是真实的、正常的。

"你在宅院的其他地方，比如你的房间、议事所、汽车房等等……"

"对，卫生间的感觉最强烈，还有琴房和书房。"聂深思忖着，"那种感觉说不清楚，就好像总有一阵风从头皮上吹过，头发丝往上顶。"

"这里呢？"缪璃注视着聂深。

聂深眯缝着眼睛体会了一下，有些惊讶地说："感觉不到了。"他环视房间，问，"这一大片玻璃，有隔绝作用？"

"我也不懂。"缪璃神色平淡，"我就是不停地试来试去，差不多过了二十年，有一天，忽然在镜子上得到启发，随后又试了多次，终于发现，把不平整的玻璃面连接起来，就有这样的效果。"

聂深注视着缪璃，在那纤弱的身体里，竟蕴藏如此强大的决心。

"赫萧知道吗？"聂深问。

缪璃轻轻摇了摇头："我没敢告诉他实情，他一直以为我是在玩，这个房间他从来没进来过。我反倒有个隐约的期待，他能进来看看也好，可他心里是有界限的，永远适可而止。他总是那样……"缪璃叹了口气，目光投向昏睡中的赫萧，赫萧的脸色比刚才平静了许多。缪璃接着说，"我不敢亲口告诉他，是怕他担心。赫萧不让我做一点危险的事情，凡是他认为是危险的举动，都会劝我收手。其实他是对的，就像你总能感觉到的那股力量，无处不在。赫萧担心我因为任性，不小心激起可怕的东西，他是为我好，我就更不敢告诉他了，因为——"

"因为你确实在挑战那股力量。"聂深说。

聂深突然明白了，缪璃戴着羊面具穿行在宅院，摆出一副打发无聊时光的架势，一是为了消除赫萧的顾虑，更是为了迷惑黑暗中的某个力量，无论那个力量能不能看到她，缪璃都要做出姿态。同时，每当她戴上羊面具，透过另一双眼睛看着这座宅院时，就是在提醒自己：黑暗中也有一双眼睛。

聂深由衷地说："你坚持了这么多年，终于有了胜利成果。"

缪璃苦笑一下，环视房间说："算不得胜利，只不过，终于有一片小小的港湾，能容我们安身。"

在这片平静的领地，心也会安宁下来。

缪璃的心里，一定也有过绝望吧，然后她把绝望凝入无数的玻璃碎片中，一个一个贴到墙上，变成了希望。

缪璃用她纤弱的双手，在漫长的岁月里，独自置身凄冷的夜，一点一点黏合、一点一点筑起避风港。假如没有这个避风港，至少赫萧与鲁丑活不到明天。

想到这里，聂深不由得更加钦佩。

缪璃却觉得自己越来越捉摸不透聂深。他的眼神，正直之中带着狡黠，疏离中暗藏专注。尤其是经过今天这场劫难，他对自己的身世，完全没有感觉吗？

（4）

聂深在地板上睡了一会儿。不记得自己有多久没合眼了，也没有吃东西，现在的时间是第五个工作日的下午，耽误的工作进度无法立刻弥补，还有五份衣料需要缝制。

聂深坐起身，精力恢复了不少。他往四周扫视，缪璃不在，应该是到戏楼各处巡察去了。聂深侧耳一听，外面出奇的安静，七恶徒不知在干什么。

聂深来到赫萧和鲁丑身旁，他们各自躺在一块木板上，鲁丑紧闭着眼睛，脸上的血迹已经擦掉了，身上伤痕累累。

赫萧呼吸平稳，缓缓醒过来。

聂深想，终于可以好好谈一谈了。

他开门见山地问："地下室究竟藏着什么东西？"

赫萧低垂眼帘，避开聂深的目光："具体是什么我也不清楚，你可以称其为'怪物'。"

"没那么简单吧？"聂深语气不满，"你像个看坟的，一直护着那坑意儿，居然说不知道？"

"我不是看坟的，更不是看护那个东西的，"赫萧虽然躺着，气势却并不弱，表情冷酷，"我只是守护缪璃小姐。"

"好吧。"聂深缓和一下语气，"我现在也不好过，本来可以保护好林娴，不该带她去地下室。"

赫萧哼了一声："林娴转化的事，与你关系不大。"

"转化？"聂深一愣。

"碰了金属，转化是迟早的事，但林娴确实有不同之处，她的转化竟是通过郭保直接完成的。不过这一点，你难逃干系，如果林娴不跟着你去地下室，就会以别的方式呈现自杀现象，然后转化。"赫萧冷笑着说，"你促成了她，恭喜你。"

聂深无法反驳。

沉吟片刻，聂深又问："郭保也碰过金属？"

赫萧点了一下头："很久以前的事了。但也要感谢他，他出现异样以后，我才明白宅中的金属碰不得，于是做了全面处理，并下了禁令。"

"但他为什么一直活在地下室？"

"碰了金属的人，以什么方式存在，不是我能决定的。"

"可是郭保活了这么多年，必然有原因。"

赫萧扭脸看了看聂深，把眼睛闭上了："你太顽固了。我要提醒你，知道得越多，你就要付出相应的代价。"

"郭保是个传声筒，对吗？他本身，就是你们和那个东西之间的联络通道，所以他才能一直待在地下室。"

赫萧睁开眼睛看了看聂深，"你比我想象的更聪明。"

"郭保是个特殊的存在，其他客人则以各种方式'自杀'，其实是进入了转化模式。"聂深喃喃道，"渊洞里那些铁链，果然不是用来囚禁，而是用以锁扣宅子的。铁链与金属管道相接，凡是触碰到的客人，意念会被控制。"

根据现有的信息进行推测，聂深得到初步结论：

地下室那个怪物通过振动墙壁内部的金属管道，发出音频，频率是根据不同的客人所设，只有当事人能听见，然后一个个被引诱到洗浴间。所以聂深每次听到音频，过后就有人出事。虽然林娴和姚秀凌、汪展延迟了，但原理不变。

客人们的贪心，本来已在缝制衣料时，细细密密织入了头脑，当他们一个个受到音频指引，突然看到墙壁里的黄金，受到极端刺激，脑子里只有一个念头：把自己交出去。

在本能驱动下触摸黄金，形成的生物电流，通过人体磁场产生的脑电波，瞬间被怪物控制——所谓意念操控，便是脑电波的控制。

然后客人在怪物操纵下，呈现"自杀状态"，那只是一种深度的休眠，脑干神经团仍在工作。而他们被埋葬以后，恰恰利用了安静无光的环境——黑域，休眠一段时间，然后重新激活脑干神经团，使神经系统恢复活力，从墓中出来便是恶徒。

通过金属传递，进行意念控制，如同置了环状网络，以智能化力量与人的脑电生物节律产生共振，从而激发潜能，犹如一个进化入口，七恶徒会变得越来越强大。

这一过程最重要的是，高智能和高效率。

以高智能操控的高效率转化，短期内便可实现高级进化。

闻所未闻，却有着必然性。

聂深想到这里，手心不禁捏着一把冷汗。

怪物虽然无法使用强迫手段，却以钟表齿轮般的精密计算，一步步引导、控制了客人。不过从另一角度来看，怪物依赖的强大系统，恰恰也限制了怪物，使他无法脱开巢穴。而且聂深有个感觉：怪物控制的恶徒，赋予了强大的技能，但必然失去其他东西，这就是自然平衡法则，有得必有失。但恶徒究竟失去了什么，目前无从知晓。

赫萧见聂深久久沉默，问："你在想什么？"

聂深露出责备的眼神，说道："在这一过程中，你随时可以打断怪物。"

"这些混乱都是你带来的，真以为凭着我们就能打断吗？"赫萧反以责备的眼神看着聂深。

"你说的混乱，只是你自己失去控制。"聂深说。

赫萧沉默了。

聂深接着说："虽然我也不明白，为什么我会造成这一切，但是当你发现客人一个个离奇死亡时，应该马上采取措施。"

"我能做什么？"赫萧冷冷地问。

"起初从张白桥到郑锐，那四个客人的死，让你预料到林娴、姚秀凌和汪展都可能出事，所以你把我隔离在套间，不去管他们三个。"

"那你让我怎么做？"赫萧问，"先毙了林娴，再打死姚秀凌和汪展？"

聂深愣住了。

"无论我做什么，无法改变他们的命运。"

"不，你不采取措施，不是因为下不去手。"聂深夺回话语权，"以你赫管家的果决与冷静，只有一个原因，能使你保持静默。"

赫萧低头不语。

"因为缪璃受到了威胁！"聂深说，"叶彩兰死去的那天晚上，宅子里除了游窜的郑锐，还有一个人，就是张白桥。戏楼的死亡现场留下的奇怪脚印，就是张白桥给你的威胁标记，再加楼上的诡异钢琴声，这些都在告诉你，对方能够随时侵入缪璃的安全区域，警告你不准乱动。"聂深叹口气，接着说，"为了更进一步束缚你，对方用郑锐的死亡方式——也就是羊毛圈勒脖子这一行为，发出更强烈的威胁信号。换句话说，缪璃躲在戏楼用羊毛圈勒爆灯泡，却被叶彩兰看到。叶彩兰先把这个信息传递给了对方，然后才死在戏楼，之后，对方便用郑锐的死，明确告诉你：我知道你们的一举一动，我随时能用同样残忍的方式，伤害缪璃。"

赫萧仍然沉默着。

聂深说："不过万幸的是，对方并不知道缪璃勒爆灯泡的真实意图，缪璃连你都没有告诉，并非不信任，而是她对你的全力爱护，会让你劝阻缪璃。而你的劝阻，必然会让缪璃放弃。"聂深踱了几步，望着周围的玻璃片，"缪璃独自承受这一切，才给了我们一个避难所，让我们得以喘息休养。"

"这个地方也许并不能长久。"赫萧脸色凝重。

"先别想那么多。"聂深走回赫萧身边，说道，"我有一件事不明白，之前你一直处于防守的状态——"

"为什么却在地下室突然开枪？"赫萧替他问出来。

"对。"聂深注视着赫萧，"为什么？"

"我不得不说，你刚才的分析都很合理，却有一个问题，你没有意识到。"

"什么？"

"局面一旦形成趋势，此循环就无法被打破。这不仅是林娴他们的命运，也是我们的命运，谁也逆转不了。"

"人有主导自己命运的权利，你应该给别人机会，而不是一味的专横和隐瞒。"

"主导命运？"赫萧的冷笑有些苦涩，"你根本不知道是谁在坐庄。"

缪璃曾经对赫萧说：你总能赌赢，但赫萧很清楚坐庄的不是他。

"既然你这么认命，在地下室开枪是怎么回事？突然犯了疯牛病？"聂深问。

赫萧的眼神愈加空漠。

聂深接着说："你的心态突然变化，是在看到了郑锐布置的婚房——你究竟发现了什么？"

赫萧若有所思地看了聂深一眼。聂深的洞彻力，让赫萧感到一丝希望。这一丝希望，他等待了太久，竟有些激动，但他掩饰住了自己的情绪。

赫萧喃喃道："住在地下室的那个东西，困了我八十一年，因为我是守宅的最佳人选，但现在，他不需要我了。"

"那东西凭什么？"

"凭着超乎想象的能力，非常可怕。"赫萧说着，抬眼瞥了聂深一下，"我一直加倍小心，使怪物无法控制我。但我有个唯一的、最大的弱点：保护缪璃小姐。"赫萧的眼神温柔了一下，随即又变得冷静，"怪物针对我的弱点，与我达成协议——没错，通过郭保，我与怪物建立了互信条件：我遵照怪物的意愿，组织悬赏活动，向外发出请柬，邀请七个有缝补天赋的人，来宅子里做任务，完成任务的客人将得到巨额赏金，以此找到天选之才，为怪物修补鳞片——人世间只有能够完整地缝补嫁衣的人，才有能力修补好怪物的鳞片。而作为交换，怪物答应不伤害缪璃小姐，并在找到天选之才以后，放我们离开缪宅，给我们自由。"赫萧的眼中出现了闪光，那一瞬，聂深竟以为是泪光。赫萧的语气依然冷静，"这便是我给缪璃小姐，乃至胡丙、老昆他们的承诺——带他们出去。我每一天都在为了那一天而活着。"

聂深受到了震撼：我每一天都在为了那一天而活着。

这该是多么绝望，又是多么强悍的隐忍力。

聂深低语："但怪物破坏了协议。"

赫萧轻轻点点头，"郑锐一夜之间布置了婚房，表明怪物开始接手地面之上的管辖权，游戏规则突然变了。"

"怪物为什么这样做？"聂深问。

赫萧摇摇头："怪物真正的意图，我根本不明白。我只是醒悟了，自己这么多年都在犯错误，怪物是在利用我镇守宅院，为其隐秘计划做准备。"

聂深神色凝重地看着赫萧，"可我还是不明白，你怎么会相信一个怪物？"

赫萧紧咬牙关，眼里闪过一丝痛苦。

这座宅子被那股强大的力量压制着，犹如沉重的天穹压着一棵小树，这棵小树唯有拼尽全力，在漫天风雨中守住脚边的一片小小土地，那里便站着缪璃。

赫萧的思绪瞬间回到了过去，回到缪宅刚刚被锁的时候……

第一个二十七年多么难熬，宅中人的惊慌、绝望持续了很久。是赫萧顽强地撑住了信念，将缪宅拖回到有序的日常中。

但赫萧其实一直在想办法反抗，可惜他根本不明白那股力量的强大，他就像一个孱弱的病孩儿，试图挑战一个巨人；甚至连那个都不如，因为他根本无法靠近怪物。

不过，赫萧以自己顽强的意志，居然导致了第一届悬赏任务的失败——发生在五十四年前的失控事件，进入宅中的七个客人，竟全部出了缪宅围墙，从界壁跳了下去。

作为惩罚，怪物通过郭保，险些弄瞎了赫萧的眼睛。赫萧双目流血三日，缪璃彻夜不眠，用针灸治愈。

也许怪物考虑到，一个盲管家守护宅院多有不便，为了更大的计划，于是在惩罚之后便放过了赫萧。

赫萧也似乎认命了。缪宅恢复了平静。

然后到了二十七年前的第二届悬赏任务，一个年轻女子进入缪宅。令人意外的是，怪物始终以修补鳞片为目的的，却忽然选中那个女子，命令赫萧把她送入渊洞。赫萧以为怪物找到了修补鳞片的人，却又觉得时间和程序都不对。怪物觉察到赫萧的迟疑，于是威胁他，如果不在特定时间把那女子送来，那女子将和缪璃一起被处死！

赫萧没得选择。纠结痛苦之后，他突然意识到，这是个机会。

他等待了几十年，现在，唯一能够接近怪物的机会，就摆在眼前。

于是赫萧送那女子去了渊洞，企图趁机杀死怪物，当然又失败，根本连赢的可能性都没有。这次怪物的惩罚来得更凶猛，而且是针对缪璃的。

怪物不断撼动缪宅，犹如地震一般，持续三天。怪物虽然消耗了能量，却也狠狠报复了赫萧。当赫萧看到缪璃在地震中受伤昏迷、奄奄一息时，这个极致冷静的男人，几乎崩溃。

赫萧前往地下室，通过郭保与怪物谈判，双方正式达成了协议：赫萧不插手怪物的事情，包括怪物吸引、控制客人的手段。怪物则保证不伤害缪璃，并承诺等找到了天选之才，修补了鳞片之后，就放缪璃等人离开宅院。

赫萧似乎认命了……

"喂，你想什么呢？"

聂深的声音打断了赫萧的思绪。

"哦……"赫萧从空茫中收回目光，语气淡然，"你刚才问我，怎么会相信一个怪物？"

"是啊，为什么？"

赫萧缓缓吐出一口气，哑声说："我拿命赌过，我只要缪璃小姐安全，我只能相信怪物是遵守协议的。"

聂深忽然有种莫名的悲伤，"怪物攥住缪璃这条线，你就被他牢牢抓住了。这世界上，除了你，没人能这样守护一个人。"

赫萧神色淡然。

"所以你突然失控，我也能理解了。"聂深叹口气。

"我发怒不是为自己，只是愧对缪璃小姐。"赫萧抬起脸，"刚才你对我说，应该一个一个解决客人的问题，但那是没用的。唯有一次解决全部问题，才是根本。"

"怎么做？"

赫萧直视着聂深的眼睛说："也许你有办法。"

"我？"

"毕竟你是破坏平衡数的多余者。"赫萧的眼神变得深不可测。

聂深盯着赫萧的眼睛，忽然提高语调："你还有什么没有告诉我的？把真相说出来！"

赫萧怔了一下，平静地说："你紧张过度了。"

"我只想知道真相，这可能关乎我的身世！"

赫萧转眼望着墙壁，沉默片刻说："那就先把手上的缝制任务做完吧。"

"继续满足怪物的意图？"

"我说过了，局面一旦形成趋势，此循环就无法被打破。"赫萧冷冷地注视着聂深说道，"怪物就是做局的，难道你还有其他选择吗？"

聂深语气紧迫："缝制那条长裙一定是给缪璃准备的，可你要告诉我，缪璃在这个局里究竟有什么意义？"

赫萧闭上眼睛，脸色又变得苍白，莫名的伤痛使身体逐渐变凉。

"赫萧，醒醒——"聂深摇晃着赫萧的肩膀。

房门突然推开，缪璃冲进来喊道："别折磨赫萧了！"她上前抚着赫萧的脸庞，手指一哆嗦，"这么凉！"

"怎么了？"聂深忙问。

"你强迫他谈了什么？"缪璃一脸愠怒。

"是他想和我谈的，可他说话老是藏着掖着……"

"你出去吧。"缪璃声音不大，却不容置疑。

聂深不懂怎么安慰缪璃，想想还是先避其锋芒，让她消消气。

他从屋里出来，颇为郁闷。看来缪璃对他的疑虑并没有化解，又见他威逼赫萧，这才发怒。女孩的心思太难捉摸，大概只有魔鬼他奶奶才搞得懂。

那么眼下，赫萧的提议是对的，莽撞冲动只会带来更糟的后果，还是顺着怪物的游戏规则，先把任务做完，才能逐步接近怪物，然后根据局面发展，制定新的战术。

聂深想起那几个锦盒还留在主楼三层的书房里。而现在，主楼已经被七恶徒占领了。

（5）

来自三楼的钢琴声飘到大厅时，郑锐和柴兴正用羊骨棒对练。羊骨棒出自绵羊的后腿骨，血肉被剔除干净，又经过打磨，上端布满花纹，与原有的骨纹交织，中间还刻上了各自的名号：锐目，兴浪。

郑锐出手凶狠，柴兴招式阴损，一来二去，郑锐讨不到便宜，脾气暴涨。郑锐一棒砸向柴兴的肩膀，柴兴并不接招，闪身避过，反手朝郑锐的下身捣去。郑锐连忙遮挡，这时，他的视线被叶彩兰吸引了。

叶彩兰的身体愈发柔软，显出异乎寻常的妖娆之态，正如蛇一般攀在顶棚的枝形吊灯上。随着身体的摆动，发黄的光线变得影影绰绰。

　　站在一旁的张白桥也往上看，目光充满欲望。在转化成为恶徒之前，张白桥便垂涎于叶彩兰，一有机会就在叶彩兰面前吹嘘自己的偷窃本领，并自封"侠盗"。

　　叶彩兰忽然从吊灯上坠落，张白桥忙伸手接住，将叶彩兰抱了个满怀。叶彩兰那双较真的眼睛，此时布满戾气，显然对张白桥自作多情不满。这时，郑锐突然冲了过来，抢起羊骨棒朝张白桥打去。张白桥一甩头，羊骨棒敲到脑袋上，嘣的一声响，羊骨棒被弹开了，张白桥冷笑一声。

　　郑锐指着张白桥说："离我的女人远点！"

　　"你的女人？"张白桥虽然已经成了恶徒，不过本身固有的做派仍在，一副自视甚高的模样，"是我先追求她的，一入宅就开始了。如果不是尊主当天晚上封闭了我，哪有你小子……"

　　"闭嘴！"郑锐厉声道。

　　叶彩兰对他们的争吵漠不关心，又展开蛇形身姿，爬到了吊灯上，她似乎非常喜欢被亮光笼罩的感觉。

　　郑锐与张白桥怒目而视。

　　柴兴掂着羊骨棒走来，阴笑着说："嘴炮没意义，来点真格的。"他一向以煽阴风、点阴火为乐。

　　张白桥说："我正愁头皮痒，你们两个臭骨棒都来，我一打二。"

　　柴兴笑着说："你们玩，我当裁判，看谁对兰蛇更痴情。"

　　郑锐举棒就是一下，正砸在张白桥脑壳上，把张白桥砸得脖子一扭，退了几步，郑锐的羊骨棒也险些脱手而出。

　　柴兴抱着骨棒，鼓掌道："你数一他数二，都是高手。"

　　那两恶徒被柴兴一煽呼，更来劲了，郑锐抢起羊骨棒，以更加狂猛的姿态砸向张白桥。

　　"锐目、白头、兴浪。"二楼忽然传来淡漠的声音。

　　众徒顿时止住，仰脸一看，正是林娴。

　　林娴站在二楼栏杆后面，微微俯身望着一楼大厅。叶彩兰从吊灯上坠落，张白桥看了一眼，没敢乱动。叶彩兰一落地便迅速爬了起来，和其他三个恶徒站在一起。

　　林娴的声调不高，但每个字都冰冷透骨："尊主解脱我们，给我们力量，不是用来胡闹的。"

　　"是，贤者。"众徒慌忙应道。

　　"凌展双蝎呢？"林娴问。

　　"他们在厨房准备晚餐。"叶彩兰答。

　　"去看看。"

　　"是。"

叶彩兰鞠躬后退。

死去的绵羊从废墟里挖出来以后，肉质有些僵硬了。姚秀凌正用手指撕着羊身上的皮肉，前三分之一已经撕干净了，头部到前腿的骨架，突兀地呈现出来，与后半部的肉身反差极大。

汪展正在酒精炉前忙活着。锅底的火焰不大，汪展却在回避火苗。

转化之后，每当瞳孔直视火焰时，意识就变得混乱，一种莫名的仇恨和愤怒让他们无法承受——这是尊主在控制他们的意念时，也将自己的微小意念带入其中的缘故。尊主明白那种仇恨和愤怒的源头，来自秦始皇时代，恶徒们却只知道不要直视火焰就行。在这方面，姚秀凌吃过苦头，在议事所的病房里攻击赫萧时，赫萧曾用一根火柴阻挡了她。

此时，姚秀凌撕扯羊肉的动作忽然带着怨气。

汪展自顾自说着："秀凌你真了不起，说过要吃涮羊肉，果然就吃到了。"

他们虽然成了恶徒，但仍是人类之躯，还得遵循着惯性，继续吃熟食。随着意念不断强化，本性会逐渐取代人性。这种进化过程，就体现在本性上升的同时，熟食接受度呈下降趋势，直至前者达到顶峰，而后者跌入谷底时，人类世界教化出的一切文明约束，都将荡然无存，他们将彻底释放黑暗天性，得到真正自由自在的生活。

汪展忽然啧啧叹道："我听叶彩兰说过，医学研究总结，人体已知的各种病症有一万三千多种，而且还会增加。啧啧，人类基因缺陷造成的进化代价，因为缺少了四千万个额外的 DNA 碱基对……"

姚秀凌似乎没听到他的话。

"但我们作为人类也有自己的优势，所以尊主选中我们，帮我们改造了这个臭皮囊。"汪展吸着鼻子问，"秀凌，你怎么不说话？"

姚秀凌背对汪展，面前堆着小山似的碎肉，她仿佛坐在肉山里，冷冷地咕哝道："凭什么林娴是领牲？"

汪展吓得嘴唇都白了，忙向四周扫视，见没有什么动静，这才凑过来，趴在姚秀凌耳边说："尊主的安排，不可挑衅。"

"我对尊主赤胆忠心，这条命随时都可以献出去。"姚秀凌说，"可是林娴有什么本事？论起勇猛和狠决，我姚秀凌站出来，男徒也无人敢比。"

姚秀凌在恶徒中凶悍第一，自有她的威望。但林娴地位最高，与其职责有关。

姚秀凌把手上的碎肉扔到案板上，一掌拍在羊的骨架上，怒声道："再说林娴是叛徒出身！她还是客人的时候，就帮着赫萧监视聂深，又反过来和聂深苟且，处处维护聂深。"

"小点声，小点声。"汪展急得汗都下来了。

"我说得不对吗？"姚秀凌怒视着汪展，"你现在也有一身本事，怕什么？"

汪展不由得腆起肚子，作为一只肥胖的"公蝎子"，汪展正在适应自己的身份。"你说得当然对，其实我也有一点不明白。"汪展的眼神变得幽冷了，"今天追杀聂深时……"

"对，咱们六个马上就要把聂深撕碎了，林娴却突然跑过来，坏了大好时机。"姚秀凌越说越气愤。

"你的意思是——"

"我怀疑她仗着领牲的身份，故意把自己的坏主意说成是尊主的指令，咱们怎么分辨？"

汪展吓得一缩脖子："领牲……假传指令？"

所谓领牲，其含义是：众徒是牲灵，需要领路人。林娴便是七人中的"领牲贤者"。而姚秀凌，自然属于牲灵一类，这等于把她摆在了牲畜的地位上，她怎会甘心？

姚秀凌说："那个女人早就被聂深迷惑了，为了聂深，什么事不敢做？"

"可是，成了尊主之徒，又怎么可能……"

"我们的天性还没有完全解脱，还在受着肮脏可悲的人性束缚。"姚秀凌猛地将手插进羊肚子里，把心脏掏出来，狠狠捏碎了。由于羊身体里的鲜血早被郑锐放得干干净净的，就连心脏里的血也抽干了，所以姚秀凌捏爆的是一块褐色的死肉，"就是这个东西，还在林娴的身上作祟。"

"心！"

"受到良心干扰的女人，你敢相信她吗？"

"领牲贤者，真的还有良心存在？"汪展说着，把一堆碎肉扔进沸腾的水锅里。

这时，叶彩兰从外面进来了。

"贤者想知道晚餐准备得怎么样？"

"这就好。"汪展瞥了姚秀凌一眼，忙将目光投向水锅，看着热浪中翻滚的羊肉。

（6）

戏楼的晚餐是用水泡的苔藓。水并不多，由于缪璃经常连夜勒爆灯泡，原本是给自己预留的，现在有了四个人，最多维持到明天中午。苔藓是早就晾干的，水一泡便膨胀开来。

戏楼与主楼遥遥相对，处于院子的两端，中间隔着祠堂、议事所和汽车房、私塾学堂，另有八角亭、花坛一类建筑。

黄昏时分，聂深还在考虑怎么从主楼拿回衣料。

赫萧勉强能坐起来了，在聂深的要求下，他画了主楼的图示，缪璃帮忙补充。

进入主楼除了正门以外，还有一扇侧门，侧门的路径是专门通向地下室的，现在肯定关闭了，但从正门进入更不可能。

聂深询问楼顶时，赫萧提到，曾听老用人说过，当年修建缪宅，即将竣工时，天天下雨，好像天漏了似的，因此宅子里的排水设施非常完善，主楼的楼顶有四条排水道，用来防止平台积水，想来早就被藤蔓覆盖了。

聂深顺便问了各个建筑物的特点。谈到汽车房时，聂深问到福特车的燃料，果然是酒精，而且，主楼储存有酒精，不过平时都封藏起来，只有在悬赏任务的七天之中，胡丙用酒精给客人做饭。在这期间，宅子还会有电，电力也是怪物控制的。

聂深越听越为他们感到悲伤：他们就像生活在死寂荒凉的星球上，漫长阴暗的季节以二十七年为轮回，而两个季节的交替时节仅仅七天，只有在这七天，他们会遇到陌生人，并且得到热量以及灯光。

聂深想起了自己的生活，这是多么大的反差。自己是长年动荡奔波，在不同的地方游离躲藏，心灵片刻不得安宁。而缪宅生活的这几个人，他们几乎完全是静止的，在停滞中忍受着时间的折磨。

然后就在这里，在这个点上，聂深与他们相遇了，两条悲惨的人生轨迹，重叠在这一刻。但这背后的驱动力究竟是什么？聂深只知道自己是为了追寻身世之谜，卷入了这个不幸的事件。

他对地下渊洞的怪物更加充满了恨意。

赫萧感觉到聂深身上涌动的愤怒。

"对付那个怪物，不能急躁。"赫萧说。

"嗯，我会忍到那一刻。"聂深说，"眼下最重要的是拿回衣料，将任务结束。"

"你打算怎么做？"赫萧问。

"天黑以后，借助藤蔓爬到主楼顶上，试试排水道能不能行得通。"

"让鲁丑帮你吧。"赫萧说。

"他和你都需要养伤，我自己想办法。"聂深说。

鲁丑说他不喜欢躺着，头疼，一直蹲在安全屋门口，望着外间的桌子发呆。他在怀念老昆和胡丙。

聂深走到门口，蹲在鲁丑旁边聊了一会儿。鲁丑不善言辞，只说他要报仇，要把那些坏蛋的脑袋一个一个拧下来。

"鲁丑，你亲手埋了那帮坏蛋，有没有发现什么特别的东西？"聂深问。

鲁丑扭脸望着聂深，眼珠子在眼眶里晃荡了几下，"噢，我弄了些纪念品。"说着，鲁丑伸手到口袋摸了起来。

他掏出了柴兴的梳子，然后是张白桥的领针，郑锐的羊毛圈，叶彩兰的纽扣，姚秀凌的指甲刀，汪展的戒指。

"厉害啊，你的口袋里啥都有，你那是机器猫的肚兜吧。"聂深说。

鲁丑数了数地上的东西，瓮声瓮气地说："缺了一个。"

"嗯，缺了林娴的，因为你没有埋过她。"

聂深拿起那些纪念物，一个个审视着，但看起来用处不大。

这时，坐在里间的缪璃刚给赫萧喂过水，扭脸往门口瞥了一眼，低喃道："那些东西如果在邮差手里，会有用处的。"

赫萧轻轻点点头："邮差能根据人身上的任何一件物品，追踪到他们，把信件送达。"

"要不要告诉聂深？"缪璃又往门口扫了一眼。

"不。"赫萧断然摇头，低声说，"现在是关键时刻，凡是扰乱他头脑的事，都不能做，必须让他集中全部意志，对付那个怪物。"

聂深的注意力正被那个领针吸引，拿起来问鲁丑："这是谁的？"

鲁丑抓了抓光头，翻着眼皮吭哧了半天，一拍脑门说："噢，这个坏蛋的尊姓大名，张白桥。"

聂深盯着领针看了一会儿。此物小巧精致，长度约五公分，尾端的鸢尾花造型气质典雅。聂深心念一动，从左腕摘下手表，翻过来。手表的后盖上有一个类似钥匙孔的细小缺口。聂深将领针的前端插进去，严丝合缝，但手表上没什么反应。他把领针在锁孔里转了转，仍然没动静。

聂深只好把领针抽出来，抬头时，发现鲁丑已经靠着墙壁睡着了。

聂深重新戴起手表，把地上的东西收拢起来，装进自己口袋。

时间差不多了，他叫醒了鲁丑，准备前往主楼。

戏楼的大门打开一道缝隙，聂深往外看了看，周围很静。鲁丑继续开门，聂深一闪身出去，示意鲁丑在里面关上门。

外面没有风，楼顶飞檐上的雀铃纹丝不动。

聂深站在戏楼门前往左边望去，汽车房旁边的高大榕树清晰可见，今晚的雾气很薄，如一片轻烟，在枯萎的树枝间飘浮。

聂深考虑了一下方向，决定走另一边。他加快步伐，不久便看见了祠堂的檐顶。他改变路径，朝祠堂后面跑去，借助夜幕和树影掩护，一口气来到祠堂侧面的石墩前，停下来休息片刻。

宅院里静极了，这种寂静在往常并不奇怪，但此时此刻难免让聂深有些怀疑。难道七恶徒一到夜里就不动了？这不可能，夜幕能衬托最深层的恶意，所有的古老传说都证明，夜行动物更凶残。

聂深等待着某处突然跃出几道黑影。然而一路上什么都没有。

经过议事所时，聂深往门口扫了两眼，遭到破坏的门框里黑洞洞的，白天留下的血腥气还没有散尽。抬头看看天空，黑沉沉的夜穹只有几粒微弱的闪光。

聂深转脸望向夜幕中的八角亭。亭子周围环绕的花坛堆积着僵死植物。亭子对面的泰山石敢当，显得更为怪异。聂深收回目光，投向不远处的主楼——直插天宇的楼顶尖角，是他今晚的目标。

聂深一鼓作气跑到主楼一侧。楼房外墙上褐白交错的线条，在夜色中模糊不清。聂深估算了一下，攀着藤蔓往上爬，大约需要十几分钟，不过要选好路径，既不能被恶徒们发觉，也要注意脚下的安全。墙上的中式兽环装饰提供了很好的落脚点。

开始行动。

（7）

聂深一边踩着兽环装饰，一边用力扯着藤蔓，一层一层往上爬。这条路径远离门和窗户，利用了建筑上的死角，即使有人站在不远处盯住这里，看到的也只是一片黑暗。聂深将自己的身体融于死角，艰难地爬上了楼顶平台。

休息片刻，顺便向远处望了一下，开阔的视野中涌动着茫茫黑雾，看不到一丝城市的灯光。这是位于都市之中，却又被隔绝的一片黑暗空间。

对于这座宅子的异状，聂深已经习惯了。他快步来到那座三棱形尖角前。尖角周围有四条排水道，聂深有些失望。排水道多年未用，早已被尘土和杂草阻塞，原先的宽度大大缩减，只能容一个三四岁的小孩钻进去。即使动手清理，仅凭聂深一人之力，干到明天中午也完成不了。再说排水道深入楼房内层的区域无法辨识，里面有什么、通向哪里，都一无所知。

聂深忽然意识到，这种设施不像是排水用的，反倒像是一种供水装置——雨水汇集到楼顶平台后，通过四条排水道流下去，再汇聚到某个地方收集起来，而那个地方，必然是地下渊洞——楼顶平台是渊洞的水源地。

聂深没时间考虑这些，拿到衣料才是重点。他走到平台边缘，向楼下张望。

聂深曾经撬坏了三楼书房的窗户，但恶徒们肯定进行了修缮加固，那就从二楼进去，钻进主楼腹地，从那里迂回到书房。

聂深放轻脚步，跑到平台的另一侧，顺着边缘爬下去，伸手抓住一把藤蔓。有些藤蔓枯朽了，险些断裂，聂深攥住其中一根，脚尖顶着墙面，稳定身体，一点一点往下挪。这里位于主楼南端，墙上没有兽环装饰，只能借助藤蔓的牵扯力。

聂深缓缓下坠到二楼的一扇窗外，这里原本是赫萧的房间。聂深先拽过一根藤蔓缠住自己的腰，然后往前探身，用力一拉窗户，开了。他从窗口钻进去，走到桌前拉开抽屉，把里面的火柴全拿出来装进口袋。据赫萧说，恶徒们受不了火光，这些火柴肯定有用。

聂深转身时，无意中往里间瞥了一眼，看到那张床，不禁一愣。床高得离谱，每天光是上床、下床，就是人生的考验。

"变态家伙的日常只有变态。"聂深笑着咕哝道。

聂深走到房门前，贴着门板听了听外面，走廊非常安静，也没有那种低赫兹的音频声。自从客人们转化为恶徒后，聂深几乎听不见那种声音，他估计，怪物调整了频率，毕竟恶徒属性与人类属性不同，听觉神经的触发更不同。

聂深轻轻拉开门。外面太安静了，难道恶徒们集体脱岗了？像这样不负责任的恶徒，对他们的主人来说是个不小的打击啊。

走廊有昏暗的灯光，影子投在地上，如同深不见底的水潭。

这是一个陷阱！

聂深突然醒悟，自己只忙着行动，竟忽略了一个简单的事实：怪物设置悬赏任务，当然是希望他能在期限内完成衣料的缝制工作，所以他拿走衣料的行为不会受到阻挠。而目前，这成了一举两得的圈套：引来聂深的同时，恶徒们可以去袭击戏楼——戏楼里的缪璃和受伤的赫萧、鲁丑，才是恶徒的真正目标。

聂深冲进走廊，向楼梯跑去。

与此同时，一阵脚步声从楼梯拐角传来，两道黑影以极快的速度迎上聂深。

"咯咯咯，等你半天了！"汪展怪笑着扑过来。

聂深无心纠缠，避过汪展的冲力，欲夺路而走，却被姚秀凌截住。

姚秀凌脸庞扭曲、双眼赤红，上手就是死招，五爪奔着聂深的太阳穴袭来。聂深从楼梯上翻身而下，脚下一错，嗵的一声绊在台阶上，身子斜着撞到墙上。他连忙抱住脑袋，顺势往下一滚，重重跌到台阶下，差点把鼻子磕断。

那两恶徒紧追不放，一左一右抓向聂深。聂深跃起，向左侧冲击，被汪展挡住。三人就在一楼到二楼的转弯处打了起来。

姚秀凌出手极为凶狠，反倒是汪展有所顾忌，不时递眼色提醒姚秀凌：领牲贤者交给咱俩的任务是堵截，而不是杀死聂深。

聂深心里着急，院子里正有五个恶徒进攻戏楼……

聂深忽然有了一个主意，于是露个破绽，被汪展一巴掌打在胸口，顺势往后倒去，假装摔个半死。姚秀凌扑了上来，抬脚便踹——恶徒的脚上都穿了皮质的鞋子，比普通鞋子宽大，这一脚下来就能踢爆内脏。聂深往旁边一滚，手上多了一把竹刀，一刀扎在姚秀凌的脚腕上。姚秀凌果然是个恶种，居然哼都不哼一声，脚腕一扭，愣是把竹刀顶断了，还剩半截扎在上面。

聂深趁他们一分神，起身跑出了楼门，拼命朝八角亭奔去。

凌展双蝎紧咬不放，薄雾中三个身影如疾风掠过。聂深没进亭子，而是冲到花坛。姚秀凌一步踏上花坛，汪展跟着进来。姚秀凌急着想抓住聂深都快急疯了，什么都不顾。

聂深见两个恶徒进了临时设置的陷阱，便在袖口里擦着火柴。

为确保万无一失，他擦着了一把火柴，足有十几根，"刺啦"一声火焰冒起来，扔进一堆僵死的植物里。旱了数十年之久的植物绝对是易燃品，一眨眼就烧了起来。

聂深跳下花坛，撒腿朝戏楼跑去。

身后，姚秀凌和汪展被火焰困住，哇哇怪叫着。

叶彩兰爬到戏楼顶上时，挂在飞檐上的雀铃发出叮当叮当的轻渺声音。

叶彩兰柔软的身躯紧贴着屋脊，以蛇行之姿蜿蜒向前。瓦片摩擦着她的身体，仿佛细小的波浪，让她感觉到一阵一阵的快意。但她脸上没有丝毫表情，眼眸更是黯淡无光，如同两颗灰蒙蒙的玻璃球。

林娴交给她的任务很简单：找到任何可以进去的地方。

一个缺口。一个弱点。

叶彩兰加快了前行的速度。老式建筑会在顶上开一扇天窗，用来通风和照明，这座戏楼是缪济川当年亲自监督建造的，所有设施都会有。但叶彩兰在楼顶爬了一圈，并没有发现天窗。

采取第二步措施。叶彩兰在不同的地方揭开几片瓦。最终在厕所上方找到了合适的角度。底下没人，厕所位置在整座戏楼的西南角，黑漆漆一团。叶彩兰继续拆掉瓦片，动作很轻，以防底下的人听见。拆掉六片瓦以后，狭窄的缺口足够她钻进去了。

叶彩兰屏住气息，柔软的身体滑行而入，最后只看到楼顶上有一只苍白的手，是她在抓着缺口边缘。随后身躯一个摆荡，寻找落脚点，脚尖踩到后面的横梁上。她将身体一扭，双手向前一抓，整个身体如一根悬索，架在两根横梁之间。

这时，底下有人走了过来。叶彩兰的身体绷直了。

缪璃走向厕所时，丝毫没料到头顶上方正有一个人悬空架在那里。

缪璃的脚步声微微响过，身影被拐角处的黑暗吞没了。

叶彩兰吸了口气，松开两只脚，身子在空中一荡，双腿夹住了手上这根横梁。身体蜿蜒向前，蛇行至横梁顶部，身子倒退着往墙下爬，一直爬到墙角。

现在这个时机正好，缪璃在厕所，赫萧与鲁丑在戏台后面的房间里。

叶彩兰迅速跑到大门前，将四道门闩拿掉，打开大门。外面的恶徒鱼贯而入，与叶彩兰会合。

沉寂中，五道黑影犹如恶夜疾风，朝戏台后面掠去。

第六章

FINAL EVOLUTION

超感猎杀

✕

他咬着牙根，这次无论如何不能停下脚步，即使要面对的，是以往的恐惧之和，他也决不退缩。

对于已经陷入泥潭的他来说，这向前的一步，也许就是人生的终极考验。

（1）

鲁丑正蹲在门口发呆，听见轻微的碰撞声。他突然站起身，耸了耸鼻子。

"坏蛋的臭气。"鲁丑咕哝着，立刻转身跑向赫萧。

赫萧已经醒了，在床板上坐起来，镇定地说："鲁丑，去救小姐。"

鲁丑二话不说，先把赫萧背起来，说道："一起去。"

鲁丑大步冲到外间，把桌子横着端起来。这时，房门撞开了，与此同时，鲁丑的桌子扔了出去。

咣当！

桌子砸在门框上，把冲在最前面的郑锐和柴兴撞起来，挟着一股尘烟，跌在过道里。桌子随之落在门前，被张白桥一头顶开，跟着便到了鲁丑面前。

鲁丑伸出大手，迎着张白桥的头，狠狠抓过去。知道张白桥的脑袋硬，于是身体微蹲，双腿压稳了底盘，张白桥的脑袋撞到手上时，他借势往后一送，张白桥直直地冲了过去，一脑袋顶在墙上，嗵的一声，房间晃了三晃，墙上出现了一块凹陷区域，屋顶扑簌簌地落下灰尘。

鲁丑趁机往外跑去。黑暗中一道影子飞来，啪的一下落到鲁丑身上，是叶彩兰。叶彩兰紧紧缠住鲁丑，连撕带咬，鲁丑脸上出现了几道血印子。赫萧从口袋掏出火柴，却被随后赶来的林娴一把打落。

林娴始终站在暗影中，紧盯着赫萧，打落火柴后，她的手快如闪电，抓向赫萧的喉咙。赫萧勉强避过。鲁丑身上背着赫萧，又被叶彩兰缠住，紧迫中，拼命耸动肩膀，挡住林娴的第二次进攻。

这时张白桥从后面冲来。郑锐和柴兴也加入战阵，两支羊骨棒砸向鲁丑。鲁丑的脑壳上重重挨了几下。张白桥扑来时，鲁丑转过身，亮出自己的腰肋，被张白桥狠狠撞上。

赫萧厉声说："鲁丑，放下我，去救小姐！"

鲁丑突然甩开大步，一声怒吼，自己往墙上撞去，即将到达墙壁的一刹那，鲁丑猛地一扭身，把紧缠在肩膀上的叶彩兰甩到正面——

嗵！

"啊！"

叶彩兰躲避不及，撞到墙上的同时，被鲁丑那肉山一般的身躯狂压住。

夹心饼干一样的叶彩兰发出一声尖叫。

如果不是郑锐猛冲过来，狠敲鲁丑的脑壳，鲁丑还打算再来一遍。

郑锐的羊骨棒敲在鲁丑脑袋上，鲜血横流。鲁丑一脚踢到郑锐身上，然后疯了似的冲进杂物室。

杂物室紧挨过道，里面放置着戏装、戏品道具。鲁丑摔倒在一大堆道具上，什么胡琴、喇叭、牛皮鼓，都被撞翻在地，哐铛、叮咚、哗啦声响作一片。

张白桥第一个冲进来，以更凶猛的姿势撞向鲁丑。

啪！

斜刺里突然伸出一只鼓槌，狠狠砸在张白桥的脑袋上，张白桥略向后仰。鼓槌随之断裂，碎屑横飞中，聂深的身影一跃而出，左手还有一只鼓槌，趁着张白桥仰脸的同时，急速挥出第二棒。

铛！

这一棒直接打在张白桥的脸上，打得张白桥眼前金光四射，鼻梁向左边扭歪了三十度角，一股血喷射而出。

没容张白桥反应，聂深的第三棒已经击出。

镗！

这一棒正中张白桥的太阳穴，直接把张白桥打翻在地，侧滚到墙角，扑在一堆戏装上。

鲁丑已经背着赫萧出了杂物室。赫萧在途中拣了一只铜喇叭，挥舞起来也是嗖嗖带风。

聂深又三棒打翻柴兴，快步出了杂物室，追上了鲁丑，大声说："我把缪璃藏在了戏台上！"

赫萧一皱眉头，扭脸看了聂深一下。聂深朝他挤挤眼睛。

鲁丑小声提醒道："聂贵宾，不要让坏蛋听见你的话。"

"别啰唆，快去戏台！"聂深说。

鲁丑的眉毛拧起来，他很少发愁，但眼前这位贵宾，忽然智力水平下降严重，实在让人操心。

"原来以为赫管家只比他聪明十倍，他比我聪明九十倍。看来是我误会他了。"

戏台顶上有一盏灯，投下昏暗的光线，舞台上影影绰绰的。帐幕后面，缪璃静静地站着。

聂深三人跑上戏台。缪璃一闪身便不见了。

聂深做了个手势。鲁丑背着赫萧往侧幕跑去。身后的五个恶徒紧追不放。张白桥被打得最惨，对聂深充满了仇恨，冲锋在前。柴兴和郑锐紧随。叶彩兰速度最慢，大概是受了内伤，又不敢拖累林娴，拼命往前赶。林娴始终面无表情，眼神冷漠，谁也不知道她的目光究竟望向哪里。

五个恶徒围在戏台前，逐个跳上去，在戏台的边沿散开，慢慢往中心收拢。灯光下，五条长长的影子缓缓聚拢。

林娴漠然发布指令："赫萧，鲁丑——杀无赦！"

恶徒们一拥而上。

悬挂在头顶上的帐幕突然坠落下来，多年没有清理的幕布上积满灰尘，落下的一瞬间腾起冲天的尘烟。在弥漫而起的尘雾中，五个恶徒被帐幕笼罩。随之落下的绳索，被聂深捡起来，绕着戏台飞跑，将绳索缠在幕布上。幕布里面挤作一团的恶徒发出阵阵怪叫。

刺啦一声，聂深擦着火柴，点着幕布的一角。

另一端，赫萧也点着了火柴。

火焰从两头迅速燃起，急速向中间汇聚，越烧越烈。火苗蹿起，发出呼呼的声响。

幕布里的怪叫声此起彼伏，还伴随着摔打声。

接着一个更大的声音掩盖了一切——隆隆声来自地底。戏楼颤抖起来，建筑物的内部发出嘎嘎吱吱的连绵声音，至少有几十处地方出现了开裂声。以戏台为中心的区域，产生了令人头晕目眩的挤压感，仿佛有无数台看不见的巨型压路机，正从八个方向开过来。

聂深紧攥的手心渗出了汗。他感受到怪物发怒了。

嘭！

戏台顶上的灯泡爆裂，碎片撒在火中。

接着是一连串嘭嘭声，来自幕布下面。伴随着火焰的燃烧，那嘭嘭声越来越大、越来越急促。

聂深突然明白了：张白桥正用头撞戏台。

那恶徒跪在幕布下面，一下接一下地狠狠撞着戏台，尽管他的脸上和太阳穴都遭到了聂深的痛击，但此刻，他什么都感觉不到，只是一次又一次，将自己的脑袋狠狠砸向戏台，如同一台打夯机。

轰隆！

长年没有修整的戏台，被张白桥硬生生撞裂了。

接着是一阵惊天动地的垮塌声，戏台陷落。聂深也随之陷了下去，不过坠落的时间很短，聂深滚翻到一堆破碎的木石上。燃烧的幕布大部分挂在陷坑上面，耷拉下来的幕布也没有了熊熊之势，虽有一些断裂朽木被引燃，火势却已弱了。

恶徒们脱离火海，但也被烧得很惨，个个都是一身烟气，龇牙咧嘴的，活像烧炭的小鬼。

聂深随手抄起一根燃烧着的木头，抡起来横扫恶徒。

恶徒们连滚带爬地退去。林娴仍保持着优雅的身姿，扭头看了看聂深，眼神又变得深不见底，黑色的瞳仁映着火光显得异常明亮。林娴的嘴角动了动，似乎想说什么，最后却沉默着离去。

恶徒们狼狈逃窜。聂深没有追赶，他也感到筋疲力尽，假如恶徒们再坚持十分钟，聂深很难想象会发生什么变故。

聂深忽然一皱眉头，盯着远去的恶徒背影——四个。只跑了四个恶徒！

聂深提着木棒往一处塌陷的区域走去，那里遮着一块燃烧的幕布，火苗渐渐熄灭。青烟缭绕中，显露出一张脸。

聂深笑了笑，仰脸对戏台上的赫萧说："我们捕到了郑锐。"

郑锐斜躺在一堆木石旁，双腿被埋在底下，正用憎恶的目光瞪着聂深。

（2）

劫难过后的戏楼，唯一庆幸的，是缪璃设置的安全屋基本完好。其他的，戏台塌了，原先的观众席损毁大半，楼顶上的横梁扭歪，多处出现缝隙，有一根承重的柱子居然发生了位移，导致顶棚出现一个直径约四十公分的裂口。

戏楼的大门虽然可以关闭，然而大部分区域只能放弃，防御线退到安全屋前，屋门就是最后一道屏障。聂深在屋里检查一番，方才的震动没有对安全屋造成损伤，幔布依然铺在墙壁和天花板上，表面粘着的玻璃片也很稳当，轻触幔布，布匹在微微晃动中带动玻璃片，发出一片细小的摩擦声，仿佛飘过树梢的细雨。

聂深建议在安全屋前再设一道防线，开辟一条中间地带，设置为"火线"，把木质器具、多余的帐布、戏装等易燃品，摆放在中间地带。

假如恶徒们再次进攻，就将中间地带点燃，制造一道无法跨越的火线。

这也只是权宜之计，目的是拖延时间，让赫萧和鲁丑在安全屋里养伤。

二人的伤势经过这一番折腾，又有加重的趋势，尤其是鲁丑，上一战已经拼掉半条命，这次将剩下的半条命也拼得差不多了，恶徒们退去后，他一下子躺在地上，勉强喘息着。

除此之外，缺少饮水和药品是眼下最大的难题。

缪璃在屋子里照顾赫萧和鲁丑，用竹针做针灸，帮助他们尽快提升元气。

聂深守在门口。

时间接近午夜，第六个工作日即将开始，聂深却无事可做。他扭过脸，瞥了一眼门侧的角落，郑锐坐在黑暗中，身上捆着绳索，头上罩着一块黑布。

聂深转过视线，抬头望一眼前方顶棚上的裂口。裂口之上，乌云翻涌。

聂深开始回顾与恶徒交手的情景。

已经表现出明确技能的恶徒，有张白桥和叶彩兰。

张白桥转化之后，头发也白了，一打起来就用脑袋撞，无疑是头硬似铁，而他当初"自杀"，就是脑袋上的伤口。据赫萧回忆，张白桥的脑门明显瘪了一块，露出白骨，像是自己猛撞棱角而死。

叶彩兰是死在床头柜里，身体扭曲得不成样子。如今的技能，明显是以身体的柔韧度取胜。上一战袭击议事所、今晚偷袭戏楼，应该是她发挥了不小的作用。她缠绕鲁丑以及进攻时的姿态，完全就是蛇的形态。

据此推测其他恶徒的技能：柴兴死于水中，可能具有游泳和潜水的强技能。所以他在陆地上并不是战斗主力，还要借用羊骨棒当作武器。同样的，郑锐是被羊毛圈勒死的，但不知他的强技能是善于闭气，还是眼睛的功能？

姚秀凌和汪展，打斗中如毒蝎交缠，互为攻守，强技能颇有仿生学的神韵，必然是拥有了模仿生物的特殊本领。

那么林娴呢？无论进攻还是撤退，她都在队列中间位置，俨然众星捧月一般，大概只有当战局落定，需要验收鉴定时，她才会出手吧。她直接通过郭保得以转化，属于"一步通神"之徒。能够得到如此殊荣，对于原本柔弱胆怯的女孩来说，真是造梦般的人生逆转。

聂深从门前站起身，走到郑锐面前，慢慢蹲了下来。

"你考虑好了吗？"聂深问。

黑布里面传出粗重的喘气声。

"郑锐，我一直在想，你一个大二学生，到底能有多缺钱？"聂深说着，把郑锐脑袋上的黑布揭掉了，"拼了命地要得到奖金，却落到这个地步，你家人会很难过的。"

"他没有家人。"身后传来赫萧的声音，"命运图经很清楚，他三岁到五岁时生活在国外，被人带回来以后，发生过丢失事件，被找到时都快死了。他现在的父母，很难说是不是亲生的。"

郑锐那仇恨的目光始终没有变化，自始至终不开口。

聂深扭脸问："缪璃呢？"

"小姐太累了，睡着了。"赫萧缓步走来，身体微微摇晃着，脚下仿佛踩着棉花团，脸色仍然苍白无血。

"时间不多了，我们要尽快得到有用的情报。"聂深说。

赫萧瞥了一眼墙角的郑锐，冷冷道："对付恶徒，谈话不起作用。"他从口袋里掏出火柴，在手上把玩着，弯腰盯着郑锐，"人的身上有七十七处弱点，正好是一盒火柴的数量。"刺啦一声，赫萧划着一根火柴，"但你可能例外，因为你已经不是普通人了。"

赫萧把火柴凑到郑锐眼前，几乎燎到了睫毛。郑锐猛地一挣，浑身缩紧。

"怕火是你们的一个弱点，但还不够。你们对火的感觉，更多的是愤怒。为什么？"聂深问。

郑锐没有看聂深，只是瞪着赫萧的手，目光竟往上移，对准了火焰。

火柴很快烧完了。赫萧划着第二根。

郑锐仍然怒视着火焰。赫萧皱起眉头。

聂深观察着郑锐，说道："他的眼睛变了。"

"怎么回事？"

"火焰让他们心神紊乱。"

"很好。"赫萧划着第三根火柴，另一只手拉开郑锐的眼皮，"这里的肉很嫩，一根火柴就能烤熟。"

火柴逐渐靠近眼皮内侧的红肉。

郑锐拼命扭动身体，双眼炽烈。

聂深从旁边把火柴吹灭了。郑锐顿时放松下来，呼呼地喘着气。

赫萧退到一旁，该聂深上场了。二人的默契，是在并肩战斗中产生的，之前还互相救过对方，在不知不觉间，已从最初的猜疑、对抗，到彼此建立生死兄弟般的信任。

聂深拍了拍郑锐的肩膀，说道："别指望我对你有什么善心，我是一个现实的人，给你开口说话的机会。"

郑锐瞪着聂深，一言不发，嘴角喷着白沫。

聂深笑眯眯地引导着："老弟呀，我有点好奇，你们这些家伙似乎是杀不死的，几场战斗下来，无论打得多狠，也只是阻挡你们的行动……"

郑锐得意地笑道："尊主改造了我们的臭皮囊，我们强大完美。"

聂深淡淡一笑："体育老师没教过你吗——自然平衡法则，太阳和月亮都逃不过去，作为碳基生物，我们更是如此。"

"尊主是宇宙最强！"

"你呀肯定没交会费，你们老大没给你讲实话。"聂深抬手戳了戳郑锐的胸口，

"转化以后是要付出代价的，必然要损失其他能力的，而且一定是致命的。"

"尊主神秘莫测，尊主无处不在，尊主给我们力量！"郑锐号叫着。

聂深站直身，扭脸看了看赫萧。

二人走到一旁，低声交谈起来。

赫萧问："你明白了什么？"

"郑锐讲的，其实就是一个东西：声音。"

"你确定了怪物用声音控制他们？"赫萧注视着聂深。

聂深点点头，"具体程序不清楚，肯定是个复杂的环形网络系统，主核应该是林娴，怪物通过林娴操纵其他恶徒，不会过度消耗能量。"

"那我们的应对策略呢？"赫萧问。

"简单地说，掐灭他们的声音源头，应该能干掉他们。"

赫萧想了想，说："用火不是更快吗？凡是解决不掉的，就用火烧。"

聂深笑着说："诸葛村夫也喜欢用火，你俩是一路人。其实用火最好的办法是焖锅，最好先把恶徒们弄到一个封闭空间内。"

赫萧瞥了不远处的郑锐一眼，没再开口。

聂深走回来，继续审问郑锐："你告诉我，为什么把那只绵羊的血和羊奶放掉了，你把血和奶藏到了哪里？"

郑锐突然叫道："我砸烂了那两个死佣人的脑袋，哈哈哈哈！我还要砸烂赫萧和鲁丑的脑袋，哈哈哈哈哈哈……我砸烂了胡丙和老昆的死人头……"

聂深一巴掌甩到郑锐脸上，郑锐不吭声了。

赫萧走过来，划着第四根火柴，一边烧灼郑锐的鼻尖，一边说道："鼻尖高于身体表面，它一年四季都是凉的。"

火舌舔着郑锐的鼻尖，郑锐的身子颤抖着。这种疼，是一种尖尖的、紧紧的疼。鼻尖上烧了个绿豆大的伤疤。

郑锐却又发出狂笑："两个死，换两个活，哈哈哈哈哈。两个死，换两个活……"

赫萧划着一根火柴，另一只手拉开了郑锐的眼皮。

这时缪璃从屋里跌跌撞撞跑出来，问："赫萧，他刚才说什么？"

聂深拦住她，"不要受到恶徒的影响。"

郑锐尖声说："缪璃不死，赫萧和鲁丑必死！"

聂深将缪璃推回屋内，"他在扰乱我们的心神。"

"可他说的话，一定有含义。"

"当然，所以这就是我和赫萧要解决的问题。"聂深返身关起屋门，"你放心，我们只是审讯，不会杀了郑锐，还要用他诱捕其他恶徒。"

正在这时，戏楼的大门突然敲响了。

（3）

一个钟头前。

主楼一层的大厅内，五名恶徒经过短暂休整，在一起商讨营救郑锐的计划。

来自三楼的钢琴声在头顶飘荡，姚秀凌露出难以掩饰的厌烦表情。汪展不停地给她使眼色，试图安抚她。

另外三名恶徒中，柴兴留意到姚秀凌的神色，嘴角带着一抹阴笑。张白桥的注意力在叶彩兰身上，郑锐不在，这对他而言是一件好事。自从转化为恶徒后，张白桥感觉自己身体的欲望越来越强烈，在这方面，他对姚秀凌和汪展充满了嫉妒，那两个家伙本来就放纵，如今更是一有空闲就纠缠在一起，倒也不愧对双蝎的名号，交配能力极强。张白桥相信叶彩兰绝非清心寡欲之徒，身体里面也在蠢蠢欲动。

但恶徒们并不知道，随着战斗力提升，男女恶徒的生育能力已经丧失。这既是一种平衡机制，更是内部共生模式。不然的话，女恶徒怀孕了怎么收拾？那不仅拖累行动，还会让恶徒产生私心，母性和父性必然干扰他们的意志。

楼上的钢琴声不知什么时候停止了。林娴的身影出现在二楼转弯处。

大厅的恶徒们立刻面向林娴站立。

"商量得怎么样了？"林娴嗓音平淡，微仰着头颅，并不看其他人。

"贤者，我们……"

叶彩兰刚一开口，她的话就被打断了。

"领牲贤者没有保护好同伴。"姚秀凌说。

叶彩兰一愣，扭脸看一眼姚秀凌。汪展目瞪口呆，慌忙拉扯姚秀凌的衣襟。

姚秀凌甩开汪展的手，叫嚣道："贤者亲自带领你们攻取戏楼，却失败而归，还差点被烧死，并失去了同伴郑锐。"

"秀凌！"汪展颤声道，"求求你，别说了。"

"我说得不对吗？"姚秀凌扫视其他恶徒，"你们没忘了吧，上次就是因为领牲的瞻前顾后才让聂深得手，这次恐怕也是这个原因！"

林娴缓步走下楼梯，微仰着头颅。

"现在就让领牲贤者给我们一个交代，否则我不服！"姚秀凌豁出一切地说道。

恶徒们沉默着。

林娴来到大厅，神情飘忽，整个人似乎并不在这里，而是融入了一段乐曲中，她的眼神偶尔流露出傲然和不屑。

叶彩兰从队列中走出，恭敬地侍立在林娴身边。

林娴瞟了一眼姚秀凌，淡然说道："今天命你和汪展堵截聂深，你是不是想杀死聂深？"

"没错！"

"正是你的急躁，破坏了行动。"林娴说话时并不看姚秀凌，"给你的指令，是拖住聂深，缠绕而不靠近，就不会让聂深抓住弱点。"林娴的目光转到姚秀凌脸上，"因为你的愚蠢，聂深才能赶到戏楼增援，坏了大事，从而失去郑锐，我也无法向尊主复命了。"

"杀不杀聂深全是随机应变！"姚秀凌叫道，"只可惜我不配与尊主直接谈话，通过别人传递的信息，谁知道会发生什么？"

汪展紧抓住姚秀凌的胳膊，带着哭腔说："求你了秀凌，快道歉。"

"我没错！"姚秀凌推开汪展。

"你是在质疑我了。"林娴的嗓音平淡，脸上并没有出现一丝愤怒的表情。

姚秀凌梗起脖子："尊主会做出公正的裁决！"她似乎在呼唤天意。

然而天意的代理者，只有林娴。

林娴扭脸瞥一眼张白桥和柴兴："白头、兴浪。"

"是，贤者。"二人同声应道。

林娴淡漠地吐出四个字："她要裁决。"

张白桥突然一头撞向姚秀凌，把她撞到墙上，反弹到地上。姚秀凌正要反抗，柴兴蹿到姚秀凌身边，抡起羊骨棒打在姚秀凌的脑袋上。姚秀凌怪叫一声侧翻在地。

柴兴一脚踩在姚秀凌肚子上，羊骨棒连砸三下。"好好享受吧——这就是——你要的——裁决。"

姚秀凌猛地扯住柴兴的腿。柴兴一趔趄。张白桥再次冲来，一头撞到姚秀凌的腰上，把二人同时掀倒在地。柴兴挣脱出来，羊骨棒劈头盖脸地砸向姚秀凌，像在捣蒜一样，嘭嘭、咚咚……姚秀凌身体翻滚、颤动、起落，脸上血肉模糊，惨叫声不断。

叶彩兰看不下去了，偷偷瞥一眼林娴。林娴仰着头颅，一只手微微抬起，优雅地弹奏着，仿佛在为姚秀凌的惨叫声谱曲。

汪展傻站在一旁，一动不动。

林娴走到窗前，望着远处的戏楼。

汪展这才像想起什么似的，对着林娴的背影咕哝道："贤者啊，秀凌错了，求贤者饶了她吧，饶了她吧……"

林娴神色平淡，仿佛是在初雪的清晨，独自漫步花园。

姚秀凌又挨了几十次重击。

汪展乞求的声音越来越小，被姚秀凌的惨叫声淹没了。

张白桥一头将姚秀凌顶得飞起来，柴兴在空中挥棒，把姚秀凌砸得二度飞起，在空中折翻，脸庞撞到对面的墙上。一道血痕从墙上划下来。

姚秀凌落地后，终于发出了哀求声："贤者，饶命……贤者……饶命。"

林娴优雅的弹奏动作停下来，并不看任何人，只是淡然问："还有质疑吗？"

"饶命……贤者……我有罪。"姚秀凌发出垂死的哀哭声。

林娴缓步上楼去了。在二楼转弯处，她说："兰蛇，你随我来。"

"是，贤者。"叶彩兰踮着脚尖，慌忙跟上了林娴。

大厅里，汪展扶起姚秀凌，抹掉她脑袋上的血迹。这张脸，就连她妈妈都认不出了。

林娴的霸权，就在这张脸上得以宣示。

戏楼的大门被敲响的时候，郑锐忽然笑了起来，发出一连串老鼠啃噬木器的声音："吭哧吭哧吭哧……"

聂深用那块黑布把郑锐的脑袋盖住，随即走到大门后面，问："是谁？"

"谈判。"外面的声音传进来。

赫萧走到聂深身边，二人互视一眼。聂深扭脸往后看了看，缪璃正想过来，聂深抬手制止了她，示意她守住火线，一旦有变，立刻点燃防御带。

聂深打开大门时，赫萧立刻挺起腰，脸上自动生成冷酷之气，以掩饰自己的伤痛之躯。

门外站着林娴和叶彩兰。

聂深越过林娴的肩膀扫了一眼，周围空荡荡的，没有其他人。聂深的目光从林娴脸上飘过，看着旁边的叶彩兰——她手上托着七个大锦盒。

聂深的视线回到林娴脸上，淡淡一笑："和我谈吧。"

林娴嗓音漠然："你是客人，赫萧是管家，我要和东主谈。"

"层次提高很快啊。"聂深露出嘲弄的笑容，扭脸问赫萧，"你的见解呢？"

"林小姐要谈什么？"赫萧问，手上还在把玩火柴。

林娴看也不看赫萧，转身对叶彩兰说："走。"

"是，贤者。"叶彩兰应道。

"等等，我跟你谈。"缪璃的声音传出来。

赫萧想要阻止，缪璃朝他摇摇头。赫萧无奈。

聂深问："在哪里谈？"

缪璃说："请林小姐和叶小姐进来吧。"

五个人走进戏楼后，聂深发现，缪璃刚才把郑锐挪到了火线上，旁边是易燃物，摆出了"一言不合就要开烧"的架势，很有教育意义。聂深暗自称赞。

桌子是现成的，搬出来放到开阔区域，两把椅子对面而坐，缪璃身旁是聂深与赫萧，林娴身后是叶彩兰。七个大锦盒放在桌子上。

林娴开门见山："我们用七份衣料，来交换郑锐。"

缪璃说："我们不想做任务了。"

林娴面无表情："是要决裂吗？"

缪璃说："老昆和胡丙死在你们手上……"

"那是必要的牺牲，就算你不懂这个道理，聂深与赫萧一定懂。"林娴说。

"既然能做到这么狠，尽可以连我们一起杀了。"缪璃说。

林娴静默片刻，说道："我是在修复关系，将事情带回正轨。尊主的悬赏任务，本来就是客人们进入缪宅的原因，到此时此刻，并没有改变，期间出的种种波折，只是尊主的适当安排。"

"口口声声尊主，那你们作为尊主的奴仆，为什么不自己做任务呢？"赫萧在一旁说道。

"他们做不了，"聂深接口说，"自从有了增强技能后，原本细致入微的天赋就被掩盖了，我估计，他们无法长时间把注意力集中在一个点上，如果集中精力超过一定时限，就会脑血管爆裂——这就是天道公平，强技能带来的副作用。"

"天道？"林娴冷冷地说，"在这里，天道就是尊主，完成任务，是你们最后的一点价值……"

"说到底，目前做任务的只有我一个人，我是不是应该好好谈一谈条件？"聂深笑道。

林娴并没有看聂深，目光投向赫萧："记住你和尊主达成的协议。"

"还说什么协议？"赫萧的语气变得极冷。

"尊主是宽容的，只要完成任务，还是放你们离开缪宅。"林娴说。

"我不相信这种鬼话，"缪璃从桌旁站起身，一边走一边说，"而且我不同意交换。"

赫萧追上去，与缪璃轻声谈着什么。

林娴对聂深说："你不去劝劝吗？"

"你笃定了我们会答应。"

"给你们十分钟时间商量。"林娴不再看聂深。

聂深很想问问林娴，她自己还记不记得，之前的她，还是那个喜欢用小花盆养多肉、一紧张就狂吃零食减压的小虎牙妹妹。

"还有八分钟。"叶彩兰漠然说道。

聂深只好走到缪璃身旁。只听缪璃说："手上有个郑锐，我们还有一点资本。"

赫萧说："从郑锐嘴里什么都得不到，即便弄死他，院子里还有六个恶徒。"

缪璃转脸问聂深："你的想法呢？"

聂深嗓音低沉："以目前的力量对比，我们无法抗衡，戏楼的防御也只是暂时的，顶不了多久，水和食物都已经降到极限了。"

缪璃叹口气。她何尝不明白，四个防御者中，赫萧与鲁丑都有伤，而她自己，面对恶徒时几乎没有战斗力。恶徒们根本不用打，困也能把他们困死。

缪璃努力抑制着，但眼角还是渗出了泪水。

赫萧从自己口袋掏手帕，手帕拿出一半，在指间捏着，雪白的一角上绣着淡淡的梅花。

缪璃深吸一口气，用手背抹净泪痕，转身走向谈判桌。赫萧把手帕塞回去，与聂深一起跟上来。

缪璃站在桌前说："我们同意交换。"

后边的郑锐发出一阵狂笑："哈哈哈哈，两个死，换两个活……"

林娴朝叶彩兰示意。叶彩兰如疾风一般掠到郑锐身边，把那块黑布用力往下一拽，裹住郑锐的脑袋，一把拖起来。郑锐还没说完，便被卡住了，笑声变成一串断断续续的漏气声。叶彩兰拖着郑锐的脖子，将他一路拖走了。

林娴步态优雅，离开了戏楼。七个锦盒留在桌子上。

（4）

第六个工作日于午夜零点开始。

时间紧迫，不仅工作量倍增，还要在有效时间内加快进度，聂深独自挑战着这个几乎不可能完成的任务。

目前已经缝制好的两份衣料，是聂深和柴兴的，其余五份中，林娴的进度最快，这倒是出乎聂深的意料，聂深本以为姚秀凌和汪展的进度应该最快，但他们却双双排在林娴之后，接下来是郑锐，最慢的是叶彩兰，从她原本的进度看，堪堪能在期限内完成自己的一份。

聂深先把林娴的工作收尾，耗时两个钟头，然后在黎明前，完成了姚秀凌的任务。还剩三份，聂深已经感到精力不支了，便停下来休息。

他现在所处的房间，是紧挨过道的杂物室，原先堆放的戏装和道具都搬出去了，戏装什么的，全部作为易燃物，堆砌在火线上，另外一些道具，赫萧正在拆解、重组，加紧赶制武器。

鲁丑爬起来帮忙，他现在的体能，虽然无法冲杀，但拆几件家具还是可以的。按照赫萧的指示，鲁丑拆掉了三把胡琴，又掰折扭弯了几根竹竿，那些竹竿本是戏台上摇旗呐喊用的，扯掉旗子，弯曲的竹竿成了不错的弓箭架子，然后把胡琴上的琴弦绷在架子上，随手拽了拽，发出当啷当啷的声音。

制成了三把弓。箭则以削尖的竹棍代替。并不指望这些东西能够杀灭恶徒，但作为防御武器，也能够抵挡一阵子。赫萧嘱咐鲁丑，恶徒的脑袋虽然是目标，但非常灵敏，主要动力都在保护自己的头，以目前的武器，很难给他们造成致命伤。因此要专注于恶徒的最大弱点：脚。他们尽管穿上了皮质护鞋，但对尖锐的东西来说，仍是不堪一击。

鲁丑深刻领会了管家传达的精神，再经过他脑细胞的分解与归纳，总结为一句话："把坏蛋的脚戳烂！"

缪璃从道具里拣出了鼓槌，又让鲁丑把铜锣捏平，卷成尖筒状，套在鼓槌前端，用绳子固定牢靠，成了一支短矛。

如果再制造一些能扔出去的武器就好了，比如炸弹。可是宅院里没有火药，安全屋里剩下的一些灯泡，也只能扰乱一下恶徒，顶不了大用。

杂物室的聂深休息了一会儿，便重新投入工作。这时候天已经蒙蒙亮了。

聂深将汪展的那份衣料展开，从三分之二处缝制起来。他将全部心力投注到衣料上，竹针在指尖中穿插前行，金丝线在薄薄的衣料上蔓延。上午十一点钟，聂深完成了汪展的工作进度。与前面的四份衣料一样，汪展的衣料上，金丝线正好全部用完，没有多余的线头。

随着几份工作的完成，聂深越来越感觉这种特殊材质的金丝线，绝不是普通的纺织工具能造出来的，世界上很少有什么锋利的刀器，能够将这种线割开，更别想用手指或者牙齿把它弄断。

聂深把已经完成的五份衣料平摊在木板上。属于胸部、背部、腹部和双肩的这五块衣料，缝制得相当精致，在柔韧度极高，并且很薄的质地上，针脚间的密度、两针之间的宽度，丝毫不差，数列排序完美无缺。就等着最后的拼合了。

聂深竟有些隐隐的激动，仿佛金丝线细密地织入了自己的心灵。这大概就是特殊工作对人心的微妙改变了。

随即他猛然惊醒：怪物就是通过这项工作，在潜移默化中影响着人的头脑。

聂深直起腰，从工作台上移开视线。按照目前的进度，傍晚六点钟之前，应该能将剩下的两份衣料完成。

聂深喝了点水，饮用水所剩无几，必须珍惜。他又吃了些干苔藓，闭目养神。

中午十二点多钟，聂深开始缝制郑锐的衣料。

主楼一层的厢房内，郑锐还在睡觉。林娴用七块衣料换回了郑锐，但很讨厌郑锐的自以为是，这会给对手可乘之机。

郑锐表现的弱点是在基因里的，至于怎么修复他，则是尊主需要操心的。尊主不会抛弃任何一名徒众，甚至像姚秀凌那样公然挑衅贤者的，尊主也会给她机会。从转化到进化，需要经过血与火的磨炼。七恶徒各自拥有的强技能，是尊主的安排，因人而异、因材而造，缺一不可。

郑锐终于醒了过来。

疯狂地吃了一顿白水煮羊肉后，郑锐恢复了体力。他的食量大得惊人，把一锅半生不熟的碎肉，呱唧呱唧吃了个干净。

然后他被叶彩兰带入大厅。其他人都在等他，各个脸上充满期待——除了姚秀凌，仍然神色灰暗。

林娴环视众徒，说道："把郑锐换回来，还有个重要原因。"

恶徒们望着林娴。

林娴接着说："六天前，悬赏任务即将展开时，邮差在外世界暴露了踪迹，企图用张白桥代替聂深入宅，险些破坏了尊主的计划。外世界负责追捕邮差的徒众，采取了果断措施，及时弥补了漏洞，不过邮差逃脱了。六天的追捕，邮差再次消失，各种迹象表明，他极有可能再次潜入了通道。"

"贤者，你担心聂深他们会从通道逃出去？"柴兴小心翼翼地问。

"他们并不了解通道，唯一知情的是赫萧。二十七年前的第二届悬赏任务期间，有一位高中教师泄露给赫萧，不过，以赫萧的学识和身份背景，他只会当作是那人疯了。这位高中教师被尊主转化后，目前也在外世界追捕邮差。"林娴微微提高语调，"我们需要提防的，并不是聂深他们，而是邮差。他知道那条通道——通向无数泡沫中的一条，存在于空间和时间的裂缝中。"

"所以邮差潜进来以后，就会把聂深他们带出去。"汪展身子一颤，低喃，"偷渡？"

"邮差具体做什么并不重要。他只要进来了，必将全面破坏。"林娴说，"六天前已经发生过一次险情，外世界徒众的失误，需要我们来弥补。"林娴微仰头颅，以眼角的虚光扫视众徒，"宅中婚礼即将举行，婚礼之前，绝不容许有破坏者。"

"胆敢从空隙爬进来，找死。"汪展呼应着说，"是不是，秀凌？"他拼命给姚秀凌使眼色，希望姚秀凌表现出积极向上的态度。

"嗯，必死。"姚秀凌低垂眼皮说道。

"贤者，请指示。"张白桥说。

"白头、兴浪、兰蛇，你们协助锐目，组成第一搜查队。"林娴的目光投向郑锐，"把你从戏楼换回来，就是让你发挥超一流的视力，穿透浓雾，往远处眺望，任何一丝异常变化，都要发出警示。"林娴的目光转向另一边，"我和凌展双蝎反方向巡察，作为机动力量，一收到信号，立即施援。"林娴陡然加重语气，"必须将邮差堵截在缪宅以外！"

"是，贤者。"众徒异口同声说道，"尊主在上，不辱使命。"

"记住，绝不能轻视邮差，邮差虽然是普通人出身，但他所属的信使家族，已经绵延上千年。欧氏家族只做信使，做到极致。从幼儿时期就接受严酷训练的欧阳红葵，有着超乎想象的追踪和逃遁技能。外世界的徒众追捕二十七年都没有得手，就证明了这一点。"

"贤者，一旦发现邮差，如何处理？"郑锐问。

"杀无赦！"

（5）

聂深着手缝制叶彩兰的衣料，竟比预想的困难。叶彩兰居然有一个失误，聂深要拆掉一段金丝线，以改变走向，这使得原本就不快的进度更慢了。

仅仅这一点扭转工作，就耗时近两个钟头，所幸衣料柔韧度极高，虽然很薄，却并没有因为这一番折腾而损坏。

聂深集中精力，潜心缝制。下午五点多钟，终于将叶彩兰的工作进度完成了。

杂物室没有窗户，聂深坐在墙边的椅子上，手指捏着眉心，觉得浑身发冷。今天的工作量远远超过往常，聂深担心不能完成工作。

他忧虑的并不是惹怒怪物，而是悬赏任务背后连接着自己的身世之谜。他进缪宅的唯一目的就是弄清自己的身世，眼下只能先完成悬赏任务，才能一步步逼近谜题，最终带着答案，离开缪宅。

门外传来一阵轻轻的脚步声。

聂深抬起头，看到缪璃站在门前，正探身往里看。缪璃手上提着一把弓，另一只手握着几支竹箭。

聂深笑了笑："看见工人偷懒，工头是打算射一箭吗？"

缪璃脸上微微一红，表情却很淡然，"刚去戏台那边练习射箭，路过这里看看。

你很累？”

“还好。完成了进度最慢的衣料。”聂深瞥了工作台一眼，“比预计时间拖长了，不过郑锐的衣料比叶彩兰的好做。”聂深扭过脸问，“赫萧、鲁丑怎么样了？”

“还是有些虚弱。”

“不要紧，缝制衣料的过程中，恶徒们不会捣乱的。”

缪璃默默地低头摆弄着弓箭。

“练得怎么样？”聂深问。

缪璃摇摇头：“不准，指东打西。”

聂深笑出了声：“你这个词用得有趣。”

“不打扰你了。”缪璃转过身去。

“等等，”聂深走过来，微笑地伸手说，“我试试弓箭。”

缪璃迟疑了一下，抬眼看着他，似乎在琢磨他的表情，然后把弓箭给了他。

“你还是不放心我吗？”聂深笑着问。

“我们认识连一个礼拜都不到。”缪璃说。

“可我怎么觉得，这座宅子很亲切呢。”聂深用玩笑的口吻说。

缪璃却莫名地紧张起来，脸色一暗，没有说什么。

两人穿过走道，远远地对着坍塌的戏台，聂深挽弓搭箭，嗖地射出去。竹箭钉在一根断裂的木头上，箭尾发出嗡嗡声。木头上烧焦的区域腾起一片灰末。

“哎呀，忘了预先设定目标了。”聂深不好意思地捅了一下帽檐。

“箭到哪里，哪里就是靶子，不对吗？”缪璃说。

“对啊，你有成为神箭手的潜质。”聂深笑道。

在他们上方，顶棚的裂口投下一抹微弱的光线，那不是阳光，而是类似于一群萤火虫聚起来的光晕，缓缓飘动着，洒在二人肩头。在光影之中，有一些细小的绒毛状物体飘浮着，使得整个场景充满了静谧的氛围。

在他们不远处，赫萧扶着门框望向这里。他眯缝着眼睛，表情比以往任何时候都凝重。他似乎下了某种决心，然后缓缓转过身，拖着蹒跚的脚步回到屋子里。

晚上十点多钟，聂深终于完成了七份衣料的缝制工作。

他的心，异常平静，既没有喜悦，也没有期待，就像做了一件自己经常在做的事情。

他瞥了一眼工作台上铺开的衣料，按照各自所属的部位放在一起，还需要最后的拼合，才能使之成为一件华丽的长裙——这项工作需要耗费的心力，绝不亚于单块衣料的缝制。完成后的长裙，要做到天衣无缝，只能等明天了。

还有一整天时间，够他完成任务了。

而现在，聂深有个强烈的愿望，这个愿望一直在鼓动他——再去一趟地下室。

之前和缪璃练习射箭时，聂深借了她的钥匙，只说是研究一下，看看钥匙上会不会透露宅屋的秘密，从而得到怪物更多的信息。这个理由并不是谎言。

三探地下室，就是想得到更多的东西。前两次由于对水的恐惧，以及各种出奇不意的突发状况，导致他总是差一步。

今晚，无论如何也要跨出这一步。

聂深计划好了行动路线。通向地下室的途中，要从一楼的走廊尽头右转，绕过廊柱，有个曲折的回廊，利于隐蔽。只要避开主楼入口的恶徒，借助于遍布各处的拐角阴影，就能潜行至回廊。

七名恶徒不可能全部集中在门前，也不可能始终待在一个地方，他们会穿插巡视，其中就有空档。

聂深做好准备，悄悄离开了戏楼。

他并不知道，七恶徒正在应对真正的危机：邮差。相比来说，地下室无须顾虑，尊主的领地无人可破，尊主更是杀不死的，至少宅中的这些人办不到；随意冒犯的后果，只能得到更残酷的报复，赫萧就是例子。与其说七恶徒是在守卫尊主，不如说，距离尊主越近，越能得到关爱和保护。

此时，七恶徒之中的郑锐，正伫立在一块紫黑色的巨石上，向远处眺望。

郑锐的眼睛一眨不眨，瞳仁上覆着一层晶莹的光泽，并不是明亮的，反而是那种内敛的暗光，显得更加深沉。郑锐站立的巨石，是缪宅以外的狭长区域中最高的视角，犹如瞭望塔耸立在边缘地带。巨石紧挨着界壁，下方既非深渊，亦非断崖，而是茫茫无尽的虚空。

张白桥、柴兴和叶彩兰站在巨石的另三面，各自往远处张望，尽管他们的目光无法透过更深的浓雾，但必要的巡察却不可少。

已经过去了挺长时间，仍没有发现邮差的踪影。

两个钟头前，七恶徒已经完成了第三轮的巡察。

他们分作两组，从缪宅的大门出来后，便沿着围墙外的狭长区域进行搜索。林娴与姚秀凌、汪展组成的机动小组，与郑锐小组反向而行，双方交接后，汇总相关信息，然后继续沿路巡察。

雾气涌动，与连绵无尽的黑暗交织着。每一轮巡察的中途，郑锐都要站在巨石上，进行全面的观察。

然而仍然一无所获。

没有人知道邮差将在什么时间、从哪个方向出现，一旦邮差潜藏在某个死角，那么巡察再多也没用，郑锐的目力无论多强，都不可能同时扫视到三百六十度。以邮差的狡猾，他会进行反观察，先锁定最危险的观察者，然后针对郑锐，寻找空隙，乘虚而入。

第四轮巡察的交接处，林娴发布新指令：众徒散开，不要放过任何一个角落。

七条黑影无声无息地隐没在浓雾中。

（6）

聂深用缪璃的钥匙打开了主楼侧门。主楼太安静了，他动物般的本能并没有发出警示，这让他感到奇怪，难道恶徒们又设了陷阱？但这次情况不同。

聂深没有急于进入一楼的走廊，先朝大厅方向靠近些，有灯光从大厅透过来，但没有声响。一楼通向二楼的转弯处也没有恶徒守候。聂深故意做出一点响动，周围毫无反应。

聂深思忖片刻，继续按计划从走廊尽头右转，绕过廊柱，快步走入回廊，经过各种古木家具、灯笼，来到那座花架前。

聂深左右看了看，绕过那盆紫红色的花，顺着螺旋状的台阶往下走去。

身影迅速消失在地下室的入口，聂深感觉肾上腺素陡然提升了，身体在压力状态下微微绷紧，带动大脑兴奋。

穿过鱼腥味弥漫的走道，聂深的警戒指数保持在高位。他仍然谨记：决不要碰触两旁的石壁，以免碰到黑暗中掩藏的金属物，尽管那种可能性微乎其微，赫萧早就检查无数遍了。

每次到了这个地方，聂深总要习惯地抬起手腕瞥一眼，已经被改装过的手表，仍然没有变化。

聂深走到那块微微凸起的石棱前，上面的纹络以及纹络中间的"育""赦"等字早已熟识。聂深弯腰捡起一块石头，对着石棱旁边的青砖敲打起来。青砖上刻着的一大一小两个三角，随着敲击声，墙上出现了椭圆形的凹陷区域。

聂深从这个区域过去，来到三破口，加快步伐走向右侧那条路。与前两次一样，突然一阵怪风吹来，尘雾弥漫，脚下的路微微颠簸起来。

聂深莫名地有些紧张。

穿过那团雾，随着闷雷般的隆隆声，脚下的震动加强了。

聂深跑了几步，终于来到厚重的石门前。

紧闭的石门里面突然变得一片死寂，而那死寂中分明有一股无影无形的力量，似乎在吸引着他。他又产生了那种陷入感。

聂深喘了一口气，拿出钥匙，找到最大的一把，插入锁眼。

聂深心里微微一松，然而拧动钥匙，却无效。

他愣了一下，把钥匙拔出来看了看，能够配上这种锁眼的，只有这把钥匙，缪璃不可能故意给他一把假钥匙。聂深第二次试探，钥匙在转动中卡住了，聂深手上用力，钥匙的木柄险些断裂，他连忙停下手。

接连试了三次，失败。

眼见到了石门前，却被阻挡，聂深实在不甘心，也很着急。他又习惯地抬起手腕看表，忽然觉察到了什么。他将目光转向石门，凑近了看，门上有浅浅的暗纹，如果不仔细看，还会以为是长期在潮湿地带，遭到水气侵蚀而形成的凌乱纹路，但近距离审视，却发现这些暗纹并不是随意的。

聂深把手表摘下来，翻过来看着底盖，表盖上同样透出浅浅的暗纹，与石门上的纹络相互照应。

这一发现让聂深感到头皮一麻。这块失而复得、经过神秘改装的手表，难道有什么特殊的指向？

聂深盯着手表的后盖——那个状如钥匙孔的细小缺口。

聂深的手指有些颤抖。从口袋掏出张白桥的领针，插进缺口，微微一转。

然而并没有反应。

聂深吸口气，大脑突然闪过灵光，心念随之一动。他拆掉手表的后盖，内部的两个刻度盘中间有一支曲柄，拨动分针，曲柄上的八个数字开始变动，向右拨动，数字变大，向左拨动则数字变小。聂深曾经对这个装置感到难以理解，不过此时此刻，他知道自己该做什么了。

聂深一边拨动分针，一边从不断变动的数字中，选定自己的生日号码——19910226。

手表突然发出铛的一声，齿轮部件自动运转起来，木头和银器交错磨合，外围雕刻的七十六个字符泛起光泽，位于装置前端的刻度盘，与低一级的刻度盘进行着令人眼花缭乱的交叉运行，随着咔的一声，对应的轨道形成。

聂深怔怔地看着。一切发生得太快，他甚至忘了自己在做什么。

五秒钟，手表里的部件静止。聂深回过神。领针还嵌在后盖的钥匙孔中。

聂深抬起脸，视线从手表移到门上，略一思忖，他抬起手表，连同那枚领针一起对准门上的锁眼。领针插了进去，手表便与石门紧紧贴合。聂深稍稍用力，将手表按压在石门上，咔嗒一声响起，里面似乎咬合了。聂深松开手。

手表紧贴在门上，如同一块凸起的圆形部件。手表的正面朝向聂深，后盖与领针一起嵌入门内。

聂深伸出手，将里面仅剩的那一根分针，拨到了十二点的位置。一刹那，石门的内层陡然发出呜——嗡的声音。

聂深退了半步，赫然发现，整座石门呈现半透明状，犹如镶在门框上的一块巨型白玉。原本隐约可见的浅色暗纹，已经清晰地浮在了门上，纹饰越来越明显，伴随着淡淡的白光闪耀，一枚徽标显露出来。

这是一枚双鱼形徽标，位于石门正中，直径二十五公分。

聂深的目光触及这枚徽标，顿时感觉周围的空气突然一凛，身体随之一颤。

"我这是怎么了？"聂深低语。

他感到前所未有的巨大悬垂感，整个人似乎脱离了地心引力，实际上双脚仍然踩在地上。他觉得自己身上的血液忽而变得炽热，忽而又冰凉，他甚至能感觉到大脑的神经元在冷热交替中不断振动着。

他凝视着那枚徽标，身子不由自主靠前。

与此同时，有一股无形的力量，顷刻间就将聂深拉向石门，身体猛地贴在门上，通体有一道细密的电流感飞速袭过，脊背被一股力量按了一下。

聂深如同一个铁人被巨大的磁石吸引，就在他的身体贴上石门的瞬间，门打开了——仿佛是被他撞开的。

聂深顿时感到浑身一松，他此时已经站在石门内侧。他低头看一看，又晃了晃四肢，身上并无异样。他扭脸看看石门，手表还嵌在那里，但纹饰已经消失，双鱼形的徽标也不见了。聂深皱着眉头，把手表从门上摘了下来。

他的脑子时而清醒，时而混乱，不知道自己身上发生了什么。现在没有时间多作考虑，石门后面的黑暗还在迎接着他。

聂深踩着地上的死鱼残渣，走了过去，沿着台阶往下几层，脚底照例踩到了薄薄的积水。

聂深又往前走了一段，看到一具仰躺的尸体，那是被赫萧开枪击毙的郭保，模样很奇怪，更像是蜡封的状态。

聂深没有耽误，继续往黑暗里走去。他咬着牙根，这次无论如何也不能停下脚步，即使要面对的，是以往的恐惧之和，他也决不退缩。

对于已经陷入泥潭的他来说，这向前的一步，也许就是人生的终极考验。

此时在缪宅围墙外的狭长地带，七恶徒的搜查工作仍在进行。

林娴发现郑锐的观察角度不对，一个人的全景扫视，在弥天大雾中很困难。

两组进行第六轮的交接时，林娴命令自负的郑锐调整观察角度，并将两个搜查小组合并，重新编队，由她亲自带领。

郑锐在队列外侧，视角以 90 度为半径，一段一段地搜索。其他徒众间隔巡察，每个徒众行走的间距，以各自的目力范围为界，保证每一段路径都有徒众看到，这相当于聚合七徒之力，形成全景扫视。

新的搜索方式展开不久，郑锐便看到了一抹微光一闪即逝。郑锐立刻报告林娴。林娴带着郑锐、姚秀凌和汪展赶往微光之处。其他三名徒众继续搜索。

微光出现在虚空一侧，那里是空间扭曲折叠的边缘地带，位于界壁。如果微光的闪现确与邮差有关，那就表明邮差已经无限接近缪宅了。在外世界中，只有邮差明白这里是怎么形成的，用最浅显的理解，类似于从时空中"挖"出一块，将其扭曲折叠，制造出"时空缝隙"，围绕缪宅形成一堵环状封闭的次元壁，而邮差知道怎么在这堵看似牢固的墙上，找到缺口——所有的系统都有漏洞，古老的欧阳家族，是存世唯一懂得打开缺口的信使家族。

林娴的手心捏了一把汗。自转化以来，她第一次感到了紧张，即使曾被赫萧用竹刀刺到脖子，她也没有害怕过。而眼下她深切地预知到，一旦邮差潜入缪宅，她将受到尊主的严厉惩罚。

林娴的眼中露出死光。

她挥了一下手，那三个恶徒立刻分散，展开包围之势。

（7）

隆隆的震颤，脚下的晃动感。聂深心无旁骛，迎着远处传来的诡异呼吸声，一步一步走向黑暗。

模糊的视野中出现了涌动着的暗淡光泽。

聂深停下脚步，望着那个渊洞。涌动的水里，光泽渐渐扩散，形成半圆形的光晕。渊洞中心的庞大活物缓缓变得清晰，但仍然是无法对焦的叠影状。

怪物的周身分离出一片迷蒙的冷光，轮廓被一片虚渺的重影勾勒着。聂深想看得更仔细，踩着积水又往前走了几步。对水的恐惧不是凭借意念就能轻易消除的，源自童年的可怕记忆，刻骨铭心。尽管当时他感觉自己在水下能呼吸，但被母亲突然扔到水里，带给幼小孩子的心灵恐慌无法消解。

他停下脚步，将注意力投向渊洞深处的怪物。

原先看见的一蓬彩色东西，不是水草，而是怪物的头发。彩色头发遮掩的面容看不清楚，却有两点猩红的光泽透出来，在头发之间闪烁。

聂深突然想起，在修车店的时候，银子弥给他讲过九渊市形成的传说。

　　九渊市的前身鲩城，据民间传闻就是一个彩色头发的人，将沙脊积聚成片，逐步建立渔村、城池。到了清朝中期，又是彩色头发的人，乘坐金属小舟，来到四域海流汇聚之处，弹了一曲《九渊》，将鲩城定名为九渊市。然后彩色头发的人又在两千公里外的北京，成为犯人、遭受凌迟刑，最后却逃走了。

　　从荒凉海域上的沙脊积聚成片，到村庄建立、城市形成，再成为历史上最后一个被凌迟的犯人……

　　聂深的脑子一片混乱。

　　四周的呼吸声越来越沉重，既有聂深自己的，也有来自渊洞里的怪物的。

　　聂深又往前走了一步。迈出的每一步都像是拖着自己的生命。

　　缠绕在怪物身上的铁链，是一套装置，九条铁链从怪物身上延伸开来，通向四面八方。那便是怪物的巢穴，在此等待"天选之才"。

　　这时，聂深的目光突然被一个东西牢牢吸引住了。

　　他的心脏急速跳动起来。

　　他看到怪物旁边的黑暗中，半圆形的光晕边缘，悬挂着一个人！

　　那人挂在铁链上，手臂垂在身体两侧，皮肤发白，不知挂了多久，从外观看，身躯完好无损。

　　种种迹象表明，怪物并不食人，或者说，怪物在缪宅并不嗜食人肉。

　　那人显然是被怪物控制着的，但他还活着吗？如果是尸体，怪物为什么要挂在身旁？也许那具躯体，就是一个饲育设备，一个器皿？

　　聂深目光游移，没有在铁链上找到其他东西。

　　从渊洞深处传来呼吸声，聂深突然有个强烈的感觉——

　　黑暗中有一股力量在呼唤他！

　　缪宅围墙外的狭长地带，林娴带领郑锐、姚秀凌和汪展来到了微光处。很快，其他三名恶徒也从远处奔来。

　　微光从一道狭窄的界壁处显现，周边十米之外便是虚空。

　　林娴示意柴兴上前察看。柴兴俯身走近几步，用羊骨棒捣了一下，界壁裂开——其实不是界壁本身，而是垫着的几块石头。石头松开后露出了一道光源，郑锐一瞥之下，说道："不对！"

　　石头散开后，显露出六只手电筒。手电筒的灯头互相碰在一起，摆了个类似雪花的六瓣造型。

　　这是个陷阱！

"中计了。"林娴迅速后撤。

恶徒们瞬即闪开。

刚才柴兴的羊骨棒捣动时，已经触发了机关，手电筒内部爆裂，一片亮银色的光线散射出来，发出轻微的嗖嗖声。那不是光线，而是一种细小尖锐的武器，几百枚的散射，犹如雾中骤然落下的冰雨，将周围数十米封住。

当场便有五名恶徒被射中，倒霉的，如汪展，由于体胖，足有三四十枚锐物扎在身上，更有几枚落在脸上，险些刺中眼睛。

林娴没有受伤。叶彩兰为她挡了十几枚锐物。

姚秀凌也没有受伤，这得益于她的速度。

林娴迅速调整队列，朝着另一方向追去……

那块紫黑色的巨石旁，出现了两只手。双手扒住界壁向上用力，那个一脸麻子的中年男人露出面容。

欧阳红葵警觉地向四周扫视，确认安全后，一只手抓住石缝间的棱角，借力一跃，到了地面。

欧阳红葵背靠巨石，单膝着地，伏低身子，以更加警觉的目光扫视迷雾。

他站起身，判断了缪宅的方位——穿过这片雾就能看到围墙了。

欧阳正要迈步，浓雾中，一个身影缓缓浮现。

欧阳向后一退，紧紧盯着那个颀长的身影。

"赫萧？"他轻唤。

身影清晰了，赫萧来到欧阳红葵面前。

欧阳忙说："你来得正好，快带我入宅。"

"世上哪有那么多'正好'。"赫萧冷冷地看了一眼欧阳。

欧阳一皱眉头："赫萧，你什么意思？"

"你不该来。"赫萧说。

"二十七年前，就是在这里，我遇到了那个女人。"

赫萧轻叹一口气："我把她从渊洞带到地面之上，是想让她在宅子里好好休息，她却趁我没注意，逃出缪宅围墙，去跳崖。我一直以为她死了。"

"幸好遇到我。"

"只有你能找到通道，否则她根本逃不出去。"赫萧说。

"正是因为那次解救行为，我才从她口中断断续续得知缪宅里发生的可怕事件，并推测出怪物的计划。"

邮差先是感到前所未有的恐惧，然后意识到这关乎人类的生死存亡，于是决定，打破信使家族延续了数千年的中立立场，不惜背叛自己的家族，不惜破坏雇主的行动。

"那你现在来干什么？"赫萧问。

"带聂深走。他是整个链条上的一个点。"

"谁也走不了。"

"什么？"欧阳的眉头皱得更紧了。他历经险阻，无数次命悬一线，这么多年遭遇的危机，在前几天更是达到了炽烈的程度。然而冲破重重阻碍后，却得到这么一句话。

"赫萧，你已经犯过一个错误，不能再犯错了。"欧阳红葵说。

赫萧沉默。

然后他开口道："很早以前，义父对我说过，一个人，如果能连续一个月不犯错，他就能赚得全世界。我以为那并不难，我甚至，曾想拼尽一己之力，八十一年都不犯错。"赫萧微微叹息一声，那种痛悔和愧疚之情，又在啃咬他的内心，"但现在，我只能用这个错误，来修改那个错误。"

"一起走不好吗？"欧阳恳切地说，"时间不多了，缺口随机转换，再过一个钟头，谁知道会发生什么。"

"出去以后呢？我不知道你们在外世界遭遇了什么，但从你的眼睛看得出，除了惊恐逃亡没有别的，那样的遭遇，还要复制到缪璃小姐身上吗？"

"我说的不只是一个缪璃……"

"在我看来，只有这一个。一起走，就是一起死。"

"我不跟你争论，"欧阳红葵急道，"聂深在哪里？"

"你刚才说，他是整个链条上的一个点。你要打断那个点吗？"

"带他出去，是死是活可以重新选择。"

赫萧摇摇头："我说的不是这个意思，他是死是活，不是我们能决定的。我只知道，你失败了。你只会东躲西藏，二十七年的时间证明，你的办法行不通。"

"聂深进入缪宅是一个圈套，我在外世界被追杀的时候，尽全力阻止他入宅，可惜……"

赫萧摆了一下手："不需要解释已经发生的事情。"

"等我们一起到了外世界，凭我们三人之力，保护缪璃绰绰有余。"欧阳做着最后的努力。

"太天真了。"赫萧冷笑，"你可别忘了自己的家族。你背叛了他们，他们不会放过你。身陷两大势力的追杀，你还能躲藏多久？你又给其他人带来什么？"

"好吧，你们可以不走，但我必须带聂深离开！"

"怪物不可能让你送他出去的。"赫萧漠然说道，"外世界的恶徒在出口等着你，这边的恶徒也在搜捕你。"

　　"那是我要操心的！"欧阳愤然道。

　　赫萧淡漠一笑："更重要的是，聂深不会离开的，他进入缪宅的目的，就是寻求身世之谜，不找到答案，他会走吗？"

　　"我能告诉他答案。"

　　"那只会让问题变得更加复杂。"赫萧微微倾身，靠近欧阳，"你还没有醒悟吗？你总想在链条中间打断一个点，但那是没用的，还会长出其他根系。只有一个办法能彻底消除麻烦，就是打断源头！"

　　"怎么可能？"欧阳愕然道。

　　"聂深可以办到。"赫萧语气平静。

　　"你想怎么做？"欧阳盯着赫萧。

　　赫萧静默片刻，缓缓吐出一句话："顺从意愿。"

　　欧阳怔了一下，随即猛醒："你——要顺从于怪物……"

　　"他想要天选之才，我让他如愿以偿。"

　　"如愿以偿？"邮差冷笑，"这句话从你嘴里说出来，我竟然不感到惊讶。"

　　"本来就没什么可惊讶的。"

　　欧阳急得五官都变形了："你简直不可理喻……"

　　"够了，你浪费的时间太多了。"

　　"没想到你那么冷静睿智的人，居然变成了这样。"欧阳惨然一笑，"你要把聂深送到怪物面前，你知道这样做的后果吗？"

　　"不是我送去的，聂深自己一定会去，这是他的意志，我只是顺势而为。"

　　"好一个'顺势而为'。"欧阳指着赫萧，"为了一个缪璃，竟让人类世界，毁在你手里！"

　　"到了最后，总是要赌一下的。"赫萧漠然一笑。

　　欧阳红葵正要说什么，表情忽然一顿，眼角余光飘到了侧后方。透过浓雾，他的耳朵捕捉到轻微的响动。就在他一愣神的瞬间，赫萧突然出手，猛地一推。

　　欧阳红葵完全没有防备，身子往后一仰，脚步踉跄着努力保持平衡。赫萧急步向前，以更大的力量推出。

　　欧阳红葵失足跌下界壁。

　　摔下去的时候，他并没有慌乱，伸出手，探取能够抓住的东西，手掌却不断往下滑。他猛地抓住一个棱壁，那是个光滑的石角，但没有抓住。他继续往下坠落，速度极快，眨眼便消失在浓雾弥漫的虚空中。

　　赫萧静静地站着，面无表情，毫不动容，仿佛刚刚推下去的是一根木头。

　　几乎与此同时，七道黑影从雾中浮现。恶徒们看到眼前发生的一幕，欲往上冲，却被林娴挡住。

"不必了，搜查任务已经完成。"林娴暗自松了口气。

郑锐俯身，往浓雾深处张望，"邮差死了？"

"掉到那下面，他的存在已经无意义了。"林娴淡淡一笑。

"就算他有命爬上来，也赶不上参加婚礼了。"姚秀凌接道。

"婚礼结束后，界崖闭合。欧阳家族中这位最传奇也是最可耻的信使，将永远在雾中徘徊，品尝自己的耻辱。"林娴说。

"可我不懂，"叶彩兰问，"赫管家为什么突然朝邮差下手？"

"为了保护缪璃，他愿意做任何事。"林娴望着不远处的赫萧。

赫萧朝这边漠然一瞥，转身走向缪宅。

那颀长的身影在雾中渐渐模糊，随后便消失了。

（8）

地下渊洞内，挂在铁链上的那个"器皿"不再随着水流摆动，而是滑到半圆形的光晕之外，隐入黑暗。

聂深联想到母亲留下的遗言，以及自己在缪宅寻找的蛛丝马迹，他认为那个人体器皿，就是他要寻找的秘密，也许能够回答他，为什么二十几年他要生活在惊恐与动荡之中。

铁链突然一动，悬挂的"器皿"又一次转动了起来，周围的水流带动旋涡，将那人摆到了光晕中，像木偶一样晃动。

与此同时，周围有一种暗哑模糊的回应声，更让聂深坚定了信心。他忘掉一切，一脚踏入水中，身体往下一沉，急忙挣扎着浮起来。水面上波动的不是风，而是从幼儿时奔涌而来的恐惧记忆。聂深仰脸深吸一口气，继续往前走。

这时，聂深的后背突然袭来一阵剧痛，原本那细密的电流感瞬间增强，脊背上仿佛被剪刀戳中，一左一右铰动着。聂深在铺天盖地的疼痛中，身子一歪，头磕在了石台上。

仅存的最后一丝意识，命令他爬起来，他的手胡乱抓住石台，拼命往上一挣，倒在水边不动了。

一阵匆匆的脚步声传来，聂深却浑然无觉。

一只手抓住聂深的衣领，要把他拖起来，但手指滑开了。接着是两只手紧紧地抓住聂深的肩膀，艰难地拖动着。

漫长的拖行，仿佛没有尽头。

把聂深拖到石门外后，缪璃也耗尽了力气，瘫坐在地上。她又累又害怕，绝望得想哭。汗水从额头淌下来，迷了她的眼睛，流到嘴角，与泪水融合，辨别不出哪一滴是汗、哪一滴是泪。

迷蒙中，又有一只手伸了过来，扶起缪璃。是赫萧。

赫萧拖起聂深，努力向外走去。

"小姐，他怎么会晕倒？"赫萧问。

"我也不知道。"缪璃有气无力地说，"幸好还不算太迟。他向我借宅子里的钥匙的时候，我就觉得不妙。后来发现他不见了，我想跟你商量的，可是你也不见了。"

"哦，我去散步了。"赫萧平静地说。

"散步？"

"嗯，活动活动筋骨。"赫萧笑了笑。

"七恶徒也不见了。究竟出了什么事？一个个全都没了。"缪璃神色焦虑。

"这不都回来了嘛。"赫萧语气温和，"我散步前，见你在休息，就没叫醒你。不然我会叮嘱你不要乱跑。你一个人又去地下室，万一发生……"

"好了，你又来了。"缪璃认输投降，"我本来是打算和你一起去地下室的。"

赫萧马上转移话题："聂深在地下室昏厥这件事，非常蹊跷。"

"难道他不是……"缪璃欲言又止。

"就是他，不会错的。"

赫萧没有告诉缪璃，他刚才见到了邮差。他一经发现七恶徒全部到了围墙之外，便明白外面出事了。七恶徒摆出如临大敌的阵势，只会防守一个人，果然是邮差。邮差的出现，进一步确认了聂深的来历。

"赫萧，你怎么不说话了？"缪璃问。

"噢，我在想……聂深在地下室晕倒一定另有缘故。"

"当时他的脊背很烫，我还以为是什么怪病，但很快又恢复了。"

赫萧低头沉思着。

"等他醒来好好问问吧。"缪璃提议。

"还是静观其变吧。"

"可是他……"

缪璃还要说什么，鲁丑忽然醒过来，身体一动，嘴里迸出一个字："渴。"

赫萧苦笑一下。

缪璃忙说："我去拿水。"

缪璃把水壶提过来，只剩壶底一点水了。鲁丑很自觉，往自己的小杯子里倒了一点，刺溜一声，一饮而尽。

"水好甜。"鲁丑舔着干裂的嘴唇，露出婴儿般的笑容。

缪璃扭过身，悄悄抹掉眼角的泪。

聂深仍在沉睡。缪璃有些担心，聂深之前中过毒，后来又与恶徒们不断战斗，接着又是昏天黑地地缝制衣料，眼下遭此重创，竟不知病因。

缪璃忽然想起什么，"对了，可以喂他服食一颗羊眼。"

赫萧用竹刀剖下两颗羊眼后，胡丙把羊眼浸泡在剩余的羊奶中，转交给缪璃，缪璃一直珍藏在身边。

赫萧却有些迟疑。

"羊眼是精神集中的结晶物，"缪璃说，"我在英国读书时，教授说过，哺乳动物的眼睛非常消耗能量，需要身体不断地输送能量给它，它就像人身上的电灯，尤其是咱们家那只羊，活了那么久。"

"意思就是大补。"赫萧严肃地说。

缪璃被赫萧的表情逗笑了。

赫萧又说："可我是打算给你服用的。"

"现在顾不了那么多，先救了聂深再说。"

赫萧苦笑："好吧。但另一颗，你一定要保存好。"

"嗯，听你的。"

身后的鲁丑忽然来了句："羊眼有什么嚼头？还不如一颗枣子。"

缪璃笑了起来，转身去拿羊眼。

赫萧来到昏睡的聂深前，稍加思忖，把聂深翻过去，低头看了看脊背，再把聂深翻过来躺平，自己缓步朝门外走去。

安全屋的光线愈加幽暗，在墙壁投下浓重的阴影。

聂深忽然发出模糊的梦呓声："妈妈，我不会让你失望的……"

赫萧的脚步顿了一下，继续向前走去。

第七章

FINAL EVOLUTION

无人祝福的婚礼

✕

如果此时有漫天繁星，那么所有星星的光芒都已吸到了缪璃身上。

华丽如琼宫之内的翡影，高贵似瑶池之上的飞霞。鲛绡嫁衣衬托的新娘，如灵境之花，如虹翼，

如星翠。

（1）

凌晨，在一片沉寂中，缪宅广阔的庭院突然明亮了起来。

第七个工作日已经进行了三个多钟头。灯光如同花朵一般，逐次从各个角落绽放开来，甚至能听到细微的绽放声。

哗。哗。哗。哗。

"缪璃小姐曾对我说，很久没有看到鲜花了，却觉得院里处处是风景，那些枯树，凄凉美丽。"赫萧低喃。

聂深站在赫萧身旁，望着窗外层层叠叠展开的光芒之锦。这样的景象，对于习惯都市夜景的他来说，一点都不稀奇，可是，聂深却觉得如此震撼。也许是因为连日来看尽了沉沉的黯青色调，乌云之下，身心早已融入了雾与凄凉。此时骤然打开的视野变得如此绚烂，不禁心潮澎湃。同时，却又感到如此虚幻。

窗外的院子里，缪璃在花海般的灯光里欢笑。鲁丑更像个孩子似的，手舞足蹈，不停地在地上打滚。

赫萧的目光追随着缪璃的身影，忽然觉得眼角有点湿润。他侧过身，手指从眼角轻拭而过。

聂深的目光望向更远的地方，七恶徒竟以悠闲的身姿，在院子边缘徘徊，似乎也在享受这突如其来的美好一刻。

每个人都表现出和平的姿态，看来恶徒们也都在准备着婚礼事宜。

"天亮以后，长裙就能完成吧？"赫萧问。

聂深点点头，"再做两个钟头，就能全部拼合完毕。"

"小姐穿上以后，一定很美。"赫萧说，"这是你送给她的礼物。"

"事情就这么结束了？"聂深扭脸问。

"刚刚开始。"赫萧说着，转身从窗前离开，"我给你看件东西。"

赫萧拿出一张旧照片。这是用老式宝丽来相机拍出的照片，拍照之后，相机可以直接吐出照片，日期显示是二十七年前的四月十日。在七个人的合影中，聂深一眼便认出了年轻的母亲。母亲站在两个年轻女子中间，三人并列在第一排。第二排是四个年轻的男子。照片的背景是主楼一层的大厅。

"照相机是其中一位男宾的，用他们的话说，他是一个摄影发烧友。"赫萧不露声色地瞥了聂深一眼。聂深专注地盯着照片。赫萧接着说，"他们来到宅子的当天，老昆给他们开过会后，就在大厅里聊天，有人提议照张合影，他们就请缪璃小姐帮忙。"

照片上的母亲梳着马尾辫，戴着那条项链，当时吊坠儿还没有送给缪璃。照片上的一切看起来都很平常，就是一群年轻人的聚会场景。

"我爸爸……就在其中吗？"聂深的目光扫过第二排的四个男子。

赫萧的眉毛动了动，"为什么这样问？"

"我在渊洞里看到铁链上挂着一个人，就在怪物旁边……不知是死是活。"聂深嗓音沙哑。

"你想救他出来？"赫萧若有所思地低语，观察着聂深的表情。

聂深抬头看着赫萧，他抬头时，赫萧却把目光投向了照片。聂深问："你认为不可能？"

赫萧不置可否。

聂深又拿起照片认真端详起来，视线从四个男子的脸上逐一飘过。

聂深问："他们是做什么工作的？"

赫萧从第二排的最左侧开始数："第一个是园林工人。第二个是国营商场的采购员。第三个是高中教师。第四个是无业游民。"

四人的面容并不清晰，毕竟照片放了二十多年，而且当年的成像技术也有欠缺。相对来说，整张照片中，母亲的面容是最清晰的，这可能是母子连心的缘故吧，看到自己血脉相连的亲人，总是觉得看起来很鲜明。

聂深又盯住照片上的四个男人，一个一个仔细看，期望从中发现什么。

"别乱猜了，"赫萧劝道，"你没见过你的父亲，认不出来的。"

聂深有些伤感，又向赫萧打听母亲身旁两个女人的身份，得到的回答是，一个是清洁工，一个是幼儿园老师。

聂深的眼睛忽然睁大，目光定住了。

赫萧忙问："你发现了什么？"

聂深把照片换了个角度，侧面对着光线，双手轻轻转动着，借着反光隐约能看到，在四个男子背后，也就是照片的背景墙上，有一个非常模糊的图案。

那是一个不规则的圆圈。

聂深感觉自己的呼吸停止了。

背景墙上映现的，是一个命运图经。

聂深突然明白了：那天照相的时候，在一个特殊角度，闪光灯映出了背景墙上的东西，但肉眼很难察觉到。

更加诡异的是，在合影的七人中间，聂深母亲的面容最清晰，并不是错觉。此情此景很容易让人推测到，背景墙上隐约呈现的命运图经，便是母亲的。

聂深的手指颤抖起来。

如果那确实是母亲的命运图经，那就太让人感到痛苦了——图经上大片的代表希望的绿色，几乎占据了图经的百分之九十。

这本来是一个对未来充满了向往的幸福女孩，在她前半段年轻的生命中，她会把自己遭遇到的生活挫折温柔化解。因此聂深才感到无比痛苦：此后母亲的命运被撕裂得如此彻底。同时被撕裂的，还有母亲对人世的希望。

"聂深，你相信我吗？"赫萧忽然问。

聂深从沉重的思绪中摆脱出来，看着赫萧。母亲从小就教育聂深，不要相信任何人。她说这话的时候，那眼神，有一种决裂。可她又非常信任邮差。

也许每个人，都会选择相信一个人。

聂深说："我不知道你哪句话是真的，哪句话是假的。"

"这并不重要。"赫萧摊开双手，做了个无奈的表情，"你想救出渊洞里的'器皿'，不是不可能。"

"有什么办法？"

"具体怎么做，需要你自己去找。只要你真的想阻止怪物，只要你有坚定的意志，就能办到。"

"这是最后一个考验吗？"聂深微笑着问，"你之前对我的种种不信任，以及对我的考验，就是担心我没有对抗怪物的信念？"

"其实我到现在也不能完全肯定。"赫萧转脸望向窗外，目光幽暗深沉。

在这座死寂的老宅困守八十一年，终于迎来了唯一的机会。

正因其"唯一"，更让人忧惧。心中记挂着缪璃的安危，让赫萧在果决与迟疑、镇定与不安中纠缠着。他做到了自己能做的一切，剩下的，就只能交给身边这个年轻人了。在这关头，仅凭默契是不够的，二人在战斗中产生的信任，互相拯救中得到的力量，已经化作情义，无须言语表达，在二人内心紧紧连在一起。只有真正疾恶如仇的人，才能从对方眼中看到那份信任。

赫萧说："缪璃小姐博览群书，她在暗中研究过对付怪物的办法，但是没用，因为你无论做什么，首先必须走近怪物，与之面对面，才有胜算的一线希望。我曾经试过，输得很惨。"

"所以你假装认命了。"聂深说。

"这个世上，只有你能靠近怪物。"

"为什么是我？"

"你是唯一把七块衣料全部缝制完成，又能把七块衣料拼合为一条长裙的人。"赫萧转身注视着聂深，"你就是他等候了八十一年的天选之才。"

"仅凭一件长裙？"聂深有些不相信。

赫萧的神色中闪过一丝犹豫，几乎就要脱口而出，但瞬间的权衡利弊，这个风险不能冒，尤其是在如此紧迫的时间里。

赫萧平静地说："接连三届的悬赏任务，就是为了找到一个不世出的天才，妙手天成，出神入化。"

"就让我假装顺从怪物，去帮他修补鳞片。"

赫萧点了点头，悠远的目光投向窗外，院子里依然灯光灿烂。"怪物的弱点，就是鳞片。当年那个割掉他鳞片的人，为人世赢得了一线生机。"

"所以婚礼必须要举行了。"聂深说。

"你看，宅院已经装点起来。"赫萧竟露出温和的笑容，"充足的电力供应，拜这场婚礼之赐，那个怪物，一定心情大悦吧。"赫萧的笑容凝在唇角，语气变得黯淡，"这么多年的黑暗隐伏，他终于得到了他想要的。"

聂深望着神情复杂的赫萧，有些捉摸不透。他总感觉赫萧话里有话。

聂深说："赫萧，你和缪璃小姐结婚后……"

"不。"赫萧像被戳中了软肋似的，扭脸直视聂深，"与小姐结婚的不是我。"

"那是谁？"聂深愕然。

"你才是和小姐结婚的新郎！"

（2）

缪璃正在荡秋千，这是鲁丑给她做的。缪璃在院子里玩的时候，并未在意远处游荡的恶徒们。凌晨时分突然点亮的灯光，犹如久困荒漠的人，忽然在午后遇到了一场温暖的太阳雨，让她的心都融化了。

灯光照亮了庭院，雾气消散了，就连夜空中的乌云也淡了。

赫萧告诉缪璃，今天至少是安全的。

鲁丑更是一副没心没肺的表情，一会儿翻跟头，一会儿打滚。但他的目光总是不经意间投向远处，徘徊在院子边缘的恶徒们，如同一群狼，窥视着草原上悠闲踱步的羚羊。鲁丑并没有放松警惕。

庭院一角，灯光照不到的地方，姚秀凌和汪展低语着。

"尊主要求杀掉赫萧和鲁丑，这个任务必须完成。"姚秀凌说。

"尤其是赫萧，我越看他越生气。"汪展说。

柴兴从旁边凑过来说："可是赫萧把邮差推下界壁，帮咱们解决了麻烦。"

汪展说："哼，苦肉计。"

姚秀凌说："那个不重要。"

"对，只要弄死他，就什么疑虑都没了。"汪展做个手势。

柴兴从被灯光照亮的园子里收回目光，说："看看鲁丑那个蠢货，他以为自己在保护缪璃，其实是缪璃保护了他。"

汪展咯咯地笑了。

一阵脚步声传来，郑锐从一片灌木后面现身。很明显的，他刚才和叶彩兰在后面做了什么，出来时还显得意犹未尽，但叶彩兰没出来。

郑锐往远处瞥了一眼，说："聂深与赫萧在戏楼的窗户后面。"

柴兴阴着脸说："所以两边都不能动手，这边怕误伤了缪璃，那边怕误伤了聂深。可是怎样才能杀得了赫萧和鲁丑？"

姚秀凌说："他们总有分开的时候。"

汪展说："贤者会有办法的。"

一提到林娴，姚秀凌便不吭声了。

郑锐忽然看到叶彩兰在另一边招手，旁边还站着林娴。郑锐赶紧让恶徒们集合。

缪璃忽然发现，恶徒们抬着一个东西从主楼出来。走近了，缪璃愣住，忙从秋千上下来。

他们居然抬来了那架钢琴。

这是产自德国的门德尔松牌老式钢琴，缪璃从十三四岁就开始弹奏，后来的八十一年里，这架钢琴更是成了她唯一的精神寄托，令她爱不释手。

此刻，在林娴的指挥下，他们把钢琴抬到了缪璃面前。缪璃这才意识到自己有多么怀念它。只有真正懂琴、爱琴的人，才能明白另一个懂琴、爱琴者的心情。缪璃始终觉得，林娴也许并不像她表现出来的那么恶毒。大概她也是身不由己，就像当初的郭保一样。

这种钢琴属于老式款型，琴箱大而沉，且在房间久未挪动，不过对于恶徒来说却是轻而易举，只需姚秀凌和汪展就能抬过来。其他恶徒远远地站着，但叶彩兰不在其中。

"缪小姐，这么好的景致，弹奏一曲吧。"林娴嗓音平淡。

正是这种腔调，反而更让缪璃揣摩不透，如果她刻意做出温柔或者热情，缪璃会提高戒备。自从宅中情势突变后，这是她们第二次面对面相遇，不过，上次谈判时，林娴可是一脸冷酷。而此时的林娴，更接近转化之前的模样，像一个柔弱的小虎牙妹妹。

缪璃竟产生了一种想法，意图寻找时机，拯救林娴，帮她从邪恶控制中脱离出来。缪璃相信，只要林娴作为一个人，心不死，就有救。产生这个念头的原因，也和之前郭保的境遇有关。缪璃认定是缪家害了郭保，郭保成了那副样子以后，更觉得是缪家亏欠了那个年轻人，而缪璃无论多努力，终究没能挽救郭保，这便是缪璃内心的隐伤——即使吐露给赫萧听，赫萧也只会说一句：事情已经解决了，不必顾虑。

"缪小姐？"林娴轻唤。

"哦，谢谢。"缪璃说。

林娴亲自把琴凳端过来，放在缪璃身前。缪璃坐下来，深吸一口气。

一阵悠扬的钢琴声，如潺潺流水，缓缓荡漾在心间。

庭院中的一切，仿佛都在静静聆听。即使那不懂音乐的，也能领会琴声中的美好韵味，宛若星光流泻，随着拂过的微风轻轻颤动。

缪璃的面颊被一抹灯光笼罩，朦胧的光线映在长长的睫毛上，她陶醉在自己的世界里，双眼微阖，白皙的手指轻柔地抚动着，任那旋律在指尖流淌。

一曲终了。掌声响起。

"贝多芬的《月光曲》，真美。"林娴一边轻拍手掌，一边发自肺腑地说，"我也喜欢贝多芬，还有那首《命运交响曲》。"

"我想起你来琴房的时候，我们谈论音乐的情景。"缪璃说。

林娴微仰头颅，目光扫过不远处站着的恶徒们，"可惜，他们是不懂的。"

"嘿，我也不懂！"鲁丑冷不防来了一句，"请问尊姓大名，我总是记不住你们这些坏蛋的名字。"

"喂，蠢家伙，怎么对贤者……"张白桥欲上前。

林娴瞥了张白桥一眼。张白桥彻骨一寒，低头缩住肩膀。

林娴脸上仍是平淡的神色，"缪小姐，你弹奏的音乐，真的打动了我。这架钢琴，我没有资格拥有，现在就把它物归原主，给你抬到戏楼。"

对于林娴突然表现出的善意，缪璃感到不解，她很清楚林娴痴迷音乐的状态，林娴热爱音乐甚至是一种病态的，应该独占才对。

缪璃问："你为什么这样做？"

林娴露出神秘莫测的笑容："就把它当作我对您的恭敬之意。"

"什么……什么意思？"

"您将成为家族的女王殿下啊。"林娴收起了笑容。

　　缪璃弹奏的《月光曲》飘进戏楼时，聂深与赫萧还站在窗前。

　　二人沉浸在乐曲中。

　　聂深说："你刚才说的话，如果不是开玩笑，那就是恶作剧。"

　　"我没有闲心陪你玩。"赫萧说。

　　"和缪璃结婚？"聂深苦笑，"简直不可理喻。"

　　"怎么，小姐配不上你吗？"赫萧冷冷地看着聂深，仿佛只要聂深说一句"是的"，他就会扑上来掐死聂深似的。

　　"这不是般配不般配的问题，"聂深说，"我根本不想结婚。而且，我根本就不了解缪璃。"

　　"你究竟是不想结婚，还是想先了解一下再结婚？"赫萧问。

　　"哎……"聂深举起一只手，"行，别再扯了。"

　　他忽然一皱眉头，上下打量着赫萧。

　　"你看什么？"赫萧问。

　　"那次你见到郑锐布置的婚房，然后就像受了刺激一样，性情大变。"聂深沉吟着，"那就是说，结婚，以及谁和谁结婚，都是怪物的安排。你确定了怪物的意图以后，才决定去地下室向他开枪。"

　　"见到婚房，只是进一步确定了怪物的意图。"

　　"噢，我想起来了，我第一次跟踪缪璃去地下室时，听到郭保突然对缪璃说了一句话，缪璃当场就崩溃了——郭保对她说的应该是：你将与聂深结婚。"

　　赫萧点了一下头："意思差不多。"

　　"缪璃就从那以后恨透了我，用涂了墨水的绣花鞋辱骂我，可能还想亲手宰了我吧？"

　　"不是'可能'，而是明确表达了想要宰了你的意愿。"赫萧语气平静。

　　"那我后来中了姚秀凌和汪展的毒，不是很好的机会吗，缪璃为什么又要救我？"

　　"留着你，能阻止怪物。"赫萧说，"缪璃小姐被我说服了，就像这场婚礼，她最终还是接受了我的建议。"

　　"你总能劝服别人，无论老昆还是胡丙，都常年被你忽悠，还有曾经的林娴，你很懂得威逼利诱。"

　　"谢谢。"赫萧嗓音冷淡，"当然，你中毒那次，缪璃小姐没有落井下石，并不是我劝服的结果。她一度想杀掉你，只是出于性格上的无法接受，本性纯真的她，不可能眼睁睁看着你死在面前。她会倾全力救你，宁愿耗尽气力。"

　　聂深看着赫萧。赫萧投向窗外的眼神变得空茫。

静默片刻，赫萧的语气愈发柔和："缪璃小姐是世间罕有的善良女子，在这枯寂的冷宅中困居八十一年，绝望之情随时会侵蚀心灵，而她的心性竟没有扭曲，我不敢想象。"赫萧扭脸瞥了聂深一眼，又将目光转向窗外，院子里的灯光透过窗户映在赫萧的眸间。"这么多年，我们都是在她的光照下勉强活着的家伙，守护她，就是守护我们心中的一点亮。"

聂深久久不语。

然后他问："你既然决定反抗，怎么又劝缪璃同意了这桩婚事？"

"这是除掉怪物的唯一途径。"赫萧注视着聂深。

"我知道是为了演一场戏，但没有必要。"聂深说，"要接近怪物，我可以拿缝制完成的长裙，去怪物面前交差。他让我修补鳞片，就是有求于我，我当然更方便下手。"

"只要在他的巢穴中，你无法取胜。"赫萧说，"其实我以前试过带手枪去地下室，却根本到不了跟前。他能感觉到武器，或是嗅出金属味道。"

"可是那天晚上为什么容你开枪？"

"因为在那个距离上，我对他毫无危害。"赫萧嗓音低沉，"而且，他让我开了枪，就表明，是我在撕毁协议。"

"听起来很无耻啊，明明是他先破坏的。"聂深说，"不过，这也反过来表明，怪物对契约这种东西还是当一回事的。"

"毕竟是他设置的游戏，怎么玩总要有一套章法，这一点我也承认，尽管他的手段无耻，但也有规则。"赫萧把话题拉回来，"总之，我们就顺着这套规则，用一场婚礼，诱使怪物离开巢穴，在地面之上解决。"

聂深思忖片刻，问："怪物为什么非要让我和缪璃结合？"

赫萧轻轻摇了摇头："不知道他想得到什么，也不必管他。我们只要尽全力，不让他得逞。"

聂深不禁有些紧张，自己和缪璃身上，难道锁着什么惊天秘密？

赫萧拉回话题："这场婚礼，对怪物很重要，我相信这是他的家族极为重视的联结仪式。"

"对了，"聂深神色一凛，"怪物选择今天，必然是因为在那个时间节点上，缪宅会成为地球上磁场最强的区域！"

赫萧继续说道："所以你接下来的事情很危险，如果不能诱杀他，后果就不是死亡那么简单。"

聂深说："我会阻止怪物，不仅是为了你们，也为了把父亲带出那个渊洞。"

当聂深说出"把父亲带出那个渊洞"时，赫萧的眼中露出了瞬间的波动，聂深并未注意。

赫萧语气平静："祝你如愿以偿。"

"嗯，结束这一切以后，我也祝福你和缪璃。"

赫萧却把脸转了过去，望向窗外的院子。缪璃正与林娴说着什么。

聂深盯着赫萧看了一会儿，皱一皱眉头问："你该不会没有想法吧？"

"什么想法？"赫萧仍望着窗外。

"缪璃爱你，你也在挣扎，那为什么要抑制自己？"

"你的意思呢？"赫萧淡漠地反问。

聂深险些吐血，"你们早应该在一起。漫长岁月，两颗心相互取暖不好吗？"

"在这里？在这个荒凉的牢狱中？"赫萧转脸，看了看聂深，"我愧对缪璃小姐，当年不该把她接回来……"

"可她愿意啊。"

"我过不了自己这一关。"赫萧从窗前转过身，在屋子里徘徊，"我十四岁，重新开始人生，就是在缪家。老爷收我为义子，又让我成了管家，交给我坚守的职责。这八十一年，如果我放肆亲近缪璃小姐，算什么？胡丙他们是继续称我管家，还是改口叫少爷？就算他们改得了口，心里又怎么服我？一旦对我失去信任，我给他们的承诺就是一句废话，我又拿什么去支撑缪宅？对我不信任，倒还好办，时间久了，他们必然意志崩溃，投靠怪物！"

聂深怔住了。赫萧的语气中很少流露出激动，这显然是触发了他心底的阀门，但很快就会关闭。

这样的男子，世间罕有，只会是赫萧，只会出现在缪宅，而且，只会是在缪璃身边。是缪璃让他付出一切，心甘情愿。

他把自己禁锢在界限中。残酷而优雅，绝艳而桀骜。

聂深在沉默中体会着赫萧的内心。

外面忽然传来嘈杂的声音。

不一会儿，恶徒们把钢琴抬进了戏楼。

（3）

钢琴一进戏楼，缪璃就让恶徒们退出去，上前把大门关了。

鲁丑使出一把蛮力，嗨一声搬起钢琴，聂深与赫萧帮了一把手，钢琴进了安全屋，放在地板中间。在四壁闪烁的玻璃光片中，钢琴更显得古典庄重。

缪璃忍不住又坐下弹奏一曲，这次是德彪西的《月光》，曲调轻柔温馨。

聂深的心思并不在音乐中，他示意赫萧出来。二人穿过走道，来到杂物室，这里已经成了聂深的工作坊，缝制完成的七份衣料还欠最后一道工序——拼合。

聂深轻声说："恶徒攻打议事所和戏楼时，你注意到叶彩兰了吧？"

"她的身体像蛇，什么地方都能进去。"赫萧说。

"那架钢琴有问题。"聂深说，"刚才在窗前，我数来数去，院子里少了叶彩兰。"赫萧明白了聂深的意思，他们对视了一眼。耳畔的琴声还在飘荡。

叶彩兰躲在钢琴里，目的很明确：弄清楚安全屋藏着什么秘密，然后破坏安全屋。

对付一个叶彩兰并不难，但聂深与赫萧达成共识：抓住这个机会，全面反击七恶徒。只是一时想不出策略。

他们俩回到缪璃身边，乐曲正在进入尾声，缪璃脸上是如痴如醉的表情。

鲁丑坐在门前的凳子上，牢牢地盯着外面。

赫萧等缪璃一曲终了，说道："小姐，咱们商量一下婚礼的细节。"

缪璃的好心情一落千丈，抬头看了看赫萧，目光又从聂深脸上飘过。聂深有些心虚，避开了缪璃的视线。

缪璃叹了口气。

聂深忙说："结婚是大事，我也发愁。"一边说，一边暗示缪璃。

缪璃没明白这是什么意思，还当是聂深故意挑动她，遂一脸愠色，起身欲说什么。赫萧抬手，做了个留神的手势，并指了指钢琴。缪璃皱着眉头，看看赫萧，又看看聂深。聂深将四肢并拢，做了个瘦身的动作。缪璃恍然大悟，差点发出呼声。

聂深故意提高语调："我发愁的是，咱俩才认识一个星期，这样就结婚了，彼此不够了解啊。"

赫萧瞪着聂深，眼里透出威胁之意。

聂深暗笑，语气一转："不过，先结婚、后谈情，更符合传统文化，咱俩这是一场复古的婚礼，长辈们一定会祝福我们的。"

缪璃不知该说什么，既想表达不满，却又要附和聂深，难受异常。

倒是赫萧洒脱，用一贯冷静的口吻说道："小姐嫁给聂先生，义父也会满意的。义父在天之灵，必会祝福二位。"赫萧一边说一边在纸上写了一句话，拿给缪璃看。

聂深忽然一笑："这么说起来，我就是实打实的上门女婿，可惜来得匆忙，没有准备聘礼。"

聂深还不知道，"上门女婿"才是缪家的正道。缪氏家族是母系为主，生了女孩便旺，生了男孩总不长久，当年缪济川就是上门女婿，还遵照家族传统改了姓，才能进祠堂奉祀先祖。假如聂深了解缪家的历史，内心恐怕也是五味杂陈吧。

"不必谈什么聘礼了，你亲手缝制的嫁衣，就是最好的礼物。"赫萧说。

两人一左一右隔着缪璃，你一言我一语谈得甚是投机，都对未来的二人小世界充满了甜蜜憧憬，就连鲁丑都支起了大耳朵。

缪璃看看赫萧，又看看聂深，那眼神仿佛在说：你俩都把话说完了，你俩才是心心相印，干脆你俩一起过日子吧！

"婚礼怎么安排，就看小姐的意思吧。"聂深说。

"我也没有意见。"赫萧说。

"我越来越期待婚礼，真希望能早点举行。"聂深说。

"我也是。"赫萧说。

"够了！"缪璃大声说，"两个男人不嫌肉麻啊！"

他们俩眼巴巴看着缪璃。

缪璃喘了一口气，说："当然，我也没有意见。"

聂深忍住笑，说道："那我就放心地去完成嫁衣的最后工作了。"

"嗯，我一会儿让赫萧陪着我，去祠堂祭拜父亲，告诉父亲这个喜讯。"缪璃的目光投向赫萧。

聂深最后瞥了钢琴一眼，转身出了安全屋，走进自己的工作坊。

天已经蒙蒙亮。庭院里的灯光仍在闪亮，屋顶上方又飘起了薄雾。

缪璃与赫萧来到院子东边的祠堂，一进入肃穆的氛围，二人的脚步便轻了下来。

缪璃抬眼望着祭橱，开基始祖女修之位高踞顶端，以下气势壮观的牌位中，依序排列着缪璃的母亲和父亲。

缪璃目光上移，再次望着女修之位，在那漫长悠远的源头上，不知这位始祖，是否预感到了缪家遭遇的劫难。

"我一直相信因果循环之道。"缪璃幽幽地说，"或许，缪家的至上宗主，曾经有过什么罪孽吧。"

"小姐，不可胡思乱想。"赫萧说。

缪璃的视线移到两旁的对联上，低诵道："宝鼎呈祥香结彩银台报喜烛生花，千年香火乾坤久万代明烟日月长。"遂一叹气，"唉，这不是先人对后世的嘲讽吗？"

"小姐……"

"赫萧，这里说话安全吗？"缪璃的语气一沉，警惕的目光环视四周。

"祠堂里说话应该无碍，怪物是通过金属物、水、恶徒之间交相传递、接收消息，我大致只能猜测到这一步。小姐不是暗中研究过怪物的起源吗？"赫萧看着缪璃。

"什么都瞒不过你。"缪璃摇摇头，"不过，你可是有事瞒着我。"缪璃的语气有些撒娇的味道。

赫萧抿了抿唇，低头不语。

"但我并不怨你，你瞒着我，是要自己承担。"缪璃忽然一笑，"还有，就是怕我添麻烦吧。"

"那倒没有。"

"我都要结婚了，你一点也没感觉？"缪璃注视着赫萧。

"小姐，时间紧迫，空谈无益。"赫萧说。

缪璃无声地叹息："二十七年前的那件事，你瞒了我，自己做了决定，后来我知道了，曾一度恨过你，恨你不该。可是，我又能改变什么？如今，该来的，还是来了。"缪璃的目光投向墙壁，"我只是不明白，怪物为什么选择了缪家，选择了我爸爸。"

赫萧暗暗一惊，抬脸看着缪璃，"小姐，你听说了什么？"

"胡丙曾经告诉我——哦，你不要怪他，他是个懦弱的人，可心地很好。"

"我敬佩他，他和老昆已经完成了自己的职责。"赫萧说，"但不知他告诉了小姐什么？"

"爸爸开枪自杀后，胡丙整理遗体，在爸爸的背上看到了二十七个鳞片。"缪璃静静地说。

赫萧的惊讶露在了脸上："胡丙居然……"

"他是吓坏了，始终难以释怀，他希望我能给一个解释，譬如家族遗传什么的。"缪璃苦笑，"可我比他更吃惊，那些鳞片验证了一些事。"

"什么事？"

"验证了爸爸已经成了怪物的仆人，命运不由自己控制了。但他的良知没有泯灭，这是最让我惊讶的。我不停地回想，爸爸让我跟他决裂时的表情，一位父亲，竟然哀求女儿，要父女决裂，你能想象那种心情吗？我当时怎么也想不通，既然那么痛苦，为什么非要决裂？而要决裂，又不告诉我原因。其实他那时已经抱定了自杀的心念——不，是怪物已经决定让他自杀。他在与另一个自己搏斗。"

"义父是伟大的人。"赫萧低喃。又想起缪济川临终之际，抓着他的手对他说的话：赫萧，别让缪璃……

"你没让我见到父亲的遗体，是怕我受不了，其实只看一眼那件染血的衣服，我就已经痛不欲生了。"缪璃哽咽一下，"还有背后出现的鳞片，这是有联系的，对吗，赫萧？"

赫萧默然无语。缪济川的尸体是他亲手掩埋的，地点只有他知道，坟墓在羊舍后面。但不久后他去巡察时，发现尸体竟然被盗了。他暗中调查，发现盗尸者正是郭保，也就是那一次，赫萧才知道郭保碰了宅中的金属物，也已经被控制。他跟踪郭保去了地下室——其实是郭保引他去的，远远地看到怪物，才明白，笼罩缪宅的那股神秘强大的力量，是怪物制造的。怪物通过郭保告诉赫萧，说他只是借一块地盘，用于疗伤，赫萧帮他找到修补伤口的人，就能为缪宅换来自由……

"赫萧？"缪璃唤道。

"哦。"

"你出神了。"

赫萧淡淡一笑："忽然想起了义父。"

"发生在爸爸身上的事，说明怪物出现了小小的疏漏。是父爱，守住了爸爸心中的一点微光。"缪璃望着赫萧说，"怪物并不是完美到无法战胜，否则他根本不必处心积虑，在地下渊洞盘踞那么久、设那么大的局。怪物是被困住了。"

"小姐，你的意思呢？"

"告诉聂深真相，让他自己选择。"缪璃说。

"不。聂深的使命不容他选择，告诉他太多，只会乱了他的意志。"赫萧的语气十分坚定。

缪璃默然无语。

赫萧忽然抓住缪璃的手臂，第一次在这么近的距离望着缪璃。他的目光透入缪璃的瞳仁，在如水般的眼眸深处凝聚。"现在到了紧要关头，任何一丝迟疑都会带来毁灭，我们面对的是无法战胜的力量，哪怕手软一下，就是彻底失败！"

缪璃不知是被赫萧吓住了，还是被赫萧感动了，怔怔地看着他。

赫萧这才意识到什么，松开手，后退一步。

缪璃喃喃低语："当我听说了婚事以后，这几天我一直有个疑问，怪物选择爸爸为仆人，其实，目的就是为了我。"

怪物选中缪济川，并不是将他转化为恶徒，而仅仅是作为一个"饲育器皿"——怪物在他身上培育二十七个鳞片，于民国二十四年育成。随即缪家败落，缪济川卖掉电灯公司，全部财产用于宅屋重建。一切安排妥当，缪济川开枪自杀。

怪物很清楚，缪济川死了以后，缪璃肯定要回家奔丧。因此，缪济川的死，不仅让怪物留下了鳞片，还借机把缪璃锁在宅中。

这是一个长达八十一年，像钟表的齿轮一样严密运转的计划。

"所以，其实是我害了你们，害了缪家，害了所有人！"缪璃发出悲声。

"不……"

"我应该早些死掉……"

"这是横加在你身上的灾难，不是你的错！"赫萧注视着缪璃，语气无比坚定，

"是怪物错了，是命运错了，是上天错了！"

"赫萧……"

"小姐，我一定会带你离开缪宅，会陪你到老。"赫萧双手按住缪璃的肩膀，"但现在，我们必须抓住这唯一的机会，从源头上彻底消除危险，否则就像……"

"像什么？"缪璃问。

赫萧在心里说：就像聂深的母亲，即便逃离了缪宅，也会时时刻刻生活在恐惧中……

"就像一只离开了黑夜的萤火虫。"赫萧低喃。

缪璃浑身颤抖着，指尖变得冰凉。

在戏楼的工作坊内，聂深的手指在颤抖，不知是由于疲惫，还是为即将完成的这个任务而感到激动。激动之情应该是有的，这条长裙本不是俗物，却通过他的努力，出现在生活中。聂深发现，细密地缠绕在衣料里的金丝线，从外观根本看不到，似乎被这种奇特的材质融化了，变成了衣饰的一部分。

聂深停下手里的动作，长长地吸了口气。

分属于人体七个部位的衣料，分别是左肩、右肩、胸、腹、背、前摆、后摆。

现在，聂深把前摆和后摆的最后一条线缝合，长裙即可完工。

聂深久久地站在台案前，俯身看着这件嫁衣。

薄薄的衣料看起来那么柔弱，却透出异样瑰丽的气息，世间无论哪个女子穿上这条长裙，都会变得光彩照人。而缪璃，更像是专为这条长裙而生。

随着聂深的盯视，雅中微艳的长裙上，竟透出一种神秘的珠光，把聂深的目光吸收进去。

聂深移开视线，坐到墙角的椅子上，闭目养神。

结束了？却感觉才刚刚开始。聂深没有时间沉迷于这种氛围，他起身回到台案前，把长裙轻轻叠起，置于一块锦缎中，一起放进盒子里。

与此同时，他想到了一个主意。

聂深来到安全屋，只见鲁丑坐在门口的凳子上，正呆呆地盯着钢琴发愣。

"鲁丑，你看什么？"聂深问。

"啊，啊，这里面有动静。"鲁丑指着钢琴。

"这是琴，当然有声音的，那叫音乐。"聂深认真地说。

"别糊弄我，音乐是小姐敲出来的，没人敲，就不叫音乐，叫动静。"鲁丑坚持道。

"你听错了，"聂深拽着鲁丑的胳膊。鲁丑站起来以后，足足高他两个头。聂深抬头看着他，故意大声说，"走吧，陪我去祠堂接缪璃回来。"

"噢。"鲁丑还在盯着钢琴。

聂深随手搬起凳子，似乎无意地，轻轻放到钢琴一侧靠近底板的地方，凳子腿正好压住了板壁，从里面打不开了。

出了戏楼，鲁丑忽然一拍光脑壳，"啊，你知道钢琴里藏了坏蛋，想把坏蛋闷死！"

"闷不死的，只是困住她。"

"然后咋办？"

"你没听过评书吗，这就是将计就计，等到其他坏蛋来救她的时候……"

"啊，这一招叫关门打狗、瓮中捉鳖！"鲁丑激动起来，捏得指关节咔咔作响。

"低调，低调。"聂深说。

"你又跟我谈音乐。"鲁丑不满地说，"我不管，只要见到狗鳖，就往死里打，打服为止。"

"山人自有妙计，你俯耳过来。"聂深神秘兮兮地说。

鲁丑顿时乐了，他听评书经常有这段，说明好人准备玩死坏蛋了。

二人刚绕过花坛，张白桥和柴兴就冒了出来。柴兴提着羊骨棒，在手上抡耍着，一脸阴笑地看着聂深。

鲁丑从鼻孔里喷出一股气："是狗是鳖，拉出来遛遛。"

张白桥没理他，问聂深："你们干什么去？"

"准备婚礼啊。"聂深说。

"那就好好准备着，瞎跑个什么劲儿？"柴兴阴阳怪气地说。

"我作为缪家的上门女婿，结婚前去祠堂祭拜岳父，让他老人家掌掌眼，不合礼法吗？"

聂深一句话，把柴兴顶得哑口无言。

张白桥不耐烦地说："时间不多了，今天下午五点钟，婚礼准时开始。"

柴兴说："给你们一个钟头。"

鲁丑说："再加十分钟，我先揍烂你们两个坏蛋。请问尊姓大名？"

"呸！"柴兴作势抡起羊骨棒。

聂深一拉鲁丑："走吧。"

鲁丑猛一跺脚，嗵的一声，跟着聂深扬长而去。

聂深一进祠堂大门，就看到赫萧正在独自等候着。

赫萧对聂深说："你快去后面的藏书馆，缪璃小姐正在等你。"

聂深低声说："安全屋已经空了，你和鲁丑盯着点，他们一动，你就给我打招呼。"

赫萧说："要让他们全部行动，最好的办法，我和鲁丑去安全屋做诱饵。恶徒的目标是杀死我俩，就给他们提供一个机会。"

聂深说："七个恶徒打你们两个，太危险。你们上个虚招，把七恶徒诱进屋子就行。"

"我会考虑的。"赫萧淡淡地说着，示意聂深去藏书馆。

聂深转身走进祠堂深处。

缪宅藏有许多奇书异典，万幸的是，缪济川生前没有毁掉藏书，而是把它们封存在祠堂后面的石室中。缪济川可谓真正的书痴，但他事务繁忙，又有电灯公司需要经营，读书的时间几乎没有，对书籍的痴迷便转为购买，不惜花费重金，搜罗各种奇书。

缪璃近几日才渐渐明白，父亲成为怪物的仆人后，大面积重建宅屋，却悄悄保留了藏书馆，是为了给她留下了某种线索——那些线索，父亲自己并不清楚，只是一份神思之外的直觉，期望在各种古籍秘本中，会有某处留下痕迹。

这些全是世间失传的孤本、皇家御书阁的秘藏，堆积在小小的石室中。屋内几乎无法落脚。

"我原本想把这里做成安全屋，但前面有祖上的牌位，不宜惊扰，更主要的是，藏书馆的地方太小了，躲一两个人还行，可我想把大家都安置在这里，就选了戏楼。"缪璃说着，挪开手边的一摞书。

覆着陈旧色泽的书页，被缪璃的纤手翻动，飘起细碎的尘土。

（4）

"这里居然有《山海图经》。"聂深惊叹道，"听说此书是先有图，后有文字……"聂深随手翻开，眼睛瞪大了，"这就是原始版本！"

"这是一本上古史书。"缪璃并不感兴趣，眼睛看来看去，在书堆里寻找着，"听说在我还很小的时候，爸爸就把一些古书塞给我，我抓起来就撕撕扯扯，爸爸由着我去。后来撕着撕着，爸爸发现我不再玩书了，而是对书上的图谱产生了兴趣，于是他逢人就吹嘘，这就是他的教育方式。"

"你爸爸不去北大教书太可惜了。"聂深一边说，一边跟着缪璃搜寻书籍，"我们要找怪物的特点，有没有关于生物进化一类的？"

缪璃摇摇头说："直接相关的书，我爸爸肯定不敢留存。他这是藏书馆，关键是一个‘藏’字，与通常的藏书不同。”

“明白了，是冒着生命危险的。”聂深说着，一指《珍珠秘本工谱》和旁边的《郑和大宝船通图》，“这种纯技术类的古籍，反而有用。”

“嗯，这两本书都已在世间失传。”缪璃拿起《珍珠秘本工谱》，“这本书讲古人怎样探取珍珠，以及珍珠的成色和规格。”

聂深接过书，迅速翻动着。他的记忆力极佳，在不断翻动中，从繁杂的图画和文字里寻找有特殊指向的内容，哪怕一个小小的点，只要与脑海中其他的某个点连接起来，瞬间就能贯通。

“鲛绡纱。”聂深忽然说道，“写珍珠的书里，出现了一种纺织品。”

缪璃仿佛没有听到，正在专注地翻阅自己手头的一本书，那是一本明清之际的志异小说。

聂深继续看自己手上的这本书，瞬间感觉头皮一麻。珍珠里的极致之物，是一种“鲛泪”，杜甫的诗中，更提到那种珍珠是血与泪的凝结。

“鲛人。”聂深低声念出这两个字。

石室内，陡然掠过一阵风，聂深觉得自己的头皮骤然紧缩起来，在那感觉之中，既有惊恐，却又伴随着微妙的兴奋，实在令人匪夷所思。那阵风将身旁堆积如山的书籍，吹得页面翻卷，如同无数历史片断扑面而来。

聂深又拿起那本《郑和大宝船通图》，这完全就是船舶百科图书，用极为详尽的笔触，记载了郑和下西洋之前，怎样选择船舶种类，如何设计、制造、加固舰船，船的高度、宽度、吃水深度，以至几十种船锚的优劣选择。

在三百一十六页的字里行间，聂深又一次发现“鲛人”两个字。

然后在本书的末尾，以不经意的笔法，提到了一次海难：明宣德八年三月二十日，古里国海上漂满残尸，死状奇异。

聂深又马上翻找关于纺织物的书籍。接连翻查了七八本，一抬头，发现缪璃手上正捧着一本书。

聂深问：“你在找什么？”

“鲛绡纱。”缪璃说。

聂深凑过去。两人盯着书页看起来。

鲛绡纱，入水不湿，轻如炽羽，柔若星须。

“这不就是——那件嫁衣的材质吗？”聂深说。

缪璃看了看聂深，点点头。

唐玄宗曾作《霓裳羽衣曲》，传说他是梦见仙山而得到的灵感，实际上极有可能是见到这样一件衣裳，心灵受到震撼。《霓裳羽衣曲》自安史之乱后便失传。至五代时，南唐后主李煜才得了残谱。如今的藏书馆便有一份复刻版残谱，可惜已经失了原韵。

不过更令前人想不到的是，如今鲛绡纱竟能重现。

"缪宅地下渊洞盘踞的，就是鲛人。"聂深说。

缪璃的眼里充满不安的神色。

"你不舒服？"聂深忙问，"是不是这里的空气太闷了？"

"是鲛人，可怕的鲛人。"缪璃语气沙哑。

"别急，还有时间，一定能找到他的弱点。"聂深抓过一大摞书，坐在墙角迅速翻阅。

缪璃坐在他旁边说："越是不搭界的书，越要仔细看。有些文字，藏着的许多细节都值得挖掘，古人一向喜欢把隐秘的消息藏在字里行间，考验的就是后人抽丝剥茧的功夫。"

聂深也是第一次正视这种现象，有些书，一篇文章出现在附页，作者不详，与整部书的内容没有直接关联，但又不完全割裂，妙就妙在这里。

古人习惯把很多复杂的典故组合起来，如同猜谜，解读者只有懂得其中暗藏的各种意义，才能解开谜底、发掘真相。最常见的例子，比如看似唐朝野史的一本书，里面记载了很多奇怪的东西，如果传到民间，会被当作一本宫帷秘闻的猎奇书籍，其实里面暗藏着的就是史实。

古人写书还有一种奇特的方式，就是把一块内容分成很多块，甲书上放一块、乙书上放一块、丙书上再放一块，从表面看，这些书并不是成套的书籍，甚至风格不同，比如甲书是地方志，乙书是人物传记，丙书可能是诗文注解。尤其到了明清两朝，又夹杂在民间小说里，显得更加扑朔迷离。

古人为什么这样做？仅仅是在躲避朝廷吗？显然没那么简单。古人躲避的，也许是比朝廷更大的、更神秘而可怕的力量。

与古人玩了一场捉迷藏的文字游戏后，聂深很兴奋。

缪璃已经坐在旁边睡着了，倚着一摞书，手上还捧着一本翻开的册页。她太长时间没有休息了，在极度紧张、危机重重的环境中，大脑急剧运转太久，就会进入强制睡眠模式。

聂深静静地坐着，脑海里翻涌着各种碎片。

资料，野谈，话本，历史。边边角角。

清朝末年，中国历史上最后一个受到凌迟刑的犯人，名叫符珠哩，这个人物出现在一本世情小说里，通过一个茶商的嘴巴说出来，说那个符珠哩是一位蒙古王爷的家奴，背叛主人而遭到凌迟。行刑那天，刽子手割了犯人二十七刀，犯人最后却被盗匪劫走了，现场一片愁云惨雾。

另一本《地方志》，说到某城有一位刽子手，曾是朝廷的行刑官，最后一次行刑失败，他便离奇失踪。之后，有人在街头遇到此人，双目皆盲。

两本书显然有所照应。

而在一本记载制陶工艺发展的书籍中，提到了秦始皇三十六年，发生在骊山陵墓的事情，简略地描述了人鱼膏和鲛人茧。

在一本民间掌故中，有一个古老传说，关于嬴氏天选之女。秦始皇保护她，就能千秋万代永世为皇。

在一部记载姓氏的史籍中，说到秦朝末年，嬴氏家族受到六国遗民追杀，为避战乱，改为十四种姓氏散落藏匿在人间，其中的缪氏是主脉。

至于大唐贞观年间，发生在洛河与黄河汇流处的事情，出现在内容不同的四本书上，提到了李世民的女儿安康公主险遭厄运，以及黄河之畔的焚杀之战。

由李世民设立、李靖领衔的"诛鲛士"，第一次出现在了文字记载中，但仅有一本书。

聂深休息片刻，发现一堆残破的书籍下面压着什么东西，扒开一看，是一个檀木方盒。由于年代久远，盒子外观的颜色辨别不清了，只能看到绵密的纹络，如涟漪一般蔓延在木盒表面。盒面上落着厚厚的灰尘，稍稍一动，便扰起扑面的尘烟。

聂深小心地抚过盒面，寻找机关。随着啪的一声轻响，盒盖开启，仿佛打开了古老的秘门。

盒内放着一本书，边角残破，厚度约五六公分，墨蓝色封面，字迹模糊不清。聂深仔细一看，竟是一部缪氏族谱。扉页手绘着一只玄鸟，想必是缪氏家族的徽印。

玄鸟身形庄严，约有半尺见方。鸟首微颔，似在沉思。

聂深没时间仔细欣赏，连忙翻开族谱，根据已经掌握的信息，迅速寻找对应内容。

缪氏始祖是女修，这一点毫无疑问。

缪氏源自嬴姓主脉，确定无疑。嬴燚雪是嬴氏改姓前的最后一个人，从她以后，便以缪姓继续传承。

李世民的第十四个女儿安康公主，在这本族谱上有明确标注，其母姓缪。

聂深继续翻查——

元朝末年，天下大乱，嬴姓十四氏全部逃亡海外，缪氏便在其中。直至郑和七下西洋寻找血脉，至明宣德八年，护送十四个男女回国，但在海上古里国遭遇灾劫，十四氏集体自杀，唯有缪氏在郑和帮助下侥幸逃脱，缪月便是嬴燚雪的第五十六代后人，如今的缪璃，则是第七十三代。

所有这一切，正推、反推——从秦朝到唐、明、清……至今。

绵延数千年的各种信息归纳起来，源头就在秦始皇三十六年，鲛人与人类决裂。而在那之前，鲛人在万里之外的深海中繁衍生息，定期上岸与人类做生意，双方关系十分融洽。但鲛王因为不慎伤了天选之女，惹怒秦始皇，遭到灭族之祸。鲛人中的幸存者对人类充满仇恨，族群中最为邪恶的黑鲛人乘势崛起。

到了唐朝，黑鲛人占领了河洛之地，并企图劫掠安康公主，但被诛鲛士打灭。

至明朝，黑鲛人卷土重来，诛鲛士溃散。但不久黑鲛人内部分裂，导致自相残杀。然后符珠哩来到人类社会，以鮀城为巢穴，之后又屈居在蒙古王爷家中，不知在寻找什么，最终被一位凌迟刽子手捕获，割掉二十七个鳞片……

现在，缪宅地下渊洞里，就盘踞着那个黑鲛人。

赫萧曾把聂深安排在汽车房，就是为了让他发现什么。一步一步，试探他、考验他，让他通过自己的努力，集中所有的意志，用来对付黑鲛人。

车库里那辆福特车，车牌号便蕴含玄机："221"是鲛人与人类的决裂年代。

车牌中间的字母"fuzhuli"，是满语的"符珠哩"。

车牌末尾数字"36"，则是离坎路的象征——"离"代表3，"坎"代表6。同时"离"又代表眼睛，"坎"代表耳朵。

藐视人间的符珠哩，就以这种方式将自己的身份宣告出来。"离坎路"这个地址，似乎在嘲弄世人：你们根本不懂用眼睛看、用耳朵听的真谛！

（5）

藏书馆外面忽然传来悠长的哨笛声。

聂深暗暗一惊，那是赫萧发出的信号。

缪璃也醒过来，急切地问："出了什么事？"

"看来七恶徒开始攻占安全屋了。"聂深说，"你留在这里，我去照应赫萧。"

"一起走！"缪璃果断地说。

"你……"

"多一个人，多一分力量！"

缪璃不等聂深反应，起身出了祠堂，朝戏楼跑去。聂深只好跟上。

远远地，听到戏楼里传来猛烈的打斗声，夹杂着鲁丑的怒吼，以及汪展、柴兴等恶徒的怪叫声。在这些声音中，还有一阵杂乱的钢琴声，忽高忽低，就像一个醉汉胡乱地敲打着琴键。

聂深进入戏楼后，先在事先安排好的地方拿起武器，他用的是一支短矛——用鼓槌和铜锣组装的新式冷兵器。缪璃抓起弓箭，跟着聂深冲向安全屋。

聂深一边跑一边说："你不要靠近，就在门口射箭。"

"随机应变吧。"缪璃说。

聂深不放心，生怕缪璃有个闪失，在安全屋门外一迟疑，缪璃已经射出一箭，削尖的竹棍贴着汪展的脑袋飞过去，惹得汪展大怒，怪叫着扑过来，被赫萧劈手打了一拳。姚秀凌从侧面扑向赫萧，爪子猛抓赫萧的脸，赫萧避开，却没有防住另一边的汪展。聂深急忙冲过去，撞开汪展，解了赫萧的困局。

聂深注意到，赫萧与鲁丑始终围在钢琴旁边，打来打去都是绕着钢琴转圈。起初以为他们在保护钢琴，随即醒悟：他俩把叶彩兰堵在钢琴里，当作人质，恶徒们投鼠忌器。

林娴伫立在安全屋一角，冷冷地注视着战阵。

叶彩兰不时从钢琴里发出尖叫声，她每次想钻出来，刚一露头，赫萧或者鲁丑就上去踢一脚。聂深觉得有趣，但也知道不可久战。

张白桥的心思都在救叶彩兰，瞅个机会，就用脑袋猛撞钢琴。怎奈这是一架门德尔松牌老式钢琴，体大沉重，除了撞出一些杂乱古怪的琴声，没有什么效果。

郑锐和柴兴一人一支羊骨棒，盯着鲁丑猛打。可是鲁丑手上也捏着一盒火柴，做出"随时要把火柴点燃了扔到钢琴里"的架势。

聂深的加入，瞬间扭转了战局。缪璃还在不断射箭，水准越来越高，有一箭正中汪展的后背，只因他最胖、目标最大。汪展号叫一声，手伸到后面，把箭拔下来，一掰两半，扔在地上，朝缪璃冲去。

聂深抢起短矛刺向汪展。二人缠斗起来。姚秀凌趁人不备，猛地抓住了缪璃。

缪璃挣扎中，手中的弓脱手而出。赫萧急忙赶来救援。钢琴前的防守一松，林娴乘虚而上，一把推开底板，叶彩兰一跃而出，尖叫着扑向赫萧，恨不得把他咬碎。

林娴发布指令："杀死赫萧、鲁丑！"

汪展、姚秀凌、叶彩兰一起围住赫萧。另一边的张白桥、郑锐和柴兴缠着鲁丑。聂深不可能同时帮两个人，自己还要照应缪璃，安全屋的空间显得愈加狭窄。原来计划等恶徒们一进安全屋就用火攻的策略，根本没办法实施。

一片混战中，带起阵阵风势，使得墙上铺着的帐幔微微抖动起来。

聂深却感到一阵燥热。

他抓着缪璃的胳臂，打算把她送到屋外。但缪璃忽然开始发愣，呆呆地盯着墙壁，又将目光投向混战的人群。

她从墙上的帐幔、风动、玻璃碎片的轻响，以及恶徒的偶尔反应，似乎有了什么特别的发现。

接着，她做了个奇怪的举动——径直跑到墙壁一侧，稍微用力，开始晃动墙壁上铺着的帐幔。

那些幔布将墙壁包了起来，但并没有贴住，只是将几个关键位置钉住，幔布不会脱落。缪璃的摇晃，使得幔布表面的玻璃片在抖动中互相摩擦，发出奇异的声音。那声音乍一听，仿佛细密的雨声，随着声音越来越急、越来越密，聂深突然发现，七恶徒失去了方向感！

原本围着赫萧与鲁丑打斗的两股人马，开始彼此撞动，犹如没头的苍蝇。

聂深的脑子电光石火一般，瞬间开悟：凹凸不平的玻璃片有序排列，当它们一起摩擦时，放出了一种干扰波，干扰恶徒们的听觉神经，使恶徒们神经共振的频率出现紊乱，大脑接收不到怪物的指令，如同切断了联系。

满屋子排列有序的玻璃片，随着帐幔的摇晃，持续不断放出干扰波。

恶徒们互相冲撞，场面越来越乱。这正是浑水摸鱼的大好时机。

聂深喊道：“赫萧，杀恶徒！”

林娴突然发出无与伦比的尖叫声，犹如猫被撕裂一般，之前聂深在地下室听郭保这样叫过。

林娴的叫声听不懂含义，不过恶徒们却开始行动，疯了似地往出口冲去。

聂深醒悟：林娴的叫声一方面是新的指令模式，另一方面是用来扰乱对手的。

尖叫声在聂深的耳中回荡，确实让他难以集中注意力。聂深努力控制心神。

时机稍纵即逝。

聂深猛然冲到门前，咣的一声关了门，将他们与七恶徒一起封闭在屋内。

没时间考虑别的，这就是一场豪赌，鱼死，或者网破。

安全屋变成了修罗场。

一阵隆隆声突然从地底传来，熟悉的一幕又出现了。戏楼已经遭受过一次震动劫难，这次以更凶猛的态势颤抖起来。楼层内部发出的嘎吱声越来越大，原本开裂的地方彻底分开。安全屋成了震动中心，令人头晕目眩的挤压感从天而降，仿佛要把屋顶压碎。

怪物要救出恶徒。

嘭！嘭！嘭！

安全屋外面传来连续的破裂声。

张白桥号叫着，开始用脑袋撞门。他的动作很乱，撞两下就忘了自己在干什么，然后又撞。

林娴在恶徒中最清醒，但也无法控制自己的身体。她试图冲向缪璃，却脚步踉跄。

赫萧与鲁丑已经到了缪璃身旁，将她保护起来。聂深也赶到了。

“切断恶徒的脑神经。”聂深冷静地说。

"怎么做？"赫萧问。

大脑有十二对神经，就像光缆和无线电一样连接，形成一个庞大精密的神经网络。

怪物振动金属发出的低赫兹音频，直接与恶徒们大脑上的蜗神经产生共振，切断这根神经通道，犹如切断了恶徒与中枢指挥部的联系，轻则可令恶徒丧失听力，出现严重的行为障碍，重则可令他们赖以支撑的脑电波能量缺损、混乱，导致毙命。

"缪璃，你研究中西医学，知道听觉神经在哪里？"聂深问。

"第八对脑神经。"缪璃说，"蜗神经的神经元在内耳蜗轴内，那里有螺旋神经节。"

"大概位置？"聂深问。

这时候张白桥撞动门板的声音更大，他似乎渐渐清醒过来，在头颅的撞击下，安全屋的门板裂开了缝隙。

"耳朵上方，紧贴上耳侧的部位。"缪璃说着，在自己脑袋上比画了一下，位于太阳穴后方约三指的区域。

"赫萧，动手！"聂深举着短矛冲向恶徒。

咣当！

屋门撞掉了半扇。恶徒们拥挤在门板前。

聂深的短矛对着张白桥刺去。张白桥的脑袋硬，那是以前没找到弱点，他的脑壳上分布蜗神经的区域就是死穴。

聂深的矛尖狠狠戳到张白桥的脑袋上，可惜偏了。张白桥猛地一摆头，短矛顶飞了。

张白桥继续撞门。

林娴又发出了猫被撕裂般的尖叫声。

叶彩兰、姚秀凌扭曲着脸庞，扑向了聂深。郑锐和柴兴的羊骨棒也到了。他们虽然都失去了准头，但还是有力量把聂深拖倒在地。赫萧赶过来，打翻了郑锐、柴兴。鲁丑护着缪璃，不敢轻举妄动，急得哇哇直叫唤。

赫萧被叶彩兰、姚秀凌缠住了，一时脱不开身。

郑锐和柴兴在地上翻滚着扑向聂深，汪展也上前帮忙。聂深手无寸铁，手脚被郑锐、柴兴困住。汪展一脚跺在聂深胸口，聂深浑身一颤，眼前直冒金星。

汪展第二脚踹偏了，跟着一拳砸向聂深的脸，聂深勉强避过。汪展扑下来，狠狠掐住了聂深的脖子。

汪展时而清醒、时而茫然，但双手始终没有放松，如同两个机械手，死死地扼住聂深。聂深难以呼吸，模糊的视线中，看到汪展扭曲的脸庞上青筋暴起。

汪展的喉咙里发出咕噜咕噜的恶心声音："……早该杀了你……杀你……"

"聂深，接住！"赫萧从地上捡起一个东西，稳稳地扔给聂深。

那是刚才缪璃射向汪展的一箭，被汪展掰成了两半。

聂深拼命挣脱一只手，胡乱在地上一抓，拿起了半截竹箭。

——耳朵上方，紧贴上耳侧的部位。

聂深用力刺了过去。

汪展还在使劲掐着聂深的脖子，嘴唇间咝咝地冒着白沫。

突然地，汪展的身体僵直，两只手不动了。

紧接着是轰隆一声，胖大的身躯斜着摔倒，脑袋狠狠磕在地板上。

"汪展——"姚秀凌发出嘶叫声。

与此同时，安全屋的天花板猛地裂开，一大片玻璃碴劈头盖脸落下来。赫萧飞身护住缪璃。情急中，聂深抬起汪展的胳膊，帮自己挡了一下。紧接着，四面墙壁同时发出爆裂声，一股能量从地层深处向上涌起，无数玻璃片炸碎了，在空中织成一张迷离的光网。

噼噼啪啪的声音连成一片……

炸碎的玻璃在午后幽暗的天光中变成了粉末，纷纷扬扬撒下。

毁掉的安全屋里，犹如下了一场雪。

当一切沉寂，聂深踩着满地的玻璃粉末，环视四周。赫萧扶着缪璃，鲁丑默默地站在旁边。

残破的戏楼里，恶徒们走得干干净净，汪展的尸体也被带走了。

午后一点多钟，双方力量产生了对峙的平衡。

缪宅进入婚礼前的休战期。

恶徒撤离戏楼后，再没有制造冲突。安全屋一战，恶徒们死了一个，其他人也消耗了能量，需要调养。

能量损耗最大的是怪物，这也是休战的原因。婚礼必须如期举行，怪物为保存能量，以完成最终计划，不允许再发生冲撞。恶徒们暂时压制了怨恨，尤其是姚秀凌。汪展死于聂深之手，姚秀凌对聂深的仇恨刻骨铭心。

还有不到四个钟头，婚礼便开始了。

院子上方的天空十分晴朗，似乎是专门用来冲淡肃杀之气的。

缪璃坐在戏楼门前的凳子上。在她身后，整座戏楼呈现扭歪状态，顶棚不断脱落碎屑，传来沙沙的声音。

赫萧站在缪璃身旁。不远处，聂深正对鲁丑说着什么，不时指一指庭院，显然在提醒鲁丑注意恶徒动向。

　　缪璃小声啜泣着，双肩微微耸动。也许是逃过一劫的庆幸，也许是想到不久要被迫完成的婚礼，复杂的心绪只能用泪水宣泄。

　　赫萧的左手在裤子口袋里，那条手帕捏在指尖，抽出一半，就那么捏着。缪璃转过身时，赫萧又把手帕抽出来一些，却又慢慢塞回了口袋。

　　"赫萧，你怎么不说话？"缪璃问。

　　赫萧望着庭院，晴朗的天空，却不是阳光。赫萧不适应那种感觉，大概是因为已经习惯了自己是一个暗生物。

　　"那些枯树也在闪亮。"缪璃说。

　　"像一种温暖的雪。"赫萧低喃。

　　"血？"缪璃听错了。

　　"哦，凝结的雪花。"

　　"是啊，是有那种美好。"缪璃嗓音低微，"在英国读书时，见过好大的雪。可惜九渊从不下雪。"

　　二人静静望着庭院。

　　"其实，聂深是个不错的人。"赫萧说。

　　缪璃一怔。

　　"虽然只认识了七天，但也出生入死，他还是值得依靠的。"

　　"你什么意思啊？"缪璃用疑虑的目光看着赫萧。

　　"你这样一想，和他走进婚礼时，就不会觉得那么难受、那么恶心了。"赫萧认真地说，"洋大夫告诉过你，这叫心理暗示。"

　　缪璃破涕为笑。

　　赫萧又把目光转向远处。

　　"其实你很紧张，对吗？"缪璃从侧面细细地观察赫萧的眼神。

　　静默片刻，赫萧说："这毕竟是缪家的头等大事。"

　　"你自己呢？"缪璃轻声追问。

　　"我还好，反正是——"赫萧欲言又止。

　　缪璃笑了笑，点头表示明白：反正是演给怪物的一场戏。

　　赫萧忽然拿起缪璃的手，在掌心轻轻写字。他写得很慢，很细致，一笔一画从缪璃掌心穿过——

　　等、待、太、久，

　　成、败、在、此。

　　这是赫萧第一次如此专心致志地握着缪璃的手。缪璃用心体会着赫萧的手指划过掌心的感觉，她的神情很复杂，既喜悦又羞涩，既兴奋又失落。她明白了赫萧的话，但她以为赫萧应该写出别的话，写出更让她觉得贴心的话。

从掌心，到贴心，就这么难吗？

赫萧松开了缪璃的手，深深地看她一眼，转过身去。

"赫萧，你说话这么悬乎，究竟为什么？"缪璃追问。

赫萧朝戏楼另一侧走去，边走边说："因为发生了太多事。"

颀长的身影从缪璃视线中消失了。

缪璃怔怔地，不知该想什么，更不知该做什么。

不远处的聂深走过来。缪璃抬眼看着他。聂深的肩膀映着天光，从双耳到双肩勾勒一道浅浅的光痕，使他的脸部轮廓看不清楚，有一种朦胧缥缈的感觉。唯有那双眼睛乌黑明亮。

"去那边散步吧。"聂深伸手扶住缪璃的胳膊，微微一笑，"结婚前，总要增进一点感情的。"

缪璃抬脸寻找赫萧的背影，神色有些担忧。

"没事的，这个节骨眼上，恶徒不敢轻举妄动。"聂深说，"更重要的是，你已经帮我们找到了恶徒的致命死穴。"

聂深选好了散步的目的地，带着缪璃径直来到那座八角亭内。

位于主楼附近的八角亭，其八条道路连接八个花坛。与八角亭对立的西北边，矗立着那块泰山石敢当。坐在八角亭望过去，聂深越发觉得石头的造型怪异，那材质并不像普通的石头，而似由百年紫铜铸就，外面包裹了一层皮壳。

"你对那块石头，有没有奇怪的感觉？"聂深问。

缪璃摇摇头。"这么多年天天见，早就习惯了。"她瞥了聂深一眼，"你带我来这儿，就是谈石头？"

"缪小姐，我……嗯……"

"怎么忽然吞吞吐吐的？"

"我想说，对不起，这场婚礼本来不该有我。"

"哪有什么该不该的。"缪璃抬脸望着远处。

"你这口气真像赫萧啊。"聂深一笑。

缪璃的眉毛抖了抖，神色黯然。

聂深说："我对赫萧越来越敬佩，真的，他的意志和隐忍，是我从来没有见过的。能够认识他、认识你，是我的荣幸。"

缪璃神色悲伤。

聂深甩甩头，打破悲情氛围："等解决了地下室的怪物，明天我就离开。"聂深笑一笑，"这七天，好似转眼就过，又好似漫漫无期。"

如果这七天都算漫漫无期，那缪璃他们过的是什么日子？聂深心底叹口气，接着说，"好在，你有赫萧守护。我看得出，你一直让自己保持生活状态，其实也是在守护他，你好好活着，对他更是精神支撑。"

缪璃转脸望着聂深，终于明白了，为什么赫萧对这个家伙的洞察力很是赞赏。

聂深问："那你们将来有什么打算？"

"为什么这样问？"

"你们肯定会有一场真正的婚礼，到时我考虑有没有时间参加。"

缪璃笑了，笑容很快收住，瞥了聂深一眼，又把脸转过去了。其实心里还有点甜蜜，因为聂深提到了"真正的婚礼"。那何尝不是每个少女的梦想。

"你俩的孩子嘛，我一定要认作义子，我当教父很尽心的。"聂深谋划着。

"喂，你扯得太远了吧！"缪璃敛着秀眉，脸颊泛红。

"帮你们制订一下人生规划……"

"不劳费心！"缪璃说着，作势要走。

聂深连忙摊开双手，作出和解的姿态。

八角亭内变得静默。一阵清风拂面，聂深微微仰头，感受着风从面颊吹过。却一眼看到远处影影绰绰的恶徒，不禁坏了胃口。那三四个恶徒一闪身又不见了。

聂深再次开口："其实我进宅子的唯一目的，就是弄明白自己的身世。"

缪璃看了聂深一眼，很快移开了目光。

聂深说："我一直想问问，你知道邮差吗？"

缪璃怔了一下，眼神有些飘忽，反问："什么样的邮差？"

"我的身世，和这个邮差有很大关系，他是一个脸上长着麻子的中年人，我没有正式接触过他，但他暗中帮了我们许多忙。他叫欧阳红葵。"

缪璃迟疑片刻，点头说："我知道他。"

聂深往这边倾了倾身，神情专注："他是什么样的人？"

缪璃略作沉吟，开始了讲述。

邮差欧阳红葵出身于一个古老的信使家族，源头可以追溯到春秋战国时期，那时七国争战不休，为了获取敌方情报、掌握其军事动态，负责送信的驿马，便成为各个军事组织的截杀目标。不仅如此，各国自己的驿马也经常为了功名利禄，以信件为筹码，贩卖情报，甚至叛逃到敌国。

大乱之年，万物失常，欧阳家族应运而生。

起自渤海，图腾为白猿。他们从不与其他任何组织结盟，更不产生敌对关系，永远保持中立。他们接受任何一方的雇佣，只要接到"命书"，便不惜一切完成雇主交代的工作。他们把信件称作"命书"，意思是像生命一样珍贵，也表明要以自己的生命保护信件和信誉。

他们是一群极为神秘的人，有的说是墨家的潜流分支，有的说是世外隐士。

这样的组织，当然不可能被官府收编，因此秦始皇统一六国后，他们便消失了。世间传闻，因为他们不听命于大秦，被秦军一夜之间荡涤干净，但其实并未除根，幸存的信使们隐没在荒野之中、长城之外。

到了唐宋时期，正式的史料中对他们有所记载，称作"急足"。之后历经战乱，延续至今，他们的影子不断闪现。欧阳家族不可能覆灭，因为无论在哪个时代，都需要这样具有极度精神的信使。

不过在二十七年前，对于欧阳家族来说，一个最传奇、也是最可恨的信使出现了。他就是邮差欧阳红葵。

自春秋战国以来，欧阳家族第一次有信使背叛了命书、背叛了自己家族。

而这一切，正是因为聂深的出现。

欧阳家族遭遇了前所未有的危机。以往他们从不管雇主是谁，这是他们的铁律。而欧阳红葵，竟然说预见到可怕后果，出于对人类的责任，而违背了信条。对于他的家族来说，这一行为侮辱了与生俱来的使命，令家族蒙羞，因此，他同时遭到自己家族和鲛人的双重追杀，难逃厄运！

（6）

听了缪璃断断续续的讲述，聂深长久无语。

他入宅以来，曾经思索过整件事，缪璃的讲述，与他的推测在很多方面是契合的。七天前，邮差确实想阻止他入宅，为此还找了替身张白桥，目的是为了打破符珠哩设下的局。而那个局，就是赫萧说过的，趋势已经形成，此循环不可打破。

不可打破，偏要打破。这是邮差的执念。

聂深少年时代，邮差想在渡轮上推他入江。之所以放弃了，应该是不忍心吧。这些年来，邮差恐怕也在善念与使命之间纠结痛苦，所以他最终决定，只要聂深不进入循环，同样可以破坏怪物的计划，因此帮助聂深母子东躲西藏。但最终还是失败了，聂深已经入局。

聂深困惑的是：自己身上究竟有什么秘密，能连接到所有的事情。

只有在婚礼上寻找答案了。

"缪璃，对于你家这座宅子——也就是这个环境，这一整套的装置，你有什么想法？"聂深问。

缪璃摇摇头："我完全没有头绪，对这座宅子的认识已经超出了我的能力。我曾在各种书籍里寻求谜底，大概能了解到的，就是大唐贞观年间，有一群水怪占据了洛河与黄河汇流处，在那里兴风作浪，后来被李世民派人平定了。水怪里有些高级生命体，能让船只和房屋莫名消失，还能控制平民。我知道了地下渊洞里住着的，就是那样一个高级生命体。"

"嗯，来自深海的高级生物，还拥有特殊灵敏的感应方式。"聂深抬脸问，"对于这样的生物，你一点儿都不惊讶？"

缪璃苦笑："开始的时候当然被吓得半死，不过，一个事物再怎么异常，你住的房子被他控制，而且你还在他身边这么多年，整天生活在他的气息中，还会惊讶吗？"

惊讶往往是意料之外的一次心灵震动，而同样一件事情，持续八十一年，就变成了习惯。甚至，有一天他突然不存在了，反而成了意料之外的事。

聂深说："我觉得，这座宅院是被怪物封闭在次元壁内，时间照常流逝，而空间恒久不变。这从你们的身体和相貌，尤其是那件长裙——也就是'鲛绡嫁衣'都能看出来。"

"次元壁？"缪璃愕然地看着聂深。

聂深没办法多做解释，对一个民国时代的女孩来说，那三个字的含义太过复杂。"嗯，简单地说，就像是从我们生活的时空中，'挖'出一块，将其扭曲折叠，围绕缪宅，形成了一堵环状的机械装置。在缪宅的围墙外，也就是界壁下方被浓雾遮掩之处，就是虚空。所以，唐朝发生的房屋和船只消失的事件，就是这样造成的，我们这栋宅子，在八十一年前的世人眼中，也是莫名其妙消失的。这座宅子其实仍然在九渊市区，等我们从这里出去以后，就会看到街对面的快餐店、超市和学校。当然，也已经与民国年间的一切完全不同了。"

缪璃的眼神既有向往，也有不安和困惑。

聂深接着说："缪宅的这一整套装置，可以看作是以二十七年为循环周期的时空轨道，每隔二十七年打开入口。"

"为什么是二十七年？"

"那鲛人损伤了二十七个鳞片，时空循环的周期，应该与此有关。"

由于当年赫升给符珠哩造成的创伤，使他的能量受到限制，维持缪宅运转、操控恶徒的意念，又消耗了大部分能量。他毕竟不是神，作为地球生物，他的身体也是由细胞组成的。

类比人类的细胞：人体细胞每隔一段时间进行新陈代谢，胃细胞七天更新一次，红细胞平均一百二十天，肝脏细胞三百至五百天更新一次……

　　符珠哩身体的细胞也需要恢复更新。他损伤了二十七个鳞片，假如一个鳞片需要一年恢复期，那么一个周期全部恢复能量，则需要二十七年。

　　对于人类来说，二十七年很长，但符珠哩是一个存活了两千多年的鲛人，二十七年对他的概念，就是一生中已经度过了八十次，二十七年对他并不漫长。

　　在时空轨道运转的二十七年中，缪宅犹如一颗荒弃死寂的星球，只维持基本运转，这是符珠哩在养精蓄锐。然后迎来时间窗口，打开空间放入客人，在那七天中，符珠哩使用能量，电力设施恢复。

　　每当入口打开前后，由于能量的干扰，会给当地造成异常变化，比如天气反常，气温不断攀升，早晚温差大。这些聂深都经历过。

　　对于聂深的讲述，缪璃费力地理解着。

　　缪璃想起什么，说道："很早以前，我去英国留学，有一位老教授提到了生物进化的问题。那位老教授曾是达尔文的学生，据说达尔文曾历时五年，乘船环球旅行，对生物的进化非常感兴趣。鲛人与人类都是起源于海洋。"

　　聂深一边听一边认真思考。现在看来，鲛人与人类分化之后，鲛人的进化显然优于人类，或许是因为他们有另外一套生态系统，在进化了几百万年以后，其中的优异者，自然而然地进化为高智能生物。从怪物可以制造时空裂隙这一点推断，他甚至能够实现自我基因的改造，以人的形貌生活、工作、结婚生子。

　　这确实太可怕了。

　　以目前这个怪物的情况来说，他缺损了二十七个鳞片，都这么强大，无法战胜，一旦他修复了鳞片，重回人间，后果无法想象。这就是邮差不惜代价破坏这一切的原因吧。

　　聂深不由得伸出自己的双手，翻来覆去地审视着。他要用这双手把怪物送入地狱。

　　缪璃忽然叹口气，幽幽地说："我爸爸就曾经被怪物控制，成为'饲育器皿'。"

　　聂深没听清缪璃说了什么，他无意中瞥见了腕上的手表，忽然想到，手表失而复得，让他从张白桥的手腕上摘下来，一定是怪物的意图。被改造过的手表，就是让他用来打开石门的，但这看起来似乎多此一举——别关门不就行了吗？可怪物这样做必有缘故。那么石门上显示的徽标，以及当时自己的后背突然感觉到的莫名剧痛，应该都是怪物的操纵。

　　聂深正在胡思乱想，缪璃碰了碰他的胳膊，示意他往远处看。聂深抬起头，只见林娴和叶彩兰朝这边走来。

　　聂深扶着缪璃起身，站在八角亭中。林娴走到亭子外面，没有进来。

"很温馨的一对。"林娴淡淡地说，脸上没有一丝表情，似乎根本不记得在安全屋里发生过一场战斗。

难道她真的忘了？

聂深和缪璃互视一眼。

聂深问："林小姐有事？"

"婚礼各项事务已经准备好，新娘该试装了。"林娴说。

缪璃欲往外走。

"一起去吧。"聂深拉着缪璃的胳膊。

"新郎另有安排。"林娴说。

"嗯？"聂深一皱眉头，"又起什么幺蛾子？"

林娴说："结婚仪式在地下室举行……"

"不行！"缪璃毫不犹豫地打断林娴的话。

站在林娴身后的叶彩兰盯着缪璃，眼里露出冷冷的光芒。

林娴的表情没有丝毫变化，脸色平静如水，"婚礼的安排就是如此，新郎聂先生，将在地下室等候新娘缪小姐，之后的一整套祝福环节，将在水里举行。"

聂深立刻警觉起来：怪物要进行的祝福环节，恐怕没那么简单。

"要去水里？"缪璃感到惊讶。

"缪小姐放心，为你量身打造的嫁衣，水是浸不透的。"林娴说。

"我不同意。"聂深说。

"怎么了？"林娴用眼底的虚光看着聂深。

"婚礼必须在地面上进行，这是我们新郎、新娘双方的共同意愿。"聂深说。

林娴坚持道："安排在地下室……"

"臭烘烘的地方，脏乱差，卫生条件不过关。如果在那个地方举行婚礼，我们不参加。"聂深加重语气。

"对，拒绝参加！"缪璃说。

林娴的眼中浮现出了怒色。

"我同意他们的意见。"赫萧从一片灌木后面走出来。

"赫萧。"缪璃呼唤。

赫萧走进八角亭，站在聂深旁边，面对着林娴说："我方正式宣布，婚礼在地面上举行。"

他们摆出一副大不了鱼死网破的架势。

这一招很有效。林娴不可能忘掉安全屋的一幕。

亭子外面，其他四名恶徒缓缓聚拢到林娴和叶彩兰身后，一字排开，隐然对亭子形成包围之势。郑锐和柴兴抡耍着羊骨棒。张白桥的一头白发在晴朗的天空下微微拂动。姚秀凌始终怒视着聂深。

而在他们的身后，鲁丑耸起肩背逡巡着，随时准备给恶徒们重重一击。聂深用眼神示意鲁丑：找好突破点。

沉默的对峙。现场形势剑拔弩张。

林娴忽然抬起右手，动作缓慢优雅，手掌举在脸颊一侧，掌心朝外，停留两三秒钟，便放下了。这看起来是一个和解的手势，表明的是一种忍让的态度。

"五点钟，婚礼准时开始。"

林娴说完后，转身走了。恶徒们紧紧跟随。姚秀凌不时回头扫一眼，很快，六个恶徒的身影消失在花坛后面。

（7）

汽车房成了婚礼前的休息所，里间的司机房已经焕然一新，成了新娘的梳妆间。没有化妆师，也没有造型师，缪璃得自己来。她原本不需要化妆，淡淡地装点一下，为的是配合那件嫁衣。那条长裙足以令她颠倒众生，即使是为了这条裙子，也要让自己更美一些。

外间的车库，聂深斜靠在福特车前等候着。他的手指轻轻敲打着车盖，心中对这辆车的感触又加深了一层。汽车内部不知何时已经改造过了，他刚才仔细看了油箱，早年的轿车是烧酒精的，但改造之前还是烧酒精的，吊诡的是，聂深不知道它的燃料是什么，也许，就是直接以空气为燃料的。那确实很可怕。

聂深看到赫萧从外面走进来。

赫萧换了一件笔挺的紫红色中山装，扣子系得整整齐齐，腰身挺拔，更显得双腿修长、脸庞棱角分明。

"赫萧，你今天很帅嘛。"聂深打趣道，"干脆我给你当伴郎算了。"

"你也一样。还是你当新郎好。"赫萧语气平淡。

鲁丑忽然跳过来，双脚落地时发出嗵的一声，"看看我咋样？"

鲁丑穿着一件双排扣唐装，紫色暗花，衣摆处的开缝使他穿着不那么难受，整个人显得丑萌丑萌的。

"不错啊。"聂深与赫萧同声说道。

鲁丑乐不可支。

赫萧走到聂深面前，"新郎官要注意形象。"

聂深从斜靠的车头上站直身。他穿着一件纯黑色中山装，第一个扣子没有系上，微微敞开，露出雪白的衬衫。

聂深系扣子时候，赫萧伸出手，在聂深的肩膀上掸了一下，掸掉一小片灰末。

"谢谢啊。"聂深笑一笑。

"行动时，机会稍纵即逝，千万不可迟疑。"赫萧沉声叮嘱。

"放心，还有你嘛。"

"最重要的是速度，必须一击而中。"

"我明白。"

二人眼神一碰，彼此将坚毅与信任投射到对方眸中。有时候，只需这样一瞥，便已胜过豪言壮语。

"帽子还要戴着吗？"赫萧打量着聂深的装束。

"这是我的护身符。"聂深眨了眨眼睛，随即眼眸间掠过一丝忧伤，"是我妈妈给我做的帽子，我戴着这顶帽子，躲过了五次……嗯，不吉利的事情。"

赫萧脸色一暗，问："你母亲怎么去世的？"

"你怎么知道我妈妈去世了？"聂深反问。

"我想……如果她还在，应该不会让你来这里。"赫萧说。

"是啊。"聂深神色忧伤，"妈妈是病逝的，临终前，已经听不懂她在说什么，但我向她发誓，我所做的一切，决不让她失望。"

赫萧意味深长地点点头："你母亲有你这样的儿子，是一种幸运。"

聂深转而问道："一直没顾上打听，你多大年龄？"

"我二十一岁。"赫萧淡然一笑，"我的岁数，就看你怎么算了。不过你应该已经——"

"我二十六岁。"聂深笑着说，"比你大了五岁，叫一声哥，不服？"

赫萧苦笑。

"哇呜，真美啊！"一旁的鲁丑突然发出声音，边笑边说道。

缪璃从梳妆间款款而出。

聂深与赫萧一起转过脸。霎时间，聂深呆住了，前所未有的震撼让他感到窒息，忘了自己身处何地，甚至忘了自己是谁。

如果此时有漫天繁星，那么所有星星的光芒都会被吸到了缪璃身上。

华丽如琼宫之内的翡影，高贵似瑶池之上的飞霞。鲛绡嫁衣衬托的新娘，如灵境之花、如虹翼、如星翠。

当年三国大诗人曹植，途经洛河时，日已西下，就在长满杜蘅草的岸边漫步，纵目眺望水波浩渺的洛水，不觉思绪飘逸。忽见一绝妙佳人，立于山岩之旁，便知此为伏羲的女儿宓妃，即洛神。曹植的心灵受到极大的触动，遂写成千古名篇《洛神赋》——

她的眼神时隐时现，似轻云笼月，浮动飘忽，似流风回雪。远望，她的明洁，如同朝霞中升起的旭日；近观，她的鲜丽，多么像绿波间绽开的新荷。

奇服旷世，骨像应图。披罗衣之璀粲兮，珥瑶碧之华琚。

此情此景，与当年诗人眼中看到的、心灵感受的，何其相似。

缪璃周身没有佩戴一颗宝石玉珠，周身却笼罩着淡淡的光晕。鲛绡嫁衣能够根据自然环境映射光芒。鲛绡纱贴合在曼妙躯体上，既不紧绷，也不松散，竟像在随时调节似的，跟着缪璃的一举一动，随行舒展。

缪璃的脸上，却仍是浅浅的忧思。她望了一眼赫萧。赫萧移开了目光。

聂深破天荒地摘掉了帽子，露出微微卷曲的蓬松头发。一只手拿着帽子，另一只手伸出去。缪璃把自己的手给了他。

"开始了吗？"缪璃轻声问。

"开始了。"

聂深牵着缪璃的手，把她带到福特车旁。赫萧打开了车门。缪璃轻提裙角，缓缓坐进车内。

聂深坐到驾驶座上，转动钥匙，发动了汽车。

尊贵的古董老爷车发出令人震动的低沉隆隆声，车体轻轻颤动。崭新的仪表盘上泛起一抹光泽。

聂深侧脸问："坐着舒服吗？"

"嗯。"缪璃微低着头，"很久以前坐过几次，那种感觉已经忘了。"

聂深的视线转向挡风玻璃，又产生了和上次一样的莫名依赖感，然后萌发了被囚禁的感觉。他看了看座椅，暗红色的皮革，细小的纹饰。他突然有所醒悟，不禁苦笑一下。鲛人在宅中处处宣示自己的霸权，这辆车，不仅车牌号明确标注鲛人的存在，就连座椅上的皮革透显出的纹饰，也与地下室石门上的纹络完全一样，这应该是一种地图。

"聂深，你在想什么？"缪璃问。

"他在等我们。"

"谁？"

"符珠哩。"

聂深说出这三个字的时候，汽车引擎猛地发出一阵异样声响，车头往前一冲，被聂深及时把控住。

"跑什么，你还在我掌中。"聂深淡然说道。

"他会从地下室出来吗？"缪璃轻声问。

"忙活了这么久，他怎么能不看一眼？"聂深笑着，轻踩油门，汽车驶入了院子。

赫萧和鲁丑跟在车旁。庭院里的灯光全部打亮，照射着汽车前行的路。

在一个转弯处，六个恶徒迎候在路旁，全都穿着及膝的灰袍。

汽车开过去的时候，他们分作两列在前边引路。林娴走在左侧最前面，往常总是微微仰起的头颅，此时却低垂着。

行进的队伍无声无息，只有汽车发出低沉的轰鸣声，车后拖曳着淡淡的光影。

（8）

汽车缓缓前行，两旁明亮的灯光忽然开始闪烁，明明灭灭之间，渐渐升起的薄雾从枯枝荒草间弥漫开来。破败的戏楼檐顶仍有雀铃发出当啷当啷的声音。

雀铃声越来越响亮，持续不断。

当啷当啷当啷当啷……

缪宅广阔的庭院上空，乌云从西边涌动过来。

弯弯曲曲的石径上，行进的婚礼队伍显得十分渺小。

聂深专注地望着前方。缪璃始终微低着头，脸色苍白。赫萧跟在车旁，不时扫视一眼周围的景致。就连鲁丑也变得紧张起来，额头上渗出细密的汗珠。

一阵奇怪的吱嘎声隐隐传来，仿佛来自地底。

不断鸣响的雀铃声戛然而止。

沉寂。

庭院里雾气渐浓，围墙以外被浓雾遮蔽，内外两团雾气正在交融。天空中的乌云已经涌到了头顶上方，聚集起来，越来越厚。

婚礼队伍经过八角亭以后，引路的林娴放慢了脚步。不一会儿，她停下来。

恶徒们静默无声。

聂深停了车，抬头张望，正前方相距五十米开外，是那块高耸的泰山石敢当。

聂深皱了皱眉头，难道这块石头会作为鲛人的象征？

缪璃也抬起头，往前看了一下，轻声问："他们在等什么？"

聂深说："林娴似乎给张白桥传递了什么信息。"

汽车旁边的赫萧靠近些，对着车窗说："聂深，你随时注意，一旦发现异常，马上带小姐离开。"

缪璃不安地问："你呢？"

"我和鲁丑自有安排。"赫萧语气镇定。

他的语气使缪璃紧张的心情得到安慰。

聂深说:"一有变故,我就开车冲出大门,至少能引来一半恶徒。"

"围墙外面的雾太大,更不安全。你带着小姐往后院跑。"赫萧说。

缪璃说:"你俩别争了,咱们一个都不分开。"

二人的目光投向缪璃。

缪璃说:"鲛人费了这么大的工夫,让我成为新娘,恶徒们不敢随意伤害我。所以,跟着我最安全。"

"她说得在理。"聂深笑了,瞥一眼赫萧说,"她现在就是我们的保护神。咱们得巴结好我们的神啊。"

赫萧无话可说了,这本来是个简单的道理,是他过于担忧缪璃的安危,反而忽视了。

前边的恶徒们忽然变换了队列。张白桥走到了林娴身边,并未停留,径直走向那块泰山石。

通常民间用来镇宅的"泰山石敢当",都是一米多高,放置在桥头、院角等处。但缪宅的这块石柱,高七米,上面刻的每个字,直径都有一米。这块石头显然不是所谓的辟邪镇恶之物,否则对于地下室的怪物真是一个讽刺。

张白桥来到石柱旁,仰望石顶。

林娴做了个手势,其他恶徒们散开为半圆形,围着石柱,相距七米。

林娴又朝张白桥做了个手势。张白桥突然向石柱猛冲,一头撞了上去。

铛!

聂深大感意外。尤其是这撞击声,根本不像颅骨与石头碰撞时应有的声音。

张白桥的脑袋够硬,他撞的是一件金属物,只不过金属物外面包了一层石壳。

铛!

张白桥又撞了第二下。

铛!铛!铛!

张白桥撞过五次后,身姿越来越猛,动作越来越狠。

聂深感觉自己的脑袋都疼了起来。

张白桥以凶猛的姿态,又狠狠地撞了一下。

他的身体在俯冲时,几乎飞悬起来,将全身的力气汇聚到头顶。

铛!

然后张白桥退回原位,胸腔发出亦喜亦悲的轰鸣声,以不可思议的速度飞跑几步,一头撞向石柱——

铛！！！

开裂的石壳四散飞溅，有几片打在车窗玻璃上，发出砰砰声，旋转着弹射开来。

前方石柱碎片横飞的下面，露出了紫铜的光泽。

被张白桥撞得松动的紫铜柱，不断地掉落着石片残渣，地上响起哗啦哗啦的跌落声，腾起阵阵烟尘。"泰山石敢当"五个大字，渐次湮灭。世间所谓辟邪镇恶，只是被碾碎的一场灰飞烟灭。

紫铜柱赫然暴露在外。

空中乌云密布，形成一道旋涡。黑暗笼罩着缪宅。浓雾将庭院的其他部分都遮掩起来，只有在这里，在一片诡异的光照中，紫铜柱高高耸立着。

林娴高举右手，发出最高的指令。

其他恶徒连同张白桥，扑到紫铜柱上，一层层缠绕其上，紧紧地抱着柱子。

林娴将右手劈下。

恶徒们开始拼命地转动起来。

他们用尽全身力气转动着紫铜柱。来自地底的嘎吱声又响了起来，这次不再是隐隐约约的，而是越来越尖锐的声音。伴随着那奇怪的嘎吱声，缪宅四周弥漫起一片暗紫色的光雾。

嘎嘎嘎吱吱吱，嘎吱吱……

随后，八角亭突然转动起来，亭子周围由八条路径连接的花坛逐次绽开，它们带动着八角亭越转越快，仿佛一只充满能量的齿轮。

紧接着一阵轰鸣声响起，来自地层下方，整座宅院随之颤动起来。围墙以外被浓雾遮蔽的区域，腾起一束光芒，瞬间在缪宅三百米之外亮起。天空的乌云几乎压到了围墙，黑暗中不断出现诡异的细碎闪光。

地下的轰鸣声越来越清晰。

接着，庭院里的枯树一棵一棵陷落、瞬间消失不见，仿佛地底有一双手把它们硬生生拽了下去。所有的枯树消失后，花坛开始陷落，砖石滚动。地面出现了长长的裂缝。裂缝蔓延、伸展、分叉，然而并不凌乱，而是如同生长在二维平面上的一棵树似的，有序延伸、扩展。

裂缝在蔓延中，裂口开始扩大，地底的轰鸣声越来越强烈。

隆隆隆……嘎吱吱吱……嗡嗡嗡嗡……

齿轮碾磨的声音夹杂着巨大轴体的转动声。

耳畔突然传来倒塌声——轰隆！

聂深急忙望向主楼的方向，雾气缭绕中，竟有三分之一的楼层坍塌了。塌掉的是主楼的右侧竖列，令人震惊的是，楼房塌掉的部分像是有人用一把锋利的刀，切了一块豆腐似的，切口整齐干净，没有出现残垣断壁。倒塌的那部分，包括了聂深曾经的房间。不过，郑锐布置过的婚房，正好在没有倒塌的边缘部分，墙面与窗户完好无损。

倒塌的三分之一楼面，竖着坠落在地，废墟瞬即被一股力量吸引，砖瓦碎石形成一个直径约五十米的空心圆。就在圆圈的中心位置，那不断蔓延的裂缝恰好到了此处，仿佛触动了开关似的，裂缝于一刹那朝着四周扩展，犹如一棵二维树骤然绽开的花朵。

一切安排得如此精妙，分毫不差。

绽开的裂缝，又以中心为点，瞬间抽出了数百条细小裂缝，形状颇似蒲公英。

然后，蒲公英的中点位置，猛然向天空射出一道光柱。与缪宅三百米之外的亮光遥相呼应。

一东、一西两道光柱照向天空。

聂深已经看呆了。

这一切发生，还不到十分钟。

地面突然强力震颤起来。汽车也跟着颠簸，如坐船一般的感觉，令聂深很不舒服。

缪璃的脸色更显得苍白。聂深握住了缪璃的手。

地面的震颤越来越剧烈。

正在拼命转动紫铜柱的恶徒们，使出了最强悍的力量。

隆——隆——

地上所有的裂口都打开了，一股浓烈的水腥气四处弥漫，在空中变成一张光网，反压下来，笼罩在庭院上方。

突然之间，林娴迎着光柱的方向，厉声高呼："恭迎尊主！"

那五名恶徒一起奔到了林娴身后。眨眼间，六个灰袍恶徒全部跪伏在地，身子哆嗦着。

聂深和缪璃转脸望去。

光柱下裂开的地面，伴随着隆隆声，一团巨大的黑影从中升起来。

水波从黑影的身体周围流下，沿着黄金宝座滑落，一股一股淌在地上。随着座位升高，黑影拖动的铁链发出哗哗的声音。

光柱映射在黑影身上，却无法照亮黑影的全身。

他坐在光中，却是一团漆黑。

鲛人符珠哩，破土而出！

第八章

FINAL EVOLUTION

清算的时刻到了

✕

战马犹如从虚空的秘门中鱼贯而出。骑士戴着黑黢黢的铁盔，一手提着缰绳，另一手举着明亮的护刀，宛若数十道白色火炬。

马蹄飞速踏过，激起的雪尘越来越密。然而整个马队没有一丝声音。

（1）

稳居于黄金宝座上的这个东西，体形庞大，周身被一块黑布包裹着，外形看起来似人非人。自他上一次露面，距今已经一百年了，如果说形貌上发生了什么变化，那就是略微有些肿胀了。

他的胸口泛着晶莹的光泽。肋侧延伸至后背的二十七个伤口，早已不再流淌鲜血，而是结成了紫褐色的疮疤，但仍有黏稠的胶状液体缓缓渗漏，洇染在黑布上，呈现二十七个凹陷的圆形区域，在无水的环境中很快板结，就像在他的伤口上，硬生生垫了一块生锈的铁片，极不舒服——这就是他不轻易离开巢穴的原因。

"需要一场雨啊。" 鲛人符珠哩喃喃自语。

他的面容被一头彩色长发遮掩着，从中露出两只猩红的眼睛。

终于亲眼看到这一切发生了。符珠哩有些激动。

追忆往昔，符珠哩几乎已经忘了自己的出生年月，作为黑鲛族中的一个落魄王子，他的名字翻译过来是"彩虹"，因其拥有一头漂亮的彩色长发，属于黑鲛人中的美男子。

但他的性情并不像他的名字那样明丽多彩。作为黑鲛王的儿子，他永远记得，两千两百年前，在那场宴会上，因为父亲的不慎举动，惹恼了秦始皇，造成灭族的惨祸。

而在那之前，鲛人竟然与人类充满友爱，却不知，人类的残酷和自私能够毁掉一切。大决裂年代，彩虹王子侥幸逃过秦军杀戮，伴随着黑鲛人迅速崛起。

家仇族恨在彩虹王子心中蓄积的力量，远超其他鲛人。向人类复仇以及复兴鲛人族，成为他的使命。但他没有参加鲛人与人类的战争，而是潜伏在中原地带，寻找机会挑动人类自相残杀。

安史之乱是他的一个杰作。大唐王朝从鼎盛转为衰落，改变了中华历史走向，并使民族血性衰减。国乱期间流言四起，有人指出是鲛人之祸。当时彩虹王子便屈居在安禄山家中，伪装成一个小宦官，成为安禄山最宠爱的侍奴李猪儿。

不久，流言指向杨贵妃。随后杨贵妃被缢死。安史之乱遭到唐军镇压，之后，安禄山离奇死亡。是李猪儿一刀捅破了安禄山的肚子，成为人类歌颂的英雄。却不知，他是在消除与自己有关的线索。成功地处理了两个仆人之后，彩虹王子又一次隐没在阴影背后。

到了北宋时期，彩虹王子选中了一个地方，那便是鮀城。当年这里偏僻荒凉，彩虹王子用基提瑟拉装置——也就是鱼尾罗盘，计算水星的运行轨道、日月运转周期，将之与皇极十二道对应，发现此处的地形风貌绝佳，天下无双。

这里还是一个天然的隐伏据点，进可直逼中原、退可回归深海。

彩虹王子找了同族心腹，开始在荒僻的海域上建造地盘。彩虹王子一边指挥他们把沙脊积聚成片，逐步蔓延扩展，一边暗中建造自己的深海巢穴。同时，他继续花时间游历四方，寻找机会挑动人类自相残杀。

忙碌中不觉岁月匆匆，成片的沙脊上耸立起鮀城。到了清朝，见时机成熟，彩虹王子便在仆人的配合下，以自己的意志，将鮀城定名为"九渊市"。

没人想得到，这矗立在海滨的一座城，就是彩虹王子的桥头堡。

城市与道路相辅相成，错综复杂的结构则是为了掩饰他的深海老巢。

其实早在元朝末年，彩虹王子的巢穴便已初具规模。从城外的四域海流汇聚处，穿过那一道旋涡，就能下潜到九重深渊之底，外来力量不可能侵入他的巢穴。

老巢建好后，彩虹王子不时在里面住一段日子，却感觉日子越来越无聊。

安全的巢穴只适合休养，而他的使命，是复兴鲛人族。

经过长时间的沉思，彩虹王子意识到，以前经历的血火洗礼，并不能彻底解决问题。与人类杀来杀去，不过是此消彼长、循环往复，人类这个物种，生命力顽强，像杂草一样，可以在最艰苦的环境中苟延残喘。人类历史上发生过许多大战争、大灾祸，但要从根本上彻底毁灭人类，仅凭这些是不够的。

那么还是回到原点吧。彩虹王子离开自己的九渊巢穴，继续退往万里之外的深海中。他不是逃避，而是求道。

他寻访鲛人族中的极高智能者，在最黑暗的海角找到一位，然后用六百多年时间侍奉导师，潜心修习高级知识。

导师告诉他，当年秦始皇之所以与鲛人决裂，起因便是一位嬴氏天选之女。秦始皇要保护天选之女，以求得永生为皇，却被彩虹王子的父亲——黑鲛王所伤，从而引发了一系列灾祸。

但所谓"天选之女"，只是秦始皇能理解的观念，他以为自己保护的是皇脉，其实是基因。

生物的基因储存着生命信息和遗传指令，通过复制把遗传信息传递给下一代。嬴氏血脉中有个基因密码，储存在细胞核内的染色体中，嬴氏血脉携带这个信息，一代一代遗传下去。它来自生命体的源头，带有进化链条的最原始信息。彩虹王子的导师已经确证：它产生于第一个生命细胞的有丝分裂，因此被称为"造物者遗传密码"。

秦朝末年，嬴氏血脉变作十四种姓氏，其中的缪姓便是主脉，那个遗传密码，便跟着缪氏血脉代代传递。

"可是，天底下姓缪的人，成千上万，究竟谁的基因中带有造物者遗传密码？"彩虹王子问道。

导师沉声说："找到直系血脉当然很难，所以今时今日也无人成功。"

其实早在唐朝时，就有鲛人曾经这么做过。大唐贞观十八年初夏，发生在黄河与洛河的焚杀之战，导火索就是安康公主——母亲姓缪。有一个黑鲛人首领意图劫掠安康公主，可惜被诛鲛士打灭。此后这个秘密便被隐藏起来，历史的使命终归落到了彩虹王子肩上。

"天命归你，自有人奉送。"导师微笑颔首。

"请恩师明示。"彩虹王子跪伏在地。

"郑和下西洋的真正目的，便是寻找散落在海外的嬴姓十四氏。"导师语调低缓，"如今，他已经成功了。"

彩虹王子不由得一惊，抬起头来，"缪氏主脉也在其中？"

导师不再说话，只是挥了挥手。

彩虹王子辞别导师，正是1433年——明宣德八年。郑和第七次下西洋归来，在海上古里国遭遇袭击。彩虹王子的目标，便是郑和舰队护送的血脉。

一场海战，大明水军覆没。

彩虹王子在血污混乱的现场搜寻，找到了破损的绢帛玄鸟图腾，上面有人类留下的残血。彩虹王子就在污染的DNA中提取了少量的有效信息，然后与现场的十三具残骸比对，确定了幸存者，立即上岸追踪。

全国各地的缪氏人家有几十万之众，要找到那唯一珍贵的主脉，谈何容易？

那名幸存者极善于躲藏，隐匿在茫茫人海中，一代一代生儿育女。

彩虹王子就根据一点点信息，用了四百多年时间，苦苦追寻那根基因链条。在此期间，他不断变换身份，最后一次离开九渊市，故伎重演，伪装成一名奴隶，起名符珠哩，屈居在京城的一位蒙古王爷家中，宁愿被同族诬蔑为白脖儿。

所谓"白脖儿"，是鲛人里一些软弱的家伙，受到市井生活的蒙蔽，希望在人类社会度过一生。他们来自于白鲛人的族群，本身就害怕杀戮，却是大决裂年代最遭殃的一批，被秦军大量屠杀并制成鲛油膏和人茧。可是他们的后代，居然又跑去和人类混居，简直是鲛人族的耻辱。

但即使被诬蔑为"白脖儿"，符珠哩也忍耐着。

不过，符珠哩的隐忍没有瞒过一个人，那就是赫升。

　　作为硕果仅存的诛鲛士，骁骑赫升的表面工作，是大清国的行刑官，专事凌迟。他知道符珠哩是已知在世的最可怕的黑鲛人，也知道黑鲛人一定有着更大的阴谋。

　　彩虹王子不慎暴露行迹，被赫升盯住。他一边躲避赫升追捕，一边继续寻找。

　　到了赫萧出生时，赫升已经追捕符珠哩五年了。

　　到了赫萧十三岁、缪璃十岁那年，彩虹王子终于发现了基因链条的终端——缪家。

　　此时的缪家已放松了戒备。毕竟时光久远，加之多年的平安富足生活，使得笼罩在家族头顶的恐怖传说，变得轻飘而模糊了。关于这个姓氏的秘密，尘封在幽寂的角落。

　　缪济川请求赫升庇护。赫升顺势布下陷阱，就在彩虹王子向缪家动手时，被赫升捕获，并实施凌迟刑，但割掉二十七块鳞片、还差三刀时，彩虹王子逃脱。

　　赫萧十四岁、缪璃十一岁时——即凌迟刑后的第二年，赫升不惜挖掉自己的双眼，诱使彩虹王子接近自己，实施最后一击，又失败。但给彩虹王子造成了重创。

　　赫升死后，彩虹王子休养生息五年，卷土重来。但此时，十六岁的缪璃已经与父亲断绝关系，去英国留学。

　　彩虹王子控制了缪济川，全面改造缪宅，自己潜居在地下室的渊洞里。

　　两年后，赫萧陪十八岁的缪璃从英国回来，缪璃直接搬到学校去住了。

　　这时的缪家已经败落，大量财富人间蒸发，宅中的仆佣全换，只剩四名。缪济川让赫萧当了管家。

　　随后缪济川自杀，缪璃返回家宅，被彩虹王子锁在时空缝隙中。

　　八十一年过去了……

　　直至今时今日……

　　人类已经没有力量阻挡鲛人崛起的脚步。

　　此刻，符珠哩的双眼透过彩色长发，注视着聂深。

　　聂深从那辆福特车里下来，嘭的一声关了车门。但车门却马上被打开了。聂深往车内看了看，缪璃没动地方。聂深又把车门关上，车门再次弹开了。聂深明白有力量在遥控汽车——在这里，一切都被鲛人操控着，对方要传达的，就是这个意思吧。

　　缪璃也从车里下来。赫萧站在缪璃身旁，半个身子挡住她。

　　汽车终于关上了门。

　　聂深往前走了几步。

　　地上的六个灰袍恶徒一动不动，仍然跪伏着。

　　聂深停下脚步。距离怪物仅有三四米的间隔。

尽管做了充足的心理准备，可是直到看清了鲛人的样子，聂深还是受到了极大的震慑。说不害怕是假的，骤然看到那个人面鱼身的怪物，尤其是接触到对方投来的目光，令聂深感到一阵恐慌。但在恐慌之余，又有一种莫名的感觉……

鲛人那异样的目光越来越强烈，猩红的眼底仍是残忍的，却隐含着某种感情。聂深想要辨别出目光的含义，却又在尽力回避目光给他造成的压力。

聂深想起赫萧嘱咐的话语。

——你是唯一能够接近鲛人的人，但他会用各种办法扰乱你的意识，甚至控制你的意念。你不要和他对话，上手就用杀招，一刀刺穿他的胸肋。

——胸肋上残留的三个鳞片，就是他的弱点！

聂深的脑海中回荡着赫萧的声音。

——你要相信，你是唯一能杀死他的人。

聂深抬头注视着鲛人。鲛人也在注视着他。

"基提瑟拉装置。"鲛人突然开口说道。他发出嘶哑的声音，如同两只缺损的齿轮互相碾压着。

"什么？"聂深一怔。

"有人根据其外观造型，把它称为'鱼尾罗盘'，它的正式名称：基提瑟拉装置。你不是一直很好奇吗，那块手表。"符珠哩露出麻木的笑容，但目光里仍透出某种感情。

"聂深，不要和他说话！"赫萧在后面喊道。

鲛人没有搭理赫萧，仍然注视着聂深，发出齿轮磨压的声音："改装后的手表，就是那个装置缩小的版式。而映在石门上的，是原图。在航海中，它通常被做成一本书那么大，相当于手掌的厚度。"

聂深不由得低头看了看手表。

"位于装置前端的刻度盘，可以显示出每年日月交叉运行的过程。低一级的刻度盘，显示星象的运行，并对应皇极十二道。"

符珠哩嘶声低语，声音在聂深的脑子里回荡着……这个装置能计算水星的运行轨道、日月的运转周期，将之与皇极十二道对应，寻找准确航道。

"石门上还为你展示了一幅地图，用那鱼尾罗盘指引，就能通往九渊之底，那里是咱们家的根脉，也就是你苦苦寻找的家园。"鲛人发出低沉的声音，"当年郑和得到了一副罗盘，但他永远不可能找到目的地，因为他得到的是个错误的装置。罗盘上偏离一分，在茫茫大洋上就是数千海里。"

"等一等！"聂深突然抬起手，"你刚才说——"

"聂深，不要和鲛人讲话！"赫萧想要冲过来。

始终跪伏在地的郑锐和柴兴一跃而起，扑向赫萧。鲁丑立刻上前，准备厮杀一番。

"都别动！"聂深回头大喝一声。

郑锐和柴兴顿时待在原地。现场安静下来。

符珠哩满意地看着聂深，微微点了点头。

聂深扭脸望着符珠哩："你刚才说——九渊之底是……"

"是我们家的根脉，儿子！"符珠哩突然唤道。

聂深感到自己的血液瞬间冰冷了，犹如被一把极寒之剑刺穿胸口。

"还需要怀疑吗，儿子，家族的徽标已经印在了你的后背，你没有感觉吗？"符珠哩问道。

聂深怔怔地看着鲛人，眼前只有一团黑雾，在雾的中心是一片跳跃闪烁的光斑，忽远、忽近，耳朵里炸响着自己的心跳声。

"你终于一步一步做完了我期待的事情。徽标，印在了后背，鲛绡衣，给了你的新娘。你用自己的潜质证明了，你就是我召唤的……"

"可是……渊洞里还有个人……"聂深感到头痛欲裂。

"哦，那是缪济川啊，也就是你死去的岳父了。作为我的仆人，他的身体就是专为我培育鳞片的饲育器皿，育成以后，他活着就没有价值了。"符珠哩漠然说道。

赫萧的声音再次传来："聂深，别忘了我告诉你的——"

——鲛人会用各种办法扰乱你的意识，你不要和他对话，上手就用杀招，一刀刺穿他的胸肋。

"好吧。"聂深抬脸注视着怪物，"我就是你等候多年的天选之才。只有我能为你修补二十七个鳞片。"

聂深一步步走向鲛人。

——答应为他修补鳞片，然后割掉他胸肋下的三个鳞片。

赫萧紧张地注视着聂深的背影。缪璃双手紧攥，身体颤抖着，心中默默祈祷。

——成败在此一举，我只有一次机会。

聂深继续靠近符珠哩。在天光下，能在如此近的距离与鲛人面对面，聂深是数百年来唯一一人。

符珠哩用信赖的眼神看着聂深。

（2）

"太好了，太好了，我的孩子。"符珠哩的喉咙里发出感叹的回响，抑制不住激动之情，这对于鲛人来说实属难得，"赫升曾对我施以凌迟刑，其实是想割掉鳞片，使我丧失能力，从而诱捕其他鲛人，毁灭我的复兴鲛人计划。现在，站在我面前的你，证明了我的荣耀。"

"赫升……"聂深低喃。但他马上集中注意力，寻找着战机。

近身对付鲛人，任何复杂的武器都瞒不过去，越简单越有效。

聂深的手心暗暗握着一柄竹刀。

第一刀刺中胸肋下的第一个鳞片，不必将其剜出，刀也不用抽出来。第二刀就直接切划至第二个鳞片。两个鳞片受损的同时，紧接着第三刀，竖划至下方的第三个鳞片，顺势将刀柄直握前刺，转换为斜握下剔，从内往外剔出第三个鳞片。如此，便给鲛人造成了两个鳞片受损、一个鳞片割除的创伤。

整个过程只有一个要求：快。

两秒钟之内完成全部动作。

聂深已经看到了符珠哩肋下的隐隐光泽。被黑布遮掩之处，随着符珠哩由于激动而晃动的肢体，那个地方正暴露出来。

聂深暗暗地吸了一口气。

"命运图经，你的，和你母亲的，多么不同啊。"

符珠哩似乎在笑。聂深却看不到符珠哩的嘴，彩色长发遮住了鲛人面容。

"你的母亲，原本来自人世的普通一员，却有珍贵的体质，她自己毫不察觉。如果不是我发现了她，她就和芸芸众生一样，淹没在凡尘俗世中。是我选中了她，使她的生命发出了耀眼的光芒，她将被后人永远怀念，敬奉为万世之母，就像那位著名的……"

"你对我母亲做了什么？"聂深厉声喝问。

符珠哩歪了歪脑袋，有些不相信地看着聂深，"孩子，她献出自己的时候……"

"不！"聂深嘶喊。

"二十七年前，赫萧把她送到我身边时……"

"聂深，动手！"

赫萧猛冲过来，但被郑锐和柴兴挡住。二徒抡起羊骨棒，一上一下，砸向赫萧。鲁丑狂吼着冲过来。场面顿时混乱。

嗖——

突然一支竹箭飞过来，正中符珠哩的胸口。箭尖刺得很深，箭尾兀自震颤着，发出嗡嗡的声音。

缪璃从汽车的座位下面拿出了弓箭。她张弓引箭，二次射击——

嗖！

符珠哩看着竹箭飞过来，看着竹箭再次射中自己的胸口。他的眼里涌起怒火，猩红的眼球瞬间明亮，随即又暗淡下来。他有些无聊地抬起一只手，形如鹅掌，红褐色，掌蹼宽大，细小的白色绒毛，一条条骨节，还有一层皱巴巴的鹅皮疙瘩。他捏着竹箭，拔出来，懒懒地丢在一边。

"你们商量好了，想杀我？"符珠哩看也没看缪璃，只是盯着聂深，"你以为，凭着你手里那可笑的竹刀，就能割掉我的鳞片，置我于死地？"符珠哩似乎叹了口气，"但我原谅你了，儿子，我等待了这些年，是值得的。"

"你怎么可能……"

"孩子，还要我说什么呢？"符珠哩竟露出一个溺爱的眼神。

聂深紧紧地攥着手里的竹刀，浑身发冷，胸口窒闷，脑海中出现了无数纷乱的念头——

四岁那年，发现自己在水里能呼吸，并不是错觉……

在水族馆能够清晰地感受到海豚的悲伤与愤怒……

命运图经上全是模糊的灰色……

听见了低赫兹的音频声波……

还有时空的把握能力，对于特殊空间布局的判断……

与恶徒大战时，身体出现异样的爆发力、肢体协调力等，那些都是在极端处境下激发的天赋……

发生在自己身上的种种奇怪现象，都在这一刻对应起来。

——我，是鲛人的儿子？

那么现在，要拼死一搏，向这个怪物出手吗？

符珠哩从一开始就知道，他们愿意举行婚礼的目的，是引诱他出来。

符珠哩之所以一步步容许他们走过来，只是因为他更需要这一切。

一切都在鲛人的掌控之中。

此时他看着聂深，完全就是在看待一个顽劣又幼稚的小孩子。

然而，究竟出手不出手，选择的痛苦，并不是来自聂深的恐惧，而是内心的纠结——这个鲛人，真的与我血脉相连？

凭心而论，聂深与符珠哩并无实际的仇怨，符珠哩究竟做了什么，母亲从来没有吐露内情，尽管聂深知道这是个可怕的鲛人，但在此刻，他动摇了，因为他身体里流淌着这个怪物的血液。

——我也是个怪物。

不！

聂深拒绝承认这个从天而降的身份！

他对水是恐惧的。一个恐惧水的人，怎么可能是鲛人的儿子？

身后，六名恶徒已将赫萧和鲁丑打倒在地。

缪璃被关进了汽车，正在拼命拍打车窗，想要唤醒聂深。

然而聂深的世界，却是一片枯冷死寂。

"儿子，你在世间受到的磨难，表明了人类是个卑劣物种。入宅后，你见到的人心，更是集中了自私、贪婪、恶毒。"符珠哩注视着聂深，"我把那几个客人，转化为奴仆，以后将为你效力。他们就是你的狗。虽然你杀死了一个，但那就是命运啊。"

聂深伏在地上，双臂前撑，额头的汗珠一滴滴打在手边。

聂深低语："是你用黄金诱惑他们，故意激发他们的阴暗面。"

"什么？"

"人是有弱点，世界本来就不完美。"

"你是在抗辩吗？"

"你知道病弱之处，然后故意刺激病弱之处，得到的反应当然如你所愿。"聂深抬起脸，"人有阴暗面，用来衬托光明面，这不是很简单的道理吗？"

符珠哩的眼眸变成两颗寒珠，眼底似乎要滴出血来。

"所以，不要侮辱人类。"聂深慢慢站起来，转过身去，"我妈妈就是人类。她临终前，我向她发誓，我所做的一切，决不让她失望。"

"你干什么？"符珠哩怒声问。

聂深缓缓地走着。

"想要逼迫我转化你吗？"符珠哩发出猫被撕裂般的叫声，刺耳恐怖。

"如果可以，你早就做了。"聂深头也不回地走向汽车。

符珠哩如果把他转化为奴仆，即使赋予他超乎想象的技能，但必然会失去其他东西。甚至技能越强，另一方面失去得就越多，这就是自然平衡法则，有得必有失。恶徒们就是鲜明的例子，他们以人类之躯获得强技能，却损失了其他能力——生育能力！

这就是符珠哩当年不能转化聂深母亲，如今更不能转化聂深和缪璃的原因。

符珠哩并不缺恶徒，他可以去其他人身上发展，但唯有这三个最重要的人，寄托着他的唯一希望，这个希望，就是他苦苦编织的繁衍链条。

八十一年前，当符珠哩终于找到了缪氏血脉，并将缪璃锁在时空缝隙后，他准备通过基因工程，在分子水平上对基因进行操作，将缪璃身上的特殊遗传物质，转移到自己的细胞核内，从而获得更强的能量和智慧——也就是导师告诉他的：拥有造物的力量。

有了这种力量，向人类复仇，以及复兴鲛人族，指日可待。

但是经过基因检测，符珠哩悲哀地发现，他和缪璃的基因之间缺少一个坏节。

耗费四百多年时间，好不容易找到缪氏血脉，却发现基因不能直接用在自己身上，符珠哩极为受挫，不由得心灰意冷。

难道导师传授的，是个错误知识？

符珠哩在挫折中沉溺了一段时间，换个角度一想：问题还是出在自己身上，是自己有一个基因缺陷。假如是唐朝那位黑鲛人首领，当年成功劫掠了安康公主，或许事情早已经办成了，那么拥有造物力量，就轮不到彩虹王子了。

于是符珠哩重新检测基因，终于明白了，自己只要和一个人类女子结合，生下半鲛半人的儿子，然后用儿子的基因与缪璃的基因融合，就能达成目的。

符珠哩要选择的人类女子，身上必须有个叫作 HLA 的免疫基因，人群概率是千分之一。

但此时符珠哩由于鳞片受损，只能困居在缪宅的地下室。

于是他便以二十七年为周期，举行悬赏任务，每次召集七个有缝补天赋的人，从中挑出天选之才，为他修补鳞片。一旦鳞片修补成功，符珠哩便能重新以人的形貌，自由出入民间。到那时，他就能顺利找到千分之一概率的人类女子。

结果就在第二届悬赏任务中，符珠哩意外发现一个女孩拥有 HLA 免疫基因。这个意外发现令符珠哩激动不已，于是将那女孩掳入地下渊洞，使其受孕。

那便是聂深的母亲。

时至今日，符珠哩召唤儿子聂深来到缪宅，诱导他一步一步完成目标，最终走上婚礼。儿子将通过地下渊洞，与缪璃前往九渊之底，在那里孕育完美的生命。然后，符珠哩将从孙儿的基因中，获得无与伦比的生命能量。

如同钟表齿轮一般精密运行的步骤，现在只剩最后一个关键环节了。

聂深终于醒悟，在这个计划中，自己只是鲛人这根链条上的一枚棋子。整座缪宅不过是鲛人的饲育场——不幸的缪璃，是用八十一年时间育成的民国新娘。

聂深为这命运感到愤怒和屈辱！

他想起了母亲……想起母亲临终之际的眼神……

——妈妈，我所做的一切，决不让你失望。

"你选择站在人类那一边吗？"符珠哩嘶声问道。

聂深冷冷地看了看符珠哩，沉默着。

"我允许你查遍史书图籍，就是让你明白，罪恶之源正是人类。人类皇帝屠灭我们的故园，为了一己之私犯下滔天罪行。"符珠哩怒声说道，"鲛人曾经帮助人类加强文明进化，在河洛之地，将《河图》《洛书》传给文明始祖伏羲，供他推衍八卦，并把鲛绡衣送给他女儿，祈望友情万古不灭。还将编织术、数术、航海术、建造术等传给人类，甚至帮助嬴政设计骊山陵墓，可是换来了什么？人类不可信赖！这个物种存在的唯一价值，就是让我们对他们实施基因链的改造，将他们全部变为我们的奴仆！"

聂深走到汽车前，打开车门，伸出手。缪璃跟随他出来。

两人来到赫萧与鲁丑身旁，那二人正被六恶徒紧紧束缚着。

"放开。"聂深说。

恶徒们不敢去看符珠哩，都看着林娴。林娴沉吟着低下头，抬起一只手。

恶徒们退到旁边，形成一个圆圈。赫萧和鲁丑从地上站起来。

聂深冷冷地问："赫萧，你一直向我隐瞒真相。"

"但只有这个办法能接近那个怪物。"赫萧平静地说，"如果告诉了你，你能走到这一步吗？"

"我应该惩罚的，似乎是你才对。"聂深逼视着赫萧，"刚才符珠哩说，二十七年前——"

"聂深，你知道赫萧是身不由己的。"缪璃急道。

"他把我母亲，送进了地下室。"聂深紧咬着牙根。

"情况没那么简单，我会向你解释清楚的。"赫萧说，"现在你只要记住一点：缪璃小姐当时并不知情，否则她不会让我这么做。"

聂深脑子很乱，耳朵里充满了风的呼啸声。他试图理解当年的事件——在符珠哩强大力量的压制下，赫萧把聂深的母亲送进渊洞，之后受不了良心折磨，又把母亲带到宅院上，但母亲已经身心崩溃……

赫萧说："不要中了鲛人的诡计，他让我们彼此仇恨，削弱我们的力量。"

缪璃焦急地问："怎么办？"

聂深的目光投向缪璃，又转到了赫萧脸上。这么多年，赫萧时时刻刻承受的身心折磨，也许可以抵消他当年犯下的错误了。

聂深说："赫萧，你带缪璃离开这里吧。"

"你呢？"缪璃睁大眼睛。

"我……"聂深眯缝着眼睛，望向迷雾中的围墙，"我留下，守宅。"

（3）

聂深的话把缪璃吓住了，脸色显得更加苍白。

"在这里？你一个人？"缪璃颤声低语。

"我这个小怪物，守着那个大怪物。"聂深露出一贯熟悉的嘲弄笑容，"再用石头造出五十二个小混蛋，我们就凑成一副扑克牌了。"

面对这个命运开的玩笑，却没人笑得出来。

"聂深，你别这样说。"缪璃语气悲伤，"在这里的生活，非常非常痛苦。"

"我在外边没什么牵挂……"

赫萧一摆手："今天若不阻止符珠哩，到哪里都逃不过去！"

聂深摇摇头："能制造时空缝隙、改造基因链、用空气给汽车当燃料的生物，我们拿什么跟他打？"聂深扭脸瞥了远处的怪物一眼，"他看着我们，就像看着婴儿。"

"我曾试着认命。"赫萧抬头看着天空，沉重的乌云里没有一丝亮光。"生命不过是命运的交织点，谁也无法主导自己的命运。但你入宅以后，发生的这些事，让我开始觉得……"

"没时间了，你们先离开。到了外世界，起码能呼吸一口自由空气。反正都是活腻了的人，追杀什么的，也就无所谓了。"聂深一笑，"对了，想办法找到邮差，他一定会帮你们。"

赫萧把目光移开了，"谁都没用，符珠哩不会给我们选择的余地。"

缪璃忽然说："赫萧，你和鲁丑可以走。"

"什么？"赫萧注视着缪璃。

"怪物要的，不就是这个结果吗？他本来想杀死你和鲁丑，无非是想好好办一场婚礼。现在我和聂深如他所愿，他就没有任何理由杀你们了。"

"不！"赫萧语气果断。

聂深催促道："别争论了，到了今晚十二点，时空轨道就会关闭，下一次打开——如果还有下一次，又是二十七年之后了！"

"你告诉我，"赫萧盯着聂深的眼睛，"你是不是有了什么办法，想独自对付鲛人？"

聂深忽然转过脸，望向六恶徒。

就在他们紧急磋商的时候，那六个家伙正在悄悄变换位置。

林娴站在一个台阶上，叶彩兰跟着她站在台阶右侧。其他恶徒散开在数米之外，都低着头，闭着眼睛，身子微微摇晃着。

聂深猛地一推赫萧："快走！"

赫萧没防备，一个趔趄撞到鲁丑身上。鲁丑连忙扶住赫萧。

与此同时，脚下的地面陡然裂开一个缺口。聂深已经来不及躲开，眼看缪璃往下陷落，他拼命抓住了缪璃的手。赫萧在另一边也来扶缪璃，身子前倾，跌进了缺口。鲁丑跟着掉了下去。

聂深只觉得一阵天旋地转，身子急速坠落。意识中只过了几秒钟，他便摔到了坚实的地面上。缪璃摔在他身上。二人双双滚了一圈。

聂深扶着缪璃爬起来，四处张望，周围笼罩着一团黯青色的光线。

"赫萧？"缪璃呼唤。

远处传来回音："赫萧——赫萧——赫萧……"

聂深走近石壁，稍作判断，说道："是三破口。"

缪璃惊疑中打量四周，"我们跌进了地下室？"

岔口的三条路没错，不过形态发生了扭曲。聂深记得，原本是右侧那条路通向石门，现在那条路仍然向前延伸至黑暗，但在抵达黑暗的边缘地带，已经变成了环形。

"迷宫道。"聂深低喃，抬起手腕看了看表，"先找到赫萧和鲁丑。"

"怎么走？"缪璃焦急地问。

聂深拉着缪璃，继续沿右侧那条路往前，看看它变成环形后通向哪里。

一阵怪风吹来，四周尘雾弥漫，脚下的路变得颠簸起来。

"聂深……缪璃……"远处似乎有人呼唤。

"是赫萧吗？"缪璃侧耳倾听。

"不确定。"聂深仔细辨别。

呼唤声又消失了。

两人迎头走向那团雾。雾是从更深的地底冒出的湿气。

那种闷雷般的隆隆声又响了起来，聂深已经习惯了。

两人即将踏入黑暗时，缪璃说："所有的迷宫道，都有盲区。一旦进入神秘盲区，后果不堪设想。"

聂深点点头。

他现在只能选择相信手腕上的"鱼尾罗盘"，它就是指路明灯。

所谓神秘盲区，如两对"冲星"主宰，在地形上构成了同度双冲夹角，其强大的限制力作用在道路上。在行进中，提前辨别出自己即将踏入哪条道至关重要。如果人都进去了，才发现是入了禁区不知道会遇到什么，根本就无从应对。神秘盲区就是"鱼尾灯"照不到的地方，罗盘在那里毫无作用。

聂深听见一阵声音……

他侧耳细听，确实有怪声传来，但究竟是来自地底，还是来自黑暗的远处，这一点很难判定。

突然，他看见斜对面出现了一团黑乎乎的东西，怪声也越来越大了。

聂深急忙拉住缪璃，让她伏低身子。缪璃跟他一起藏在石壁的夹缝处。

那团东西飘飘忽忽，逐渐靠近。聂深定睛一看，暗自抽了口凉气。

那团东西是由一群人聚在一起形成的。他们是飘过来的，能看到整个身子，但分不出男女性别，也看不出年龄差异，每个人都是模模糊糊的，像一团星云拢在一处。

更古怪的是，这群人还拖着一根槐木桩。槐木桩很长很长，长得超出想象，一眼望不到尽头。但走近了，又会发现槐木桩很短，短得像一口棺材。

聂深还发现，这群人其实根本不需要槐木桩，他们可以在任何地方随意穿行。

槐木桩的作用，只是为了让他们聚拢在一起。他们拖着槐木桩，就像一群蚂蚁拖着一根骨头。眼看那群人飘到了眼前，又如一团黑雾般涌过去，黑雾中间的白色槐木桩若隐若现。

聂深不知这群人是什么来头，更不知他们是善是恶，但从外观推断，不像是带着恶念的，那团模糊人形聚拢在一起，没有让人心惊肉跳的危机感，而像是一片随风飘过的云。

"嘻嘻，那个人能听见我们的声音。"人群中忽然飘来一个细小的声音。

"不可能吧，一百万人里面，才会有那么一个能听见的。"另一个声音说。

"他就是那百万分之一呀。"另一个声音说道。

他们的议论声都不大，像是一阵风里卷过的一点点杂音，聂深却字字听在耳中。他也感到奇怪。也许是因为眼前这群人的声音很特别，而那特别的音域，偏偏被他的耳朵捕捉到了。

那群人越飘越远，雾气渐渐融入黑暗中。

又有一丝声音远远飘来："……你说他俩傻乎乎站在那儿干什么？"

"人家约会呢……"

"偷情不该选在这种地方，一会儿刮风起了尘浪……"

"那不是更……浪……"

"……风大吹掉了裤子……"

聂深很郁闷，这都是什么货色啊！

猛然想起身边的缪璃，赶紧扭脸去看，缪璃显得很紧张。

"缪璃……你……也听见了？"聂深小心翼翼地问。

"听见什么？"缪璃反问。

"那个……刚才过去的一群人。"

"嗯，我看到了，可我听不见他们说什么。"

"哦。"

"你能听见？"缪璃打量聂深，"也不奇怪啊。"一副看穿了一切的样子。

聂深苦笑。他是鲛人符珠哩的儿子，在缪璃心目中早就是事实了。

"走吧。"缪璃催促着，急于解救赫萧。

继续往前走，缪璃随口问："刚才过去的那片人影，不知道是干什么的？"

"应该是从某处的工地上来的，或者正赶往某处的工地。"聂深说。

聂深的注意力又被腕上的手表吸引了。前方转个弯以后，他们进入一个中等迷度的通道，形状像一只鹅，有宽阔的路面——肚腹，也有细长曲折的路径——脖颈。

两人正在穿行的这片空间，是鹅道的肚腹位置，看起来很平整。

随后来到脖颈位置。聂深小心地拉着缪璃。在这里行走，掌握转弯的技巧和身体的平衡很重要。

鹅道的脖颈位置像一条弯曲的山路，两旁漆黑一团，微弱的光芒中，感觉像在悬崖上走钢丝，稍有偏移，就会撞入黑暗里，或者卡在窄细的通道中间，越挣扎卡得越紧，直至动弹不得。

迷失者大多毁在鹅道，就是因为在平整的肚腹位置走得太快，想要赶紧跑过去，不留神冲到脖颈的入口位置，由于来不及转弯，一头撞进黑暗。因此可以说，鹅道的欺骗性很大。

聂深一边走，一边看鱼尾罗盘。他发现罗盘似乎受到什么感应，正在微微颤动着，罗盘上的低一级刻度盘闪烁着点点幽光。

聂深突然挡住缪璃。脚下还有一段弯曲的路径没有走完，聂深示意缪璃蹲下。

由于通道狭窄，他俩一前一后蹲着。四周安静极了，二人在巨大黑暗的包围下就像两只蚂蚁。

极目尽处又出现了一团雾，但这次浮起的却是一大片雪尘。尘烟呈扇形展开，黑暗中涌动的物体仿佛与云影叠在一处。

一行骑兵突然出现在视野中。纯黑的马，大约五六十匹战马裹着铁甲，马颈上缀满铁叶，与黑衣骑手融为一体。

战马犹如从虚空的秘门中鱼贯而出。骑士戴着黑黢黢的铁盔，一手提着缰绳，另一手举着明亮的护刀，宛若数十道白色火炬。

马蹄飞速踏过，激起的雪尘越来越密。然而整个马队没有发出一丝声音。

转瞬间，数十匹战马到了眼前，未作停顿，径直奔了过去。这次发出了撼人心魄的蹄声。

聂深忍不住抬头望去。

飞驰而过的铁面甲士把他吓了一跳。每个士兵脸上都戴着黑色面具，只在眼睛位置留有两个锐利的黑洞，其他部位皆布满虎纹，与周身的铁甲连成一体。

聂深被震撼得说不出话，兀自望着远去的队列。

他正要起身，缪璃转脸拉住他的胳膊，他赶紧又蹲下来。

刚才过去的只是前哨而已。

随后的数百名骑兵从黑暗中席卷而来。

犹如一团黑白相间的火焰。领头的旗手举着一杆大纛，旗顶飘扬着雉羽，隐约看到上面的字纹：秦。

数百名骑兵犹如仪仗队一般，旌旗招展，白纛飞扬，簇拥着一辆辆车辇远去，数百个车厢全是黑色的。

车厢里隐约传出一声声凄厉的哀号声……

车厢底座渗出水珠……

马队如同风卷残云般掠过……

聂深吐出一口气，慢慢站直身子，望着马队离去的方向。

"我知道了，"聂深喃喃低语，"车厢里装着的，是鲛人，被押送到骊山陵墓，做成了人茧。"

缪璃愕然地捂着嘴："秦朝的事情，我们怎么能看到呢？"

给缪璃解释这个问题有点复杂，聂深说："时空碎片的漂移吧，过去发生的一切，都不会消失，只是我们平时看不见。"

"你的意思是……你说的'时空'，那东西能记住一切？"缪璃问。

"嗯，至少符珠哩记得很清楚。"聂深说。

"他是因为——"

"仇恨。"聂深望着前方，"他要把仇恨传递到我心里。"

一点一点在心灵深处渗透，产生影响，从而引导一个人的意志——自从聂深入宅后，符珠哩就在这样做着。自从鳞片受损后，符珠哩只能采取诱导的方式。

这时候，聂深和缪璃已经出了迷宫道。

（4）

前方幽深的通道尽头，传来凌乱的撕打声。

那扇厚重的石门紧紧关闭。石门外面，林娴静静地站着，其他五个恶徒正在围殴赫萧与鲁丑。恶徒们的速度和力度更为惊人，大脑能力又增强了数倍。

赫萧由于之前的伤痛并没有完全康复，连日来又不断受到恶徒扰动，身心俱疲、内外交困，虽勉力支撑，但很难从恶徒的包围中冲出来。鲁丑受的伤本来就比赫萧重，拼命苦斗，却施展不开，最后就只剩下一点笨力气，庞大的身躯撑在赫萧身旁，为赫萧阻挡拳脚，自己也不知挨了多少下。

"住手！"聂深怒喝一声。

恶徒们没有停止，郑锐和柴兴的羊骨棒抡得更疯狂了，狠狠砸在鲁丑身上。张白桥则在寻找机会，用脑袋去撞赫萧。叶彩兰匍匐在地，蛇一般纠缠着赫萧，使他处处受制。姚秀凌更是暴躁不已，恨不能全身扑上去，只求给赫萧造成更大的伤害。

缪璃不顾一切地冲过去。

聂深紧赶几步拉住她，"别急！"

赫萧在战阵中大喊："不要过来——"

随即被张白桥一头撞到胸口，身子仰翻在地。

鲁丑嘶吼一声，双臂一伸，竟把张白桥抱住一起往后摔去。张白桥的后脑勺狠狠碰到石门上，咚的一声响。鲁丑顺势把张白桥甩起来，扔向姚秀凌。恶徒们乱了一下，重新集结。

聂深拽着缪璃的胳膊说："你在这里帮不上忙，快，我先把你送出去！"

缪璃挣脱聂深的手，猛然跑了过去。她虽然心智大乱，却仍保持着罕见的理性，知道自己冲进战阵只会被围剿，还会让赫萧分神，所以她选择的目标，是林娴。

林娴突然看见缪璃冲过来，一时愣住了。

她不知道该怎么应付缪璃。

上去撕打肯定不行，缪璃是尊主特意为少尊主选中的新娘，世上独此一份，别说缺胳膊少腿，哪怕碰掉一根汗毛，都会造成不完美的结果。

如何应对愤怒的缪璃，已经超出了林娴的认知范畴。

"缪小姐，你不能……"

跟她讲道理好吗？

缪璃已经冲到了眼前。

叶彩兰反应快，立刻便飞身而起，准备护驾。

"别动！"焦急的林娴竟发出了颤音。

叶彩兰吓了一跳。她一愣神，不料鲁丑从旁边扑了过来，双臂一伸，把叶彩兰结结实实抱在怀中。

"男女授受不亲，可你是个坏蛋，请问尊姓大名？"

鲁丑嘴上嘟囔着，动作可没停，抱住叶彩兰以后，仍循着惯性往前扑，朝着石门撞去。这一招屡试不爽，鲁丑用自己庞大的身躯包裹着叶彩兰，叶彩兰一边嗅着浓烈的男人味，一边感觉自己跟着鲁丑飞天了。

二人狠狠摔向石门，即将到达的一刹那，鲁丑稍一扭身，把叶彩兰放到前面，猛地撞到石门上，同时鲁丑的身体再那么凶狠地一压，叶彩兰发出凄厉尖叫。

眼见心爱的女人吃了夹心饼干，张白桥和郑锐都快疯了，二人冲过来，一个用头撞，一个用羊骨棒乱打。

赫萧的压力顿时减轻，身边只剩下了姚秀凌和柴兴。

这时聂深也到了，一边照应着缪璃那边的情况，一边救赫萧。眼下最紧要的是跑，而不是打。

聂深挥拳击倒柴兴，与姚秀凌周旋一番。姚秀凌恨透了聂深，双目充血，简直能用目光杀人。但聂深并不与她纠缠，很快收回身形，查看赫萧的情况。

"怎么样？"聂深问。

"去救缪璃。"赫萧脸色苍白，呼吸短促。

聂深往那边瞥了一眼。其实缪璃比他们都安全。

缪璃一上去就给了林娴一耳光，啪的一声回音响亮，把林娴打懵了。缪璃扇过耳光后，也没别的招了，只觉得这一巴掌打得特解气。上一次扇耳光，还是八十多年前，在英国遇到街头小流氓，一巴掌扇出了国威，还上了当地的报纸。

林娴没有捂脸，只是看着缪璃，眼里的懵色缓缓消退，渐渐浮上一层怨毒之色。但站在原地没动。

缪璃转身扶起鲁丑。她跑到哪里，那些恶徒便闪开了。缪璃明白自己的作用，伸出双手把鲁丑护在身后。

这边的聂深架起赫萧，四人聚集。

六恶徒投鼠忌器，围而不打，场面便僵持住了。

"聂深，我必须告诉你——"赫萧在聂深耳边急促地低语，"二十七年前，你母亲来到缪宅，怪物竟然选中了她，命令我把她送入渊洞。我不答应，怪物威胁要伤害你母亲和缪璃。我没有选择，而且我想利用那个机会，近距离杀死怪物，可是又失败了。那次怪物没有惩罚我，而是惩罚了缪璃。我无法承受，就去地下室与怪物达成了协议。在和怪物谈判后，我能做的最后一件事，只是带你母亲出了渊洞，让她在宅中休养。那几天缪璃在昏迷，不知道这件事。你母亲痛苦绝望，趁我没注意，逃出缪宅去跳崖，遇到了邮差……"

只有邮差能从次元壁上找到通道，带聂深的母亲逃走。邮差因此得知缪宅发生的可怕事件，于是背叛雇主、背叛自己的家族。

年轻的母亲逃离缪宅后，犹如脱钩的鱼游回了大海。符珠哩马上将同一批进入缪宅的其他六名客人转化为恶徒，送到外世界追捕聂深的母亲。

母亲虽然回到了正常的社会生活中，却陷入了无穷无尽的惊恐中。她想堕胎，但每次一产生这个念头，晚上做梦时便看到一个孩子朝她哭叫嘶喊，那孩子面容清晰；可她惊醒后，却想不起模样。无数次的意志折磨，母亲终于放弃了堕胎的努力，奇怪的是，她一旦表示顺从，便感到温暖平和。

这种感受不是一个普通人能够抗拒的。她忍受着身心煎熬，生下了这个孩子。

母亲始终觉得怪物住在自己的脑子里，她在东躲西藏中，什么都不敢说，更不能告诉聂深那可怕的往事，甚至把自己的照片都烧了，生怕留下痕迹。只在临终之际，才吐露出破碎的言语：鱼皮娃娃的院子……

母亲曾经以为自己生的孩子是个鱼皮娃娃，因为符珠哩是一个"人面鱼身"的怪物。直到母亲在临终前的混乱思维中，又想起了往昔的恐惧和绝望，她其实是告诉儿子：你从哪里来。

鱼皮娃娃的院子——缪宅。

聂深曾在家中整理母亲的遗物，有两片碎纸的边角，隐约看出半个"纟"字——那其实是"缪"字的一半。

这便是聂深奇异而伤痛的身世之谜。

这时，始终紧闭的石门突然洞开，一条铁链如蟒蛇急速掠出，链头一甩，卷向缪璃。

聂深已经来不及提醒缪璃，他猛然跳起身，冲向缪璃的同时，将手臂高高抬起，挡住铁链。铁链打在他的胳膊上，顺势一缠，将他提了起来。他用另一手推开缪璃。鲁丑急忙侧身，将自己的后背拱起，护住缪璃。

铁链将聂深缠住后，用力一收，回到了黑暗中。石门应声关闭。

内外隔绝。

石门外的林娴发出一阵笑声。

"哈哈哈哈……"笑声在幽深的地下室回荡。

鲁丑发出怒吼，盖住了林娴的笑声。比声音大，林娴并不是对手。

"救聂深！"赫萧低喝一声。

"打不开门。"缪璃急道。

鲁丑突然朝地下室外面跑去。林娴一挥手，姚秀凌、张白桥追了出去。

缪璃与赫萧靠墙站在一起，赫萧手上只有一盒火柴。叶彩兰的视线扫来扫去。郑锐和柴兴抢着羊骨棒急不可耐，却不敢造次。林娴考虑怎样把缪璃与赫萧分开。

"缪小姐，我们是知音，你不能否认吧？"林娴开始攻心。

缪璃怒视着林娴。

"一起弹琴的时候，你就说过，最大的向往，就是去外面看看。那种受到深深束缚，却又无法挣脱的滋味，我太明白了，一个花季女孩……"

"省省吧。"缪璃冷笑。

"与少尊主结合，你的命运就是一片光辉。而像我们这样的奴仆，想要多少都可以。"林娴躬身说道。

"我不知道什么少尊主，我只认识聂深！"

"谁都不能选择自己的身世，少尊主更不行。"林娴笑一笑，"他正在里面接受尊主的教诲，等他出来，第一个要杀的人，一定是赫萧。"

（5）

被铁链卷入渊洞的聂深，陷入了短暂的迷离状态，但很快惊醒过来。

自己正站在水里。水底似乎有个台子，他站立的地方位于水中央，膝盖以下浸入水中。头顶是椭圆形的洞壁，周围的水并不是想象中的那么污秽不堪，相反的，它很干净，犹如山中的一洼碧清潭水。四壁幽蓝的光线中，有许多细小的白色绒毛飘浮着，像雪花，又像一种飞舞的羽状生物。

聂深抬起头尽量不去看水，克制着内心对水的恐惧。

只要保持对水的恐惧，他就是一个人。一个普通的、正常的人类。

他已经明白了，四岁那年母亲为什么把他扔进浴缸险些溺死。母亲的心中，对这个幼小的生命表现出的爱恨之情，如此锐利、如此惨烈。在母亲眼中，这是个孽种，却也是她的骨血。

而造成这一灾难的，就是聂深眼前这个鲛人。

退回巢穴的符珠哩，比在地面上平静得多。身上没有披着黑布，露出了庞大的身躯，皮肤呈现冷幽幽的青白色。一头彩色长发中，那双猩红的眼睛黯淡了一些。

在符珠哩身旁不远处，缪济川的尸体仍然挂在那里。

八十一年悬尸于铁链上，尸身不腐不烂，甚至没有肿胀变形之态，仿佛今天上午才往自己脑门上开了一枪，枪口位置破损的皮肉上还有新鲜的肉茬。

随着循环流动的水，缪济川的尸体缓缓地转动着，露出了脊背。尸体后脖颈往下的鳞片泛着银色光泽，一共六层，第一层到第四层各有五个鳞片，第五层有四个鳞片，第六层有三个鳞片——正是符珠哩原本失去的二十七个鳞片，早已在饲育器皿上培育成功了。

"我以为你能立刻接受自己的光辉命运。"符珠哩似乎叹了口气，"在人类世界生活得太久了吗？可是鲛人的天命早已超越人性，在见到我的那一刻，你就应该受到血脉召唤，自然而然归属于我。"

"这证明你失算了。"聂深有些嘲讽地说。

"失误是赫萧造成的，他令我失望了。"符珠哩嘶声说，"就把他交给你吧。"

"什么？"

"杀了他，与缪璃结合，得到完美的后代。"

"我还有别的事。"聂深转脸往身后看了看，自己来时的方向一团漆黑。他的目光碰到水，水面给他的感觉是一眼望不到尽头。

"人类真是既卑劣又复杂。"符珠哩的视线飘到旁边，瞥了一眼缪济川的尸体，"这个人的表现，就曾让我意外，我把他转化为仆人后，他居然还有残余的父爱，险些坏了我的大事。幸好赫萧误解了缪济川的临终遗言，缪璃得以入宅。"

"你现在让赫萧和缪璃离开宅子，我留下来陪你。"聂深说。

符珠哩愣了一下："这是一个交易吗？"

"算是协议吧，不过你遵守协议的态度并不好，我听赫萧说的。"

符珠哩发出令人难以忍受的笑声，仿佛一群蝙蝠在空中振翅，"赫萧告诉你全部了吗？"

"我自己能想明白一些事，比如，赫萧就是赫升的后人吧？"

"噢，你提到了赫升。"符珠哩点点头，"那也是一个让我意外的人，但也不过如此。"符珠哩又发出一阵笑声，说道，"赫升是个诛鲛士，这个门类早已灭绝了，赫升应该是最后一个，他对我施展的凌迟刑，也是历史上的最后一个。他临死之际，让人把我的二十七个鳞片塞到他肚子里下葬，他以为这样能把鳞片藏起来。"

"一个清朝的刽子手，能做到这一步，已经很难了。"

"但这对我来说却是极简单的事。我派仆人从死尸肚子里挖出鳞片，然后我需要一个饲育器皿。"

"于是你选中了缪璃的爸爸。"

符珠哩漠然一笑："挑选饲育器皿并不难，难的是缪璃啊。缪璃才是我苦苦寻找的目标。"符珠哩语气一转，"两千年的隐忍，四百年的寻觅，八十一年的计划，五十四年的等待，二十七年的结果——今时今日，你回到我身边，天选之才，天选之女，哈哈哈，多么完美的命运啊！"

"除了掠夺和欺骗，我看不到值得炫耀的东西。"聂深回望符珠哩。

符珠哩没有理会聂深的态度，忽然问："你知道我为什么愿意让赫萧守宅？"

"确实有点冒险。"聂深说，"赫萧十四岁之前的记忆丢失了，但他毕竟是赫升的孙子。作为诛鲛士的后代，万一记忆恢复一点点，都会给你造成很大的麻烦。"

"我也试探了很久，但那个可怜的小家伙根本想不起来。"符珠哩冷笑道，"不过，即便他不知道自己出身于诛鲛士家族，给我惹的麻烦也不少。"

"但你还是让赫萧守宅，目的之一便是报复，因为赫萧的爷爷当年对你的伤害，你就把他孙子锁在空寂的老宅，让一个年轻的生命长达八十一年消耗在这里，这比死亡更痛苦。你先给他一点微弱的希望，然后不需要他时，再杀了他。"

"嗯，不错。"

"另外，更重要的是，这个世界上，只有赫萧能坚守在缪璃身边，换了其他任何人都做不到。"

"很好，你对他评价很高。"符珠哩说，"这几天你和他产生了深深的情谊，他是否在你的心中，已经成了最亲密的人类？"

聂深虽然对这个奇怪的问题感到困惑，不过想了想，与自己二十六年彼此寄托的人，只有母亲，母亲去世后，把他独自扔在人世，他一度失去了魂魄一般，无人可以依靠。至于那个邮差，根本没有正式见过面。其他人，则因为自己长年颠沛流离的生活，无法建立稳定的关系。反倒是赫萧，入宅虽短短几天，却仿佛认识了几十年，意气相投。

"看来答案没有错，他就是你心理上最亲密的人类了。"符珠哩说。

"什么意思？"

"你需要一个大决裂。"符珠哩漠然一笑，"就像秦始皇三十六年发生的事，你要从行动上，彻底撕开自己身上的束缚，看清自己的身份。"

"我不明白……"

"你不放弃人类身份，就会很痛苦，因为事实摆在面前，孩子，早一点厘清这个界限，就早一点解脱。"符珠哩的嗓音低沉沙哑，"你是鲛人之子，赫萧是诛鲛士的后人，你俩正是一对天敌啊。"

"不……"

"身为鲛人之子，你的内心要完成最终进化，"符珠哩一字一字说着，声音在渊洞飘荡，"去杀死那个惺惺相惜的人类！"

石门上猛地传来巨大的声响。

外面，鲁丑紧握一把铁镐，正在用力凿门。他一下一下拼命干着，镐尖撞到门上迸发出耀眼的火星，碎石纷飞。

铛、铛、铛……鲁丑显露出野蛮人的狂暴，怒气值达到顶峰。

赫萧已经脱掉中山装，用火柴点燃了，在手里不断抢甩，阻挡六恶徒的进攻。

缪璃则捡起地上的碎石，使劲扔向恶徒们。

六恶徒暴躁不已，却讨不到便宜，急得团团转。姚秀凌试图往前冲，却被赫萧抢过来的衣服扫了一下，呼的一声，火借风势燎到姚秀凌的头发上，引来一阵哇哇怪叫。柴兴上前帮她扑灭了。姚秀凌的头发扭结出一片焦煳状。

恶徒们对火的厌恶，来自尊主的意念，源头便在秦始皇修建陵墓时，被制成"人茧"的鲛人被送入火炉，侥幸逃出来的鲛人代代相传，对火的厌恶，便是对人的憎恶。

　　赫萧不断挥舞衣服，石门前腾起烟雾。衣服快要烧完了，赫萧只好把它丢在地上。恶徒们趁势往上冲。缪璃挺身挡在前面，恶徒们停下来。郑锐把羊骨棒扔出去，砸向鲁丑，却没什么作用。地上还有没烧完的火堆，被赫萧一脚踢起来，正中郑锐。衣服的残料粘在郑锐身上，他的衣服也冒了烟，其他恶徒急忙上去扑救。场面大乱。

　　鲁丑更拼力地挥动铁镐。石门的边缘咔嚓一声，裂开一道缝。鲁丑大喜，嘴里发出"嘿呦！嘿呦！"的号子声，照着裂缝一通猛凿。缝隙变大了，碎石乱飞。

　　又是咔嚓一声，石门的一角砸烂了，露出一个不规则的四方形洞口。

　　鲁丑对着方洞的下沿，抡圆了铁镐，使出吃奶的力气疯狂砸去。

　　恶徒们弄灭了郑锐身上的火，重新集聚，扑向石门。

　　赫萧拿出最后半盒火柴，全部点燃，举在手中。

　　"聂深，我们一定救你出来。"赫萧望着火光默念。

（6）

　　"我不会杀掉赫萧的。"

　　渊洞深处的聂深，突然将手上的竹刀朝符珠哩刺去。

　　竹刀直奔怪物的眼睛。

　　聂深并不想杀死符珠哩，只是尽全力阻止他的恶行。

　　符珠哩被激怒了，脸庞变得一团漆黑，只看到两颗幽冥般的眼珠发出血光。

　　符珠哩不退反进，陡然卷起风浪，将聂深裹挟到怀抱中。

　　"现在就修补鳞片！"符珠哩发出命令。

　　聂深骤然被符珠哩卷到怀里，在鲛人的强势胁迫下，他根本动弹不得。恰恰在一刹那，聂深于瞬息之中触碰到鲛人的意念，突然看到二十七年前，母亲被卷入旋涡，从黑暗里传来绝望惨烈的呼救声。

　　"救命——"年轻的母亲发出喊声。

　　"你……给我留在这里……直到孩子出生……"黑暗中飘荡着可怕的回响。

　　"救命……"

　　惨烈的呼救声与可怕的回响缠绕在渊洞里。

　　余音仿佛仍在石壁间飘荡……飘荡……

　　这是比死亡更恐怖的境地。

　　此情此景，骤然唤醒了聂深。他猛地睁大双眼，鲛人的脸庞近在咫尺。他伸出手指，抓向鲛人的眼睛。

　　"你要背叛我？"符珠哩发出撕裂般的声音。

聂深的手指被符珠哩咬住了。如果符珠哩再用一点力气，就能把他的五根手指咬断，符珠哩松开了嘴。

"我等待了这么久，不是要一个残次品。"符珠哩低沉地说。

聂深还没做出反应，便被鲛人的铁链紧紧缠绕。

符珠哩在聂深耳畔嘶声低语："我已经为你准备了一切，为什么不听从我的召唤？"

"你知道自己错在哪里吗？"聂深冷冷地问。

"我错了？"

"你根本不明白什么叫作抚养。"

人类的母亲在抚养孩子时，付出的心力，是一点一滴进入灵魂的。

符珠哩声音嘶哑："莫非有一套秘术？"

"没有什么秘术。"聂深平静地说，"你总是执念于智能，却忘了有一种爱，叫作养育之情。那其实是很普通的爱，你没有，你就体会不到。"

符珠哩突然用鹅掌一般的大手盖在聂深头顶，稍用力一捏，把聂深的脑袋完全控于掌中。

聂深的脑子突然被铺天盖地的混乱记忆覆盖了，脑海中仿佛有无数扭结交缠的意识流急速涌过。他似乎在惊涛骇浪里旋转，大脑的海马沟回遭受着纷杂的碎片撞击。他看到自己在黑暗中奔跑，两旁是高耸的围墙。然后他在飞驰的列车上，随即又跌落在红色的原野上，天地交接的地方有个瀑布，是凝结的血瀑，宽得望不到边，地上堆积的血堆是从瀑布流下来，冻住了，堆在地上，像无数个红色的坟头。

母亲的眼睛从遥远的天边显露出来，犹如梦境，却又如此清晰。

"救我——"

迷蒙中忽然一只巨大的鹅掌覆在母亲的头顶。鹅掌用力一捏，汹涌的意识流瞬间溃散……聂深的大脑深处，一块豆粒大的白光逐渐扩展，记忆正被清洗……

——妈妈，我所做的一切，决不让你失望……

渊洞入口的石门猛地撞开，赫萧的声音穿透黑暗："聂深，你的口袋！"

（7）

刹那的迷失之后，聂深觉醒。

他的头颅还在符珠哩的掌控中，宽大滑腻的掌蹼紧贴脸颊的感觉，令聂深感到隐隐的颤栗。

咬紧牙根。聂深从上衣口袋里拿出那支哨笛。

　　之前在汽车房，赫萧帮聂深系上扣子时，顺手给口袋里塞了这个东西。

　　已经被赫萧改造过的哨笛里，塞满了火柴。

　　符珠哩突然大喝一声："快为我修补鳞片！"

　　他把聂深的脑袋往右一扳，整个身子挪到了铁链一侧，那里挂着缪济川的尸体，袒露的后背上晶莹闪烁的鳞片刺激着符珠哩的眼睛，猩红色的眼珠陡然膨胀了。

　　倏地一下，聂深手掌一翻，用三根手指紧捏哨笛，往符珠哩的眼中戳去。

　　这是为了母亲、为了一切遭到符珠哩残害的人类，做出的一击。

　　"啊——"符珠哩发出怪叫。

　　可惜聂深并没有刺到中心位置，符珠哩一甩头，哨笛戳在右侧眼角。聂深毫不迟疑，感觉哨笛穿透眼角皮肉的同时，他将三根手指用力一扭，哨笛里的机关触发，套在内层的火柴摩擦起火，前端喷出火焰。聂深虽然看不见火，但能感觉到燃烧的哨笛在符珠哩的眼角内侧猛地震动了一下。

　　符珠哩发出更恐怖的叫声，紧捏着聂深的手松开了，但同时另一手猛甩过来，击向聂深的头颅。聂深拼命一转身，避过那一巴掌，哨笛却脱离出来，前端喷着最后一抹余火，掉在水里，不见了。周围一股淡淡的硫黄气味。

　　符珠哩的右眼角渗出血，皮肤上有一片焦黑色。

　　"你要背叛我！"符珠哩的胸腔里滚动着嗡嗡的雷声。

　　此时在渊洞入口处，赫萧正被六恶徒困住，遭到轮番攻击。鲁丑左冲右突，挥舞铁镐，犹如狂暴的野兽。

　　赫萧猛地将鲁丑推出渊洞，厉喝道："带小姐离开！"

　　鲁丑最后一镐狠狠凿在张白桥的脚上，把半个脚掌砸烂了。张白桥号叫着，抱着脚摔倒在地。恶徒的战阵顿时乱了，鲁丑冲出去，背起缪璃便跑。

　　缪璃拼命喊："赫萧！聂深！"

　　声音渐渐远去。

　　姚秀凌、柴兴如箭一般追了出去。

　　其他恶徒正要发起新一轮进攻，赫萧猛然间跃身而起，竟将头顶的铁链抓在手中，如摇动大绳一般，拼命将它甩起。

　　恶徒们吓得一动不动，呆若木鸡。

　　赫萧周身乍现一股凌绝神力，铁链呼呼生风，撞动着墙壁，映现出火花。

　　九条铁链如蟒蛇再次惊醒，发出隆隆的震抖声。

　　赫萧长啸一声，借着腾起的铁链，身体一纵，如怒射的子弹，直向符珠哩冲来。符珠哩对这个进攻方式感到惊奇，显然赫萧已做好了粉身碎骨的准备。

　　——我们是来到世上的巨人，来铲除邪恶，保护一切善良！

符珠哩冷哼一声，铁链从渊洞深处甩过去，直击赫萧的脑袋。

赫萧将左肩一沉，两臂紧贴身侧，往地板撞去，以疾速跌落的动作，避过铁链，然后将身体侧翻，两步腾跃，到了符珠哩眼前。

符珠哩从空中收回了铁链，九道铁链一扭，收拢如一根巨绳。瞬间绽开，铁链上每个套环旁的锁扣都碎裂了，无数破碎的金属片向赫萧射去。

扑、扑、扑……

金属片带着赫萧的血肉四处飞溅。

赫萧伸开双臂，矫健的身形腾起。

他怒喝一声，遍布四周的金属片如雪花一般，挟着一股大风席卷而至。无数金属片以更凶猛的态势射向赫萧，穿过赫萧的身体，裹带着更多血肉。

嗖嗖嗖嗖……

赫萧仿佛在接受凌迟之刑。

符珠哩吼叫着："这就是——你的爷爷——当年对我做的！"

赫萧浑身染满鲜血，每一处皮肤上都有碎片切割过的痕迹。

他的眼前除了一片血雾，什么都看不到了。

凭借最后的感觉，他伸出手，一把抓住了聂深的手臂。

聂深借势拼命一挣，从缠绕的铁链中摆脱出来。同时将脱掉的外衣缠绑在铁链上，并朝符珠哩踢出一脚，踢在符珠哩的胸口，反弹回来，再次借势，连同赫萧一起跌入水里。赫萧拼尽全力，将聂深推出水面。

风浪裹挟着聂深，翻滚到水边，一直撞到石阶上。

聂深迅速起身，回头抓住赫萧的手。赫萧正往水里沉没，被聂深拼命拖出来。

"一起走！"

石门前，原本围攻赫萧的四个恶徒躲到了外面，以免被飞射的金属片误伤。

"我就不出去了。"赫萧轻声说着，慢慢滑坐在破碎的门框下，"这是我应得的。"

"决不认命！你忘了吗？"

聂深把赫萧拖起来，拼命带到石门一侧的拐角处，这才得以喘息。

"你听我说，我犯了很多错误，也做过坏事。"赫萧眯缝着眼睛，手背抹了一下眼皮上的血迹，"你的母亲……是我送进渊洞的，我不辩解，那是我做过的坏事。"赫萧的眼中滴出血泪，"所以，我更加不惜一切保护缪璃，以防她被符珠哩伤害。因为那时候我根本不知道符珠哩的真实意图。"

"你是什么时候确定我的身份的？"

"你入宅时打破平衡数，我只是有些怀疑。直至郭保在地下室给缪璃传话，说和你结婚，我也没有贸然定论。但婚房布置完成后，一切明朗。"

"于是你决定向我隐瞒实情，目的是通过我，阻止鲛人。"

赫萧淡淡一笑："你是我苦苦等待的唯一机会。"

"你就不怕我真的受到鲛人召唤？"

"多次观察与考验，我还是相信自己的眼力和判断力。你的内心十分强大，对柔弱的人有同情心，即便只是出于一分良知，你也不会做出可怕的事情。"

"这些冠冕堂皇的话，就不要说了。"聂深咧了咧嘴，"你赫管家守护缪璃这么多年，真的放心让她和我走上婚礼？八十一年的守护，交给一个相识七天的人，你确实没有选择，只能投入这场绝命赌局，但你一定有后招。"

赫萧默不作声。

"说吧——我想听听你打算怎么绝地反击？"

"你的后背。"

"嗯？"

"上次你在渊洞昏迷，缪璃把你带回来，说你的脊背很烫，以为是一种怪病。"赫萧平静地说。

聂深当时穿过石门，有一股力量使他贴在门上，细密的电流感飞速袭过。当他昏厥前，脊背上的电流感瞬间增强，仿佛被剪刀戳中，剧痛的感觉记忆犹新。

"你昏睡时，我看了你的脊背，皮肤下面隐约透出一个纹饰。"赫萧说。

"什么图案？"聂深忙问。

"双鱼形徽标。"

聂深暗暗一惊。那次在石门前，他是先看到门上透显的纹饰，然后整个身体被吸到了门上。

"无疑，那就是你们的家族徽标了。"赫萧淡然道。

"我的身上，已经有了……"聂深感到一阵巨大的空虚感。

"鲛人一步一步引导你，完成了所有步骤。"

"可你打算怎么做？"

"假如你受到了鲛人召唤，流露出异样，我就会出手阻断你投向鲛人。"赫萧的嗓音非常平静，"我不允许，缪璃身边有任何危险。"

聂深怔怔地看着赫萧。

"所以我会对准你后背的徽标中心，刺穿它。"赫萧的嗓音一尘不惊。

"用弓箭？"

"包括弓箭。还有竹刀，手指，牙齿——任何我能用到的东西。"

沉默。沉默。

"太黑暗了。"聂深喃喃低语，"说好的人与人的信任呢？"

"我相信你这个人，但我不相信鲛人之子。"

"你太黑了。"聂深仿佛才认识赫萧，重重地拍了拍赫萧的肩膀，"但我敬佩你。"

"聂深，你要记住，从今天开始，你要面对的，是比我更大的危险。"

聂深注视着赫萧，"你抱定了必死的决心，可是缪璃还在等你。"

"我终于要解脱了。"赫萧缓缓吐出了一口气，仿佛整个人瞬间变得极轻，如一片羽毛。

他在石壁的角落微微侧过身，一只手在口袋里艰难地摸索着，终于拿出了那条手帕。雪白的手帕，一角绣着一朵淡淡的梅花。

"这是我十七岁那年，缪璃送给我的。"

赫萧颤抖着拿起手帕，费了很大的力气，才把手帕放到聂深手中。

赫萧低喃："这些年来，因为她，我没有迷失。"

聂深被这一股悲伤之情深深地触动。

这时，渊洞里的符珠哩重新调整了战术，铁链又发出了哗哗的声音，扭动的铁链开始摆荡。

伴随着阵阵轰鸣，一团怒气逐渐浮起。在黑暗的最内层，隐约有个东西在闪烁，是一只大贝壳。

赫萧猛地推开聂深，自己竟站了起来。

聂深上前相扶，又被赫萧推开。

与此同时，黑暗内层极速膨胀的大贝壳笼罩在一团紫红色的光影中，那光影映亮了赫萧的脸庞。

赫萧注视着聂深说："保护缪璃，不要让她——"

"不要让她陷入黑暗。"

赫萧轻轻点了点头，低语道："这就是命运的纽带。"

一条铁链突然打破石墙，从赫萧的前胸贯穿出来，鲜血喷涌而出，随即他整个人被铁链提起，迅即收了回去。

聂深急忙伸手去抓。赫萧从他指间划过，似流星。

雪白的手帕从聂深手中飞起，贴在他脸上，遮住了眼泪。泪水打湿了梅花。

赫萧的身影在黑暗中一闪而过。

如露珠凋零。如闪电寂灭。孤煞星陨落。

最后他在聂深眼中，仿佛一片秋叶慢慢飘落而去。

"聂深，逆天抗命，就在你手！"渊洞里隐约传来赫萧最后的声音。

聂深紧紧攥着手帕，几乎要攥出血来。

（8）

地下室外面，传来缪璃的呼救与哭声。但突然之间，什么声音都没有了。

聂深神色坚毅，大步冲了出去。

地下室的布局和路径已经改变。聂深从出口一露面，立即看到了四分五裂的院子，所有的树木都已经被卷入了地底，除了建筑物以外，还撑在地面的，只有八角亭和泰山石敢当的紫铜柱。

主楼依然如初，只是右侧的三分之一已被整齐削去。

天空陡然降下大雨。

突如其来的暴雨显然是为聂深准备的。

此时已是夜里十一点钟，天空却是异样的明亮。再过一个钟头，时空轨道即将关闭。

远远地，聂深看到八角亭里放着一只浴缸。

郑锐趴在浴缸前，脸上是疯狂的笑意，正把缪璃狠狠往浴缸里按去。缪璃的双手在浴缸上方摆动、挣扎着，沉浮不定。

林娴和叶彩兰静静地站在亭子边。不远处的雨地里，姚秀凌、张白桥、柴兴三恶徒踩着鲁丑。鲁丑横卧在地，无力反抗。

然后，六恶徒的目光一起投向聂深。

瞬间的寂静。就连那雨声，也仿佛退到了尘世之外。

聂深孤身伫立在雨中，颀长瘦削的身躯如一座冰雕。雨珠在黑色的中山装上跳跃，晶莹剔透。聂深的头发斜掠过前额，往下滴着大颗的水珠，他那深邃的眸间充满了力量。

他又想起了赫萧临终的眼神。当赫萧说到缪璃时，眼眸不再掩饰深情。

温暖的情怀能够在心里织成一盏灯，什么样的凄风苦雨也不在乎。

多年来，赫萧就这样在宅中行走。

聂深仰起脸，冰冷的雨水从空中落下。对水的恐惧仍在心头浮动。制造这场雨的力量，要把他拖入童年的阴影，让他体会到人类对他的伤害。

天空响起一声惊雷，聂深开始进攻了。

这是一个人的进攻！

三名恶徒迎了上来，奔跑中拖曳着水光，犹如三把飞刀。

但聂深更为迅猛。

在漫天大雨中冲入战阵，速度之快，令人眼花缭乱。一冲之后，三名恶徒倒地，在雨地里滑出十几米，朝三个方向绽开水花。

聂深并未停留，直击八角亭，势如破竹。

郑锐和柴兴迎面而来，羊骨棒打向聂深。聂深避过锋头，挥拳击向郑锐，将郑锐打得凌空翻飞，后背狠狠撞到亭柱上，跌落在地。

那三名恶徒在姚秀凌带领下反扑过来，张白桥虽然行走间一跛一跛的，速度却不减，以蛙跳向前奔跑。

聂深以惊人的速度掠过积水。他的脚下仿佛踩着一只水轮，修长的身躯向前纵去，身姿起伏，纵横跳跃，眨眼之间便到了八角亭前。

叶彩兰从林娴身旁一跃而出，击向聂深。

身后的恶徒也到了，郑锐和柴兴一左一右同时夹攻而来。

聂深被牢牢锁定。一股凌厉的旋风突然卷起，聂深一拳击中郑锐。郑锐的身体翻起，嗵的一声跌到地上，在雨水中滑去很远。

沉闷的雷声从天空滚过，余音不绝。

黑云压顶，雨势丝毫未减，广阔的庭院中，翻腾奔涌的积水继续升高，最深处已将人的小腿淹没了。

恶徒们蜂拥而上。聂深挥动双臂，扫除了当先的三个恶徒，顺手抢过柴兴的羊骨棒。

雨，飞激怒涌，天地仿佛要将从来没有过的庞大力量，在这一刻宣泄出来。

恶徒们沉默地进攻，沉默地倒下，翻腾的泥浆在脚边涌动。他们的眼睛都变得闪闪发亮，视网膜与虹膜之间，仿佛嵌了一个光片，反射着蓝幽幽的光泽。

聂深纵身而起，在半空中双臂交错，借助雨势，身子向后一弹。恰在此时，头顶一道闪电撕裂云空，青白色的亮光中，聂深如天神降临，长啸一声横扫过去。

雨柱似被横切而过，散作无数明亮的光珠，在碰撞纷飞的雨沫中，五个恶徒倒在地上，朝不同的方向滑开，场地中间留下五道宽阔的水痕。

始终未动的林娴感到有些惊诧，聂深纵身而起、借助雨势向后一弹的动作，简直匪夷所思。

聂深已经冲到了浴缸前，里面盛满了羊奶和羊血的混合物。这便是早先郑锐从羊身上放干净的液体，呈现出诡异的粉红色。

聂深往里一瞥，大感意外。浴缸的深度虽然可以将一个人淹没，但这只浴缸的底部似乎深不可测，缪璃的身影犹如沉入了深渊一般。

聂深探出一只手，拼命去捞，却没有触到缪璃。

这时，他突然觉得身后袭来一股大力，来不及反应了，身子猛地往前一扑，摔进了浴缸。

柴兴得手后，即刻跳入缸中，名号为"兴浪"的他，终于有机会施展自己的强技能。这个浴缸原本就是他"自杀"溺毙的地方，熟悉又亲切，他所具有的游泳和潜水都一流的体能，使他在粉红的液体中，轻松便掌控了聂深。

聂深摔进浴缸后，瞬间被推了童年的噩梦，仿佛母亲的手按住了他。

——孩子，你不该来到这个世上……

母亲哭喊着。

——孩子，你会害死所有人……所有人！

——你让我怎么办……我承担不起啊……

撕心裂肺的哭声变成了绝望的呜咽。

四岁的孩童在水中挣扎。

聂深被强烈的恐惧束缚住了，窒息中，四肢僵硬。但是突然间，他的本能激发，竟然开始呼吸了。

——天哪，我干了什么……你是我生下的骨肉啊……

母亲清醒后急忙将孩子拉回来，接着便是混乱的施救行为。

——我是你的妈妈啊……

聂深猛地浮出水面。

但他立刻被柴兴的胳臂重新卷入缸底。柴兴掐住聂深的喉咙，肩膀一抖，将聂深压下去。聂深不知道浴缸究竟有多深，他的双脚探不到底，向上也看不到水面。

隐约地，符珠哩的声音穿透黑水，在四周回荡：

听从我的召唤！

你是鲛人之子……

柴兴以更凶猛的态势压制着聂深，把聂深推向更深的黑暗中。

聂深屏气挣扎着。不能呼吸。

柴兴将手臂围在聂深的脖子上，用力卷动。

聂深感到全身的血液刹那集中到双眼中，眼珠似乎要爆裂。

聂深突然开始呼吸了。这一刻，多么愉快，多么自由。

聂深用胳膊肘猛击柴兴的脸庞，柴兴被迫松开手臂。聂深双脚灵活地踩着水波，又一拳砸在柴兴下颏，柴兴的脸庞扭歪，身子侧翻到一旁。

水，依托着聂深，给了聂深从来没有的力量。

他的身体里流淌着一半鲛人的血。他的基因里，有一半来自黑鲛家族。

这一刻，聂深既感到绝望，又有些解脱。在水中，他找到了自己的影子，发现了真正的自我。

然而心理恐惧感仍在。因为他的另一半，仍然是人类。

沉没在水中的鲛人之子，一边克制着内心的恐惧，一边穿梭在水波中。拯救缪璃的信念超越了一切。

聂深一脚踢向柴兴。柴兴身子一弯，抓住聂深的双腿往下一拽。聂深突然感觉后背一阵剧痛，他尽全力一耸身，衣服迸裂，向两边撕开。他甩掉束缚，脊背上隐隐透出双鱼形徽标——家族印记。

聂深将内心的恐惧抑制住，挺身反击。柴兴迅速避开，趁着聂深回旋的空当，又一次扼住聂深的脖子。聂深冷静地扭转身形，一只手甩到了柴兴身侧，猛击一拳，打在柴兴的肋骨上。柴兴吃痛，手上一松，聂深又一拳打在柴兴脸上。柴兴向后仰去。聂深并不纠缠，顺势往缸底一潜，抓住了缪璃的手。

聂深突然看见，在缸底的粉红色液体的下面，竟然还有一股水在涌动，那里似乎是地下渊洞——浴缸里莫非开辟了新的通道，可以直达渊洞？

聂深没时间多想，抓住缪璃的手，二人往上升起。

聂深的头一露出水面，马上托起缪璃往缸沿而来。

却见林娴突然伏在浴缸前，竟满脸泪痕。

"聂深，我喜欢你……我害怕……救救我。"林娴语无伦次地说着，纯真的眼中满是伤痛。

聂深一时怔住了。

"我真的没办法……现在这样子……"林娴哽咽着，仿佛又回到了原先那个小虎牙妹妹。

"林娴，你……"

聂深稍一迟疑，林娴的面容陡然变了，原本乌黑蒙胧的双眼突然皱缩起来，眼角痉挛，目光变得散乱空洞。她发出猫一般的狞叫，神经质的细长手指抬了起来。

聂深愕然地盯着林娴，她的脊背弯了，竟然横着走路，双腿也弯成了 O 型，如一只螃蟹，移动速度飞快，长发在脑后飘舞，令人毛骨悚然。

林娴以不可思议的速度绕着浴缸奔行一圈，二三秒的工夫，浴缸上方腾起一团白雾。

聂深什么都看不到了。然后一阵汹涌的潮水扑面而来。大水挟着狂风冲击着聂深，如同一只巨手要把他撕碎。

聂深异常冷静，手上紧紧抓着缪璃的胳膊。

可是等他拉着缪璃跨出浴缸时，却发现自己正抓着林娴的胳膊。不知什么时候，林娴乘虚而入，又把缪璃推入了浴缸。

林娴又发出了猫被撕裂的惨叫声，然后抱住聂深，一如她曾经抱住郭保一样。

不同的是，那次是郭保向她传递意念，而这次，是她向聂深传递意念。

林娴的双臂紧紧缠绕着聂深，脑袋贴在聂深的额头上，闭起眼睛。聂深的身体微微颤抖着，发出令人难以察觉的音频声。

约莫半分钟，林娴睁开眼睛，伏在聂深耳边，说了一句话。

聂深跪倒在地，全身的骨架仿佛都散开了。

林娴松开聂深，与他一起跪在地上，面对着他。

"太好了，你终于……"林娴话音未落，神色忽然变了。

只见聂深抬起脸，漠然一笑，猛地抓住林娴的肩膀，将她扔了出去。

"告诉你的主子，我是聂深！"

林娴的身影在雾中一闪，嘭的一声撞到了紫铜柱上，滚落在地。

聂深俯身跃入浴缸，再次托起缪璃，然后爬出浴缸，跑向主楼。

五名恶徒紧紧追赶。聂深背着昏迷的缪璃，看到雾中出现了鲁丑的身影。鲁丑跌跌撞撞地走着，恢复了一些力气的他，右手挥舞着铁镐，截断了恶徒的路，同时将左手的东西扔给聂深。

聂深接住了，是一支短矛。

鲁丑且战且退，来到聂深身旁，照例接过缪璃，背在自己身上。二人与雾中不断闪出的恶徒展开追击战。迅猛的奔跑与战斗搅动着雾气，汹涌澎湃。

冲出雾海，又进入大雨地带。

林娴已经返回战队，重组阵形，六恶徒聚集在主楼前，阻断聂深前行的道路。

天空的闪电交错而过，不断将黑云撕裂。每一次闪电过后，青白色的裂痕久久不散，仿佛凝固在天穹。

雨水在聂深头顶形成一道旋涡。

六恶徒分作三组、层层递进，姚秀凌的利爪扑向聂深的脸，郑锐直取聂深的腰部，张白桥猛撞聂深的胸口，柴兴抡圆了羊骨棒砸向聂深的肩膀，叶彩兰腾身而上，在半空将身子倒悬过来，直切聂深的后脖颈。

聂深的身体先是猛然一缩，随即陡然跃起，双臂如夜枭振翅，挟着漫天风雨，以无穷威猛的姿势卷向六恶徒。

嗵！！！

雨借风力、风挟雨势，无数耀眼的雨滴在聂深周身绽放，逆动着盘旋而上，与空中的雨浪交相冲撞，四散飞射。聂深就在这怒放的雨花之中，挺身向前，手中的短矛以匪夷所思的速度刺向恶徒。

姚秀凌的肩膀、郑锐的胸膛、张白桥的肚子……

聂深再将短矛横扫。

呼——

哗啦——

六道恶影翻滚在地，在雨里绵延数十米。

前方鲁丑已经打开主楼大门。聂深几个纵步，身体如利箭般射入大门。

鲁丑将大门关闭。缪璃躺在沙发里，仍在昏睡。她身上穿着鲛绡嫁衣，没有落下一滴水。

"鲁丑，带缪璃上楼！"聂深喊道。

"赫管家在哪儿？"鲁丑问。

"别问那么多，你带缪璃去琴房，守住楼口。"

鲁丑背起缪璃，一边往楼上跑，一边问聂深："你干啥？"

"十分钟就好。"

鲁丑扭脸一看，聂深朝卫生间跑去了，不由得咕哝道："这时候拉屎，不合适吧。"

此时距离午夜零点，只剩十五分钟。

（9）

聂深跑进昏暗逼仄的走廊里。两旁的墙壁在扭动，散发着潮湿冰冷的气息，如同死人流泪的脸。聂深感觉走廊很长很长，似乎跑不到尽头。

人在高度紧张时，会产生时空错觉，觉得时间过得特别慢，或者原本熟悉的路会变得无比遥远。

此时此地，更是如此。

一大团阴影笼罩着聂深。四周很静，聂深听到沉重的喘息声，声音如影随形，伴随着他的脚步，时而近在耳畔，时而远在天边。

聂深集中意念向前跑去，没有受到时空回旋的干扰。

他停在男卫生间外面，略作沉吟。这时，他忽然看到地上有一行脚印。起初他以为是自己留下的脚印——在时空回旋中奔跑，路径重叠所致。

但那脚印很奇怪，凌乱地伸展到隔壁的女卫生间，消失在门内的黑暗中，那里的呼吸声更加强烈，仿佛有个人站在门内，黑暗中遮蔽着一张脸。聂深顺着脚印走过来。

每个脚印的边缘都渗着泥浆，在幽蓝的光线下泛着恐怖的光泽，像流淌的血。

聂深走了进去。

卫生间墙上的小窗户映着一丝墨蓝色光线，周围还是一团漆黑。外面起风了，窗框咯吱吱地响着，浓重的呼吸声仍在飘荡。

"谁？"聂深喝问。

有一个更黑的影子站在对面，微微动了动。

这时，头顶的灯泡响起一阵嗞嗞声，闪了几下，突然亮起来。

聂深的眼前划过一道强烈的橙色光芒，他用手遮住眼睛。灯泡猛地闪了一下，灭了，四周又沉入黑暗。呼吸声再度响起，近在眼前，伴随着脚步声。

扑哧，扑哧，扑哧……分明是赤脚踏入泥浆的声音。

头顶的灯泡又发出一道闪光，亮了。

聂深看到一个人。

他一惊，不禁倒退半步："郭保？"

聂深立刻举起手中的短矛。

郭保分明已经死在地下室，此时却站在面前，面孔皱缩，如同一张树皮，瞪着红色的眼珠。额头上有一个乌黑的枪洞，边缘布满细小裂纹。他似乎刚从泥水里爬出来，脚上淌着黏液。

是符珠哩激活了他的死亡细胞。

聂深正要刺出短矛，郭保忽然说话了。

他的嘴唇没怎么动，发出的，却是聂深母亲的声音："孩子……我们在世间受到的磨难，都是人类给我们造成的，人是丑恶自私的生命，只会欺凌比他们更弱小的同类……想想在你成长的每一阶段，周围的人是怎样对待我们孤儿寡母……"

聂深逐步向后退。

"……你拥有力量，可以报复卑劣的人类……统驭，掌控，这就是你的崇高使命！"

"不……"聂深低语。

"命运已经铸成，无法改变。"郭保的嘴里又发出了符珠哩的声音，"儿子，你与我血脉相连，谁也破坏不了。这座宅院已经是地球上磁场最强的地方，快带你的新娘，从地下室的渊洞入口进入大海，九重深渊之下，就是我们家根脉所在。你身上已烙上了家族徽印，缪璃也穿上了鲛绡衣，可以自由地畅行于九渊之底。不要怕，缪璃虽是人类的女儿，只要穿上鲛绡衣，就能生活在深海。而你，就用鱼尾罗盘指引方向，九渊之底是世界上最安全的地方，你们就在那里生育孩子吧。有了那个孩子，我就能把人类世界屠灭……"

"不！"聂深大喝一声。

"你躲不掉命运，反抗家族只会让你更痛苦。"郭保突然伸手，掐住了聂深的脖子。郭保的眼眸覆盖着血色，眼底却泛着鱼肚白的光泽。

聂深感受到冰冷干枯的指尖正扼住脖颈，意识逐渐涣散……

"聂深，逆天抗命，就在你手！"赫萧的声音猛地从意识最底层传过来。

聂深倏地瞪大双眼，将短矛刺向郭保的耳朵上方——紧贴上耳侧的部位。

位于太阳穴后方约三指的区域，分布着第八对脑神经，矛尖的命中点便是蜗神经的螺旋神经节。

切断！

郭保的手仍在聂深的脖子上，但突然不动了。聂深推开郭保，扑通一声，郭保如一条死鱼摔在地上。

聂深喘了一口气。时间紧迫，他只剩五六分钟了。

聂深冲到墙边，用短矛戳破墙皮，大块的灰土落了下来，露出里面整整齐齐的黄金、铂金、白银，在灯光照射下闪闪发亮。

聂深沿着灯泡的走向扒出电线。

缪家曾经拥有电灯公司，缪济川生前在墙壁里铺设的黄金等物，后来被赫萧理解为，义父把整座宅子制造成了蓄电池，是给地下室的符珠哩储备电力——那只是民国人的思维。聂深却已明白，这个装置通过渊洞里的铁链与墙壁里的金属连接，并不是简单的供电设备，而是构成了闭合智能网络。

要阻止鲛人符珠哩残害人类，唯有破坏这个连接装置。

聂深将电线拆开，火线与地线相碰，一个短路事故便可直击地下室的符珠哩，在他的意念深处造成无可挽回的损毁。

啪的一声。

墙上冒起火花。卫生间的灯光，唰地灭了。四周一团漆黑。

聂深皱了皱眉头。短路是成功了，但与他设想的完全不同，根本没什么异常反应。

聂深突然陷入绝望中。即便曾经在地下室被符珠哩的铁链重重缠绕，他也没有绝望，但此刻，他感觉自己彻底输了。他败给了时间，败给了符珠哩，败给了一切。

原来这根本就是不可能的事情。多少人曾经以命相搏，结果都只有惨败。

聂深仿佛听到了符珠哩的笑声。

不对……

聂深的本能却告诉他，周围的气氛有一种异样的恐慌。那种恐慌不是来自他自己的。他虽然是绝望的，但绝望与恐慌不同。绝望，是放弃一切；而恐慌，却是还有逃生的希望，害怕失去一切才会有的情绪。

恐慌是从地下渊洞传来的！

符珠哩的意念能够操控宅子的运转，他的气息无处不在，所以，他的恐慌也能够被聂深感知到。毕竟，聂深是符珠哩的儿子。

但是为什么？

聂深分明已经失败，为什么符珠哩还会恐慌？

难道符珠哩在为儿子的绝望感到痛惜？怎么可能！

那么答案只有一个：聂深其实已经接近成功。

聂深从绝望中摆脱出来，让自己彻底冷静下来。

时间在流逝……

两分钟……三分钟……

冷静……

聂深的脑子里迅速流转着各种复杂的信息。眼睛看见的、耳朵听到的、身体感觉到的……所有的一切。

离坎路 13 号。

离为火，坎为水，水火不容。聂深怕水、喜火，符珠哩喜水、怕火。原本应该水克制火，但是火也可以反克制水，这是万物平衡之道。

符珠哩选择离坎路 13 号的缪宅作为他召唤生灵的巢窟，而城外深海之下的九渊之底，则是他的根脉。巢窟是临时庇护所，因此需要时空缝隙和次元壁的保护，以便隔绝来自人世的干扰。而制造时空缝隙，必然消耗能量，能量又通过金属遍布整个缪宅的机械装置。

符珠哩所依赖的，恰恰变成了他的弱点。

他的能量分散在各个角落，只要在一个关键点上实施有效打击，就会瞬间传递到核心部位。

聂深借用电力制造短路，方法是正确的，是以其人之道还治其人之身。

只不过，聂深的做法有误。

错在哪里呢？

错在"关键点"的选择。

聂深的脑子里突然电光石火一般，定格在一个信息上。

（10）

之前提到的《河图》《洛书》与伏羲，才是问题的关键。

聂深在此处制造短路事故，用的方向是从南到北，是按照民间通常使用的"后天八卦"理论方位。然而，鲛人的存在年代，比人类的文明早得多，是鲛人将《河图》《洛书》传给文明始祖伏羲，供他推衍八卦——伏羲用的是"先天八卦"。

在先天八卦中，"离"的指示方位是东，"坎"的指示方位是西，离坎路的意思是东西方向的大路。

南北方向错误，而东西方向正确。

之前聂深就已经确定了，汽车房位于离坎路的中点；而他原本在主楼里的房间，上达琴房、下达地下室，中轴线连接的，则是宅院的中点。

离坎路的中点，与宅院的中点——将这两个点，横向连接，就会形成一条切割线！

聂深冲出卫生间，朝楼上跑去。

他的脑子里迅速绘制着缪宅的各种建筑连线，冲上二楼时，连线已经完成。

现在穿过院子去汽车房肯定来不及了，而在那条横向连接的切割线上，还有一个相对完美的落点，那就是三楼的书房——缪济川当年自杀的地方。

聂深冲上三楼的入口时，见鲁丑还在这里守着。

这时聂深忽然觉察到，主楼大门外的进攻已经停止了，刚才还隐约有声音，大概是他把郭保干掉以后，那些声音就突然消失了。恶徒们为什么撤退？也许是这么大的阵势已经把符珠哩的能量耗光了？

没时间考虑那么多了，只要解决了根本问题，一切都将扭转。

"鲁丑，缪璃怎么样了？"聂深问。

"780。"鲁丑咕哝道。

"什么？"

"聂贵宾，你拉屎超时了。"鲁丑说。

"啊？"

"你说十分钟就完，可我数了780下。你多拉了180下！"

780秒就是十三分钟。

距离时空轨道关闭，只剩下两分钟了。

主楼突然开始摇晃起来。

这时，缪璃从琴房跌跌撞撞地跑出来。聂深刚到书房门外，缪璃就追了过来。

"聂深——赫萧呢？"缪璃问。

"等一会儿……"聂深的动作没有停。

他迅速扒开墙上的电线，按照从东到西的方位走向，将电线连接。

鲁丑从外面进来，对缪璃说："聂贵宾要干活，咱去找赫管家。"

聂深已将电线的路径布置好了。

聂深说："鲁丑，乖乖待着。"

缪璃哑声说："聂深你告诉我，赫萧……他是不是……"

聂深抬头看了看缪璃，又把头低下了。

缪璃怔怔地看着聂深，呈现出一种莫名的安静状态。

她就那么站着，浑身紧缩，怕冷似地不停颤抖。她的眼前只剩下一片空茫，耳朵里什么都听不见。然后，仿佛从遥远的天边，狂风席卷而来，在一片苍白的背景上，赫萧的身影淡淡地浮现出来。

缪璃喃喃自语："他总是走来走去，鞋底都磨烂了，我都没来得及……没来得及……没来得及帮他补上……帮他补上。"

缪璃走到窗口，望着远方的黑雾，一跃而出。

外面隐约传来缪璃的声音："赫萧，等等我——"

聂深愕然抬起头，本能中往前一跳，想要抓住缪璃，但已经迟了。鲁丑跟着往前一扑，也摔在地上。

与此同时，两股电线发出耀眼的火花，火花如一串细小的流星在线路上蹿行。不到一秒钟，轰隆一声巨响，大爆炸发生了，聂深被冲天的气浪击倒，跌入虚空。

此时的地下渊洞，六恶徒正趴在鲛人符珠哩身上。

符珠哩罕见地露出了烦躁与恐慌的表情。

——抗命，背叛……

隐忍这么久，却换来如此结果！

符珠哩的神情令恶徒们怕得要死。尊主盛怒之下，极可能迁怒于徒众，将他们尽数毁灭。

符珠哩紧急调集六恶徒回到地下渊洞，是迫不得已的举动。聂深冲进主楼，跑向卫生间的时候，符珠哩派郭保再度召唤，可惜没有控制住聂深，反而令聂深产生了更大的斗志。接着聂深竟在卫生间制造短路事故，符珠哩感知到危险，大为不安。聂深虽然失败在方向选择的失误上，但他极可能醒悟过来。

"这个可耻的东西，总是在方向选择上发生错误。"符珠哩咬牙切齿地咕哝着。

而这次显然"错"得更远了。错在不仅与符珠哩决裂，还要毁掉这一切。

符珠哩急忙调回六恶徒。

林娴正率领徒众攻打主楼大门，突然收到指令，立即挥手制止进攻行为，转身往庭院跑去。从那里的裂口，可以直接跳入三破口，直达渊洞。

林娴冲到符珠哩面前时，符珠哩只是抬了一下手，林娴便跃身而起，扒住了符珠哩的脖子，身子伏了下来。这一套动作转瞬完成，同时，林娴身上的灰袍裂作几块碎片，荡然无存。此时的林娴正赤裸地趴在符珠哩身上。

其他恶徒纷纷跃身而起，静默而敏捷，都已将身上的灰袍尽数除净，全身赤裸地趴在符珠哩身上。

符珠哩身上盘绕着六个裸身徒众。

他们的肌肤紧紧贴着符珠哩的身体，感受着符珠哩的呼吸。

符珠哩的后背，是二十七个紫褐色的疮疤，呈现二十七个凹陷的圆形区域，仍有黏稠的胶状液体缓缓渗漏。

六恶徒将自己的身体贴在疮疤上，保护这些薄弱区域。

恶徒们的身体形成了坚固的肉盾，手脚相连，以数理模式编织在一起。

黑暗渊洞里透出一片幽蓝的光，六个徒众的皮肤上泛着青白色泽，紧贴尊主。

符珠哩变得异常安静。这安静是短暂的，也是永恒的，他仿佛已在这里沉思了数百万年。

他想得很多，又似乎什么都没想。生命体的源头……空白……大决裂……空白……血脉……血脉……空白……

符珠哩想起那场宴会，当时他与天选之女嬴燚雪，只隔着一张桌子。直到他后来找到缪璃时，那根基因链条已经延续了两千年。时光只是空白。

最后是他的儿子站在空白处……

儿子经过七天入门磨炼，本可以拥有无上权力，本该发挥自己的技能，以对家族和父亲的无比忠诚，为他修补鳞片。然后儿子应该带着缪璃去往九渊之底，在那片美丽的福地，孕育下一代。可是儿子背叛了他。

儿子受到人类的污染太深，需要彻底净化……

儿子的罪孽，需要除清。

符珠哩将全身的能量收拢起来，后背呈现一片淡淡的白光，白光中心透显的双鱼形徽印，缓缓地隐没在皮肤下面，庞大的身躯变成了青灰色。缠绕在他身上的铁链，陡然绷直了，接着便是咔嗒一声，第一条铁链从石壁上断裂。

然后是咔嗒咔嗒连续声响。九条铁链挨个断裂。

就在这时，大爆炸发生了。

一股猛烈的电流从最后一根铁链上传来，铁链疯狂扭动。在一阵巨大的嗡嗡声里，一片耀眼的白光从水底向上喷出，在顶部释放出更为耀眼的光束，化作一阵光雨汹涌而下。

接着是一声惊天动地的轰响。

爆炸掀起的冲击波，把渊洞里的水全部炸成了凝固的斑点状。

轰！

呼——

渊洞的石壁震成无数碎块，露出里面的金砖。层层堆砌的金砖在爆炸中飞旋而出，翻滚着砸在符珠哩和六恶徒身上。

然而，他们却是异常安静，仿佛死了一般。爆炸的轰鸣，并没有震撼到他们。

尊主和六个徒众，紧紧缠绕，仿佛越缩越紧、越缩越小。仿佛是太阳最中心的一个冷寂的核。

"以为这样就能打败我吗？"符珠哩发出冷笑。

他瞥了一眼渊洞死角的黑暗区域，那里躺着一个人。赫萧。

最后一根断裂的铁链收了回来，与其他八根铁链一起环绕着黄金宝座，将周围的一切包裹在其中。

符珠哩坐在最中间，六恶徒是肉盾，再往外是赫萧与缪济川的尸体，最外面一层，便是九根断开的铁链，紧紧裹缠着。

悬挂在渊洞深处的这个东西，形状如一个巨大的金属蜂巢。

随之而来的更为猛烈的冲击波，将渊洞的顶部撕裂、掀起、冲上天穹。

爆炸造成的光波喷涌而出，如同数万盏高亮度的探照灯一起射向夜空。

缪宅在剧烈的颠簸中发出轰响。主楼被炸飞了，砖瓦碎片旋转着飞溅到八角亭上，把八角亭削得只剩三根柱子，接着三根柱子被地面上突然拱起的力量掀翻，还没落地，便被一股强烈的气浪冲向夜空，碎片散落在庭院各处。

戏楼轰鸣着向西北方向移动数十米，在移动中轰然炸碎，与同时炸毁的学堂在空中交相碰撞，犹如一场砖瓦暴雨。

祠堂、议事所、汽车房、围墙……

摧毁的力量，与建造它的力量一样大，甚至比它更大。

无与伦比的爆炸将广阔的缪宅抹平了。

地面千疮百孔，持续不断的小爆炸仍在发生。

然后，一切便突然安静了。

死寂的空间内，没有闪光，没有波动，没有声响。

后半夜寂寂无声。

无明。

无。

直至黎明时分，终于有了第一个响动。

一个黑影摇摇晃晃地站了起来，走了两步，又一头栽倒。过了一会儿，黑影艰难地爬了起来。有一片光芒，不知从哪里照进来，聂深感到一阵头晕目眩。他用手遮在额头上，往远处看了看。

缪宅四周的围墙都消失了。

聂深突然想起什么，急忙从远处收回目光，大声呼唤着："缪璃——缪璃！"

他拼尽全力喊着："鲁丑！鲁丑！"

他跌跌撞撞地走来走去、呼唤着。实在走不动了，便坐在废墟上歇一会儿，眼睛却一刻不停，往周围扫视。

头顶的那片光芒更亮了一些，范围更广了。

聂深忽然注意到一个地方，按照位置推断，那里原本是主楼所在地。他连滚带爬地走过去，搬开几块水泥石头，底下露出黄金、白银。他没有去动，把视线转开，在旁边扒了扒，一边侧耳细听，终于捕捉到一丝声响。

"缪璃！"聂深嘶声喊道。

回应的声响更大了些。

聂深拼命挖了起来，双手使劲刨动着，指头都破了，却浑然不觉。

"缪璃！"聂深看到了一片裙角，是鲛绡嫁衣。

聂深更加拼命地刨了起来，废墟中的身影渐渐呈现在眼前，终于看到缪璃的脸庞了。缪璃从三楼坠落后，身上的鲛绡长裙迎风一鼓，竟减缓了下落的速度，坠地后，被随之而来的爆炸震晕了。主楼倒塌时，两块石板在缪璃身旁架住了，她幸运地没有受到损伤。

聂深把虚弱不堪的缪璃挖出来，自己也累惨了。

聂深躺在废墟上，仰望着天空。

缪璃嘤嘤抽泣，气若游丝。

聂深的手在自己的裤子口袋摸索着，捏着那条雪白的手帕，掏出来递给缪璃。

"擦擦眼泪吧。"聂深说。

缪璃看到手帕时，怔了一下，哭声更大了。

聂深慢慢坐直身子，注视着缪璃的眼睛，哑声说：

"你能好好活下去，对他来说很重要。"

缪璃抬起脸看着聂深，仿佛在聂深的眼眸中寻找那熟悉的影子。但是没有。

缪璃发出长长的抽泣声，泪水大颗大颗地滑出来。

不远处忽然传来瓮声瓮气的声音："嘿呦，可憋死我啦！"

聂深连忙扭过脸，只见没人疼没人爱的鲁丑，正从废墟里自己爬出来，踢掉了脚腕上缠着的铁链。

聂深一拍脑门，"哎呀，鲁丑，我实在没力气了，准备歇一会儿就去挖你。"

"聂贵宾，你说话不算数，你说十分钟拉个屁，可是却用了780下。"

"抱歉，是我口误。"

"说拉屁，你说口误干啥？"鲁丑扭着眉毛，费力地思索片刻，"我鲁丑，从来没有口误过。"鲁丑站起身，拍着屁股上的土。

聂深扶起缪璃。缪璃摇晃着站了起来，她太虚弱了，整个人游离在尘世之外，神思恍惚，只是紧紧攥着那条手帕，那是她唯一能感觉到的东西。

鲁丑往四周扫视一圈，拍手说道："啊，一望无坏蛋。"

头顶那片正在扩散的光芒更加明亮了。

聂深说："爆炸撕开了时空缝隙。"

"啊？"鲁丑没听懂。

缪璃低着头，看着手帕出神。

"走吧。"聂深扶着缪璃的胳膊。

"去哪儿？"鲁丑说，"房子都炸没了。"

"离开这里。"聂深扭脸看一眼鲁丑，"赫管家答应过，要带你们离开。"

鲁丑愣住了。缪璃的眼泪又唰地夺眶而出。

聂深心里清楚，这个女子随时会赴死，她爱了赫萧那么久，那份感情在心底积蓄了将近一百年，没有任何人能够替代。缪璃已经做好了与赫萧同生共死的决定。眼下，她只是太虚弱了，而且不想让身边人为她担忧，她在强作平静，这份平静，更加表明了她的决心。

对聂深来说，未来的旅程，就是让缪璃好好活下去，这并不仅仅是在保护缪璃，也是在保护缪璃心中那个唯一的赫萧。

这便是聂深的决心。

前方的市区，近在咫尺。街道对面的快餐店、超市和学校一一呈现出来。

刚才头顶上那一片逐渐扩展的光芒，其实是清晨的阳光。阳光穿过树梢，投射在马路上。

聂深回头看了废墟最后一眼，扶着缪璃缓步向前走去。鲁丑跟在旁边。三人的身影在初升的阳光下拖得很长。

一阵风吹来，把缪璃的头发吹到脸上，她撩开头发时，手中握着的手帕飞了起来。

缪璃急忙伸手到空中捕捉。

"追不上了。"聂深抬头说道。

雪白的手帕在视野中一闪而过，消失得无影无踪。

在缪家宅院的废墟上，位置最高之处，有一堆瓦砾。

那条手帕掉在瓦砾上，被一块尖角挂住了。

风还在吹。手帕旁边的一块小石头忽然动了动，骨碌碌滚了几下，停住，然后又开始滚动。

接着，又有几块石头滚动起来，碰碰撞撞地，发出咔啦咔啦的声音。

随后又一块砖头震动了一下。周围的砖瓦碎片微微晃动着。

风，倏地止住了。

废墟的裂缝里飘出几丝雾气，渐渐浓郁。

有一个像是鬼爪的东西，趴在裂缝里，一晃又不见了。

然后，一切复归平静，仿佛什么事都没有发生过。

尾　声

初夏时节，南芜岛西半岛的黄花山有一丝凉意。山顶的别墅静悄悄的，站在窗边，能够看到南芜大桥上的车流，再往前便是九渊市的璀璨灯光。

黄花山上的蝴蝶谷，一轮明月悬在枝头，月光映着一片树林，树上挂满色彩斑斓的花朵。

石阶路上出现一个人影，脚步匆匆，直奔山顶的别墅而去。人影经过那片树林时，突然之间，树上那些怒放的花朵散落到空中，仿佛平地起了一阵风，花瓣四处飞舞，缤纷多彩。

急行者埋头赶路。那些树上盛开的"花朵"其实是栖息着的蝴蝶，不一会儿，树木就变得光秃秃的了，无数的蝴蝶在月光下舞动着，直到急行者的背影消失在山顶，蝴蝶才又缓缓落回到树枝上。

"初夏忽至、蝴蝶倒悬枝头、蝶舞阵阵。"别墅窗前的人发出低语。

房门哐当一声被推开了，急行者大步而入。

"确定了！"急行者快步走到窗边。

"占恩兄，莫急，不妨欣赏一下海边的月色。"窗前的人转过身。

"老黎，别跟我转文了！"来人抹了把额头的汗，"时空缝隙炸开后，电磁洞穴空间里的能量……"

老黎抬手制止了占恩，"说重点。"

"你知道缪氏血脉吧？"

"当然，所谓的天选之女，其实是基因里携带了造物者遗传密码。"

"有史可查的最后一个缪氏血脉，于民国二十四年凭空消失，同时消失的还有缪家的宅子。"

"嗯。"老黎点了一下头。

"这次炸开的就是缪家老宅！"占恩的语气有些激动，"原来鲛人一直把缪氏血脉锁在时空缝隙中。"

"但那里怎么会发生大爆炸？"这是老黎感兴趣的。

"不清楚。"占恩急切地说，"总而言之，爆炸发生后，缪氏血脉重回人间，同时出来的，还有鲛人之子。"

"鲛人之子？"老黎望着占恩，脸色平静，但眼眸间泛起了波澜。

"从缪宅出来的聂深，确定就是鲛人的新起源。"

"看来是真的，"老黎的嗓音变得嘶哑低沉，"鲛人新纪元已成。"

"听说荣师原本已经盯住了聂深，却突然放手。可惜！"占恩摇头叹道。

"荣师做事必有缘故。"老黎淡然一笑。

"可是从聂深开始，新鲛人将全面复兴。"占恩紧咬牙根，"鲛人之子控制着缪氏血脉，人类在劫难逃啊！"

老黎沉默良久，露出冷冷的笑容："难道你不觉得，这是上天赐予的机会吗？"

"啊？"占恩愕然看着老黎。

"我们以前找不到真正的目标，但现在——"

"捕杀聂深！"占恩的眼光一闪，紧紧攥住拳头，身子有些颤抖，"如此一来，就能一举斩断鲛人的新起源。"

"对于我们诛鲛士来说，这是个彻底翻盘的好机会。"

"也许……荣师当初就是在放长线钓大鱼……"占恩喃喃自语。

两人出了书房，来到客厅。老黎在墙上摁了下开关，一座紫檀木牌位从墙内移出来，牌子上写着"无上尊师赫升之位"。

老黎打开投影仪，牌位上方出现一幅立体画像，一位盲老头用他的黑暗之眼守望着光明。

老黎对着桌上的键盘敲了一下，牌位前升起一炷香，淡青色的烟气袅袅而起。两人开始跪拜。

占恩有些激动，那是即将完成使命的憧憬。诛鲛士为此等待了太久。

"那你看，捕杀聂深的任务应当交给谁？"占恩热切地问。

"除了荣师那个让人又爱又恨的徒弟，还有谁能胜任呢？"老黎微笑。

"什么？你们让银子十八去办？"占恩的脸色顿时大变，脑袋摇得像拨浪鼓，刚刚涌起的激动之情，瞬间被泼了一盆冷水。

老黎继续微笑："对于天才少女，不可有偏见嘛。"

"银子十八每次出去办事，都跟荣师索要差旅费！"

"荣师愿意给，这有什么？"

"整天跟老师打小算盘，即使资质再好，即使不到一年就独自斩杀十四个黑鲛人，却也是个贪财的货！"占恩越说越生气，"贪财必好色，好色必坑师，那个小东西……"

"好了好了。"老黎苦笑着摇头，拍了拍占恩的肩膀，"消消气，我已经把人请来了。"

"在哪里？"占恩愕然问。

"就在蝴蝶谷睡觉啊，你没有发现而已。"老黎哈哈大笑。

笑声从窗口飘了出去，在蝴蝶谷上空回荡。那一轮明月被淡淡的云霭遮住，形成一个神秘而朦胧的光环。

鲛族已经全面崛起，危机正一步步逼近，聂深的命运也将迎来更大的挑战……

第一部完

敬请关注《鲛人崛起》后续作品

图书在版编目（CIP）数据

鲛人崛起：最后的进化 / 张嘉骏著 . — 广州：广东人民
出版社，2018.1
ISBN 978-7-218-12323-3

Ⅰ．①鲛… Ⅱ．①张… Ⅲ．①长篇小说－中国－当代
Ⅳ．① I247.5

中国版本图书馆 CIP 数据核字（2017）第 281393 号

Jiaoren Jueqi:Zuihou De Jinhua

鲛人崛起：最后的进化

张嘉骏　著

出 版 人：肖风华

责任编辑：马妮璐
责任技编：周　杰　易志华
装帧设计：金犊文化
排版设计：仙　境

出版发行　广东人民出版社
地　　址：广州市大沙头四马路 10 号（邮政编码：510102）
电　　话：（020）83798714（总编室）
传　　真：（020）83780199
网　　址：http : // www.gdpph.com
印　　刷：北京时尚印佳彩色印刷有限公司
开　　本：787mm×1092mm　1/16
印　　张：18.5　字　数：280 千字
版　　次：2018 年 1 月第 1 版　2018 年 1 月第 1 次印刷
定　　价：39.80 元

如发现印装质量问题，影响阅读，请与出版社（020 – 83795749）联系调换。
售书热线：（020）83795240